孙郁　著

稷下文库

鲁迅忧思录（修订版）

中国教育出版传媒集团

高等教育出版社·北京

作者简介

孙郁

1957年生，本名孙毅，中国人民大学文学院教授。

主要从事鲁迅及中国现代文学研究和博物馆学研究。

曾任《北京日报》文艺周刊主编、北京鲁迅博物馆馆长、中国人民大学文学院院长。

兼任国家文物鉴定委员会委员、中国作家协会全国委员会委员、北京作家协会副主席。

著有《鲁迅与周作人》《新旧之变》《民国文学十五讲》等。

曾获高等学校科学研究优秀成果奖（人文社会科学）一等奖、华语文学传媒大奖年度批评家奖、朱自清散文奖、孙犁散文奖、汪曾祺文学奖等。

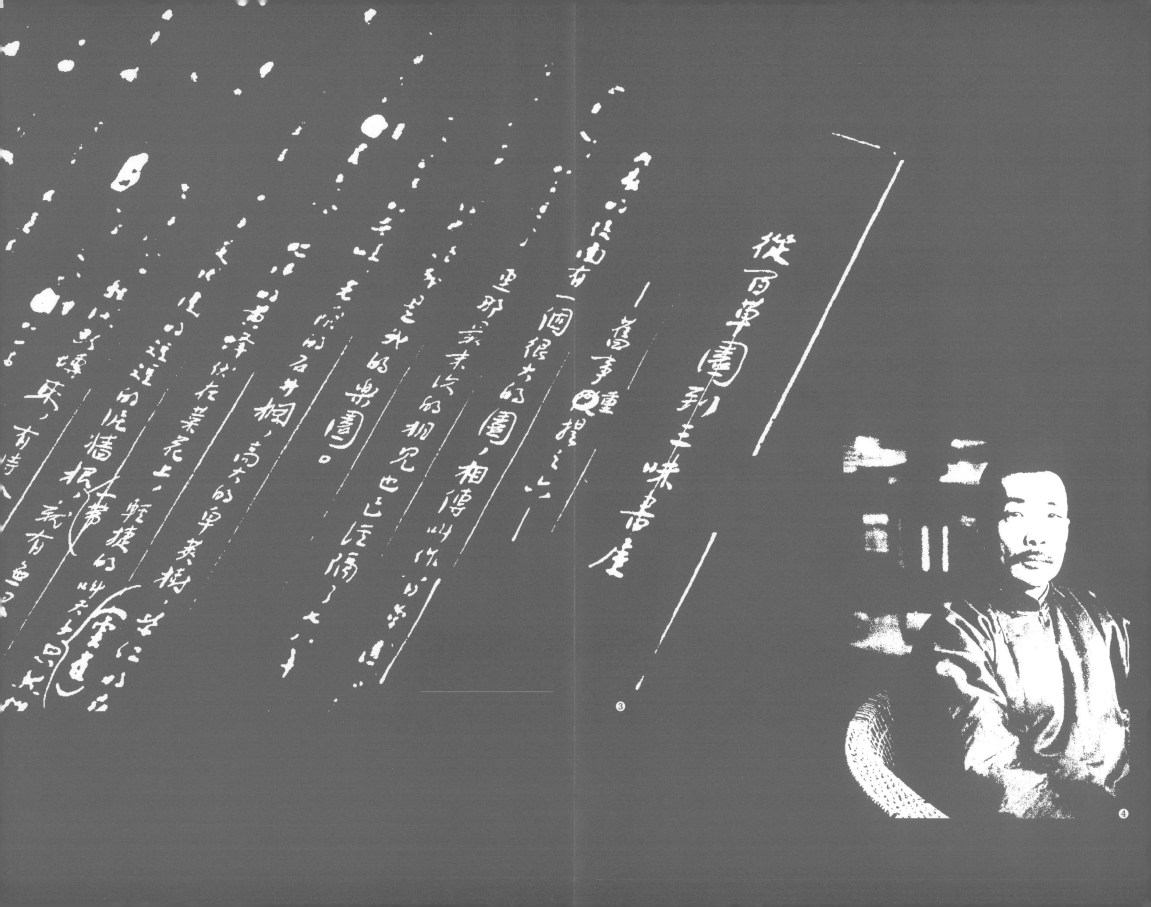

從百草園到三味書屋

——魯迅

我家的後面有一個很大的園，相傳叫作百草園。現在是早已並屋子一起賣給朱文公的子孫了，連那最末次的相見也已經隔了七八年，其中似乎確鑿只有一些野草；但那時卻是我的樂園。

不必說碧綠的菜畦，光滑的石井欄，高大的皂莢樹，紫紅的桑椹；也不必說鳴蟬在樹葉裡長吟，肥胖的黃蜂伏在菜花上，輕捷的叫天子（雲雀）忽然從草間直竄向雲霄裡去了。

③

④

❶ 《呐喊》书影
❷ 鲁迅的印章
❸ 《从百草园到三昧书屋》手稿（1926年）
❹ 鲁迅肖像
❺ 鲁迅故居
❻ 浙东民居
❼ 绍兴乌篷船
❽ 三昧书屋
❾ 青藤书屋

"稷下文库"总序

    学术史的传承有绪、守正创新，建基于今人对前贤大家学术思想的意义生发，离不开学术成果的甄别、整理和出版。高等教育出版社作为新中国最早设立的专业教育出版机构，始终以"植根教育、弘扬学术、繁荣文化、服务社会"为使命，与我国教育文化事业同发展、共成长，以教材出版为主业，并致力于基础性学术出版工作。为了更为系统地呈现当代中国人文社会科学领域的经典学术成果，我们特推出"稷下文库"丛书。

    "稷下"之名取自战国时期齐国的稷下学宫。稷下学宫顺应时代变革而生，是世界上最早的官办高等学府，倡导求实务治、经世致用和学术自由、百家争鸣的学风，有力地促成了先秦学术文化繁荣的局面，更对后世思想、学术、文化的发展和交流传播产生了深远影响。我们希望延续这一传统，以学术经典启迪当下、创造未来，打造让学界和读者广受裨益的新时代精品学术出版品牌。

    "稷下文库"将以"荟萃当代优秀成果，彰显盛世学术繁荣"为宗旨，注重历史与现实相结合、理论与实践相结合，涵盖人文社会科学各个门类，收录当代知名学者的代表作，展现当代学术群像，助力学术发展繁荣。

    习近平总书记在哲学社会科学工作座谈会上指出，当代中国正经历着我国历史上最为广泛而深刻的社会变革，也正在进行着人类历史上最为宏大而独特的实践创新，这必将给理论创造、学术繁荣提供强大动力和广阔空间。加快构建中国特色哲学社会科学学科体系、学术体系、话语体系，是新时代的战略任务，也是中华民族的期盼。我们愿与广大学人和读者一道，为展示中国学术风貌、传播中国声音贡献一份力量。

高等教育出版社

2022 年 10 月

目录

鲁迅忧思录

目录

1

《民报》之风

一

晚清文人的风度与文章，是影响过鲁迅那代人的，民国文人提及此事，有过诸多的感怀。其中关于章太炎之于鲁迅那些新文人，话题一直没有中断过。学界言及那一段历史，一般都从流亡日本的文人群落谈起。说它是近代文化的转折点，大约也是对的。

流亡者的诗文，向被史学家看重，在今天的世界上，好像变为热门的研究对象。索尔仁尼琴、黑塞、昆德拉的书曾畅销一时，和他们与帝国的紧张关系有关。欧洲作家类似的例子很多，有的成了其民族史奇特的一章。这也使我想起晚清中国，流亡者的形影是另一种样子。康有为、梁启超、章太炎这些文人流亡到域外的时候，都有不错的诗文流布，虽然作品显得参差不齐，真意却是在的。周作人在一篇文章里说这些流亡者每每不忘故国，心系旧地，是一种形象的表述。他们大抵是要复古，或者是别有所梦。日本、新加坡、美国，成了他们的集结地。他们不仅和现政权对立，与世风也是多异的。那些小小的群落，后来辐射力之大，也超出了他们自己的预料。他们自知是多余者，可也自诩是江山社稷舍我其谁的人物。这些人奔走流浪之际所留下的故事，对后来文人的转型，都有影响。说他们在中国近现代文化史上是很有亮度的人物，也不为过。

鲁迅在东京接触的中国文人群落，是在国内不易见到的。那些流

鲁迅忧思录

亡者和留学生的状态，多少有些异样，对他的刺激是显然的。多年前，我在东京的街头寻找当年反清流亡者的驻地，却没有收获，百年前中国学人的集聚地都被高楼覆盖。于是只能阅读留下的旧报刊，它们成了我们走近流亡者唯一可触摸的什物。这时候才知道他们的面孔，都有血有肉，不像我们在教科书里见到的那么简单。其中印象深的是《民报》这类杂志，还有那代人留下的信札、书籍。中国何以卷入一场持久的精神博弈，新的文人是怎样产生的，都能够从中看出一点线索。

因为鲁迅对《民报》的好感，使我对其产生了很浓的兴趣。这本杂志的作者以学者、流亡斗士为主，政论、随笔、小说都有。章太炎、汪精卫、胡汉民等人的文章占了很大篇幅。有趣的是看到了许多鲜知之事，那些新闻、书刊广告，都有特别的信息在，早已消散的生命的体温，还残留此间。阅读之余，想起那些往事，恍如梦里一般。

印象深的是那些文章的体例，完全没有清代学人拘谨、古朴的痕迹，狂放与悲慨之气散落着，这直接晚明傅山的遗韵，是精魂浩荡的。比如汪精卫的《民族的国民》《驳新民丛报最近之非革命论》，篇篇是檄文，政治的眼光和学识都在，我们读了有心气反转的感叹。细想他后来"落水"，得了千古骂名，实在是件悲哀的事。

《民报》创刊于1905年11月，地点在东京。那时候许多流亡者集聚东京，很快形成了复兴旧梦的格局。它最初是同盟会的会刊，自然是政治第一的。给人的印象是，编者对世界大势颇为了解，那些关于欧洲、美国、东亚的时评，都有锐气，是睁着眼睛看世界的。还有，主笔的文章都有学问，带政治哲学的意味。他们纵横捭阖的笔意，真的让我们想起先秦的文人，巍巍乎有高山的气象。

1902年以来，日本集聚的留学生和流亡的人员很多。最有影响的大约还是从国内逃亡出来的学人。康有为、梁启超是最早的流亡者，起初颇受欢迎。后来是章太炎等人的到来，世风已变。《民报》介绍过他们的情况，从演讲词、聚会、论辩文章中依稀可以见到彼时的环境、人情与心理。和国内沉闷的空气比，晚清精神界的亮色，是在这个园地里的。①《民报》的好，是一扫几百年间柔媚的文风，将明末的浑厚的艺术衔接起来。杂志的作者都有世界的与历史的眼光，对中国苦难的描述，有忧愤之笔。中国的不幸，在悲愤的叙述里栩栩如生地呈现出来。那时候作者的思想基础不过是排满的民族主义，精神是单一的。看杂志的文章，乃流着汉唐遗绪，精神往往并不复杂。而最有分量者，是章太炎述学的文字，以及与保皇派争论的文章，思想明澈而深切，后来留日的学生谈起那时候的印象，多是受到它的感染的。

从杂志最初几期的文章看，编者身边的作者不多，译文与艺术品亦少。但他们对炎帝、黄帝的推崇，对俄国、法国革命的礼赞，是一看即明的。引进的理论也以革命色调为主，无政府主义、社会主义、虚无主义等，都别有一番寄托在。杂志一再刊登关于俄国、法国革命经验的文章，介绍者的情绪是饱满的。对流亡者来说，那显然是一种精神的参照。杂志的广告也耐人寻味，没有商业气，都是书籍的简介。重要的是那些文章的学术分量，面孔是新的，仿佛注入了新的血液，流淌的是生命的激情。被压抑良久的民族忧愤，以诗与玄学的方式释放着。我们由此知道，晚清革命的出现，已和中国过去的易代之变不同，而有了文化复古的冲动。

① 　　　许寿裳在《亡友鲁迅印象记》里曾描述过当时的情景，鲁迅最初关于国民性的话题都是在这个语境里引申出来的。

鲁迅忧思录

1 《民报》之风

二

现在想起章太炎当年的风采，真的有神异的一面。他在"苏报案"中，明明可以逃逸，却偏偏不走，要把牢底坐穿。①这岂是康有为、梁启超可以相比。我们今人想想己身的情形，也只有汗颜。就视死如归的胆量而言，他无疑是晚清文人的豪杰。难怪他流亡后受到隆重的礼遇，就道德层面看，确是光芒四射的。他到日本是1906年，不久便参与《民报》工作，看那上面文章目录，可见其思考问题的广度：

《演说》（第6号）

《俱分进化论》（第7号）

《无神论》（第8号）

《革命之道德》（第8号）

《建立宗教论》（第9号）

《箴新党论》（第10号）

《人无我论》（第11号）

《军人贵贱论》（第11号）

《社会通诠商兑》（第12号）

……

那时候留学的青年，曾记录过章太炎到东京讲演时的情形，一时间，留学生对其文字颇为喜爱。早期人们尊敬康有为、梁启超，现在人们感到，章太炎的选择，与中国的觉醒的个体的人有关，似乎更为切实。孙中山在政治上的革命精神，应者如潮；章太炎文化理念中的

①　许寿裳：《亡友鲁迅印象记》，见倪墨炎、陈九英编《许寿裳文集》上卷，百家出版社2003年版，第85页。

创造性阐释，魅力也自不待言。他们二人在不同层面，给晚清的中国传来的都是非同寻常的信息。

章太炎这个人并不漂亮，他的那一腔浙江话，背后有丰富的东西。他在文字学上的功底，确有可夸耀之处。而人格的分量，可以英雄誉之。我们在他的文章里常常可以读到奇气。比如对宗教观的辨析，对哲学的理解，都非表面化的陈述，兼有庄子的逍遥和墨子的坚毅。从小学到博物学，从历史到政治，他都有独到的目光。在视野的开阔性上，他是走在康有为前面的。

翻看章太炎的书，他的治学，非为学术而学术，乃是以复兴汉学为己任。他以为汉学问题多多，被统治者压抑了，必须复兴周秦汉唐的某些传统。在东京讲学时，他一再强调种性问题，复兴旧学之梦历历在目。他在《民报》上的文章，都有古奥之风，学理的与智慧的光泽四射，一洗旧尘，不见一般士大夫的缠绵、自怜之腔，如晚秋的风，凛冽而又令人感到酣畅快意。那些文章的力量感强，辩驳之功深，常说些别人不说的话，且哲思深深。

对留日的青年来说，章太炎所以吸引他们，一是学问，二是人格。钱玄同、许寿裳都学到了先生的真经，而鲁迅兄弟则从精神上得其妙意，将批判意识建立了起来。章太炎给青年一代的影响是多方面的。国故研究，世界眼光，批判意识，都非同代人可比。在国学研究方面，鲁迅对其佩服得很，他说年轻时代没有读懂《訄书》，可能是真的。但那里借学术言人生乃至革命的抱负，则大开眼界。章太炎讲佛学和康德等学术，可能有半懂不懂的地方，未尝没有望文生义之处，这大概是他的短板。可是鲁迅觉得这并非最重要者，先生动人之处是革命的激情：

鲁迅忧思录

1 《民报》之风

一九〇六年六月出狱，即日东渡，到了东京，不久就主持《民报》。我爱看这《民报》，但并非为了先生的文笔古奥，索解为难，或说佛法，谈"俱分进化"，是为了他和主张保皇的梁启超斗争，和"××"的×××斗争，和"以《红楼梦》为成佛之要道"的×××斗争，真是所向披靡，令人神旺。前去听讲也在这时候，但又并非因为他是学者，却为了他是有学问的革命家，所以直到现在，先生的音容笑貌，还在目前，而所讲的《说文解字》，却一句也不记得了。①

鲁迅这里是故意言其所爱，略其旁门。他其实不是不懂老师的学问所在，只是觉得，知识生产易，而精神境界高者难。去后者而不言前者，以其身份非学者故。改变中国现实，重要的是造就一批新的文人，温暾的文字不能唤起民众。章太炎的文章，把康有为式的缠绵颠覆了，在根本点上，要保持精神的纯粹性。《民报》不卑不亢的风格，真的是新文人气象的一缕折光。

《民报》时期的章太炎，风头正劲。那些文章都很好，读者从中嗅出真的气息。不过那多是民族主义之声，色彩不免单一。在那前后，章氏文字充满斗士之气，嘴里常含"奴隶"二字，对清朝统治颇为愤恨。《訄书》就孤恨不已，致康有为的信讲革命高于立宪，气宇轩昂。历数清朝统治者种种罪行，怨怼之情，历历在目。这是典型的民族主义，一些看法并非没有道理，但包容心与康有为、梁启超比，颇为逊色。那时候只能以革命心对待王朝，其余的思路皆被排斥，以致辛亥

① 　鲁迅：《关于太炎先生二三事》，见《鲁迅全集》第6卷，人民文学出版社2005年版，第566页。

革命后，此种单一性的思维，在知识界居于主流，负面的因素不是没有。章太炎在谈到这本杂志的意义时说：

> 我汉族昆弟，所作《民报》，俶载至今，适盈一岁。以皇祖轩辕之灵，洋溢八表，方行无阂。自兹以后，惟不懈益厉，为民斗枓，以起征胡之铙吹，流大汉之天声。白日有灭，星球有尽，种族神灵，远大无极。①

我们从中也可以看见他对这本杂志的感情。这种气韵的文章，在《民报》上有很多。汪精卫、胡汉民等都有佳作问世。昂首阔步，铿锵有力，浩气当天，乃不二之则。彼时一些留学生的文风和这个杂志有关，是自然的。

《民报》学人有报国情怀，他们的文字果决刚毅，深味历史的同时，颇通现实，没有迂腐的形迹。孙诒让致太炎先生书，就赞佩他的学问"精审绝伦"，不是夸大之词。那时候谈种族革命的文章都不免干燥，流于情绪和口号。章太炎别有情怀，把驳杂的学识置于文中，是一种文化的解放之音。被清朝统治者压抑的想象与爱意，流水般在此倾泻出来了。

那一代的流亡者，并不迷恋权力。他们治学中的家国情怀，已超过了晚明的顾炎武、傅山诸人。因为远离祖国，历史的眼光就更深切。而在哲学的层面，也有国内学人所不及之处。比如研究佛学，已非国内学者的按部就班，而是有一种文化的对比的冲动。一些思路对学生

---

① 　　　章太炎：《〈民报〉纪念会祝辞》，见《章太炎全集》第4卷，上海人民出版社1985年版，第209页。

鲁迅忧思录

1 《民报》之风

也有冲击。在异域的汇聚里，流亡者构建的话语世界，让集聚在那里的人们感到古国文化的价值何在。已经不再是所谓孔教的建立之类的问题，而是输进域外文明，再造本土文化。《民报》的自觉的民族主义之音，在后来的辛亥之年终于演进成革命军的主旋律。

三

章太炎自己没有料到，他所主编的杂志散发的思想很快内化到青年的血液里。我读到1907年鲁迅写下的《摩罗诗力说》《文化偏至论》《人之历史》，都嗅出了章太炎之音。一些句法似乎也带有章氏的痕迹。读1908年周作人在东京写下的《论文章之意义暨其使命因及中国近时论文之失》，就感到了他对章太炎的模仿，或者说，章氏的文字已成了他生命的一部分。周作人的文气很盛，亦有古奥、豪爽之义，他后来回国，不复有那样"大风灭烛"之势了。有趣的是，文章通篇是批判的词语，对士大夫柔媚之文嗤之以鼻。他影射康有为的文字，和章太炎没有什么区别，从审美上讲，六朝的笔意和日本的和风浑然于一体了。

《民报》及其影响下的几个报刊，对遗老文化与保皇派的思想的攻击，真的大快人心。但有时意气用事，也不免简单化。在阅读《民报》的时候，常常看到被该杂志谩骂的人物康有为、梁启超，觉得把他们完全漫画化了。那里的许多文章都是针对立宪派而发的，立论直逼问题的核心。不过我们读康有为、梁启超那时候的文章，可见其心境也非革命派所说的那么阴险，改良社会的冲动，也不亚于《民报》诸人。读人论事要公正，也不容易。

康有为在戊戌变法中爆得大名，后来流亡海外，潜心治学，也奔走于各派势力之间，梦想救中国于水火。作为流亡者，他在晚清的文人中举足轻重。他那些在海外写的文章，有拳拳之忠。学问属于儒家的今文学派，思想近于大同意识，政治理念则是虚位共和。他在变法失败后感到，中国的事情，仅以暴力为之不妥，需由渐进改革为之。这些看法，在革命派看来不过梦想，乃落伍的保皇意识，不仅不符合国情，甚至有害于国人。这大概基于一种历史经验的考虑，动荡的变革，百姓太苦，于文化亦有害处。康氏的看法令革命派不满。章太炎就写信给康氏，讥其有害于国人，乃倒退之举。东京时期，《民报》品评康有为之声甚巨，其名声遭污，亦为康有为所恨。学术之争进入了政治之争，且你死我活，说起来是让人颇为感慨的。

康有为流亡国外多年，去的国家多于章太炎诸人，先去加拿大，后至日本，转辗新加坡、美国、德国等地，视野自然不同于章太炎这些人。去的国家越多，就越发感到中国的问题不可简单为之，一个民族和国家的形成，有历史的客观原因，以暴力的手段解决问题，则乱不可收矣。

我曾到过广州南海县（今广东佛山南海区）的康有为故居，见过其少年的旧迹，读到他的文章，觉得浑厚而驳杂，并非后人所说的佞人的样子。他的文章是儒雅劲健的，书法自成一体，与章太炎比，更有气韵，隐含着苍俊之美。他的诗词显得平平，但有抱负，不是迂腐之人的低语，总有旷世忧思。那些关于孔子托古改制的文章，历史的眼光如同烛照，闪着诸多智慧。但也因过于实用的目的，显得随心所欲，不及章太炎那么切实是显见的。

抨击康有为的人，在《民报》上高举的是法国、俄国革命的旗帜，以为那些经验对中国也颇为适合。而康有为则是皇家里的亲戚式的人物。我在汪荣祖《康有为论》中，读到孙宝瑄的日记的一段话，记载了章太炎对康有为等人的评价，不知确否，但值得一思，那日记道：

> 枚叔（章）辈戏以《石头》人物比拟当世人物，谓那拉，贾母；在田（载湉），宝玉；康有为，林黛玉；梁启超，紫鹃；荣禄、张之洞，王凤姐；钱恂，平儿；樊增祥、梁鼎芬，袭人；汪穰卿（康年），刘姥姥；张百熙，史湘云；赵舒翘，赵姨娘；刘坤一，贾政；黄公度，贾赦；文廷式，贾瑞；杨崇伊，妙玉；大阿哥，薛蟠；瞿鸿玑，薛宝钗；蒋国亮，李纨；沈鹏、金梁、章炳麟，焦大。[①]

章太炎说康有为是贾府的林黛玉，只是一种大致的印象式的描述，或是玩笑，不可当真。但细细一想，也不能不说有其妙处。我读过康有为描述生命之苦的文章，才发现他不仅有政治的气度，在本质上，还是个诗人。那篇《入世界观众苦》，哀思漫漫，泪光涟涟。文章很长，写到不同阶层人的痛苦，生之不如意者皆是，有的也只是肉体与精神不尽的烦恼。文章明显染有叔本华的意象，佛家的悲悯也是有的。有趣的是作者没有单一的诗人的调子，社会学与心理学的因素都有，康氏的多愁善感，不都是个体的自怜自哀，也常能推己及人，对天底下的众生有悲悯之思。联想他的大同世界的梦想，其旷远的爱，也并非没有价值。

① 　　　　汪荣祖：《康有为论》，中华书局2006年版，第67页。

康有为的林黛玉式之情，不免多愁善感，内心也带着宗教的冲动吧。他晚年主张建立孔教，以此补国人道德之不足，也不过一厢情愿。章太炎以为孔子乃无神论者，把其比作教主殊为可笑。将一种传统用到当下，以为可以有灵丹妙药之用，不过是一种幻想。文化建设乃慢慢演进之事，内中有诸多复杂的因素。章太炎看到了康氏的乌托邦之意，这乌托邦背后的保皇意识，是奴才的思想。他在致康有为的信里，痛斥奴才精神，就在根本点上与儒家的保守意识隔绝了。他们最大的区别是，一个靠皇权的力量推进孔子思想的传播，一个主张"学在民间"，将文化进化的希望寄托在草根里。这种分化，是现代文人分化的开始，到了鲁迅那一代，文人们是沿着这样的分化继续滑动的。

汪荣祖先生在《康有为论》里，多处言及章太炎与康有为的冲突，所言甚深，不过他在书中批评了《民报》的革命派的理论，对中国社会问题的认识失之简单。他欣赏康有为的济世之情，有拯救世界的冲动，本乎国情，不希望有社会的动荡与杀戮的存在。不过我们设身处地地想想，如果没有革命的到来，晚清旧物也真的难以荡涤，看看那些复辟者当年对革命党的迫害，当可见革命不能不来。这些血的教训，在后来多次出现，康有为在那样的时代被人攻击，也不是没有道理。

四

后人已经不易见到鲁迅、周作人初读《民报》的反应的文字，偶然留下的记录，也是只鳞片爪，不见全豹。我以为他们读《民报》的文章，有时候也有轻松的一面。杂志上对康有为等保皇派的批判，不都是论文，还配合着艺术作品。革命派的小说也在《民报》上出现了。这些比较感性的文字，使杂志变得活跃起来。偶然刊登的小说之类的文艺作品，都有新意。最早刊发的是章回小说《狮子吼》，是复兴汉文明旧梦的力作。这篇小说，后来的文学史不太涉及，因它还是旧时的作品。可是我读后颇为喜欢，原因是内中有一种启蒙的眼光。要说现代的启蒙文学，陈天华的《狮子吼》是不能漏过的。

《狮子吼》的文笔基本还在《镜花缘》《二十年目睹之怪现状》的层面上，但思想是现代反专制的内容。作者的思想与孙中山多有呼应，而审美的维度乏善可陈。不过读这一篇小说，会觉察到晚清的文人的历史观、文艺观的态度。用文学来反映生活，且表达自己的价值诉求，是梁启超以来的文人的共识。《狮子吼》开篇介绍世界局势，对近代列强瓜分世界的历史，描绘得栩栩如生。后来笔锋一转，写大陆的百姓生活，勾勒了一个世外桃源的所在地。在作者笔下，那个村子的与世隔绝，全未受清朝文化的濡染，几个读书人的选择，都是希望的火种。中国要有希望，必然要出现这样的群落无疑。

这确是乌托邦的一笔，使小说有了桃花源式的味道。作者设想的人物都有学问，可谓素人，思想在明代的阳光里，汉文明的光泽暖暖地照着。他们有强烈的国家意识，但也是新的国家。作者借着主人公之口，赞美法国的卢梭和晚明的黄宗羲，那就是民本的立场和人道的意识了。读这篇小说，一是可以看出晚清社会生活的一个片影，二是能够感觉出士大夫意识向现代文人转变的痕迹。人物并不奇特，思想却是新的。若说新小说，这部作品，也算一个吧。

那时候梁启超也写过一本《新中国未来记》，用的是幻想的笔法，写得满怀义气，意在指明中国的方向。而《狮子吼》写的是今人的生活,不那么暧昧,倒有一种思想的流盼了。值得注意的是,小说对儒学思想有所批评,不都按照旧的道德行事。比如,父母去世,可以不守孝三年,倘出国留洋亦可允许。读书也非四书五经,西洋学说亦有不小的价值。这篇作品是海外作家对故国的一种情思,民主精神、自立的精神在小说中有所呈现,是作者的贡献。说它是后来新小说的前奏,也是对的。

那是中国新小说的朦胧期,其实苏曼殊、鲁迅、周作人都已经开始倾向文艺的活动了。有趣的是,章太炎与苏曼殊、鲁迅都有关系。周作人翻译的斯谛普虐克的《一文钱》,经章太炎的修改就发表在《民报》上。[①]这对周氏兄弟是一个鼓舞吧。可是那杂志毕竟是政论与学术为主,因为不是专门谈艺的杂志,苏曼殊、鲁迅、周作人都有另建平台的设想,但那时候新艺术载体已经在酝酿中了。

与那时候的日本小说界比,《民报》的小说作品显得幼稚、粗糙,还没有夏目漱石式的人物出现。原因是中国的作者还没有认真研究译介域外小说,除了林纾等人,大多对西洋作品的内蕴知之甚少。鲁迅是不满意《民报》那样简单化的小说的,至少觉得技巧还不够通达。而那时候他所译的《地底旅行》《月界旅行》《造人术》,真是神思渺渺、幽魂荡荡。人的精神表达的丰富性和深切性,都在此伸展着。

我有时候想,鲁迅那时候在东京阅读《民报》,对艺术栏目的失望是一定的。他自己要主编的那本《新生》的杂志,就在格律上大异于《民报》,从所选择的瓦支的《希望》的油画作品看,意象则有悠

---

①   周作人:《关于鲁迅之二》,见周作人著,止庵校订《瓜豆集》,河北教育出版社2002年版,第168页。

鲁迅忧思录

1 《民报》之风

远的神思，通往人性的深切之地。①不读《民报》的文章，我们有时候不会意识到后来《新青年》的价值，恰是后者，把人性的隐秘与明快之色召唤出来，有了与旧小说、旧文章不同之色。鲁迅兄弟的文章是在《新青年》里才大放光彩的。两个杂志彼此的联系大概只有细细分析才能感到。

许多年后，胡适总结晚清的报刊，他说《民报》与《甲寅》，并不能算真的新文化的载体，言外那是老派的文章，不过明代余光的反射。要说有现代的意识和现代的眼光，还得从《新青年》开始。我以为此话未必准确。其实就学术的眼光看，《民报》讲国学的文章，质量不亚于后起的杂志上的作品。就格局来说，它虽然政治色彩过浓，作者队伍狭窄，可是翻译、时评、政论、学术随笔、小说都有了，那也是《甲寅》《新青年》所继承的部分，只是精神的色调不及陈独秀、胡适那代人更为现代而已。

五

但《民报》命运多厄，仅出版了二十几期就夭折了。时间是1908年，据太炎先生自述，日本当局以恐吓手段为之，甚至有人投毒，使刊物不能继续经营。从创刊到解体，时间很短。章太炎不得不转移阵地，在另一个园地《国粹学报》刊发文章。此后情况大变，文人分化日益明显。他身边的人，也不及过去那么有热情了。

① 　　周作人：《新生》，见周作人著，止庵校订《鲁迅的故家》，河北教育出版社2002年版，第309页。

不过，回忆那段生活，让人常常念起的，除了革命活动，还有那些人际交往，与青年的互动，留下的资料都让人感慨，血肉之躯的诸多故事，有着诗一般的美质。比如章太炎教过一批学生，其中就有鲁迅、周作人、许寿裳诸人。《民报》后期，章太炎因为有了这些学生，生活有了另一番光景。关于那段生活，周作人在《知堂回想录》里记载得最为生动。许寿裳的回忆亦可参照，他写道：

> 民元前四年（一九〇八），我始偕朱蓬先（宗莱），龚未生（宝铨），朱逷先（希祖），钱中季（夏，今更名玄同，名号一致），周豫才（树人）、启明（作人）昆仲，钱均夫（家治），前往受业。每星期日清晨，步至牛込区新小川町二丁目八番地先师寓所，在一间陋室之内，师生席地而坐，环一小几。先师讲段氏《说文解字注》，郝氏《尔雅义疏》等，精力过人，逐字讲解，滔滔不绝，或则阐明语原，或则推见本字，或则旁证以各处方言，以故新谊创见，层出不穷。即有时随便谈天，亦复诙谐，间作妙语解颐；自八时至正午，历四小时毫无休息，真所谓"默而识之，学而不厌，诲人不倦"。①

许寿裳还记载了众人听课时的反响，如今回想起来都很有趣。章太炎那时候正对佛学颇有兴趣，还与鲁迅兄弟谈过拜见印度学人的话题。周作人、鲁迅都有章氏的手札，那字迹苍劲古朴，内中也有温和

---

① 许寿裳：《纪念先师章太炎先生》，见倪墨炎、陈九英编《许寿裳文集》下卷，百家出版社2003年版，第529页。

鲁迅忧思录

1 《民报》之风

的气息，可以想见其为人的厚道。他的授课，给学生的影响很大，后来许寿裳、钱玄同在大学的看家本领，都是从太炎先生那里学来的。鲁迅回国后一度想写《中国字体变迁史》，大概也有老师的痕迹在，如果不是随先生读书，他对汉字的变迁的理解，或许没有那么深切。

随一个流亡的学者学习故国的文明，了解汉字的隐秘，那一定是别有感慨的。那时候有学者说，中国人来自西方，乃非洲或中亚的移民。而章太炎据汉字的结构，分析汉族乃东方的民族，距海不远，非西方的子遗也。他在讲解汉字时，不都是为学问而学问，现实的情怀很浓，常有思国之幽情。这给鲁迅的印象很深，周作人说章太炎在文字学上的贡献大，而鲁迅则以为老师在革命史上的价值大于学问的价值，都是不同的看法。

章太炎授课的时候，生活并不平静，听课的学生对其内心的焦虑未必知晓。他不仅要面对清朝政府的压力，也面对着文人分化带来的冲击。不久，日本人出面禁止了刊物的出版，使章太炎遇到了难题，险些入狱。还是许寿裳想办法解决了资金问题。这在章太炎、周作人的文字里都有记载。章太炎学究气浓，不太易与人结交。他与孙中山、汪精卫很快就决裂了。1909年，在《与南洋、美洲侨寓诸君》一信里，他对《民报》的被封颇为恼火，也迁怒于孙中山、汪精卫、胡汉民等人：

《民报》于去年阳历十月出至二十四期，即被日本政府封禁，时鄙人实为社长，躬自对簿。延及今日，突有伪《民报》出现。主之者为汪兆铭即汪精卫，假托恢复之名，阴行欺诈之实。恐海外华侨不辨真伪，受其欺蒙，用敢作书以告。

《民报》之作，本为光复中华，宣通民隐，非为孙文树商标也。孙文本一少年无赖，徒有惠州发难事在最初，故志士乐与援引。辛丑、壬寅之间，孙文寄寓横滨，漂泊无聊，始与握手而加之奖励者，即鄙人与长沙秦力山耳。自此以后，渐与学界通声气。四五年中，名誉转大。一二奋激之士，过自谦挹，奖成威柄，推为盟长。同人又作《民报》以表意见。时鄙人方系上海狱中，即以编辑人之名见署。出狱以后，主任《民报》，几及三年，未有一语专为孙文者也。惟汪精卫、胡汉民之徒，眼孔如豆，甘为孙文腹心，词锋所及，多涉标榜。自时孙文瑕衅未彰，故亦不为操切……

……逮及《民报》被封，裁判罚金一百十五元。报社既虚，保证金又无由取出（以原用张继姓名纳保证金，张继已西行，无原印，则不能取）。鄙人本羁旅异邦，绝无生产，限期既满，将以役作抵罚金，身至警署，坐待累绁，犹恃一二知友，出资相贷，得以济事。夫身当其事者，亲受诟辱则如此；从旁相助者，竭蹶营谋则如彼；而身拥厚资蓄养妻妾之孙文，忝为盟长，未有半铢之助，不自服罪，又敢诬毁他人，此真豺虎所不食，有北所不受。[1]

在异国他乡，既无资金支持，又无党派后援，《民报》的半途夭折，也是必然的结局。这对章太炎无疑是个打击。而他的学生们也开始尝试自办杂志。比如鲁迅、周作人等就想创办杂志，但非走《民

---

[1] 章太炎：《章太炎书信集》，河北人民出版社2003年版，第281页。

鲁迅忧思录

1 《民报》之风

报》的路，而是专事文艺。因为他们对《民报》的文艺作品过于陈旧是不满的。在周氏兄弟眼里，世间是该有另类的杂志在的，不独《民报》那样的单一。

现在想来，晚清的文化变动，不是简单的复古，还有东西方不同理念重新组合的过程。如果说，西洋的文化给了那些留日的学生一些"知"与"情"的新启示，那么，章太炎则在故国的文明里，把"意"的存在献给了诸人。他们知道文章可以这样充满个性，有悠远的古意在，完全不像康有为那么老朽味，只在儒家的词语转来转去。章太炎有庄子那样飞动的灵思的感觉，也有刘勰那样的古奥深远吧。《民报》开一代学术新风，把文化从奴性中引向解放的天地，实在也是功不可没的。

与《民报》同期的报刊很多，思想也十分驳杂。仅在日本创办的就有《天义报》《河南》《汉帜》《复报》等，刘师培、鲁迅、周作人都有文章发表。但《民报》的倾向和学问，在力量感上，总有别人不及的地方。那时候陈独秀、苏曼殊、钱玄同尚未呈现全貌，除康有为、梁启超外，在学问上给人刺激的，还难有人能及章太炎。可是他的任性、多疑也导致了自己的孤独和清苦。他的过激的语言和不谙世故的精神，显得比许多同代人要简单和纯粹。

晚清文人的字与画，保存下来的不多。那些文物的散佚，真的可惜，我们今人要一睹昔人的风采，难之又难了。我第一次见到章太炎的书法，是二十余年前，偶在一家古宅里见到他的题词，颇为惊喜。此后念念不忘，直到前不久，因为要筹备纪念辛亥百年文史资料的会议，我在博物馆里再次见到他编的《民报》杂志和他的手迹，一时颇多感慨。那些遗物和他狂狷的性格不同，有温润随和的美。很难把那些美丽的文字和斗士之风联系起来，于是暗自叹道：字如其人，也并不都对。他内心的暖意，人们讲得不多，关于那一代人的爱和恨，世人知道多少呢？在他的遗物前，我好像感受到了他的生命的呼吸。联想起创办《民报》的前后，他身边的人与事，都如烟云一般散落在历史的深处了。《民报》在历史上只是短短的一瞬，却是流亡者心音的集散地。现代的青年未必喜欢它的文风，词语的艰涩难懂，成为一种沟通的障碍。但倘若我们真诚地面对那些文字，真的不能不心动。那种痴情、无我精神，那种燃烧在信仰中的激情与大爱，我们在现在的读书人那里，确也不易见到了。

六

早期的鲁迅在《民报》那里学到了一种人道情怀和硬朗之风。他的思想是在那个时期渐渐成熟的。章太炎的古朴、多疑的性格似乎也传染了他。就思维方式而言，章氏的"吾丧我"式的表达，对自我的怀疑之后的精神的清洗，与尼采未尝没有吻合之处。这和尼采的思想一样，也催促了鲁迅"个人"观念的建立。木山英雄在《文学的复古与文学革命》一文里，讲到章太炎的精神气质，鲁迅自然也有与老师重合的地方。和太炎先生不同的是，鲁迅在复古的路上走得不远，便开始进入新学的世界。他以古奥的词语，表达对新文明的渴望。这种复杂的文体部分是从《民报》那里得到暗示的。

典型的例子是鲁迅兄弟合译的《域外小说集》，句子都很拗口。用鲁迅自己的话说，是佶屈聱牙。而那序言，则更有古风无疑：

鲁迅忧思录

1 《民报》之风

《域外小说集》为书，词致朴讷，不足方近世名人译本。特收录至审慎，迻译亦期弗失文情。异域文术新宗，自此始入华土。使有士卓特，不为常俗所囿，必将犁然有当于心，按邦国时期，籀读其心声，以相度神思之所在，则此虽大涛之微沤与，而性解思惟，实寓于此。中国译界，亦由是无迟莫之感矣。①

鲁迅所讲的"新宗""神思"，和章太炎不同，乃个性主义也，神秘之精神体验也。他已经不满意《民报》的民族主义的视角欣赏其气象，而从复古的世界进入近代的思想之野。那也就是以西洋小说之精神，补章太炎思想之不足，从个体生命的角度，切入神秘的个人世界，释放精神的能量。鲁迅似乎觉得，在整理国故方面，章太炎那代人已有基础，而在输入新思想方面，则还多为空白。《域外小说集》的用意，大概在此。

鲁迅不是沿着老师的路亦步亦趋，走新的路途却不易，也不得不借鉴老师的思路。1934年，在回忆青年时期的文章时，他就谈到了那时候的写作状态：

而且我那时初学日文，文法并未了然，就急于看书，看书并不很懂，就急于翻译，所以那内容也就可疑得很。而且文章又多么古怪，尤其是那一篇《斯巴达之魂》，现在看起来，自己也不免耳朵发热。但这是当时的风气，要激昂慷

① 　　鲁迅：《〈域外小说集〉序言》，见《鲁迅全集》第10卷，人民文学出版社2005年版，第168页。

慨，顿挫抑扬，才能被称为好文章，我还记得"被发大叫，抱书独行，无泪可挥，大风灭烛"是大家传诵的警句。但我的文章里，也有受着严又陵的影响的，例如"涅伏"，就是"神经"的腊丁语的音译，这是现在恐怕只有我自己懂得的了。以后又受了章太炎先生的影响，古了起来……①

一古一新，在鲁迅写作史上乃短暂的一瞬，却留下了诸多迷人的篇什。对比《民报》上的文字，是有呼应的地方的。鲁迅肯定《民报》，大概基于以下的考虑：一是文化的新路，不是康有为那种自上而下的理路，章太炎所说"学在民间"，才是正路。二是民族解放，第一步是个人的解放，像章太炎那样的复古主义，走了一半，另一半是"立人"的文化。鲁迅觉得，应从《民报》的平台出发，走到另一条路上。章太炎说革命者都是疯子，那是中国式的比喻，而鲁迅则借用尼采的思想，大谈个人主义的价值，叫出了另一声音：

> 若夫尼佉，斯个人主义之至雄桀者矣，希望所寄，惟在大士天才；而以愚民为本位，则恶之不殊蛇蝎。意盖谓治任多数，则社会元气，一旦可隳，不若庸众为牺牲，以冀一二天才之出世，递天才出而社会之活动亦以萌，即所谓超人之说，尝震惊欧洲之思想界者也。②

---

① 　鲁迅：《〈集外集〉序言》，见《鲁迅全集》第7卷，人民文学出版社2005年版，第4页。
② 　鲁迅：《文化偏至论》，见《鲁迅全集》第1卷，人民文学出版社2005年版，第53页。

鲁迅忧思录

1 《民报》之风

鲁迅对庸众的看法，与国人拥护康有为、梁启超有关。立宪派的影响比革命党要大，这是一个严峻的问题。而革命当中有精神力度者，不过二三士矣。可是恰是这样的战士，可唤起国人，不再沦入苦境。这是何等的重要。鲁迅在那时批评物质主义，讲"立人"，抨击伪士，都与此思路有关。可以说，彼时已有了与章太炎那代人不同的起点。《民报》之风吹拂之下的青年，已开始面向更广泛的世界了。

七

若是细细分析就会发现，语言的自觉，是那时候个性觉醒的第一步。《民报》前后，章太炎和严复、康有为、刘师培、吴稚晖等人，都讨论过汉语的走向，涉及现代人的理念如何表达，以及人的情感书写诸类问题。这里，他们对传统资源的借用是不同的。鲁迅也注意到了他们的看法，他所讲的"尊个性而张精神"，不都是从尼采那里来，也有传统的因素。或者可以说，是章太炎那类英雄激活了他对古文明的想象。《民报》刻在他内心的恰是这样的情怀。比如太炎先生批评青年重物质而轻精神，鲁迅也借用过来；谈国学的时候，注重的是历史，对语言文字、典章制度、人物事迹都很关注。顾炎武"行己有耻，博学于文"，对于章太炎是一个参照，鲁迅也有类似的情怀。对照那时候彼此的文章，鲁迅是暗系老师的文脉的。

因为章太炎的博学，他的学生多是沿着其学术的路行进的。黄侃、钱玄同、朱希祖走书斋的路，吴承仕、鲁迅、周作人后来则在书斋与社会世功间往来。太炎先生认为学问在求是与致用之间，他自己偏于前者；鲁迅与后者的关系更深。与众多同门比，鲁迅得先生之意为多，乃神似。比如章太炎论述青年的毛病是看问题有点简单化，细看一下鲁迅则凡事都能以复杂的思维和纯情为之。再比如，章太炎对历史虚无主义多有批评，他后来讽刺顾颉刚等人对大禹的存在的怀疑，鲁迅也持同样的看法。这些都是彼此的相通之处。至于在史学与文字学中，类似的交叉也可找到许多。

章太炎的文章有气象，是朗照的，周身光泽。与明清文人的委顿文体一比，立见高下。学问与人格都有迷人的色彩时，文字也有非同寻常的美。现代史上，他是个文体家，不过这样的文体不太为一般读者所接受，因为过于趋古，遂渐渐沉寂，而周氏兄弟则能以古意进入现代人感觉中，在今人的觉态中创造美的表达式，便有了无数知音，且让人看到了创造新的现代语言的可能性。

如果没有太炎先生一代对文体的探索，鲁迅那代人可能不会马上找到自己的新门径。不过章太炎的路是奇险之旅，要有很深的国学根底才行。太炎先生在自定年谱上说：

> 初为文辞，刻意追蹑秦汉，然正得唐文意度。虽精治《通典》，以所录议礼之文为至，然未能学也。及是，知东京文学不可薄，而崔寔、仲长统尤善。既复综核名礼，乃悟三国两晋间文诚有秦汉所未逮者，于是文理渐变。[①]

章太炎对文章的敏感，有多重用意，因为是文字学大家，对词语

---

① 章太炎：《民国章太炎先生炳麟自订年谱》，台湾商务印书馆1980年版，第9页。

鲁迅忧思录

1 《民报》之风

的变化有自己的看法。另外受到了日本武岛又次郎《修辞学》的影响，"见在语""国民语""著名语"之外，对"外来语""新造语""废弃语"亦多关注。章太炎认为，中国古代"废弃语"很多，其实可以重新采用。它们也能够转化为新式语言。

那些恢宏的雄文，采用"废弃语"为多，一面有古风，一面又多是遒劲的气象。这对周氏兄弟，是很大的影响。他们初期的文章其实就是在"废弃语"中转化新句式的努力。章太炎这个思路，颠覆了旧文人的俗套，鲁迅从中有所心得也是自然的。不过，后来周氏兄弟放弃这些文体，可能与他们的翻译实践有关。从外来句式和传统中寻找新的表达，使他们离开了章太炎的路径，有了自己的家法。

但在看似不同之中，还是有相近之处。比如都自然酣畅，精神奔放的时候居多。语言的问题，表面是表达的问题，实则是一种思想的辐射。晚清的思想革命，从哪里开始？孔子的资源似乎有点问题，外来的精神又有隔膜，那么只有从文章词语开始了。鲁迅早期翻译外国小说，就已经从文体上告别了晚清体，自寻其路。这是太炎先生的启示，因为属于工具层面的选择，鲁迅自己不愿深谈其间的话题，好像被思想革命遮掩了。现在我们还原起来，则可以看到更深层的问题。

章太炎在晚清，于文章上是独树一帜的，后来没有人能企及，遂成绝学。他的弟子，从学理上可以继承老师的传统，在文章学的层面，却不能继续前行，是未得真传的。但周氏兄弟不是这样，他们在白话文上，拓出新路，将文章变得好看好玩，实则是先生遗风的流转。从另一个层面沿着老师的路走，可谓现代文章的变法。真得师传的，是意的延续。至于黄侃、钱玄同则是学理层面的延伸，深明文章流变的奥秘者，不是很多。

能够看出这一点的，是许寿裳，他晚年赞扬章太炎的时候，也真诚地推荐鲁迅。在他眼里，师徒之间，有衔接的地方，都对中国文学有推动之功。从章太炎到鲁迅，文章的气象大变，中国文化的朗然之气，已经把历史的浊气驱走了。鲁迅那一代人的起飞，借用了章太炎的传统，但不久就远离了这个传统。因为他们知道，面对精神之途，仅有旧式文人的转身还远远不够，诸多文明的处女地还沉睡在世间待人开发呢。

鲁迅忧思录

1 《民报》之风

2

日本经验

一

胡适在一篇文章里谈到鲁迅的文体，说内中有日本语的因素。这是对的。但究竟哪些东西隐含在里面，却语焉不详了。倒是那些日本汉学家看到了这一点。比如，木山英雄讨论周氏兄弟的时候，专门讲到与日本作家的关系，那都是知人之论。当代研究者在梳理日本词语对现代中国的影响时，差不多都涉及此点。

谁都知道，鲁迅与日本有很深的纠葛。但相关的资料不多，可依据的文字与图片相对较少。鲁迅在日本留学的几张照片，都很有风采。它们曾吸引我去寻找他的另一些痕迹。现在仅存的几封信件和医学笔记都颇值得玩味。这些遗物暗含的东西是众多的。他在仙台的医学笔记写得整整齐齐，大约是他性格里的洁癖在起作用，可以想见那时清洁的样子。但青年鲁迅的形象对我来说是模糊的，我至今弄不懂他的精神形态的底色是怎样形成的。那时候留下的译文与文言作品，还只是冰山的一角吧。

他在日本待过七年，时间算是不短，这对于了解他的人是谜一样的存在。他的外文藏书以日文为多，晚年的朋友有许多是从日本来的。日本之于他，是个绕不过去的存在。要不是因为去了日本，鲁迅也许只能是个李贽那样的人物也未可知。

直到后来回到国内，他依然保留着在日本养成的生活习惯。北京

鲁迅忧思录

2 日本经验

的旧居，格局很像日本的民宅，屋内的糊纸，有点东洋的味道。加之绍兴的特色，很让人联想起来什么。墙上的那幅藤野先生的照片，似乎暗示着留学岁月的故事。最有趣的是他的日文藏书，只要你翻看它们，就会生出诸多感想。

在很少的几次谈论日本的讲话里，他提及民族性中深层的东西。有一次曾与岛崎藤村说：

> 我怀念日本。那些日本人有种打破沙锅问到底的气质。我是美慕日本人这一点的。中国人没有这种气质。不管什么，总是用怎么都可以来对付过去。不改掉"怎么都可以"，是无论如何都不能革新中国的。[①]

那时候谈话的环境是怎样的，我们不得而知，有点苦寂是必然的。我记得内山书店的条件很好，鲁迅经常在那里接待客人，许多书籍都是从那里购置的。他在和内山完造谈话的时候，常常是微笑着的，谈天的内容很多、很广。偶也讲起中国人的问题，说中国人都患有马马虎虎的病，这是与东瀛文化对比的感叹。像藤野先生的谨严，对他多有影响。在晚年多病的时候，他身边多是日本医生，也许那时能让其相信的中国医生真是不多的。

自然不是日本人什么都好，还有许多他不喜欢的东西。但在中国问题四起的时候，他的认知点是在本国人的痼疾上。他在《二心集·新的"女将"》中说："日本人是做事是做事，做戏是做戏，决不

---

① ［日］岛崎藤村：《鲁迅的话》，花启清译，《鲁迅研究动态》1985年第4期。

混合起来"①，言外有赞许的地方。后来有人据此说他有汉奸的言论，那不过是望文生义的陋识。

类似的差异他谈到过多次，尤其是教育理念的对比，给他的刺激非同小可。教育意图不同导致青年情况的差异。日本留学教育使他学会了怀疑主义的那些视角，但中国的教育只是让人盲目地信仰什么，自主的判断是微弱的。那结果造就的不过是些奴才。

许寿裳曾介绍过鲁迅留学的片段，印象是孤寂的时候多。一个人静静地读书，没有什么故事，却都是故事。他在东京的街道穿行，在松岛流连，在仙台苦译小说，背后都有诸多苦思。那是与精神的怪客相逢的日子，许多奇异的人纷纷涌入。克尔恺郭尔来了，尼采来了，斯蒂纳来了，拜伦来了……在远离人群的地方，他找到了思想的绿地。这些不是可以好好地写写吗？

从那时留下的文字能看出来，他的精神是浪漫的、飞动的。一生之中只有这个时期的文字是飞的。比如他译介《造人术》，这是美国人最早关于克隆人的猜想，多么神异之笔。还有《海底旅行》与《月界旅行》，亦多幻想的妙趣。凡尔纳的科幻小说，把他的科学之梦与文学之梦巧妙地一体化。他甚至在那里生出一种幻想，那就是中国的文学要新生，必须以科幻小说起步。

而且有趣的是他迷上了拜伦、海涅、裴多菲这些摩罗诗人，他们那么深切地吸引着他。在异国的土地上，他最深切的体味也许是批判理性对人的重要性。人是有限的存在，尼采告诉了他这一点，康德也暗示了这一点。西洋文明与日本文明的历程都在证明，批判的思想对

① 　　　鲁迅：《新的"女将"》，见《鲁迅全集》第4卷，人民文学出版社2005年版，第344页。

鲁迅忧思录

一个古老的民族而言，实在是重要的。

青年鲁迅在与日本相遇不久，就被那个开放的视野吸引住了。他有感于日本知识界的世界视野。那些大胆从域外拿来艺术品的勇气，对其影响甚巨，以致终身都没有摆脱翻译的嗜好。他接触的日本文化环境，有一点或许是很有启发的。那就是在吸收外来文化的过程中，青年可以不是被动地进入国家的建设，而是能动地介入其间。内田义彦在分析日本青年的个性发展的时候，这样分析道：

> 在明治青年那里，"我"的自觉和国家独立的意识紧密相连，胶不可移。……然而，反过来说，这又意味着把个人的独立，作为国家独立的绝对条件来要求。"我"作为国家的一员，并不意味着使我去迎合事先由当政者确定的国家意志，而是意味着"我"是参与决定国家意志的政治上的能动者，"我"的自觉，是这种情况下作为国家一员的自觉。①

这样的环境到底有多大的范围，鲁迅接触的氛围是浓是淡，我们都不清楚。但他感到了异样的气息是肯定的。鲁迅赞叹日本国民性的优点，可能与此有关。许寿裳在回忆录里对鲁迅的介绍，都能够让人体味到他们留学时期的心情。而那种兴奋之感，也转化成了独思的动力。

在最初几年间，他对知识的兴趣一直跳来跳去，不知道自己的定位在哪里。他跑集会、听演讲，是鼓起了民族主义情绪的。后来到仙

① ［日］伊藤虎丸：《鲁迅与日本人——亚洲的近代与"个"的思想》，李冬木译，河北教育出版社2001年版，第26页。

台，心由热到冷，自尊受到了伤害，又经历了读书的失败，以及兴趣的转移，他终于觉得，也许文学才是自己最需要的。

二

只有阅读了他和弟弟周作人译介的《现代日本小说集》，才能感受到岛国艺术与他的关系。

在鲁迅与周作人翻译的《现代日本小说集》里，渗透着淡淡的哀愁和民俗之调。周氏兄弟在接触这些东西的时候，知道了它们对于中国读者的重要性。

现代日本人学会了西洋小说的叙述视角，把普通人的痛楚纳入文本之中。夏目漱石、森鸥外、有岛武郎都有令人惊奇的作品。他们进入周氏兄弟的眼中时，我猜想是那些孤独而有沉思力的文本在起作用。说不定正是那种精神之力感染了他们。

对比《克莱克先生》与《藤野先生》，能看出两者的关系，夏目漱石的笔法影响了鲁迅是无疑的。日本小说惆怅的调子一直萦绕在读者的心头，那雾一般的笼罩对鲁迅是一个刺激。文人睁着眼睛看世界，比沉思在梦幻中更重要。国木田独步的《少年的悲哀》，武者小路实笃的《第二的母亲》，有岛武郎的《与幼小者》，江马修的《小小的一个人》，在风格上都有不安的样子，沉郁到人心底。人之在世，可怜可哀的存在总要多于快慰。人无时不在枷锁中。鲁迅后来的小说，是感染了这些的，只是不像日本人那么委婉，而多了俄国式的阴冷。在日本人的作品里，俄国式的残酷总还有限。而这，恰是鲁迅喜欢的地

鲁迅忧思录

2 日本经验

方。日本小说的深度在鲁迅看来还是个问题。在阅读了一些东亚的艺术后,他反而更倾向于俄国的风格了。

但日本的乡愁给他的印记是内在的、无声的。那些地域风情,唤起了他的故乡意识。将谣俗之调用到现代小说里实在是件大事。东瀛人给鲁迅的暗示是不可忽视的事实。《呐喊》《彷徨》中对鲁镇、未庄的描述之成熟,令人想起芥川龙之介、加藤武雄风情无边的作品。包括江户时代的民风,有厚重的东西在,百姓的想象有读书人缺少的存在。日本小说对市井与乡村的描述,印有东方古老的梦,和俄国的小说是大异的。鲁迅在意蕴上取俄国忧郁的心绪,其中不乏混沌之美,在色调上却保持了东方性格的写实之味。这些在他是双重遗产。现在我们谈论绍兴文化隐含的话题,日本小说的渗透力,总是不该漠视的。

日本小说偶然带有的思想随笔意味,在鲁迅眼里是被注意到的。有岛武郎的《与幼小者》的独白,就感动过他:

> 你们若不是毫不客气的拿我做一个踏脚,超越了我,向着高的远的地方进去,那便是错的。①

当与此话相遇时,鲁迅曾浮想联翩。他甚至把这段话用到自己的文章里去。有岛武郎说这番话时,是一种生命的感叹,而在鲁迅那里多了五千年的沉重。"肩住了黑暗的闸门,放他们到宽阔光明的地方去;此后幸福的度日,合理的做人。"②在日本,没有宋明理学的枷锁,

---

① 　鲁迅:《"与幼者"》,见《鲁迅全集》第1卷,人民文学出版社2005年版,第380页。

② 　鲁迅:《我们现在怎样做父亲》,见《鲁迅全集》第1卷,人民文学出版社2005年版,第145页。

青年的阻力远不及中国青年巨大。鲁迅借了日本的意象，却说出了中国的寓言，那内涵是超过了有岛武郎的。

我有时看到鲁迅笔下的复仇的话题，就想起菊池宽的小说《复仇的话》。菊池宽对武士生活的再现，深得周氏兄弟的喜爱。他们所译的《复仇的话》，忧戚而不乏江湖的野气，是大和民族的基因。鲁迅是不是看上了复仇中的温情，不得而知，但复杂心境下的死亡选择在鲁迅那里也是有的。他在写《铸剑》时，调子似乎有相近的一面，可是又多了黑色幽默的东西，这是日本过去少有的因素吧。他在自己的经验里，将它们有意味地转化成中国的语调了。

不妨说，现代日本人对自我的凝视勾起了鲁迅对自我意识的冷观。较之于俄国文学，日本的小说自然还有些浅薄。而这种浅薄，在鲁迅之前的文言笔记里，也是不多见的。岛国的小说在许多方面走在了中国的前面，那些作家对生活的理解，是一种现代的视角，气韵自然也非古老的东洋艺术可以比美。周氏兄弟当年苦苦介绍日本的文学，其实有着自己的期盼，那就是中国人也能有自己的"人的文学"。事实是，当鲁迅自己开始小说的创作时，在高度上，他的作品已经超出了许多他译介的作品了。

三

敏感于色彩的鲁迅很快就感到，除了文字的所谓开放性，日本的色彩感与中国的有很大的差异。日本传统的建筑和诗文都有精妙的美质，而在艺术上给他最大冲击的是浮世绘。他和周作人都提及对浮世绘的喜爱。鲁迅藏书里就有《浮世绘版画名作集》《浮世绘大全》《日本木板浮世绘大鉴》等，和友人谈天时偶尔也言及于此。1934年1月27日，在与日本友人山本初枝的通信里，鲁迅表达了对浮世绘的喜爱之情：

> 关于日本的浮世绘师，我年轻时喜欢北斋，现在则是广重，其次是歌麿。写乐曾备受德国人的赞赏，我读了二三本书，想了解他，但最后还是不了解。然而，适合中国一般人眼光的我想还是北斋。我早就想引入大量插图予以介绍，但按目前读书界的状况，首先就办不到。贵友所藏浮世绘请勿寄下。我也有数十张复制品，愈上年纪人愈忙，现在连拿出来看看的机会也几乎没有。况且中国还没有欣赏浮世绘的人，我自己的东西将来传给谁好，正在担心中。[①]

周作人在一篇文章里，讲到了他们对日本艺术相近的看法，都对东洋文化里的幽静、神异之风带有敬意。鲁迅藏品里关于浮世绘的内容很多，他从日本人的绘画里也吸收了什么是可能的。他们文字间偶尔谈及东洋美术的片段，不是隔膜，而是内心切实的体认。

我在《鲁迅藏画录》中曾说到这样一种感受：

> 周氏兄弟被浮世绘所感染，在我看来有文化上的冲动。周作人从中大概发现了风情的美，鲁迅的感慨还有另外的原因，他自己是有绘画的天赋的，对色彩、线条、内蕴有美学

[①] 鲁迅：《340127 致山本初枝》，见《鲁迅全集》第14卷，人民文学出版社2005年版，第280页。

上的呼应，激活了小说家的灵感也是可能的吧。浮世绘乃江户时代的彩色版画，内以风俗、自然山水为主，参杂茶社、艺妓、武士等，神态清秀、幽玄，略带色情和某些空幻之境。据说欧洲画家马奈、莫奈、梵高、高更等接触了浮世绘后，催生了印象派艺术。东方人感知世界的方式，自有特别感人之地。鲁迅的关注浮世绘，当然有自己的经验记忆。葛饰北斋的作品有唐代诗风，鲁迅年轻时看重他的绘画，是不是因了那简洁、纯净而又有禅味的东西吸引了自己也未可知。歌川广重的艺术不同于北斋，其风月之图已脱离了中国画的风致，有了岛国的冲淡和静谧，内中也透出乡间的美意，隐隐可窥超凡之韵。广重在苦涩里也打捞出些有趣，看他的作品能体味出一些大爱的东西。至于喜多川歌，写人的技巧不可小视，《青楼十二时》女子的倦怠的眼光，《娘日时计》中人物的懒懒的躯体，各得神姿，眩目揪魂。人的肌理、心绪，在画面上巧妙地呈现出不同色调，真真是入俗又出俗。浮世绘的别致，乃用了东方人的眼光，记录了瞬间即逝的生命形态，风尘旧迹经由了彩色的笔，点缀出如幻之梦。繁华放任之后，乃无边的空漠与洗净。由绘画看国民性，是能有比小说更直观的感觉的。①

浮世绘之所以有它的魅力，与日本善于吸收域外文化有关。自然也有中国的元素。在一封致蔡元培的信里，鲁迅讲到浮世绘是模仿了中国

①　　　　孙郁：《鲁迅藏画录》，花城出版社2008年版，第35～36页。

的汉代造像的。这个看法，后来研究浮世绘的学者多不太说。鲁迅有这样的看法，是根据自己的研究心得而来的。他觉得中国古文明里丢失的东西太多，后来眼光不远大，遂流入俗世，便没有什么境界了。

日本艺术家是喜欢借鉴域外文化的，它们的艺术后来走在东亚诸国的前列，其实就是世界的眼光在起作用。鲁迅后来搞新型的版画运动，在许多地方是受到了东洋人的启示。他收藏的现代版画杂志，对他都有不小的刺激。那时候的他似乎也觉得，中国的版画要新兴，邻国的选择多少是一种参照。如果能挖掘汉唐艺术之光，从东洋和西洋间找到参照，中国的艺术要蠕活起来，一定是可能的。

后来，当他偶然与蕗谷虹儿的作品相逢时，就被这个画家的线条与色彩感动了，便急于把它们介绍给国人。蕗谷虹儿的作品不少是内敛的，有一种奇异的韵致在里面。那些人物柔软的情调，把人性最美的一面呈现出来了，绝没有一点做作。如果说夏目漱石给了他幽默、灰暗的力量的冲击，那么蕗谷虹儿则完全是灿烂的童话般的美意。前者谙于世故又超于世故，后者则有清风白水之妙，是纯美的静观。这在当时的中国文化界并不多见。

鲁迅所感动于蕗谷虹儿的，是其纤细的笔触背后解剖刀般的力量。这是日本文化的传统，也有西洋批判文化的光泽。令人感动的是，作者在日常性里，打通了进入彼岸世界的路，与神异的世界相接。梦的处女与月光里的水妖，天使般的羽翼和神话里的幽光，把人引进迷人的精神之所。用蕗谷虹儿自己的话说，就是"我的思想，则不可不如深夜之暗黑，清水之澄明"①，真的是脱俗的美丽。一般的批判性作品，

① 　鲁迅：《〈蕗谷虹儿画选〉小引》，见《鲁迅全集》第7卷，人民文学出版社2005年版，第343页。

多失之粗犷或简单，没有细致的力量。这在日本的过去也不多见吧？鲁迅在这位艺术家那里看到了对传统的穿越，或者不妨说是一种背叛，而正因这背叛，才有了新生。日本好的作家和画家，都不是坐在传统的船上起锚的。他们自己的生命路径，大概都经历了对传统的新发现和对陌生自我的发现。江户时代如是，昭和时代亦如是，可是能从生命的层面体味这些的人，少之又少。

四

日本经验对鲁迅来说，不是信仰的建立，而是问题的提出与诘问。胡适到美国，瞿秋白去俄国，回来时对那里的一切持崇拜的态度，或者说找到了精神的栖息之所。我们看徐志摩写康桥，分明是五体投地的爱意了。可是鲁迅哪有这些呢？日本的存在是让他有了反观自己的机会。他知道，这个岛国一切都在进行中，不测的存在依然在此。那些优秀的日本学者和作家，对自己民族的现代性，持一种质疑的态度，再好的环境，依然有它的问题。鲁迅从这个邻国的存在感受最深者，大概就是这些。

有趣的是，他译介那些日本人的作品，在美学上都有独特的痕迹。因为那些日本人并不满意于本国的精神状态，遂有了突奔的热流。比如他欣赏森鸥外的作品，大概是否定性的力量在起作用吧。鲁迅译过的森鸥外的《沉默之塔》，就很有冲击波的力量。那一篇文章旁征博引，对尼采、叔本华、托尔斯泰都持肯定的态度。而日本读书人知道，自己的民族，并没有这样的存在。森鸥外写道：

从派希族的眼睛看来，凡是在世界上的文艺，只要略有点价值的，只要并不万分平庸的，便无不是危险的东西。

　　这是无足怪的。

　　艺术的价值，是在破坏因袭这一点。在因袭的圈子里彷徨的作品，是平凡作品。用因袭的眼睛来看艺术，所有艺术便都见得危险。

　　艺术是从上面的思量，进到那躲在底下的冲动里去的。绘画要用没有移行的颜色，音乐要在Chromatique（音色）这一面求变化，文艺也一样，要用文章现出印象来。进到冲动生活里去，是当然的事。一进到冲动生活里，性欲的冲动便也不得不出现了。

　　……

　　所谓学者这一种东西，除了少年时代便废人似的驯良过活的哈德曼，和老大在大学教授的位置上的鸿特之外，叔本华是决绝了母亲，对于政府所信任的大学教授说过坏话的东西。既不是孝子，也不是顺民；尼采是头脑有些异样的人，终于发了狂，也是明明白白的事实。[①]

不做顺民，走穿越极限的路，向着不可知的世界挺进，在日本作家眼里这是一种高贵的精神。鲁迅对此一定是认同的。他喜欢的几位作家，都有类似的特点，夏目漱石、芥川龙之介、有岛武郎都是如此。这些文人，使鲁迅懂得知识界应以何种态度面对世界。如果说日本有

---

① 　　［日］森鸥外：《沉默之塔》，见北京鲁迅博物馆编《鲁迅译文全集》第2卷，福建教育出版社2008年版，第27页。

让他感念的人，也许是这样的"逆子"吧。

周作人曾说鲁迅喜欢夏目漱石，这是对的。鲁迅知道进步的日本人并不都认可自己的生活，敢于批评自己的民族是有希望的选择。夏目漱石、有岛武郎、武者小路实笃、厨川白村等对他都有影响，鲁迅许多随笔里都有这些人的影子。鲁迅在阅读他们的时候，不是模仿其笔意，而是学会批评自己的同类。在他所译介的文学作品里，开阔的眼光和内省的意识，对于自己是很好的参考。

20年代，在译完了《出了象牙之塔》时，他说：

> 著者所指责的微温，中道，妥协，虚假，小气，自大，保守等世态，简直可以疑心是说着中国。尤其是凡事都做得不上不下，没有底力；一切都要从灵向肉，度着幽魂生活这些话。凡那些，倘不是受了我们中国的传染，那便是游泳在东方文明里的人们都如此，真有如所谓"把好花来比美人，不仅仅中国人有这样观念，西洋人，印度人也有同样的观念"了。但我们也无须讨论这些的渊源，著者既以为这是重病，诊断之后，开出一点药方来了，则在同病的中国，正可借以供少年少女们的参考或服用，也如金鸡纳霜既能医日本人的疟疾，即也能医治中国人的一般。[①]

厨川白村的开阔视野，对鲁迅的吸引力是无疑的。他在北京大学还介绍过此人，一时间影响甚巨。在这一点上，他对日本的一些精英

---

① 鲁迅:《〈出了象牙之塔〉后记》，见《鲁迅全集》第10卷，人民文学出版社2005年版，第270～271页。

显示出很大兴趣。虽然那些批评还没有鲁迅对中国社会的解析那么严厉，但这样的言论也实在是可贵的了。

一个人的行走，总不能摆脱的影子有故土，对鲁迅而言，还有东洋的流彩。那不是他的故乡，却有他思想的巢穴。

五

鲁迅回国以后，对域外文学的了解，靠的是日文书店的书籍，以及邮购机构推荐的出版物。那时候中国百废待兴，他所从事的古籍整理与美育活动，几乎都与此有关。比如博物馆概念的梳理，青年教育的机制的建立，有许多是参考日本人的理念完成的。

在北京教书的时候，他认识了许多青年。那时他的梦想之一，是办一个好的出版社，搞一本杂志。而模仿的对象，竟是丸善书店。当年留学日本的时候，他不太爱待在学校里，而喜欢跑到书铺里看书。许多年后，我来到东京的旧书店一条街时，就想起鲁迅当年的故事。他喜欢日本的出版物，不是没有原因的。

当他在上海遇到内山完造的书店时，内心的喜悦可想而知。那么多的好书吸引着他，给他的晚年是添了许多色彩的。在深入阅读日本的时候，他意识到这个国度阴冷的一面。所以他不像周作人那样一味醉心于日本的衣食住行。日本军国主义给鲁迅带来的思考也是有痛感的。他对邻国的民族主义和扩张心理，多有提防，也促使他去思考另外的问题。日本文化不好的东西是隐含在深处的：一是充满主奴思想的关系；二是民族主义市场广大，比如幕府时期的杀戮耶教徒，让他也联想起中国的义和团运动；三是对左翼作家的杀戮，例如小林多喜二的死，证明了这个民族中阶级对立的残酷。在一些基本话题上，他比自己的弟弟周作人考虑的要复杂得多。

20世纪30年代中期，他已病得很重了，当有人提议到日本疗养的时候，竟被他拒绝了。原因呢，是他这样的左翼作家，一到岛国就会被监视起来，不会有什么自由。他怀念日本的浮世绘，那些优美的绘画，还有江户时代的民间的波光，那是些非官方的民间想象。可是东方文化里的奴隶性与暴君的专制，一时还是无法消散的。在某种意义上说，两国有诸多相同的存在。

攻击鲁迅的人常常因此骂鲁迅是汉奸，理由是他晚年身边多是日本人。这自然是浅薄的看法。今天的很多青年，对历史的隔膜太深了，他们不知道那时候的世界的情形。在30年代资本主义大萧条的年代，各国的读书人和底层的职员，多是政府的敌人——用一句老话说，是无产者没有祖国。日本、中国、韩国的知识分子在那时是心心相印的，并非如后来民族主义那样盛行。那时评价人，常是以阶级为出发点的。当小林多喜二被枪杀的时候，鲁迅写信抗议，就是典型的左翼举动。许多左翼日本青年和他的友谊，都能注解些什么。

我在读他的藏书时，看到那么多的日文著作，一直想了解他都阅读了哪些文字。他对世界的了解，许多是靠日文来进行的。有位朋友在文章里说，日本对于鲁迅是一座桥梁，鲁迅通过它瞭望世界，真是有趣的比喻。但有时我看他译介的大量的日本小说和理论著作时，想象当年的情形，仿佛看到一幅图画。好像在一棵大树底下，先生半躺着，凝视着天边。他年轻的时候在树下苦读，老年的时候却借着那知识之树乘凉，于是一篇篇檄文射向世界。因为有了他，我们的这个昏

鲁迅忧思录

2 日本经验

暗的王国，不时出现了"林间的响箭"。至于这箭来自域外还是他自己的手中，我们细瞧是可以发现的。

六

细心的读者会发现，鲁迅那么深地受益于日本文化的氛围，却很少专门谈论日本，除了《藤野先生》，对这个岛国只有只鳞片爪的议论，不像周作人对日本文化有深切关怀。周作人对日本有种纯粹文化理念的关怀，其间不乏人类学的观照。鲁迅则是人的生命哲学的体验，不是好坏之分、对错之别。他是从日本人对自己的批判中吸取日本文化的，不是像周作人那样从对日本的审美感受和价值态度里发现问题的。总的来看，他对日本的文化评价不高，东洋于他不过是一个参照。即使在鲁迅对日本表扬的文字里，依然不乏对其社会问题的警觉，这与今天要么说洋人好，要么以为其一无是处的态度是不一样的。

鲁迅看问题从来不是对、错那样简单。这里，竹内好看得很清楚，他说鲁迅的世界是回旋状的存在，不是简单的回归和转向，即便是抵抗，也有内心的跌宕处。他认为鲁迅是以抵抗的姿态进入现代文化的过程中的，这对于日本人是很大的启示：

我看到，鲁迅以身相拼隐忍着我所感到的恐惧。更确切地说，从鲁迅的抵抗中，我得到了理解自己那种心情的线索。从此，我开始了对抵抗的思考。如果有人问我抵抗是什么，我只能回答说，就是鲁迅那里所有的东西。并且，那种东西在日本是不存在的，或者即使有也很少的。①

竹内好还说：

> 通过抵抗，东洋实现了自己的近代化。抵抗的历史便是
> 近代化的历史，不经过抵抗的近代化之路是不存在的。欧洲
> 通过东洋的抵抗，在将东洋纳入世界史的过程中确认了自己
> 的胜利。这种胜利被理解为是文化，或者民族，或者生产力
> 的优越所致。东洋则在同样的过程中，确认了自己的失败。
> 这失败是抵抗的结果。②

竹内好所演发的抵抗中产生的互为主体的关系，被我国的孙歌深
化。孙歌说：

> 而同样使用"主体性""世界史"甚至同样使用西田几
> 多郎哲学概念"无"等等观念来解释主体与世界关系的竹内
> 好，却把问题引向了完全不同的方向。这个方向的不同，在
> 于他强调的是只有主体变得不再是自我的时候，它才能进入
> 世界史。换言之，当日本文化通过中国这个媒介完成了自我
> 否定的时候，它把中国内在化了，这个内在化不仅使得中国
> 这个他者与日本文化发生了否定性的关系，从而使"中国"

---

① ［日］竹内好：《近代的超克》，孙歌编，李冬木、赵京华、孙歌译，生活·读
书·新知三联书店2005年版，第196页。
② ［日］竹内好：《近代的超克》，孙歌编，李冬木、赵京华、孙歌译，生活·读
书·新知三联书店2005年版，第186页。

获得了对于日本文化而言的存在的价值；同时也因此而使得日本文化不得不在开发自身（这同时意味着不得不否定自己原有的存在方式）的同时而包容他者。①

上述观点的衍生点是鲁迅给予的启示，他在对日本的态度里，给了日本知识界重新自问的机会。这其实也是鲁迅自己的困顿里的状态。他的日本观，是可以从这里找到些什么的。

典型的例子是《藤野先生》。鲁迅是从否定清国留学生开始一个话题的。到仙台去的一个重要原因是躲避中国人，开始清净的读书生活。应当说，日本人当时对他还算不错，环境好多了。可是接着是一系列不愉快的事件。而有趣的是，这些不愉快的事件竟与藤野这样好的老师的感情纠缠在一起。他在否定日本的种族歧视与军国主义的同时，又礼赞着普通的教员藤野严九郎。这为后来他面对两国的友谊与冲突都留下了话题。

使鲁迅对日本判断发生变化的应当是尼采的思想。恰恰是尼采，让他在进入问题时采取了另类的眼光。尼采说："人类不过是桥梁而已，非终极。"尼采还说："你们未曾寻找自己：便已找到我了。虔信者皆如此，所以一切信仰皆不足重轻。现在我教你们丢开我，自己去寻找自己；当你们皆否认着我时，我将向你们回转。"②这些看法对鲁迅的引力不言而喻。

因为一个存在的引导，后来告别了这个存在，这是文化摄取中的

---

① 孙歌：《在零和一百之间（代译序）》，见［日］竹内好《近代的超克》，孙歌编，李冬木、赵京华、孙歌译，生活·读书·新知三联书店2005年版，第36页。
② ［德］尼采：《苏鲁支语录》，徐梵澄译，商务印书馆1997年版，第75页。

一种方式。近代中国的多数人，并未有过这样的方式。鲁迅在此显得特别。正像尼采理解古希腊的文明一样，鲁迅后来出离了那个文明。

　　我也是从这样一个思路里来思考他和日本之关系的。这里有他思维的特点闪耀着，看待日本也好，理解国人也罢，问题永远有两面。人选择了什么就可能成为什么的奴隶。从日本到中国，他的类似体验交汇着精神的寓言。我们要走近它，不能不面对这个寓言。它那谜一样的内核，使我们苦于无法求解其妙。也缘于此，他远远地走在前面，我们跟不上他。

鲁迅忧思录

浙东脾气

一

只有到了绍兴，才能从感性的角度知道鲁迅的背景色调是什么。他在绍兴的旧房，是典型的江南建筑，格局与普通人家相似，而味道则是可琢磨再三的。该故居于1919年转让他人，很晚才被世人关注。此地被后来的人不断描述，也是因他在文学界的经典地位被强化的缘故。绍兴作为其思想的起飞之地，被蒙上神奇的光环。因为一个作家的背景在此，造访故居似乎也成了了解鲁迅的入口。

绍兴民居有典型浙东文化的痕迹，青瓦白墙、砖木结构的居室，以及过道、天井均有文气，加之临河而居，乌篷船穿梭其间，颇多古风。20世纪50年代，民国的印记减退。1953年，绍兴建立了鲁迅纪念馆，鲁迅旧居与周家老台门渐渐成为人们造访之地，许多文物被很好地保存起来。绍兴也因斯地而声名益著。

我对江南民居的印象是古朴、雅致，有点宋明时期的样子，不像北方建筑的简约、粗糙。那里流动着古音，潮湿的雨夜，温和的风的吹拂，有怀古的幽情涌来。现在的鲁迅故里由鲁迅祖居、鲁迅故居、三味书屋、百草园等组成，基本保留了民国时的旧貌。鲁迅出生的地方叫"周家新台门"，祖居乃"周家老台门"。新台门紧凑，格局不大，有温馨的感觉。老台门则有贵族色调，颇为庄重，"台门斗"仪门上的"翰林"匾乃周家身份的标志，有名门望族之气。因为祖父是翰林出身，周家颇为得意，其房屋按照越人的民间习俗而建，书香气与士大夫的意味暗藏其间。绍兴的许多民居都很有味道，周家的旧居更古雅一些，一看就有历史的内涵。周遐寿在《鲁迅的故家》中介绍了房屋的特点，也涉猎到乡俗民风：

> 堂前平时只当作通路走，其用处是在于祭祀的时候。顶重要的当然是除夕至新年，悬挂祖像至十八天之多，其次是先人的祭日，中元及冬夏至，春秋分则在祠堂设祭。堂中原有八仙桌一二张分置两旁，至时放到中间来，须看好桌板的木纹，有"横神直祖"的规定，依了人数安置座位和碗筷酒饭，菜用十碗，名十碗头，有五荤五素至八荤二素不等，仪式是年长者上香，男女依次跪拜，焚化银锭，男子再拜，先为四跪四拜，次则一跪四拜，俟纸钱焚讫乃奠酒，一揖灭烛，再揖而礼成。中元冬夏至于祭祖后别祭地主，即是过去住过这屋的鬼魂，由小孩及用人们行礼……①

鲁迅幼时受到传统的熏陶，和衣食住行里的古风不无关系。但他对古俗的态度较为复杂。越人自古有奇异的气象，从越王勾践到明末的徐文长都有感人的传奇。但乡间与街市里百姓的风俗，则多含苦意，并非士大夫诗文里所说的那么诗意盎然。外人看绍兴，喜欢那里的水乡滋味，绍剧里的高亢之调如中午的太阳一般热烈，山阴道上的竹林里，分明听到兰亭的夜曲了。大禹陵和青藤书屋都有

---

① 　　周作人：《廊下与堂前》，见《鲁迅的故家》，河北教育出版社2002年版，第64页。

可看之处，在河道上遥望社戏的舞台，也让人流连忘返。可是明清以降，百姓似乎与这些雅趣无关，他们于水火中挣扎，过的是另一种人生。鲁迅兄弟对故土的冷暖知之甚深，文字内不免缠绕，可谓明暗皆有。他们对故土的历史语境的设置，在民俗学之外，人生哲学的流露，亦可深观。

在幼时的鲁迅眼里，百草园与三味书屋颇有情调，思绪随之放逐于浙东的天空。但到了成年时，阅世渐多，眼里的绍兴则多是苦运，百姓的生存大为不易，悲惨的故事亦久绕其间，闰土、祥林嫂、阿Q乃不幸人间的存活物，爱意已经散失掉了。鲁迅写到家乡的建筑、风景，总有些灰暗的成分。你可以理解为审美判断的夸张，亦视同为历史感的穿越。咸亨酒店、土谷祠内外上演的悲喜剧，把古城文化引入精神的幽微之处。那里是官与民、鬼与人的名利场。鲁迅借着故土一方水色，写尽了世态炎凉。没有绍兴的背景，就没有乡土的鲁迅。研究者对此已经说了许多许多。

民国以降的文人写到故乡，要么礼赞不已，要么感伤难忍。似乎只有鲁迅一人，在爱欲里写到了绝望，从死灭中发现了曙色。我们现在到他的故里去，看人群的涌动，旧迹的朦胧，一面有怀人的冲动，一面似也有内省的唤回，真的五味杂陈。古老的绍兴给过他无边的暖意，但那些苦雨里的惆怅也是其离家的因由吧。他一生喜欢在没有乡音的地方独处，大概是摆脱旧梦的选择？现在我们到这个古越之地走走，知其厚重而拜之，察其幽微而思之，因鲁迅的片影而怀旧，借远去的忧思而动容，那便是一种读人读景的收获。不了解绍兴，要进入鲁迅的世界，也是难的。

鲁迅忧思录

3 浙东脾气

二

鲁迅一生背着绍兴的符号，绍兴文化也因其而声名益著。陈源（笔名"西滢"）骂鲁迅的时候，一句很重的话是说他有绍兴师爷气。这也不无道理。不过，仅说有师爷遗风也并不准确，他身上带着浙东文化的印记也许是对的。他说自己的家乡人有复仇的意识，"会稽乃报仇雪耻之乡，非藏垢纳污之气"[①]，确是一种精神的写照。周作人和鲁迅弄翻，骂其为"破脚骨"，也是绍兴方言里的话。说鲁迅有家乡的脾气多少也有些道理。

周氏家族搬到绍兴已有十余代，其风气渐染浙东风俗。浙东人刚烈的一面，显然在周氏兄弟那里都有一些。周氏兄弟曾经对家乡先贤的著作颇感兴趣，以为有故土里奇异的存在。不过按照周作人的说法，近三百年的学者只有章学诚算是大人物，其余不过乡曲之见的小文人。往上推去，绍兴可说的人物自然很多，比如东汉的王充，宋代的陆游，晚明的徐渭都是。与他们同代的女侠秋瑾等，也都有些斗士的豪气，真真是伟岸之人。绍兴风俗里的这些因素，对后来的地域文化的发展，是有很大的辐射力的。

在鲁迅还没有进入文坛的时候，故土的文明给了他诸多的暗示。《〈越铎〉出世辞》云：

> 于越故称无敌于天下，海岳精液，善生俊异，先后络绎，展其殊才；其民复存大禹卓苦勤劳之风，同勾践坚确慷

[①]　这是绍兴先贤王思任的一句话，鲁迅在《女吊》等文章多次引用。

慨之志，力作治生，绰然足以自理。①

这里他对故乡的看法，不乏爱意。地域的特殊感情是有的。鲁迅在此讲的不是风俗人情，而是地域里的精神，即一种价值传统。其一是才华，其二是韧性，其三乃劲健之气。这三者，鲁迅是看重的，他自己无疑也有一种类似的风骨。就才华而言，他的笔锋有王充的反诘之语，嵇康的峻急也显而易见。而幽默调侃的笔调，也让我们想起徐渭这样的人物，总有些放浪形骸的意味吧。

同样是对故土的描述，周作人的视角却是另一个色调。他也承认上述的传统，可是他更欣赏的是那里的民风里的诗意与社会学里的隐含。他喜欢范寅《越谚》、张岱《陶庵梦忆》、俞正燮《癸巳类稿》等书，所记取者以风情为多。周作人从谣俗的角度看浙东传统，以趣味胜；鲁迅则从精神哲学的层面贴近先贤，以风骨显。这些对兄弟二人多有启发，其文笔里多少有这些痕迹在。

周作人后来写到绍兴，真的有诗意在。《石板路》写道：

> 绍兴城里的西边自北海桥以次，有好些大的圆洞桥，可以入画。老屋在东郭门内，近处便很缺少了，如张马桥，都亭桥，大云桥，塔子桥，马梧桥等，差不多都只有两三级，有的还与路相平，底下只可通小船而已。禹迹寺前的春波桥是个例外，这是小圆洞桥，但其下可以通行任何乌篷船，石级也当有七八级了。虽然凡桥虽低而两栏不是墙壁者，照例

① 　　　鲁迅:《〈越铎〉出世辞》，见《鲁迅全集》第8卷，人民文学出版社2005年版，第41页。

总有天灯用以照路，不过我所明了记得的却又只是春波桥，大约因为桥较大，天灯亦较高的缘故吧。①

这样的记忆，鲁迅未尝没有，却不愿意诗意地写出来，总觉得有自恋的因素，暗自排斥也是可以理解的。鲁迅后来写故土，黑暗的东西多于朗照的地方，那是他内心真实的写照。他受故土影响，却又不愿意沉浸其间，以为那里有鬼气和别的什么吧。这是他复杂的地方。生于此的一切，也给了他不快。比如冷眼、歧视，以及世故味。对此，鲁迅体验得可能更多，周作人只是后来才有一点感受，对越文化与绍兴环境，是很有失望的地方。他们后来离家，很少回去，可以说是在物理的概念上与故土永别了。1906年，周作人在为《秋草闲吟》作序时，就写到了对家乡的寂寞体验：

予家会稽，入东门凡三四里。其处荒僻，距市辽远，先人敝庐数楹，聊足蔽风雨。屋后一圃，荒荒然无所有，枯桑衰柳，倚徙墙畔，每白露下，秋草满园而已。予心爱好之，因以园客自号，时作小诗，顾七八年来得辄弃去，虽衰之可得一小帙，而已多付之腐草矣。今春闲居无事，因撷存一二，聊以自娱，仍名秋草，意不忘园也。嗟夫，百年更漏，万事鸡虫，对此茫茫，能无怅怅，前因未昧，野花衰草，其迟我久矣。卜居幽山，诏犹在耳，而纹竹徒存，吾何言者，虽有园又乌得而居之？借其声发而为诗，哭欤歌欤，

① 　　　周作人：《石板路》，见钟叔河编《周作人文类编》第6卷，湖南文艺出版社1998年版，第100～101页。

058

角鸱山鬼，对月而夜啸欤，抑悲风戚戚之振白杨也。龟山之松柏何青青耶？荼花其如故耶？秋草苍黄，如入梦寐，春风虽至，绿意如何，过南郭之原，岂能无惘惘而雪涕也。①

这样的体验，在周作人后来的文本里已经无多。但他和自己的兄长对故土的失望，还是多少可以看出来的。生命里灰暗的调子出现的时候，与历史的图景叠加在一起，就有了诗意与哲思的盘旋，样子别致也是无疑了。

三

鲁迅对浙东文化自觉化的认识，乃是回国之后。作为受过近代文明教育的"新人"，绍兴附近的一切，在他眼里都变了色调。显然，日本民俗学的参照，在他那里起到了很大的作用。鲁迅生长的地方，和中原大异，巫风与图腾的因素都有。宋嘉泰《会稽志·风俗》说："故今之风俗，好学笃志，尊师择友，弦诵之声，比屋相闻，不以殖赀货习奢靡相高，士大夫之家，占产皆甚薄，尤务俭约，缩衣节食，以足伏腊。"②不奢侈，以清寂为美，在明清文人那里都有折射。按照日本学者柳田国男的观点，祖先的习俗，是能够延续到今人的习惯的。鲁迅身上的浙东气，总还是夹杂在其间，那是同代人早就看到的。

---

① 周作人：《〈秋草闲吟〉序》，见钟叔河编《周作人文类编》第9卷，湖南文艺出版社1998年版，第615页。
② 《宋元方志丛刊》第7册，中华书局1990年版，第6723页。

关于绍兴风俗，许多文献都有记载，文人描述的片影很多。陈老莲画江南风景，就很得民风的神韵，浙东人的智慧，也历历在目。到了鲁迅这一代，民风已经被污染，清代以来的战乱毁坏了许多纯朴之风。

鲁迅对越文化的好感是克制的，不像周作人那么沉浸其间，从社会学角度不断打量和体味。他只是在很少的文字里提到绍兴的好处，那些水乡间的故事，对少年的他有一定的影响。他在文章里讲到故乡的先贤时，不都是淡漠的样子，还有亲切的地方。比如对绍剧的喜爱，对一些乡间文献的重视，骨子里显然有越风在。他在王充、陆游的文字里吸收了奔放的气势，在他的一些文本里甚至能够读到徐文长的幽默。周作人在文章里，多次讲到绍兴的风情美，鲁迅也并不多反对，只是不太愿意说起这些。什么缘故呢？大约还是感到内在复杂性吧，比如师爷气、堕民气、阿Q气。这些也在民俗之间，是盐和水的关系，早不分彼此了。

我注意到他后来写绍兴的人与事，色调总是怪怪的，有黯淡的血色，不太看得见亮色，而人物大抵以畸形为多，甚至没有温和与清俊之色。鲁迅对故土的描述，有爱恨相间的情感。他借着对民俗的叙述，也把不幸的人生内化其间了。

但他自己也意识到，无论怎样嘲笑故土的陋习，自己也是其间的一员，是逃脱不出干系的。柳田国男在分析日本知识分子与传统文化的关系时写道：

> 我们日本的所谓开国，也就是国内的知识阶层刚分立出来不久，国民中的旧分子，即英语中的folk，汉学者等人所说的村夫野人，还占大多数。有时我们这些所谓新人内心也

固守着传统，实际上我自己也是其中一例。直到现在，进屋时也不会踩到门槛上，如厕时不吐唾沫，不会把菜刀放在灶边上，特别是打喷嚏时就会认为有谁在背后说坏话等等，这些情况非常多见。也就是说，现在日本还存留着丰富的民俗材料。[①]

新人而有旧习，那是鲁迅时代所普遍具有的特征。鲁迅在文本里不自觉地折射出这些东西来。他一方面憎恶那些遗存，一方面又对其间的迷人的存在有所顾盼。自己怎么能和它们分离呢？《祝福》写到祥林嫂的死，对故土的民风里的罪恶是深恶痛绝的，可是也把叙述者"我"牵连进来。"我"这个新人，无法摆脱与故土的血缘的联系，同样成了一个罪者。面对他人的时候，常常也审视自己。在这块土地上，乔木与杂草是同时生长的。

和那些对故乡认同的人相反，鲁迅自觉地抵制着故土里的熟悉的气息。他知道自己无法摆脱这个符号，可是如果不从这个符号中走出，觉得自己生命的亮度就消失了。

四

浙东文化的氛围，给鲁迅的最大好处，是时时可以面对古人遗绪，知道自己生活在前人的语境里。而他自己的好古之心，也在此慢慢养

---

① ［日］福田亚细男：《日本民俗学方法序说——柳田国男与民俗学》，於芳、王京、彭伟文译，学苑出版社2010年版，第212页。

成。周作人回忆说，鲁迅自幼喜读野史之类的书籍，对远古的花絮有好奇之心。他们兄弟后来编辑《会稽郡故书襍集》，都是好古之心的例证。1918年前后，鲁迅先后作《〈吕朝墓志铭〉跋》《吕朝墓出土吴郡郑蔓镜考》诸文，对浙东文物的把玩之趣，流在字里行间。这是他的"暗功夫"，别人不易看到。但他看古人的东西，非道学的连缀，而是求知与明史。比如他看到故土出土的古镜，联想的是古人的生活，对传说、信仰和审美之关系，亦有心得。考镜源流，辨析真伪，好奇心和思古之幽情暗自流溢，殊有通变之思。古人遗绪里美妙的片影让他感动不已，那些东西大多在今人生活中不易留存了。而注意这些遗存，乃寻找丢失之文明，其用心可谓良苦。

《会稽郡故书襍集》序言，乃鲁迅民俗意识的外露。他说：

> 而会稽故籍，零落至今，未闻后贤为之纲纪。乃剟就所见书传，刺取遗篇，絫为一袠。中经游涉，又闻名哲之论，以为夸饰乡土，非大雅所尚，谢承虞预且以是为讥于世。俯仰之间，遂辍其业。十年已后，归于会稽，禹勾践之遗迹故在。士女敖嬉，瞬眄而过，殆将无所眷念，曾何夸饰之云，而土风不加美。是故叙述名德，著其贤能，记注陵泉，传其典实，使后人穆然有思古之情，古作者之用心至矣！其所造述虽多散亡，而逸文尚可考见一二，存而录之，或差胜于泯绝云尔。①

---

① 　　鲁迅：《〈会稽郡故书襍集〉序》，见《鲁迅全集》第10卷，人民文学出版社2005年版，第35页。

这样的好古，非儒者的价值认同，乃生命的追问和美质的打捞，有考古学者的情怀无疑。鲁迅对那些先贤的资料进行打量，其实有他的梦想，就是看看今人遗失了古人的什么东西。那些远古的存在，也许对我们还有价值吧。

绍兴时期的生活，使鲁迅养成了一个习惯，就是抄写史料，辑校古籍。他在校勘、订伪、抄录上，颇有一番功夫。到了北京之后，这样的兴趣未减，成绩可观。其中有一部分是对故土文化的整理。汉代的碑文，六朝的拓片，他都喜欢。比如嵇康，这个原籍会稽的文人，对鲁迅有特别的吸引力。从1913年到1935年，鲁迅陆陆续续校勘《嵇康集》，现有三种抄本在，用力之勤，非一般人可以想见。他抄校的文字，精善秀雅，有古人的韵致。他在面对古人文献时，一是严谨，一丝不苟；二是玩味之余能吸其余味，变为己句；三是美感的把玩，将旧籍的神魂描摹出来，真真幽情暗生。他的这些爱好与趣味，那时候的一般读者不知，以为白话文是简单的写作可为，不知鲁迅的暗功夫在远古的遗风里。在紧张的写作中，他不仅译介了大量外文著述，也不忘古代典籍的收集整理。1935年9月，他得到台静农寄来的《嵇中散集》，颇多感慨，回信写道：

> 校嵇康集亦收到。此书佳处，在旧钞；旧校却劣，往往据刻本抹杀旧钞，而不知刻本实误。戴君今校，亦常为旧校所蔽，弃原钞佳字不录，然则我的校本，故仍当校印耳。[1]

---

[1] 鲁迅：《350920 致台静农》，见《鲁迅全集》第13卷，人民文学出版社2005年版，第552页。

一般文人，读旧书乃得其古义，不及校勘，而深得校勘真意者，鲜有诗趣与哲思。鲁迅对两者都有兴趣，且将其作为艺术品处理。他生前出版的几部辑校旧古籍，封面设计与版式设计都好，自己和古人的生命真的融到一起了。

好古，本来是文人修身养性的一种心境。后来因为古书价值不菲，收藏家从中获利，一般读书人却不易得到了。鲁迅不像胡适、郑振铎等人得以版本耀世，觉得是资本的力量使然。他能做到的只是通行本子的整理，自然有局限无疑。可是这种平常文人的习见，却有胡适、郑振铎等人没有的眼光，也实属不易。

有趣的是，鲁迅对考古学颇有兴趣。他自己就藏有考古报告多部，多是日文的。那些新的文献，对他有很大的引力。他总是可见到一般书里没有的东西。古代湮没的东西过多，历史不都是进化，还有退步的地方。他从域外考古学家那里得到的启发，是能够看到的。这是新学的眼光。比如对罗振玉、王国维的关注，鲁迅就很有心得。那样的考据和大规模的文献搜集，他自己是没有办法做到的，可是他知道那样的研究的价值。后来徐旭生去西北考古的时候，他去信嘱托写一本游记，也是存有一种希望。新史料和新方法的出现，有时候是可以改写历史的。

可惜无论是资金还是经历，他都无法做到罗振玉、王国维那样系统的程度，他自己不过寻常的读书人而已。1912年底，他在日记中整理一年书账后叹道：

审自五月至年莫，凡八月间而购书百六十余元，然无善本。京师视古籍为骨董，唯大力者能致之耳。今人处世不必读书，而我辈复无购书之力，尚复月掷二十余金，收拾破书数册以自怡说，亦可笑叹人也。[①]

我们不妨说，他在那时候的读书人中，不过野味的好古者，是山林间人和茅舍趣味而已。但也因为野味，就有疏朗自如之气，方巾味与腐儒味均无，倒是和古人相通者多。他谈到先秦两汉，讲起六朝唐宋，都有灼见，说一些别人不说的话，有时候似乎也和古人为伍。比如说，现在的中国还仿佛是"明季"，都是读书阅世的一种心得。因为通晓古人之得失，方知今世之明暗。他的语言深处的古风，需暗自体味方可见到。

五

若说浙东的文化在人文理性方面有值得称赞的人物的话，王充无论如何都可算是一个。鲁迅在为许寿裳儿子许世瑛开的必读书目中，就列有这位先贤的《论衡》。内中加注说："内可见汉末之风俗迷信等"[②]。鲁迅在文章里多次讲到王充这个人，《会稽典录》谈王充：

王充字仲任（范书本传云上虞人），为儿童，不好狎侮。

① 鲁迅：《壬子北行以后书帐》，见《鲁迅全集》第15卷，人民文学出版社2005年版，第41页。
② 鲁迅：《开给许世瑛的书单》，见《鲁迅全集》第8卷，人民文学出版社2005年版，第497页。

鲁迅忧思录

3 浙东脾气

父诵奇之。七岁，教书数。①

王充，其文笔有豪迈之气，言理多奇语，真真是疾虚妄者。他对儒家学说的抨击，对迷信之风的抵制，在东汉可谓奇观。他的特点是不迷于虚妄，非耽于幻象。那时候世间迷信盛行，独王充说："人之所以生者，精气也，死而精气灭，能为精气者，血脉也。人死血脉竭，竭而精神灭。"②这样的看法，都远离虚妄之见，对后来的文人多有影响。我们看鲁迅对中国民间迷信的抨击，就能够看到王充的影子。

读王充的著作，可以感受到他身边强烈的鬼神气息，那些巫风与神秘主义的遗存包围着他，使其不得不面对它们。与谶纬话语对话，是不得已的选择，那结果是与之彻底决裂，走另一条路。邵毅平在《论衡研究》中说："在《论衡》中，记载了许多这种原始表象间的互渗或'感应'现象。在古人所相信的互渗'感应'现象中，出现得最多的自是天人之间的感应。《论衡》中相当一部分篇目，便是批判这种天人感应论的。"③其实我们看鲁迅在绍兴的记忆，也是为迷信、鬼魂那些谣俗所困，他直面的，就有那些飘忽不已的神气之所：灵魂的有无，思想的明暗。浙东文化几千年间有很大变化，但神秘主义的气息不绝，也算一种传统。只是在面对这些传统时，鲁迅没有被同化，而是在对抗里找到了自己的审美方式。我们由他的特点而联想起王充，实在有一种内在的依据。

① 关于王充，鲁迅在《女吊》一文也提及过，对他的学问颇为赞赏。见鲁迅手抄本《会稽典录·王充》，第47页。
② 黄晖：《论衡校释（附刘盼遂集解）》，中华书局1990年版，第871页。
③ 邵毅平：《论衡研究》，复旦大学出版社2009年版，第277页。

王充与鲁迅的逆俗而行，当有异曲同工之妙。我们看他讥讽死而有鬼的旧识，多么大气果决。想起鲁迅在随感录里对迷信之风的抵制，在气脉上未尝不是一致的。在民间宗教与信仰里，有恶俗的因素无疑，比如神灵的无所不在导致的无我之情，都属虚妄之类。王充《薄葬篇》说：

> 世俗内持狐疑之议，外闻杜伯之类，又见病且终者，墓中死人来与相见，故遂信是，谓死如生。闵死独葬，魂孤无副，丘墓闭藏，谷物匮乏，故作偶人以侍尸枢，多藏食物以歆精魂。积浸流至，或破家尽业，以充死棺；杀人以殉葬，以快生意。①

王充所说的风气，到了晚清虽已变化，但鬼魂之说深染世风，有了另一种版本，意蕴也随之扩大，渐渐集叠，在时人之命运里成了巨大的阴影。鲁迅与周作人后来在文章里不断抨击旧说，对民风里的残忍的存在进行解析，已非王充式的反诘，而是借用了人类学的眼光，思想自然有别于古人了。可是我们看看东汉以来浙东人在礼俗中挣扎、反抗的例子，也自然会得到一个印象，绍兴出现了周氏兄弟，实在也不奇怪吧。

从鲁迅的性格看，他不属于孔子的传统里的人物，与庄子、韩非子的传统倒是略有吻合之处。但庄子、韩非子离人略远，鲁迅不喜欢那样的论道，而是更为散漫而无所用心。倒是六朝人的眼光让他感动，

---

① 黄晖：《论衡校释（附刘盼遂集解）》，中华书局1990年版，第961页。

他对阮籍、嵇康的态度就更为亲切，彼此是有深的关系的。

鲁迅的文字有时候能够看出凌厉之气，走极端的例子很多。比如他说少读和不读中国书，语气很坚决，很让人想起嵇康论辩时的样子。嵇康《难自然好学论》说儒学者迂腐不堪，出语很重："故吾子谓六经为太阳，不学为长夜耳。今若以明堂为丙舍，以诵讽为鬼语，以六经为芜秽，以仁义为臭腐；睹文籍则目瞧，修揖让则变伛，袭章服则转筋，谭礼典则齿龋，于是兼而弃之，与万物为更始：则吾子虽好学不倦，犹将阙焉；则向之不学，未必为长夜，六经未必为太阳也！俗语云：乞儿不辱马医；若遇上古无文之治，可不学而获安，不勤而得志，则何求于六经，何欲于仁义哉？"①这样对古人不恭，乃古已有之的存在。鲁迅是故意学之，还是气质的巧合，都颇值得深思。

王充、嵇康这样的人，对于存在的多样性的感悟，是超出一般儒生的视角的。牟宗三在论及嵇康的时候说：

> 此种颓废懒散之生活，自不宜做官应世。然如此，却可以于现实政治问题之外作自由思想。《晋书》本传称其"学不师受"，自又谓"不涉经学"。彼能自解于政治与经学之束缚，而依据庄老以谈理。彼似多得于老子，而首先寄托其生命于养生。故云："吾顷学养生之术，方外荣华，去滋味，游心于寂寞，以无为为贵。"（《绝交书》）于此，彼似与阮籍之浪漫文人生命不同。阮籍有一浪漫之文人生命，复有一古

---

① 　　夏明钊译注：《嵇康集译注》，黑龙江人民出版社1987年版，第145页。

典之礼乐生命。而嵇康则是一道家养生之生命（不纵情于酒色），复有一纯音乐之生命。阮籍比较显情，而嵇康则比较显智，故一属文人型，一属哲人型。[①]

对于嵇康的世界，鲁迅有自己的理解，他在《魏晋风度及文章与药及酒之关系》中，对此有深刻的论述。在国民党清党之际，他以嵇康为例，深悟专制文化下文人道路之多歧，真真是读懂历史的人才说的话。嵇康并非如牟宗三所云只是哲人型，其斗士的特点、诗人的气质也是有的。鲁迅究竟在多大程度上受到这位先贤的影响，真的不太好说。不过，王充、嵇康以来的峻急、深邃的思想盘诘的传统，在他身上是有的。谈到浙东的文化，这样的古人的血脉，我们怎能一下忘记呢？

浙东文化的传统里，王充、嵇康的余脉是时隐时现的，并非主流。周作人一直看好王充的价值，把他视为中国文化史的三盏明灯之一，实在是有眼光的。这个看法，是否有鲁迅的因素，我们不好妄下结论。但周氏兄弟对哲学的盘问的喜好是一看即知的。鲁迅鲜谈王充，可能是其文献完善的缘故。而对嵇康的持续关注，我猜测是因其资料阙如，自己不得不亲自整理。在他看来，嵇康的文献如能流传，中国士大夫的生态，或许还不至于那么单一吧。

①　　牟宗三：《才性与玄理》，广西师范大学出版社2006年版，第278页。

鲁迅忧思录

3　浙东脾气

六

　　这个现象是特别的：那么多故土的先贤，并不都能使鲁迅快乐起来。到了晚清，社会结构与民间心态，早就没有多少朗照的儒风了。每写到故土的存在，鲁迅的笔触总是沉重的。他在乡下世界里得到的多是不幸的记忆。未庄也好，鲁镇也罢，都有灰暗的底色，它甚至窒息着人的感觉。绍兴的建筑是黑白两色，这种反差很大的存在，也渗透到他的笔下。可是我疑心在那些黑暗的色泽中，也是染有陀思妥耶夫斯基的影子吧。如果不是域外文学的参照，绍兴文化的发现与否或还真是个疑问。

　　俄国小说给鲁迅最大的冲击，是使他找到了人的精神的底色。环境与人的关系，习俗和心灵的关系，现世与彼岸的关系，等等，都暗含在结构和情境中。他发现了人在故事背后的精神的存在，而且不断拷问那精神的可能或意义，就把小说的愉悦功能和思想功能连为一体，有了弦外之音。与其说这是故土给鲁迅的启示，不如说现代理性唤起了他的内觉。在精神深处，他与那些宗教感强烈的作家是有共同的心灵感觉的。

　　因为有域外文学的参照，便把自己故土的记忆里朦胧的存在照亮了。这里毁誉参半，美丑互照，得之于古风里的神思，又神伤于民风里的灰暗之迹带来的隐痛。这一切都十分复杂地呈现在他的文字里。一面是诅咒，一面有敬意，浙东混沌的语意和生命形态，被一种鲁迅式的智慧过滤了。

　　鲁迅在《无常》里专门谈到绍兴历史的色调：

我的故乡，在汉末虽经虞仲翔先生揄扬过，但是那究竟太早了，后来到底免不了产生所谓"绍兴师爷"，不过也并非男女老少全是"绍兴师爷"，别的"下等人"也不少。这些"下等人"，要他们发现什么"我们现在走的是一条狭窄险阻的小路，左面是一个广漠无际的泥潭，右面也是一片广漠无际的浮砂，前面是遥遥茫茫荫在薄雾的里面的目的地"那样热昏似的妙语，是办不到的，可是在无意中，看得往这"荫在薄雾的里面的目的地"的道路很明白：求婚，结婚，养孩子，死亡。但这自然是专就我的故乡而言，若是"模范县"里的人民，那当然又作别论。他们——敝同乡"下等人"——的许多，活着，苦着，被流言，被反噬，因了积久的经验，知道阳间维持"公理"的只有一个会，而且这会的本身就"遥遥茫茫"，于是乎势不得不发生对于阴间的神往。人大抵自以为衔些冤抑的；活的"正人君子"们只能骗鸟，若问愚民，他就可以不假思索地回答你：公正的裁判是在阴间！[1]

没有形而上，只有阴间，从鬼魂文化与地域语境里考察国人的灵魂的特色，自然是他的一个发现。不过此间看出他矛盾的地方：一方面对以艺术的方式来表达阴间意象的戏曲、绘画，他是带着好奇心和欣赏的态度的；另一方面对这些鬼文化对"下等人"的日常生活带来的惊恐与不幸，深表同情。《无常》与《祝福》的两种形态和两种审

---

[1]　　鲁迅：《无常》，见《鲁迅全集》第2卷，人民文学出版社2005年版，第278～279页。

鲁迅忧思录

3·浙东脾气

美效应，都可以证明他内心对绍兴文化的复杂态度。而那些陋俗对人的戕害，是远远超过这些遗存所保留的审美快感的。

一种传统把智慧湮没的时候，精神的维度大约就颓废了。浙东文人的创造性，并不能抵挡世俗力量的污染力。每每想起文风的丧落，他一定为之扼腕。小说所虚构的未庄、鲁镇，不乏奴才的破坏和寇盗的破坏。古人的传统如何演化为木然的人生意韵，他都有描述。读者一面会为"下等人"的悲剧哀哭，一面对那里的古风持有敬意。从这种互为否定的存在性，我们能够看出他的哲学。鲁迅在风俗里看到形而上意味的存在，恰如陀思妥耶夫斯基在日常性里看到神的存在一样，背后那个无法理喻的长影，暗示了精神的无限可能性。

晚年鲁迅对女吊的赞赏，看重的是这个绍兴的鬼魂带来的血性的美。他在这个形象里发现了迷人的存在。那就是底层的百姓在压迫里，创造了一种神异的存在。她以异样的神色喊出了百姓的苦楚，是有魔力的、闪光的，或者不妨说是有一种带着魔力的美。此外，迎神赛会的诸多鬼神，曾对少年鲁迅有很大的影响。他通过那些表现和绘画形态，发现了表现非人的存在的一种美感。这些，我们在明清以来的文人笔记里，偶尔也看到，但把它们提升到精神的高度来打量者，是从鲁迅开始的。

如果他只是对绍兴民风醉眼陶然地摹写，那自然不能发现更多的谣俗秘密。他从风俗里看文化的疑点，捕捉其间非人性的问题，则显示了眼力的独到性。他的小说写的许多风俗，于真的人的生活均无意义。《明天》里的单四嫂子无论怎样用民间礼仪和医术，都无法让孩子起死回生，那些古老的遗风对鲁镇的人而言是徒有其表的。他在散文《父亲的病》里就痛斥民间中医的迷信话语方式给人带来的负面因素，置身于强大的民风里，却没有一丝生的希望，收获的仅是绝望。周作人谈浙东民俗，暧昧的地方多，而鲁迅则是有选择地批判的。这种非逻辑的审美性，给我们一种新颖怪诞的画面感，其间美丽的图卷有的则得力于绍兴文化的浸泡。我们于此看到了民间性与历史哲学之间晦明不已的关系。

旧俗里可以让儿童开心的存在，还是太有限了。鲁迅对浙东文化里远离儿童心性的传统颇为不满。他对那些大人化的民间理念，有着刻骨的不快。《二十四孝图》对内在于儒教里的气息，大为不敬。有另一双眼睛在观照着那些遗存，似乎发现了其间的大问题。

在《二十四孝图》里，鲁迅写道：

> 我所看的那些阴间的图画，都是家藏的老书，并非我所专有。我所收得的最先的画图本子，是一位长辈的赠品：《二十四孝图》。这虽然不过薄薄的一本书，但是下图上说，鬼少人多，又为我一人所独有，使我高兴极了。那里面的故事，似乎是谁都知道的；便是不识字的人，例如阿长，也只要一看图画便能够滔滔地讲出这一段的事迹。但是，我于高兴之余，接着就是扫兴，因为我请人讲完了二十四个故事之后，才知道"孝"有如此之难，对于先前痴心妄想，想做孝子的计划，完全绝望了。①

民间的这些图册，在没有利害关系的人看来，自然有它好玩的地

① 鲁迅：《二十四孝图》，见《鲁迅全集》第2卷，人民文学出版社2005年版，第260~261页。

方，可是一旦与人生结合起来看，则问题多矣。鲁迅清醒地知道，风俗也在吃人，那些奇异的鬼怪，不仅无助于青年快乐地生活，反而将人的快慰消解或者囚禁了。风俗与礼教一体的时候，人性便遭遇到高墙，被隔离于阳光之外。

这些还仅是一般层面的描述。可是到了《祝福》那里，风俗与礼教吃人的话题，就面目更清晰了。杀死祥林嫂的，是看不见的流言和百姓的信仰，死后的诱惑，灵魂的存在，将无法生存者逼向了死亡。绍兴的诗意到此中止，那些古老的、有意味的遗风，对于活着的妇女，还有什么慰藉呢？在小说里，鲁镇的环境和遗传，赤裸地呈现着，似乎是一种宗教式的图景。那些与冥冥之中的不可知的存在关联的人和事，便有了哲学与诗的意味。在描述上述故事时，他那么残酷、痛楚，又有柔性的力量。对故乡的隐含的一种叙述，让我们看到了儒家文化所没有的另类笔法，或者不妨说，鲁迅用自己生命的光，把存在的虚无之域照亮了。

我有时在想，鲁迅以浙东人的脾气，在颠覆着浙东的一种传统，并以现代的眼光，赋予浙东文化另一种隐含。古老的遗风如果停留在时间的断代上，也许就死掉了。鲁迅的出现，是发现了这些遗风，而且清洗了那些混浊的存在。他在打量这些地域风情的时候，有着很强的力量感。思想飞升在天幕上，俯瞰着自己熟悉的存在，却又不属于它们。可是，我们想想，他真的不属于它们吗？为什么到了浙东的土地，总让我们想起这个矮个子的作家？如果不是他，绍兴的色调，还会有如此深远的被普照的余味吗？

过客与看客

一

除了绍兴，北京对鲁迅来说，是最重要的生活地。他的文学与学术活动，与各类文人团体的交往，以及自己的衣食住行，都与此地深深地交织在一起。这个灰色的古都在他的笔下，不仅成了一种底色，也有着对应于其生命的另类的隐含。

关于他的北京生活，周作人留下了诸多记载，都是很好的资料。周氏兄弟的地域感觉，总是有差距的。以北京为例，对鲁迅和周作人来说，这座城市是复杂的存在。他们一个将帝京作为认知历史的背景来看，多艺术的片影，或者说将其融入艺术思考里，一个将古城看成知识的符号，在读城市这本大书。他们与这座城市的关系，和现代文化的进程也多角度地纠缠在一起。

研究鲁迅与周作人的学者曾惊疑于两人审美的差异如此之大。这在他们对北京的态度里看得很是清楚。周氏兄弟之于北京，是个有趣的话题。不过二人不是专门研究北京文化的人，没有关于北京文化沿革的专门著作，所以他们的看法与观点多零零碎碎，不太系统。谈20世纪北京文化的流变，鲁迅与周作人是不能不谈的存在，他们的学术活动与创作对北京的影响是不可小视的。这不仅因了他们以教师、作家与学者的身份参与了北京新文化的建设，重要的还在于，北京的存在对于二人成了一种参照，潜在地制约和丰富了他们对乡村中国的

鲁迅忧思录

4　过客与看客

文化想象。倘若没有北京的生活经验，鲁迅的乡下小说图景或许不会那么浓地呈现出地域色彩。而周作人关于江南民俗的勾勒，自然也缺少了对比色。所以探讨周氏兄弟之于北京的关系，我更关心的是北京意象在二人写作中的位置，以及他们在现代北京人文传统中的分量。明确这两点，可以窥见现代思想者与地域文明复杂的文化纽结，现代意识的增长点，有时是与此种文化碰撞不无关联的。

　　1912年5月，鲁迅来到北京。五年之后，周作人亦在鲁迅推荐下进京谋职。他们先住在城南的绍兴会馆，后一同搬入西城区的八道湾。北京对周氏兄弟而言，不过是谋生之地。对它的生活氛围、民俗情调，二人都说不上十分喜欢。周氏兄弟与北京，不像老舍那样有着血缘的联系，他们的语言几乎没有受到过胡同京韵的暗示，北京地域的色彩不过是一种陪衬，二人生活的世界与周围的人们是隔膜的。鲁迅在北京生活了十五年，却没有一篇回忆和怀念北京的文章。偶然谈起古城的旧迹，还有一种反讽的态度。作家林斤澜有一次对我说，鲁迅写到北京的胡同与人时，没有一点欣赏和羡慕的眼光，倒是多了一种嘲弄。我以为这看法是对的。邓云乡曾著有《鲁迅与北京风俗》一书，用力甚勤，但也只是描绘些足迹所到、访书之地与喝茶的店铺，鲁迅与市民间的情感互动倒看不到什么，留下的大抵还是些空白。但周作人谈及北京时，仿佛有许多话题，最主要的是一种参照，或是衬托。如谈到江南水乡时，就以北京为例，看到彼此的差距。《水乡怀旧》云：

　　　　住在北京很久了，对于北方风土已经习惯，不再怀念南方的故乡了，有时候只是提起来与北京对比，结果却总是相形见绌，没有一点夸示的意思。譬如说在冬天，民国初年在故乡住了几年，每年脚里必要生冻疮，到春天才脱一层皮，到北京反而不生了，但是脚后跟的斑痕四十年来还是存在。夏天受蚊子的围攻，在南方最是苦事，白天想写点东西只有在蚊烟的包围中，才能勉强成功，但也说不定还要被咬上几口，北京便是夜里我也不挂帐子的。①

　　文章未涉及什么文化评价，只是说岁时和天气而已，谈不到什么深奥的道理。鲁迅则大多避而不讲居住的城市的优点，他对生活过的绍兴、南京、东京、仙台、北京、上海等地，均无深切的恋情，决然的东西很多。他的小说写绍兴者尤多，可是多是微词，批判的语调四溅，其性格中刚烈之色多多，要找到他的乡土恋情，并不容易。至于绍兴之外的都市，他礼赞的颇少。相比之下，对北京的看法略好于外省的地方，但也只不过怀念那里的学术环境罢了。可是北京最主要的文化景观，他都不太喜欢。比如对他来说，长城、故宫都非有趣的所在，他甚至还著文讽刺过长城这类遗产。他也反感京剧，看了几次戏，并不舒服，讥讽之余，还有诅咒，后来遂与之永别了。北京人的油滑腔与奴才相，尤为鲁迅所憎恶，他在文章中提示国人的无特操，有时就是以北京人为例的。看不到北京在鲁迅眼里的色调如何，大概也难以把握其都市观念的特点，这个问题的复杂性，学界大约是有着共识的。

　　从鲁迅留下的文字看，他不过是北京的匆匆过客，对那里的一切

---

① 　　周作人：《水乡怀旧》，见钟叔河编订《周作人散文全集》第14卷，广西师范大学出版社2009年版，第84页。

鲁迅忧思录

4　过客与看客

好像是陌生的。他自知自己是那个世界的过路人，并不属于那个世界。可是哪里是自己去的地方呢？他并不知道，也只是走着，像《野草·过客》所言：

> 我只得走。回到那里去，就没一处没有名目，没一处没有地主，没一处没有驱逐和牢笼，没一处没有皮面的笑容，没一处没有眶外的眼泪。我憎恶他们，我不回转去！①

在许多文章里，我们读出鲁迅要出离自己的环境的渴望。他要不断放逐自己的冲动，在文章里是一个潜在的旋律。鲁迅离开北京是出于无奈。他有一种逃离的愿望是显然的，可是后来的选择也未必都好，过客的心一直存在着。他后来去上海，就有些后悔，以为就人的忠厚与学术环境而言，北京远远好于上海。周作人对北京的爱是不言而喻的。日本人来了，文化人纷纷逃到南方，他却守在苦雨斋里，在旧都里苦住，原因固然复杂，可迷恋帝京的生活是不可否认的吧。他与鲁迅不同的地方是有自己的园地，那是爱与快慰之所。外面的世界很苦，也只能远远地看着，或者说是个看客吧。探究周氏兄弟的一生，北京都是不能不谈的背景。二人给这个都城带来的忧与喜、苦与乐，我们于今天的文化流脉中，亦常可感受到一二。

---

① 　鲁迅：《过客》，见《鲁迅全集》第2卷，人民文学出版社2005年版，第196页。

二

胡适回忆五四新文学时，念念不忘的就有周氏兄弟，以为就学问与文采而言，他们是一流的。谁都知道，在五四新文化运动中，周氏兄弟一直是重要的一对人物。他们在对人本主义的阐释上，观点相近或互补，许多灼见在新文化史上闪着光芒，为后人所敬佩。鲁迅与周作人对北京新的人文传统的出现，贡献颇大，他们二人那时写下的作品，至今仍被人津津有味地阅读着。关于文学理念、译介思想、创作风格，前人已有诸多论述，这里暂且不提。他们在民俗文化的思考上独树一帜的精神，以及在北京文化史上留下的痕迹，则很有意味，是有着非同寻常的价值的。

鲁迅对京城文化沿革的注意远不及周作人。不过他的藏书中有关北京风土人情的，亦有多部。除了像故宫文物介绍之类的图书如《故宫物品点查报告》，还有类似《旧都文物略》之类的资料。他思考北京，常常将其作历史的一个点加以观照，并未隔离开来静静地看。但周作人更愿意从民俗学中打量这个城市，北京社会灰色的影子，在他笔下有了另外一种色泽，比起鲁迅的文本，有些单一。关于北京，周作人的文章多多，如《北京的茶食》《燕京岁时记》《关于〈燕京岁时记〉译本》《北平的春天》《北平的好坏》《北京的风俗诗》《〈天桥志〉序》，等等，都写得有些趣味，有民俗学上的意义。至于旧籍中关于北京的记载，他也注意，对《帝京景物略》《日下旧闻》《燕京岁时记》《旧京琐记》等都有评述，看法与士大夫者流多有相背之处，也不同于一般学者。周作人如此关注民俗学与笔记体中的边缘文化，大概是看到了其间民俗性的东西。而民俗性里，有一个民族本然的存

鲁迅忧思录

4 过客与看客

在，可以嗅到真切的趣味。鲁迅对这一点一直首肯。他在文章中，不止一次提到在民风与信仰里，可以看到国民的性格。所以当江绍原潜心研究民俗学时，鲁迅就全力支持并将民俗学第一次在国内的大学中推出。不过在对民俗的看法上，鲁迅多注重野性的东西，周作人看重的是审美情调。鲁迅在小说中展示风俗中的人性史，周作人却从知识学的角度提炼思想。他们的用意大抵是一致的，即都希望从非正宗的文化里，找到一种认识本民族性格的资源和视角。这里展开的精神意象，比士大夫一向看重的儒道释模式，要丰富得多，周作人在《风土志》中说：

> 假如另外有人，对于中国人的过去与将来颇为关心，便想请他把史学的兴趣放到低的广的方面来，从读杂书的时候起离开了廊庙朝廷，多注意田野坊巷的事，渐与田夫野老相接触，从事于国民生活之史的研究，虽是寂寞的学问，却与中国有重大的意义。……我们在北京的人便就北京来说吧，燕云十六州的往事，若能存有记录，未始不是有意思的事，可惜没有什么留存，所以我们的话也只好从明朝说起。明末的《帝京景物略》是我所喜欢的一部书，即使后来有《日下旧闻》等，博雅精密可以超过，却总是参考的类书，没有《景物略》的那种文艺价值。清末的书有《天咫偶闻》与《燕京岁时记》，也都是好的。民国以后出版的有枝巢子的《旧京琐记》，我也觉得很好，只可惜写得太少耳。近来有一部英文书，由式场博士译成日本文，题曰《北京的市民》，上下两册，承他送我一部，虽是原来为西洋人而写，叙述北

京岁时风格婚丧礼节，很有趣味，自绘插图亦颇脱俗。①

　　从民俗中看北京，看地域人情，可以说是周氏兄弟都有兴趣的选择。晚清以降，北京文人渐渐懂得这一方面的意义，美术与文学领域都有高手于此用力。鲁迅的友人陈师曾就颇为关心北京的风土岁时，其所作《北京风俗图》描摹旧京的人物，情思种种，形态可感，有妙不可言之处。陈氏的画已脱离了士大夫的迂腐之气，很有现代人的悲悯心肠，所画商人、儿童、老妇很有市井情调，京味儿与京韵飘然而出。作者并非沉溺其中，看那清凉之图，有时也隐隐可觉出知识分子的寂寞，对民间众生的态度有着同情与哀婉之色，和鲁迅的小说有着某些相似之处。鲁迅对陈师曾的绘画一直持赞佩的态度，从两人不同寻常的友谊里，也能找到相似的审美态度：第一，艺术是写实的；第二，不放过民风里的哲学；第三，用现代人的意识点化旧的艺术形式，使之渐成新调。此三点，陈师曾颇以为然，鲁迅也大致认可。在为《北平笺谱》写的序言里，鲁迅肯定了陈师曾的成就，看他对这位新式民俗画家的盛赞，也分明能体味到"鲁夫子"的审美热情。从新的民间艺术里寻找一个民族朗健的精神表达式，整整吸引了一代五四新文化人。如今看沈从文、丰子恺、老舍、李劼人等人的创作实绩，不能不佩服他们从地域文明里汲取养分的勇气，而周氏兄弟无论在创作实践上，还是在理论的思考上，都远远地走在别人的前面。他们不论打量江南社会，还是审视古老的帝京，都有着常人少见的视野。20年代的北京文坛，因为有周氏兄弟的存在，变得很有一些分量了。

①　　周作人：《风土志》，见钟叔河编订《周作人散文全集》第9卷，广西师范大学出版社2009年版，第409～410页。

鲁迅忧思录

4　过客与看客

三

鲁迅偶尔写到北京的生活，用笔有点灰暗。小说也好，杂文也罢，旧京的陈腐与压抑扑面而来。他写水乡绍兴时，已用了类似的笔触，但也透过一丝丝亮色。像社戏与女吊，分明有一点奇气，人性中闪光的东西出现了。写北京的胡同、会馆等场景时，好似没有什么兴奋点，古老的鬼魂缠绕在这里，让人有些喘不过气来。《呐喊》的自序写他自己生活的绍兴会馆，俨然带一点鬼气了：

> S会馆里有三间屋，相传是往昔曾在院子里的槐树上缢死过一个女人的，现在槐树已高不可攀了，而这屋还没有人住；许多年，我便寓在这屋里钞古碑。客中少有人来，古碑中也遇不到什么问题和主义，而我的生命却居然暗暗的消去了，这也就是我惟一的愿望。夏夜，蚊子多了，便摇着蒲扇坐在槐树下，从密叶缝里看那一点一点的青天，晚出的槐蚕又每每冰冷的落在头颈上。①

在这里，我们看到他在北京生活的苦闷，对环境的反应是绝望的。许多描写北京的作品都有相似的底色。像《一件小事》《头发故事》《鸭的喜剧》《示众》《伤逝》《兄弟》等，对北京这座城不是欣赏的语态，相反，把它灰暗化，使之成了古堡旧魂的象征。《伤逝》写北京的胡同、居所，黑暗得让人窒息，哪有什么温情呢？且看他的文字是

---

① 　　鲁迅：《〈呐喊〉自序》，见《鲁迅全集》第1卷，人民文学出版社2005年版，第440页。

何等暗沉肃杀：

> 我的离开吉兆胡同，也不单是为了房主人们和他家女工的冷眼，大半就为着这阿随。但是，"哪里去呢？"新的生路自然还很多，我约略知道，也间或依稀看见，觉得就在这面前，然而我还没有知道跨进那里去的第一步的方法。
>
> 经过许多回的思量和比较，也还只有会馆是还能相容的地方。依然是这样的破屋，这样的板床，这样的半枯的槐树和紫藤，但那时使我希望，欢欣，爱，生活的，却全都逝去了，只有一个虚空，我用真实去换来的虚空存在。
>
> ……
>
> 初春的夜，还是那么长。长久的枯坐中记起上午在街头所见的葬式，前面是纸人纸马，后面是唱歌一般的哭声。我现在已经知道他们的聪明了，这是多么轻松简截的事。[①]

有趣的是，作者在小说中再一次提及了会馆。他对这破旧房屋的描述成了作者笔下北京的标志性建筑。所谓"铁屋子"的意象，也会让人联想起这个旧屋，它的隐喻性包含了对旧京环境的嘲弄。鲁迅丝毫不关心北京寓所的民俗情调，以及它的社会学隐含，却直接将其视为坟茔般的死地。小说的开篇就说：

> 会馆里的被遗忘在偏僻里的破屋是这样地寂静和空虚。

[①]　鲁迅：《伤逝》，见《鲁迅全集》第2卷，人民文学出版社2005年版，第132页。

鲁迅忧思录

时光过得真快，我爱子君，仗着她逃出这寂静和空虚，已经满一年了。事情又这么不凑巧，我重来时，偏偏空着的又只有这一间屋。依然是这样的破窗，这样的窗外的半枯的槐树和老紫藤，这样的窗前的方桌，这样的败壁，这样的靠壁的板床。①

周作人谈到鲁迅的创作时坦言，其兄有着别人所不及者，即对于中国的深刻观察。他认为现代中国的文人中，还没有谁像其兄那样对民族抱着一种黑暗的悲观。从周作人对鲁迅在北京的生活片段的描述，我们依稀能感受到鲁迅与旧京文化的千丝万缕的联系，比如逛琉璃厂，出入益锠餐馆及和记牛肉铺，往来于直隶书局和青云阁等。周作人写鲁迅的生活，分明让人读到了北京风俗中的鲁迅形影。这就构成了一幅有趣的文人与市井的画图。后人写鲁迅与北京的关系，多喜从京味儿、京趣入手，将鲁夫子纳入一幅帝京风俗图中。这样描述也不无可取，至少让旧北京的生活有了异样的色彩。可是我们万万不可忘记：鲁迅虽置身于五光十色的古城风情里，他的世界与此却有点格格不入。将他的生活背景趣味化与优雅化，那实际是将其精神简单化了。

许多生活在北京的文人，对那里的历史文物多有赞誉之词。鲁迅在那里筹建过博物馆、公园、图书馆，对故宫文物亦知一二。但他过多地看到了其间的灰暗之物，评价中有着复杂的态度。比如"大内档案"，乃北京皇宫的宝物，读书人都感兴趣，他对它的看法就很别样，是有着别人没有的微词的：

①   鲁迅：《伤逝》，见《鲁迅全集》第2卷，人民文学出版社2005年版，第113页。

这正如败落大户家里的一堆废纸，说好也行，说无用也行的。因为是废纸，所以无用；因为是败落大户家里的，所以也许夹些好东西。况且这所谓好与不好，也因人的看法而不同，我的寓所近旁的一个垃圾箱，里面都是住户所弃的无用的东西，但我看见早上总有几个背着竹篮的人，从那里面一片一片，一块一块，捡了什么东西去了，还有用。更何况现在的时候，皇帝也还尊贵，只要在"大内"里放几天，或者带一个"宫"字，就容易使人另眼相看的，这真是说也不信，虽然在民国。①

鲁迅的话，似乎也概括了他对北京文物与历史沿革的态度。北京有无处不在的历史旧迹，而与活的人生和黎民，似乎无关，倘有联系，大概也是一种主奴下的瓜葛，而精神是苦痛的。在那样的时空里，人们如果是快慰的、幸福的，则不是帝王，而是奴才。在许多文章里，鲁迅似乎都暗示了这一点。

这也使人想起老舍。北京人今天谈他，似乎以老舍为旧京风范的代表，与一种民风的美密不可分。其实老舍写北京，有基督式的悲悯，那里多的是对胡同人生的垂怜，以及无可奈何的怅惘。他的语言之美乃自我创造所致，剔去了京味儿中低俗的东西。对于旧北京的历史，他是绝望多于快慰，哀凉大于欣喜。可是不知为何，后来模仿他的人，偏偏喜欢写风俗之美，把这块土地帝王化和贵族化，那离老舍就远了。五四新文学离今天才几十年，而今人与那一代人

① 　　　鲁迅：《谈所谓"大内档案"》，见《鲁迅全集》第3卷，人民文学出版社2005年版，第586页。

的心态却如此隔膜，这不能不说是文化史上的一个悲哀。

四

和鲁迅不同的是，周作人对身边的世界，有时用的是鉴赏的态度。其所作《北京的茶食》《北平的好坏》《北京的风俗诗》等，都是学人式的反顾，没有老舍那样彻骨的体味。周作人看北京，有点像当年留学时看东京一样，仿佛在读史，那里给他的主要是学问式的余味，由此而想起兴亡，想起文化流脉的起伏。1924年他在一篇文章中谈到在旧城中走过时的感想："我有次从西四牌楼以南走过，望着'异馥斋'的丈许高的独木招牌，不禁神往，因为这不但表示他是义和团以前的老店，那模糊阴暗的字迹又引起我一种焚香静坐的安闲而丰腴的生活的幻想。"[1] 这类独白很像外地游人的观感，分明把自己一直看成外省的人。他在谈自己的学术生涯时，不忘明清、民国以来出版的北京风情著作，对其间流露出民俗学意义的文本，厚爱有加。比如谈陈师曾的《北京风俗图》时，周作人就写过这样的话：

> 画师图风俗者不多见，师曾此卷，已极难得，其图皆漫画风，而笔能抒情，与浅率之作一览无馀的绝不相同，如送香火、执事夫、抬穷人、烤蕃薯、吹鼓手、丧门鼓等，

---

[1]　周作人：《北京的茶食》，见钟叔河编订《周作人散文全集》第3卷，广西师范大学出版社2009年版，第377页。

都有一种悲哀气。①

　　周氏兄弟对待风俗，有着很现代的眼光。他们对陈师曾式的于风
俗里写人间的悲喜之笔，表示了很大的同情和赞赏。因为那里毕竟没
有鬼气和世俗的迂钝气，倒是多了人文意识，那是受过西学熏陶的人
才有的情怀吧。有趣的是，周氏兄弟对北京文化中陈陋的东西一向不
感兴趣，像京剧，就不喜欢，还说了许多讽刺的话。本来，京剧最早
发源于民间，有许多原生态的气息，呈现着民间的力量。但一到了京
城，士大夫者流便将部分内容变成醉生梦死的东西，就颇让人生厌了。
周作人曾说每每听到京剧唱腔，就想起抽大烟的人来，那无疑有些麻
醉的效用。鲁迅说得就更直接，在《略论梅兰芳及其他》一文，甚至
有点挖苦：

　　　　崇拜名伶原是北京的传统。辛亥革命后，伶人的品格提
　　高了，这崇拜也干净起来。先只有谭叫天在剧坛上称雄，都
　　说他技艺好，但恐怕也还夹着一点势利，因为他是"老佛
　　爷"——慈禧太后赏识过的。……
　　　　后来有名的梅兰芳可就和他不同了。梅兰芳不是生，是
　　旦，不是皇家的供奉，是俗人的宠儿，这就使士大夫敢于
　　下手了。士大夫是常要夺取民间的东西的，将竹枝词改成文
　　言，将"小家碧玉"作为姨太太，但一沾着他们的手，这东
　　西也就跟着他们灭亡。他们将他从俗众中提出，罩上玻璃

---

①　　　周作人：《〈北京风俗图〉》，见钟叔河编订《周作人散文全集》第10卷，广西师
　　　范大学出版社2009年版，第692页。

鲁迅忧思录

4　过客与看客

罩，做起紫檀架子来。教他用多数人听不懂的话，缓缓的
《天女散花》，扭扭的《黛玉葬花》，先前是他做戏的，这时
却成了戏为他而做，凡有新编本，都只为了梅兰芳，而且是
士大夫心目中的梅兰芳。雅是雅了，但多数人看不懂，不要
看，还觉得自己不配看了。①

北京的民间艺术，遭到了皇权的侵扰和士大夫的侵扰，其有生气
的遗存就很是稀薄了。鲁迅不赞扬北京风土，大概缘于这个因素。后
来他关于京派、海派的看法，大致也沿袭了旧的思路，所谓京派乃官
的帮闲就是这一思路的产物。鲁迅对北京文化的看法大多基于对人性
与个性精神的思考，强调的是个人的本位。周作人则习惯于以艺术的、
学术的眼光看事，希望从中抽象出一种益智的学识。大凡言及民俗，
他都以科学的目光思之再三，文章很带现代理性的力量，与醉心于帝
京的迂腐文人比，还是多了几分亮色。他在1940年写下的《中秋的
月亮》，与郭礼臣的《燕京岁时记》就大异其趣，抑或是在唱反调了。
周作人的鉴赏风土，并非北京文人式的自娱自乐，有时也带有怀疑和
批判的语态。他的肯定风俗，乃因了他远离廊庙朝廷，渐与田野坊巷
接触，有非正统文化的惬意，但有时他也对其间的猥亵、肮脏、迷信
产生排斥的态度。周作人谈论北京的文章，悠然之余，也有着淡淡的
苦涩。《中秋的月亮》一文多少体现了他的心态：

郭礼臣著《燕京岁时记》云："京师之日八月节者，即

①　　鲁迅：《略论梅兰芳及其他（上）》，见《鲁迅全集》第5卷，人民文学出版社
2005年版，第609页。

中秋也。每届中秋，府第朱门皆以月饼果品馈赠，至十五月圆时，陈瓜果于庭以供月，并祀以毛豆鸡冠花。是时也，皓魄当空，彩云初散，传杯洗盏，儿女喧哗，真所谓佳节也。惟供月时，男子多不叩拜，故京师谚曰，男不拜月，女不祭灶。"此记作于四十年前，至今风俗似无甚变更，虽民生凋敝，百物较二年前超过五倍，但中秋吃月饼恐怕还不肯放弃，至于赏月则未必有此兴趣了罢。……我于赏月无甚趣味，赏雪赏雨也是一样，因为对于自然还是畏过于爱，自己不敢相信已能克服了自然，所以有些文明人的享乐是于我颇少缘分的。①

在北京生活了那么多年，自觉是这个古城的陌生的一员，也证明了他的思想与外界的不能融通。周氏兄弟对这片土地就是这样又亲又离，苦乐相伴。如果说鲁迅是北京的过客的话，那么周作人则可以说是古都的看客了。过客者，步履匆匆，未将身边的世界看成归宿，看客呢，则置身于社会的边缘，看日起日落、人隐人现，说些尘海中人说不出的冷静的话。鲁迅对北京的看法一直没有大的变化，而周作人一直在变。但一个是不变中的变，一个是变中的不变。然而，二人留下了与芸芸众生不同的形象。他们曾生活于北京，却又不属于北京，如此而已。

---

① 周作人：《中秋的月亮》，见钟叔河编订《周作人散文全集》第8卷，广西师范大学出版社2009年版，第324~325页。

五

1926年，鲁迅南下，那时他已与周作人分道扬镳了。离开了古城，对它的看法也渐渐冷静下来，他偶然谈及，都有些不错的见识。从一些只言片语中，依稀可感受到他对北京的好感。1932年11月，他回京探亲时，在给许广平的信中说：

> 现在这里的天气还不冷，无需外套，真奇。旧友对我，殊不似上海之以利害为目的，故倘我们移居这里，比上海可以较为有趣的。[1]

后来他不止一次谈到了北京的优点，尤其古文化的气息，非上海可以比肩。1933年10月他在致郑振铎的信中说：

> 上海笺曾自搜数十种，皆不及北平；杭州广州，则曾托友人搜过一通，亦不及北平，且劣于上海，有许多则即上海笺也，可笑，但此或因为搜集者外行所致，亦未可定。总之，除上海外，而冀其能俨然成集，盖难矣。北平私人所用信笺，当有佳制，倘能亦作一集，甚所望也。[2]

鲁迅那时是"看北京"，周作人则渐渐成了京城里"被看""被描

---

[1] 鲁迅：《321125致许广平》，见《鲁迅全集》第12卷，人民文学出版社2005年版，第346页。

[2] 鲁迅：《331027致郑振铎》，见《鲁迅全集》第12卷，人民文学出版社2005年版，第469页。

写"的对象。周作人久居古都，且与友人渐渐形成了一个文化圈子，自觉不自觉地成了一道景观。周作人自称是苦住，往来他的"苦雨斋"的客人，都有一点清高、不谐流俗。沈从文曾写过文章，称"苦雨斋"中人为"京派"，于是"京派"的概念在30年代便在文坛上流行了。周作人为首的"京派"，并非自觉形成了一个团体，既不是运动，也非思潮，不过趣味相近、审美情调和人生态度相似的人的集合。从"北京的看客"，到"被北京人看"，周作人完成了从边缘人到社会闻人的转变。这一转变是其自身成就使然，并无故意为之的痕迹。沈从文曾以羡慕的笔触写到了周作人与冯文炳（废名）文章的妙处：

> 从五四以来，以清淡朴讷文字，原始的单纯，素描的美，支配了一时代一些人的文学趣味，直到现在还有不可动摇的势力，且俨然成为一特殊风格的提倡者与拥护者，是周作人先生。
>
> 无论自己的小品，散文诗，介绍评论，通通把文字发展到"单纯的完全"中，彻底的把文字从藻饰空虚上转到实质言语来，那么非常切贴人类的情感，就是翻译日本小品文，及古希腊故事，与其他弱小民族卑微文学，也仍然是用同样调子介绍与中国年青读者晤面。因为文体的美丽，最纯粹的散文，时代虽在向前，将仍然不会容易使世人忘却，……
>
> 但在文章方面，冯文炳君作品，所显现的趣味，是周先生的趣味。文体有相近处，原是极平常的事，无可多言。由于对周先生的嗜好，有所影响，成为冯文炳君的作品成立的元素，近乎武断的估计或不至于十分错误的。用同样的眼，

鲁迅忧思录

4 过客与看客

同样的心，周先生在一切纤细处生出惊讶的爱，冯文炳君也是在那爱悦情形下，却用自己一支笔，把这境界纤细的画出，成为创作了。①

"京派"文人，大多是学者，或大学教授，或杂志编辑。周作人以外，俞平伯、废名、沈启无、朱光潜、林徽因、沈从文等，都有相似的一点，文字有些古朴，历史感与学识相伴，不以宗教的态度打量人生，而是采用鉴赏的态度环顾左右。沈从文以为这样的态度是好的，远远胜于上海文人的浮躁。于是上海文人与北京作家便有了一番论争，"京海之争"便成了现代文学史上一段有趣的插曲。鲁迅曾注意到了这一次论争，他在《"京派"与"海派"》一文中写道：

> 北京是明清的帝都，上海乃各国之租界，帝都多官，租界多商，所以文人之在京者近官，没海者近商，近官者在使官得名，近商者在使商获利，而自己也赖以糊口。要而言之，不过"京派"是官的帮闲，"海派"则是商的帮忙而已。但从官得食者其情状隐，对外尚能傲然，从商得食者其情状显，到处难于掩饰，于是忘其所以者，遂据以有清浊之分。而官之鄙商，固亦中国旧习，就更使"海派"在"京派"的眼中跌落了。②

---

① 　　沈从文：《论冯文炳》，见《沈从文全集》第16卷，北岳文艺出版社2002年版，第145～146页。
② 　　鲁迅：《"京派"与"海派"》，见《鲁迅全集》第5卷，人民文学出版社2005年版，第453页。

鲁迅批评的"京派"，有时也暗含周作人那个沙龙中的人们。"京派"人士的"隐""傲世"，其实是故作姿态，不过为了"噉饭"而已。鲁迅在《隐士》《喝茶》《忆刘半农君》诸文中，对周作人身边的人"做打油诗""弄烂古文"的态度，多有微词。他看到了"京派"文人同血与火的民间的隔膜，认为学者也好，作家也好，不能直面黑暗的人生总是一个问题。那时候周作人在文字里时常讥刺鲁迅等左派人士的"趋时"，鲁迅则反驳其"京派"脸孔的伪态。两个人无论在生活状态上，还是在审美趣味上，均相距甚远，已不复见早年的情趣相投了。30年代，鲁迅与周作人分别形成了自己的核心。前者趋于左翼的批判意识，多血的颜色，与民众的疾苦贴得很近。后者则在"苦雨斋"里咀嚼着历史与文化，沉浸于高雅冲淡之中。虽然周作人亦多愤世之音，有些见解还在左派文人之上，但以他为首的京派文人们，已与五四时期的斗士相距甚远，没有什么共同语言了。

六

林语堂讲到周氏兄弟时，对周作人的好感明显多于鲁迅，并对苦雨斋式的博雅、隐逸多有赞誉。他后来办杂志，走的是周作人的路。林语堂欣赏周作人，觉得他有隐逸的一面，与世无争的态度使文字越发清幽。"京派"的隐逸之风，一度为一些读书人所钟爱。那背后是对激进文人的批评。不过对那种隐逸，鲁迅的看法是别样的，他写道：

非隐士的心目中的隐士，是声闻不彰，息影山林的人物。但这种人物，世间是不会知道的。一到挂上隐士的招牌，则即使他并不"飞去飞来"，也一定难免有些表白，张扬；或是他的帮闲们的开锣喝道——隐士家里也会有帮闲，说起来似乎不近情理，但一到招牌可以换饭的时候，那是立刻就有帮闲的，这叫作"啃招牌边"。……

登仕，是嗷饭之道，归隐，也是嗷饭之道。假使无法嗷饭，那就连"隐"也隐不成了。[①]

鲁迅认为，在中国这个地方，超阶级的看法未必都对，人都在社会里，与尘世隔绝不过是一个梦想。林语堂所喜爱的隐士，总还是文人的缥缈的梦，与血色的生活总有些隔膜。这里，鲁迅其实也把周作人的选择批评了。

这种不同的观点也辐射到青年文人那里。左翼青年笔下的北平和京派的文人笔下的北平，是不同的。他们对鲁迅、周作人的看法也多有差异。不过，理解京派文人的，常常是上海的读书人。比如曹聚仁、施蛰存对鲁迅、周作人的看法就是另一个样子。周作人"落水"后，左翼作家的批评很严厉，以为其趣味是有问题的。聂绀弩赞佩鲁迅的选择，而曹聚仁在理解鲁迅的同时，并不讥讽周作人的选择，还对其多有理解。曹聚仁从陶渊明讲到现代，并不以道学的眼光看待隐士。但在聂绀弩看来，这是大有问题的：

① 　　鲁迅：《隐士》，见《鲁迅全集》第6卷，人民文学出版社2005年版，第231～232页。

所谓"隐逸"，历来就是一笔糊涂账。和"仕"相对应的隐，是不做官的意思；"终南捷径"的隐，是准备做官的意思。李愿、孟东野之流，是"不得志于有司"，不得已向显达的亲戚故旧打了一笔秋风回家过日子；巢许沮溺是不但不做官而且不与闻政治或者还反对政治；袁中郎、袁子才不过因为不做官有更多的好处；诸葛孔明是"苟全性命于乱世"，李令伯和陶潜的下半世都是有家国之感，不事伪朝。"隐逸的人生态度"如此不同，现在概而括之曰："反对"，至少，"不得志于有司"的人会说是"饱人不知饿人饥"。①

这个观点，几乎就是从鲁迅那里来的。聂绀弩后来自觉走鲁迅的路，拒绝周作人式的隐逸生活，有他内在的原因。许多在前线的文学青年，都有与他类似的感觉。他们从鲁迅那里得到的东西，要比从周作人那里得到的要多。鲁迅精神的辐射力，总还是别人所不及的。

但左翼作家也有对那些隐逸的文人生活颇为赞佩的。他们在乱世里也未尝不幻想宁静的生活。唐弢在1944年到北平游览，情调就完全是京派式的，周作人式的悠然之情未尝没有。《帝城十日》云：

> 北平的好处必须细细的体味，缓缓的领略。听小儿女吵嘴，说相声的斗口，卖豆汁儿的吆喝；上天桥看杂耍，到中央公园茶座上打盹，往广和楼敲着手指儿压板眼听戏。这些我都知道，可是终没有做到。我是来得匆忙，自然也不免去

---

①   聂绀弩：《从陶潜说到蔡邕》，见《聂绀弩全集》第1卷，武汉出版社2004年版，第61～62页。

鲁迅忧思录

4 过客与看客

得急促了。有人问我北平好吗？我可以回答说：北平真好；可是怎么个好法呢？却有点说不上。北平适宜于青年人读书，中年人弄学问，上了年纪的养老。人可以在这儿住家，可千万别想做买卖发财。

也许北平的好处就在于不让人发财。

下午与哲民出外购零物，准备打装。

寄俞平伯函，附小诗一首：

词赋名场心力残，

玉泉裂帛听终寒，

霜风红遍西山路，

莫作江南春色看。①

这里的趣味和苦雨斋很像。类似的还有黄裳、文载道等人。他们思想上认可鲁迅，趣味却是周作人式的。因为大家不易作过客之姿，倒喜欢看客的生活，那与读书人的雅趣相近。

30年代，文坛对鲁迅与周作人的看法，有矛盾的地方，也有会心之处。其间不乏卓识。对兄弟二人的不同的认识，也导致了文人间的冲突。聂绀弩与曹聚仁的论战，核心是如何看待鲁迅与周作人。这样的不同看法，在文坛成了一种现象。废名在为周作人散文作序的时候讲到了鲁迅与周作人的异同：

鲁迅先生与岂明先生的重要的不同之点，我以为也正就

① 　　唐弢：《帝城十日》，见姜德明编《北京乎》下，生活·新知·读书三联书店1992年版，第700页。

098

在一个历史的态度。鲁迅先生有他历史的明智，但还是感情的成分多，有时还流于意气，好比他曾极端的痛恨"东方文明"，甚致于叫人不要读中国书，即此一点已不免是中国人的脾气。他未曾整个的去观察文明，他对于西方的希腊似鲜有所得，同时对中国古代的思想家也缺少理解，其与提倡东方文化者固同为理想派。岂明先生讲欧洲文明必溯到希腊去，对于希伯来，日本，印度，中国的儒家与老庄，都能以艺术的态度去理解它，其融汇贯通之处见于文章，明智的读者谅必多所会心。鲁迅先生因为感情的成分多，所以在攻击礼教方面写了《狂人日记》，近于诗人的抒情；岂明先生的提倡净观，结果自然的归入于社会人类学的探讨而沉默。鲁迅先生的小说差不多都是目及辛亥革命因而对于民族深有所感，干脆的说他是不相信群众的，结果却好像与群众为一伙。①

　　废名的看法，是典型的京派的眼光所致。晚年的他放弃了这个观点，而独尊鲁迅了。问题是以学者的眼光和精神解放的眼光来打量周氏兄弟，是有不同的结论的。瞿秋白、胡风、冯雪峰则完全不同于废名早期的言论，在这些左翼作家看来，鲁迅的价值，以书斋的视角来审视，就遗漏了什么。

　　粗略地打量周氏兄弟的关系，大致可以感受到现代文化中的分分合合、兴衰流变。鲁迅与周作人有许多相近的思想，曾经有过密切合作的历史，也留下了诸多令后人玩味的故事。他们留给北京与中国的，

----

①　　废名:《〈周作人散文钞〉序》，见止庵编《废名文集》，东方出版社2000年版，第120页。

鲁迅忧思录

远不是文学上的花絮，倒是关于知识分子自我选择的文化难题。我们谈北京的新传统，不可忽略这两个人的恩恩怨怨。鲁迅永远都在走着，不会停下脚步歇息，他知道没有终点的跋涉才是生命发光的部分。一切存在都将过去，自己的旧迹又何必在意呢？只有不断地走，方会觉出自己的存在。而周作人则因为知道日光底下无新事，昨日如斯，今日如斯，明日也如斯，他陷在苦雨斋里。不变中的变，导致了更深的悲剧，那也是兄弟两人彼时都未料到的。

与幼小者之真言

对于百年前的读者而言，鲁迅的《狂人日记》是一篇逆天的文本。由于它的幻觉式的自白和反逻辑的叙述，审美话语里奇思突起，传统小说的面容顿失。鲁迅坦言这里有尼采、迦尔洵、安特莱夫（又译安德烈夫、安特来夫）的影子，忧患之音深埋其间。后来的研究者以为那文本是驳杂丰富的，甚至从中看出流动着繁多的意象。这作品给人惊讶的感觉，沉眠的内思被其唤起。而且重要的是，关于"吃人"的发现，似乎冥府里的幽光，惨烈之气的背后，审判了对象世界的同时，审判了叙述者自身。

多年后，鲁迅在回忆此篇作品时说，"意在暴露家族制度和礼教的弊害"[①]。这种解释影响了后人对该作品的判断，无意间回避了词语另类的隐含，审美的先锋性所包括的复杂性被一笔带过。小说家的发散思维所指，并未被作者自己陈述出来。

早有人说，鲁迅作品有陀思妥耶夫斯基小说复调的意味[②]，虽然人们并非都认同此点，但其作品的一腔多调、一影多形的特点是显而易见的。我个人以为，《狂人日记》除了鲁迅自己承认的反礼教的主题，还隐含着对幼小者痛感的凝视这一副题，这与鲁迅对儿童研究的兴趣有关。只是作品中尼采的味道过浓，掩饰了副题的线索。它类似

---

① 鲁迅：《〈中国新文学大系〉小说二集序》，见《鲁迅全集》第6卷，人民文学出版社2005年版，第247页。
② 严家炎：《论鲁迅的复调小说》，上海教育出版社2002年版，第131页。

卡尔维诺所说的"非线性思维，靠一句格言，靠点状的、互不连接的思想火花来展开故事"①。相对于传统的文学，鲁迅所写的作品属于非小说的小说，以朴素的方式构建出繁复的话语结构。

我在重新阅读鲁迅日记和相关资料时发现，鲁迅在创作《狂人日记》前的几年间，除了读佛经、抄古碑，也参与过儿童艺术展览会的策划，偶有一点翻译，翻译内容都与儿童教育有关，日本学者上野阳一的《艺术玩赏之教育》《儿童之好奇心》《社会教育与趣味》和高岛平三郎的《儿童观念界之研究》，带来的是认知的新风。传播这些从社会学与心理学出发的儿童教育研究的文章，鲁迅有很深的用意，那些刺激心性的审美之光和对于世界好奇打量的超功利的凝视，在中国少年的教育里是少有的。

如此关注儿童问题，可以看出鲁迅的精神的兴奋点。一个有趣的现象是，在《狂人日记》发表四个月之前，《新潮》刊发了鲁迅所译的有岛武郎的小说《与幼小者》。该作品是一篇父亲致子女的信札，对于失去母亲的孩子的诸多祷告和寄语。小说悲哀于孩子不幸的生活，抵挡苦难的独白牵扯出以幼者为本位的思想亮点。

在有岛武郎的文本里，无所不在的担忧感散落在字里行间。厄运到来的时候，父母为孩子们抵挡着风风雨雨。作品里关于医院、病人、死亡的描绘，都在暮色之中，可我们却体味到了无奈中的暖意。当母亲离世时，并没有让孩子来到身边。"因为害怕将残酷的死的模样，示给你们的清白的心，使你们的一生增加了暗淡，怕在你们应当逐日成长起来的灵魂上，留下一些较大的伤痕。使幼儿知道死，是不但无

---

① 　　［意］卡尔维诺：《美国讲稿》，萧天佑译，译林出版社2012年版，第113页。

益反而有害的。"①小说的解放幼小者的期许在悲凉之雾里缭绕不已，父母希望自己能够救孩子，但也鼓励孩子自救。小说的陈述，染有托尔斯泰的气息，诗一般的独白，也带出思想者的爱意。此后不久，鲁迅还译介了有岛武郎的另一篇作品《阿末的死》，也是幼小者不幸的故事。这篇小说在调子上更为凄惨，作者对于14岁少女阿末自杀的描述，笔触沉郁。有岛武郎看到了日本社会结构中对儿童压迫的不幸事实，在令人窒息的环境里，孩子找不到自己的欢乐之所。在父亲、哥哥相继去世后，由于绝望于环境，孩子服毒离世。

这两篇小说中的儿童都生活在黑色之中。受到托尔斯泰影响的有岛武郎在作品里不断释放自己的幽思。日本没有中国式的礼教，但社会结构与风俗，有碍于生命价值的存在亦时常可见。命运不幸与家庭不幸，导致孩子的无爱的生活。作者在无声的画面背后，寄寓的是浩茫的情思，其中《与幼小者》的结尾叹道：

> 幼小者呵，将不幸而又幸福的你们的父母的祝福带在胸中，上人世的行旅去。前途是辽远的，而且也昏暗。但是不要怕。在无畏者的面前就有路。
>
> 去罢，奋然的，幼小者呵。②

《狂人日记》是否受到有岛武郎情绪的感染，作者自己未说，但相关的色调通过辨析还是能够察觉一二。我们对比《狂人日记》与

---

① ［日］有岛武郎：《与幼小者》，见北京鲁迅博物馆编《鲁迅译文全集》第2卷，福建教育出版社2008年版，第34页。

② ［日］有岛武郎：《与幼小者》，见北京鲁迅博物馆编《鲁迅译文全集》第2卷，福建教育出版社2008年版，第37页。

《与幼小者》《阿末的死》内在的主旨，当会感到鲁迅文字脉息里的日本文学元素。至少有岛武郎对孩童世界的关怀之意，渗透在鲁迅的文本里。《狂人日记》的总体框架不同于有岛武郎的两篇作品，受到果戈理的形式的暗示是显然的。但果戈理的《狂人日记》没有幼小者的话题，这一点或许受益于有岛武郎吧。鲁迅的忧愤明显强于有岛武郎，也非果戈理可以比肩。他只是借鉴了有岛武郎的父与子的母题，余者属于自己的独创。在小说的情绪与内觉的变形表述里，还是迦尔洵、安特莱夫的影子居多。加之尼采式的独白的移植，有岛武郎的痕迹自然显得模糊了。

多年来人们一致认为，《狂人日记》呼应了陈独秀等人非孔的思想，目标直指礼教自身。如果我们沿此延伸下去，就会发现礼教最大的受害者，是青少年，他们是这种形态的牺牲者。鲁迅从日本作家那里受到启示，以为警惕对幼小者的吞噬，乃知识人的使命。有岛武郎写儿童之苦，有对命运的防范，没有鲁迅笔下狂人的地狱般的惊恐。这不仅仅是对命运的抵抗，而且是对习惯的表述空间的抵抗。狂人的语言既不是士大夫式的，也没有新文化人的书卷气。鲁迅使用了一种看似平白，实则带有反讽结构的语言，它颠覆了孔教下的汉字书写的文脉，精神衔接了天地之气的别样光泽。

和《与幼小者》《阿末的死》一样，鲁迅的《狂人日记》流动着童年经验的痛楚。主人公的年龄在三十多岁，但所写的片段多纠缠着儿时记忆。狂人的少年记忆一片灰色，乃至充斥着无所不在的死亡之气。那些奇怪的幻觉有儿童式的色彩，好似儿童画里的变形与夸张。但最根本的是，独白融入了绝望的气息，那是孩子内心灰暗的一幕：

我捏起筷子，便想起我大哥；晓得妹子死掉的缘故，也全在他。那时我妹子才五岁，可爱可怜的样子，还在眼前。母亲哭个不住，他却劝母亲不要哭；大约因为自己吃了，哭起来不免有点过意不去。如果还能过意不去，……

　　妹子是被大哥吃了，母亲知道没有，我可不得而知。

　　母亲想也知道；不过哭的时候，却并没有说明，大约也以为应当的了。记得我四五岁时，坐在堂前乘凉，大哥说爷娘生病，做儿子的须割下一片肉来，煮熟了请他吃，才算好人；母亲也没有说不行。①

　　无疑，这是积蓄内心已久的感受的喷吐，小说的幻觉与谈吐，带有病态儿童的感觉。在家庭里，除了死去的妹妹，"我"的年龄最小。母亲、哥哥都参与了"吃人"的过程，连自己的孩子都不放过。叙述者失望于无爱的青少年教育，他将幼小者受难的经历，象征性地表现出来。即便后来很少写作小说的时候，作者也一直在杂文里重复着其间的意象，甚至以清晰的方式向读者解析自己小说朦胧难辨的题旨。不妨说，《狂人日记》是对醒着的人的内心的描述，那是被虐待的受伤的尼采式影子的另一种表达。

　　与自己熟悉的俄国作家和日本作家的书写不同，鲁迅浸染在域外文本之后，寻觅到属于自己的经验的表达，用了果戈理和有岛武郎所未有的惨烈，直逼中国人的日常生活。狂人在生活里有两个发现，一是仁义道德"吃人"，二是不仅对象世界"吃人"，而且自己也是"吃

---

① 　　鲁迅：《狂人日记》，见《鲁迅全集》第1卷，人民文学出版社2005年版，第453～454页。

人"的人。这时候他希望能够在这个世界看到"真的人",但一切都茫然无序。在这个发现之后,经历了惊讶、恐惧、不安,狂人便发出了"救救孩子"的声音。从对"吃人"的发现,到喊出"救救孩子"的声音,鲁迅"人"的思想的本然之色就全部呈现出来了。

在《狂人日记》问世前,《新青年》同人那时候多关心青年、妇女的问题,能够深入了解儿童问题的是周氏兄弟。早期《新青年》关于家庭、性别研究的文章很多,但几乎没有关于儿童的文章。周作人此前所作《儿童研究》及翻译的安徒生小说,尚未被陈独秀等人列入编辑话题。周作人还没有来北京之前,就与鲁迅通信说过自己的儿童研究心得。两人在互动中,都强化了彼此的见识。《狂人日记》是《新青年》同人里第一篇折射幼小者记忆的小说,儿童研究的心得自然也在文体之间跳跃。小说的感觉多半是非成年的,"月光""赵家的狗""狮子式的凶心,兔子的怯懦,狐狸的狡猾"等词语的闪动,均带有年幼者的印记。但它不是明快的,而是死灭的,在跳跃性的表述里,有着异样的审美韵致。倘若我们从作者对儿童经验的点缀里看待这篇作品,小说的副题自然就浮现出来了。

鲁迅抨击礼教吃人的主题与凝视幼小者悲苦之状的副题是伴随在一起,且一直延伸在不同语境中的。新文化运动开始不久,他写了大量的文章,其中包含的主要内蕴,就是重复《狂人日记》的几个题旨,点明传统文化的问题。我将此看成他对《狂人日记》的后续注释。这些是无意间的重复,为我们了解其心结提供了依据。我们看这些后续的文章,读到了作者对那篇白话小说题旨的照应,直到晚年,这种照应一直存在。他的变中不变的精神之光,在现实性里延伸到繁复的精神世界中去了。

他于1925年写下的《灯下漫笔》，就指出中国古代的曾经不把人当人的残酷现实。在此，鲁迅再次指出人伦秩序的"吃人"：

> 但我们自己是早已布置妥帖了，有贵贱，有大小，有上下。自己被人凌虐，但也可以凌虐别人；自己被人吃，但也可以吃别人。一级一级的制驭着，不能动弹，也不想动弹了。①

《狂人日记》说身边的人"吃人"，后来发现自己也是"吃人"的人，就带有一种罪感。这与卡夫卡对己身的审视时的眼光有许多相似之处。卡夫卡承认早期教育与身边的犹太教对于自己是失败的，他的恐惧、绝望、不幸，来自犹太文化畸形的教育。②卡夫卡通过对话与自言自语，指出自己的叛逆的表达恰是正襟危坐的伦理逼迫的结果。传统伦常的无差异化教育产生的压迫性，导致个体生命感受的压抑、痛楚乃至死灭之感。这是中西文化共有的问题。不同的是，卡夫卡经由许多日常的细节表述了这一点。鲁迅在《狂人日记》中的描述超越了细节，用的是神秘的精神体验的方式，有一种总括的描述。所以后来他认为自己的作品的空泛感，乃内省后的真言。

批判旧礼教，是新文化人那时候的主要任务。对于礼教吃人的表述，在吴虞、胡适、陈独秀的文字里亦有。吴虞看到鲁迅的《狂人日记》时，曾联想起历史的沿革里阴森的片段，认为"吃人的就是讲礼

---

① 鲁迅：《狂人日记》，见《鲁迅全集》第1卷，人民文学出版社2005年版，第227页。
② ［奥］弗兰茨·卡夫卡：《家书》，见《卡夫卡全集》第8卷，河北教育出版社1996年版，第282页。

教的！讲礼教的就是吃人的呀！"①胡适《〈吴虞文录〉序》一文也呼应了《狂人日记》的主题，指出礼教的吃人本质："这个道理最明显：何以那种种吃人的礼教制度都不挂别的招牌，偏爱挂孔老先生的招牌呢？正因为二千年吃人的礼教法制都挂着孔丘的招牌……——不能不拿下来，锤碎，烧去！"②这其实比《狂人日记》更为激进，不仅说礼教"吃人"，还号召砸掉孔家店，那是彼时知识人的痛快之语。扫荡旧遗存里非人道的存在，是所有同人共有的意识。

礼教"吃人"，在《狂人日记》里只是象征性的表达。此后鲁迅所写的杂文，对于"吃人"问题就有深化的描述。他首先注意到幼小者爱的权利的丧失。在爱情问题上，礼教下的中国到处是没有爱情的婚姻。在1919年初所发表的《随感录四十》中，鲁迅就爱情、婚姻作了沉痛的陈述。他从青年的来稿里审视到己身的存在，感叹在婚姻问题上，老人的撮合却成了百年盟约。这种强制性的婚姻，使青年失去了爱的愉悦。鲁迅透视这法则的残酷，那结果是无所不在的苦痛和畸形的人生之旅。无爱的婚姻乃反人性的枷锁，所以鲁迅再次勾勒出狂人的心境，并证明这呐喊的合理性：

> 然而无爱情结婚的恶果，却连续不断的进行。形式上的夫妇，既然都全不相干，少的另去姘人宿娼，老的再来买妾：麻痹了良心，各有妙法。所以直到现在，不成问题。但也曾造出一个"妒"字，略表他们曾经苦心经营的痕迹。

① 吴虞：《吃人与礼教》，见李长之、艾芜等著，孙郁、张梦阳编《吃人与礼教——论鲁迅（一）》，河北教育出版社2000年版，第4页。
② 胡适：《〈吴虞文录〉序》，见《胡适全集》第1卷，安徽教育出版社2003年版，第763页。

可是东方发白，人类向各民族所要的是"人"，——自然也是"人之子"——我们所有的是单是人之子，是儿媳妇与儿媳妇之夫，不能献出于人类之前。

可是魔鬼手上，终有漏光的处所，掩不住光明：人之子醒了；他知道了人类间应有爱情；知道了从前一班少的老的所犯的罪恶；于是起了苦闷，张口发出这叫声。①

上述的话似乎也是《狂人日记》的主题再现：对于罪的发现，于是苦闷，于是叫喊。而且鲁迅说要销了这历史的旧账。在论述此话题的时候，作者不经意间重复了《狂人日记》结尾的那句话：

旧账如何勾消？我说，"完全解放了我们的孩子！"②

这是《狂人日记》发表七个月后，鲁迅又一次对于"吃人"文化的提及，也是狂人反抗精神的重构。对比两篇作品，不难看出《随感录四十》对《狂人日记》的重复与延伸。这种对礼教的反叛的主题的复制，恰如尼采对基督教文明批评的多次回环，乃自己的使命感使然。毫不妥协地批判旧的不合理的文化遗存，在他们的文字里诞生了强力意志下的精神风暴。

五四前后的知识人讨论家庭问题，与传统士大夫的思维完全不同。那突破口是从弱者的视角考虑问题，便把儒家思想的逻辑颠覆了。那

①　　鲁迅：《随感录四十》，见《鲁迅全集》第1卷，人民文学出版社2005年版，第338页。
②　　鲁迅：《随感录四十》，见《鲁迅全集》第1卷，人民文学出版社2005年版，第339页。

些弱者首先是女子，对于女子不幸生活的关注，成为一时的风气。此后，这话题在鲁迅那里一直没有消失。在传统的礼教结构之中，节烈观更带有残忍性的一面，鲁迅在小说和杂文中不止一次强调了这一点。所谓"仁义道德"的非道德性，就在于让女子未曾有过独立的地位和人的资格。1918年8月，鲁迅在《新青年》杂志上发表了《我之节烈观》，进一步阐释礼教"吃人"的本质。传统道德希望女子为丈夫守节，丈夫可以纳妾、多妻，女子则不能有更多的选择。"女子死了丈夫，便守着，或者死掉；遇了强暴，便死掉；将这类人物，称赞一通，世道人心便好，中国便得救了。"[①]这种反人性的规则，纠缠在儒家的语境里，使儒家思想由高远的天际落入封闭之境，是大有问题的。于是鲁迅叹道，我们的道德，在基本取向上出现了问题。那么，什么是合理的道德呢？鲁迅认为："道德这事，必须普遍，人人应做，人人能行，又于自他两利，才有存在的价值。"[②]那时候他一再强调"人各有己，自他两利"，就是看到旧道德的非人道性后发出的感慨。说这观点乃《新青年》同人共同认可的伦理观，也是对的。

面对礼教对弱小女子的摧残，鲁迅的文字带有诅咒般的口吻，通篇有压抑里的突围，仿佛空漠里的寒光一闪。这种韵致在后来的《野草》中被再次放大，成了对荒诞存在的一种对抗。鲁迅对于礼教下女性的不幸的描述，在同情中滚动出悲愤之音。这在他的杂文中极为罕见，以致后来在《祝福》里再次流出类似的意象。这篇小说对于礼教"吃人"的话题进一步细节化了。

[①]　鲁迅：《我之节烈观》，见《鲁迅全集》第1卷，人民文学出版社2005年版，第122页。
[②]　鲁迅：《我之节烈观》，见《鲁迅全集》第1卷，人民文学出版社2005年版，第124页。

幼小者的问题在日本属于社会学的话题，在中国则牵扯出幽深的历史记忆。比如父与子的关系，中国的学者有更为沉重的历史感。除了女子的不幸，在父子关系上，传统道德也是窒息人性的一环。父与子间构成的对峙，乃礼教反人性的天然性的再现。《狂人日记》发表一年半之后，鲁迅在《新青年》上又发表了《我们现在怎样做父亲》，对于家庭中的非人性的价值观念提出疑问。他从人类学的角度出发，在进化论的参照下，认为在中国的家庭结构里，那时候还不是以幼者为本位，长者一手遮天，让孩子没有自由的天地。家庭伦理中有许多不合人情的地方，这带来了青年的不幸。造成此种病态的原因是，不能从生命价值的角度思考问题，将许多存在作道学化的理解。当对于一切还在蒙昧主义的层面进行思考的时候，生命个体的价值便空缺了。人是生命，连古人都知道，食色，性也。但后来人的正当欲求竟演变成罪感的存在，饮食是罪恶，性交为不净，所以鲁迅叹道：

> 夫妇是"人伦之中"，却说是"人伦之始"；性交是常事，却以为不净；生育也是常事，却以为天下的大功。人人对于婚姻，大抵先夹带着不净的思想。亲戚朋友有许多戏谑，自己也有许多羞涩，直到生了孩子，还是躲躲闪闪，怕敢声明；独有对于孩子，却威严十足。这种行径，简直可以说是和偷了钱发迹的财主，不相上下了。我并不是说，——如他们攻击者所意想的，——人类的性交也应如别种动物，随便举行；或如无耻流氓，专做些下流举动，自鸣得意。是说，此后觉醒的人，应该先洗净了东方固有的不净思想，再纯洁明白一些，了解夫妇是伴侣，是共同劳动者，又是新生

命创造者的意义。①

在鲁迅眼里，中国的孩子，那时都在黑暗之所，没有光明所在，其实是铁屋子里的不幸者。而这铁屋子，岂不也是囚人的牢笼？伦常噬人于前，风俗阉子于后，人性之光，悉尽于暗。一代代青年窒息于此，为礼教所扼，也就没有了明天。

鲁迅笔下的狂人，在一些研究者笔下是觉醒的反叛者。鲁迅对于"吃人"的发现不是来自理论，而是生命的感觉。他后来解释认知世界的方式时，坦露出狂人式的思维方式的形成：

> 历史上都写着中国的灵魂，指示着将来的命运，只因为涂饰太厚，废话太多，所以很不容易察出底细来。正如通过密叶投射到莓苔上面的月光，只看见点点的碎影。但如看野史和杂记，可更容易了然了，因为他们究竟不必太摆史官的架子。②

野史里关于"吃人"与暴政的记载甚多，这是鲁迅借主人公发出呐喊的依据之一。至于正史里以礼教名义杀人的记载，也颇为众多。所以，对于世界本质的透视，往往是那些反本质主义者们进行的。我们在鲁迅文本里可以看出许多狂人的影子，这些在《孤独者》《长明灯》《过客》《墓碣文》等作品里有所体现。我们看这些非常态的人，

---

① 鲁迅：《我们现在怎样做父亲》，见《鲁迅全集》第1卷，人民文学出版社2005年版，第136页。
② 鲁迅：《忽然想到》，见《鲁迅全集》第3卷，人民文学出版社2005年版，第17页。

都经历着炼狱之苦，而且背着沉重的罪感。恰是在这种死灭、绝境里，精神的裂变一次次出现："向自我内部的这种'抉心自食'是前所未有的创举。作者将人性矛盾看作艺术的根本，坚定地向纵深切入，用残酷的自审的压榨促使灵魂的裂变发生。"①

熟悉鲁迅作品的人会发现，在多年的写作里，其作品一直存在着两个题旨的交织。一是对不合理制度的抨击，即制度"吃人"问题；二是为幼小者的未来开路，也就是"救救孩子"的父爱之情。这些思想在《狂人日记》里是观念性的、象征性的，后来的文章所指虽有变化，内蕴却是一致的，只是更为具体，更有现实的直接性。他所译的域外小说，有许多内容也可以归入这两个题旨中。

近代域外文学里一个重要主题，是个体人对外在的异己力量的对抗。这是鲁迅最为欣赏的部分。另一方面，童话中对于孩子想象力的描述，也是吸引鲁迅的原因。童话对黑暗的对抗及童心的表达，是鲁迅最为看重的内容，中国几千年来被抑制的幼童思维，在他看来是要激活的部分。《狂人日记》之后，鲁迅所译的作品中童话占比很大，除了爱罗先珂，望·霭覃、高尔基、至尔·妙伦、契诃夫等人关于儿童内容的作品，都有分量。

这些童话有一个突出的特点，就是出离无聊的漫游，在无趣里建立人的趣味。他后来在《朝花夕拾》里的陈述，一方面在延伸《狂人日记》的韵致，另一方面受了域外童话作品的影响，在奇幻的笔墨里，辐射出对抗礼教遗风的忧思。鲁迅的幼小者话题其实直面的是成人世界的恶习，抵挡阴风冷雨的时候，孩提视野里的梦幻方得以昭显。

① 　　　残雪：《残雪文学观》，广西师范大学出版社2007年版，第146页。

如果我们在鲁迅的生命气质里看不到父爱的暖意，就真的不能进入其世界最为柔软的地方。即便在30年代的反围剿中，他依然保持对幼小者的关怀，儿童教育与青年培养的话题常常出现在其文字中。他的大量杂文，一直不忘对复古主义的警惕，另外，时常抨击的还有伪道学的遗风和国民党虚伪的意识形态话语。在鲁迅看来，复古主义与伪道学，以及国民党虚伪的意识形态，构成了中国社会"吃人"的精神结构。国民党所谓的民族主义文学，以国家主义的理念排斥国际主义，不过麻痹人心的手段。而知识界的读经、复古思潮，与国民党虚伪的意识形态的效果颇像，让人变成一种机器。在《新秋杂识》一文中，他感叹国家机器制造者对孩童的摧残："然而制造者也决不放手。孩子长大，不但失掉天真，还变得呆头呆脑，是我们时时看见的。"[1] 统治者的统治术众多，其中之一就是尊孔读经。从袁世凯到蒋介石，官僚界对旧道德的提倡，与明清的统治者差别不大。1935年，鲁迅有感于湖南省主席赠送孔子像给日本，直陈传统的惰性之大。他例举袁世凯、孙传芳以来官僚界对于旧道德的推崇，指出奴化教育的可怕。"不错，孔夫子曾经计划过出色的治国的方法，但那都是为了治民众者，即权势者设想的方法，为民众本身的，却一点也没有。"[2] 与民众无关，又让民众服从，结果就是奴才的出现。当现代统治者借了国家机器推广这类学说的时候，民生的晦气笼罩四野，剩下的只能是"无声的中国"。

一个社会最可怕的是没有孩子的喧嚷。但孩子世界的丰富与奇妙，

[1]　鲁迅：《新秋杂识》，见《鲁迅全集》第5卷，人民文学出版社2005年版，第287页。

[2]　鲁迅：《在现代中国的孔夫子》，见《鲁迅全集》第6卷，人民文学出版社2005年版，第329页。

大人们往往并不在意。王富仁与钱理群都认为，鲁迅感受事物的方式与表达的方式，有儿童的特点。①这是对的。鲁迅认为孩子有一种超功利的想象，他们在凡俗里看到花与海，灵魂飞到遥远的星际。那种好奇与敏思有精神哲学的胚胎。鲁迅直到成年，依然没有放弃这种感受生活的能力。他晚年对表现主义艺术的引进，以及对浮世绘的点评，恰有上野阳一所云的"好奇心"。世俗的观念毫未污染他的世界。

深味世俗，又远离世俗，便掠过暗云进入澄明世界。他和青年与孩子在一起时朗然的笑声，震落了思想围墙里的杂尘，引来清洁的精神。在身体很弱的时候，他依然在翻译童话作品，与恶魔周旋时引来一片绿地。不了解鲁迅的这一点，就无法得知其暖意的部分。在鲁迅一生的选择里，"救救孩子"不是口号，乃是行动。他后来与青年一起搞出版，支持民间的木刻运动，力挺受压的左翼青年，都非常人能够躬行的功业。他翻译大量童话作品，内含着诸多寄托。但"救救孩子"的内容并非那么简单，随着时光的流逝，鲁迅将其间的内涵不断扩展着。五四前后，是挣脱礼教的束缚；北伐期间，乃鼓励青年到实际中磨炼与自救；日本侵华时代，在反抗异族统治时，又提防国际语境里的主奴意识。他在《上海的儿童》《从孩子的照相说起》诸文里，一再提及《新青年》时期的思想，对于现代教育压抑孩子的智商提出批评：

> 但中国一般的趋势，却只在向驯良之类——"静"的一
> 方面发展，低眉顺眼，唯唯诺诺，才算一个好孩子，名之曰

① 　　　钱理群：《鲁迅与当代中国》，北京大学出版社2017年版，第94页。

鲁迅忧思录

5　与幼小者之真言

"有趣"。活泼，健康，顽强，挺胸仰面……凡是属于"动"的，那就未免有人摇头了，甚至于称之为"洋气"。又因为多年受着侵略，就和这"洋气"为仇；更进一步，则故意和这"洋气"反一调：他们活动，我偏静坐；他们讲科学，我偏扶乩；他们穿短袖，我偏着长衫；他们重卫生，我偏吃苍蝇；他们健壮，我偏生病……这才是保存中国固有文化，这才是爱国，这才不是奴隶性。①

对比几十年前写下的《随感录》，思想与情感都惊人地一致，几乎没有一点变化，也就是与他翻译武岛有郎《与幼小者》的心境极为相似。在与形形色色人物对峙的时候，鲁迅不忘始初的愿望，而自己童贞般的生命之流，使对手的污染的灵魂露出丑相。

1936年9月23日，鲁迅在生命最后的时刻，再次提及"救救孩子"的话题。他发现，奴性思维不仅仅在内部文化中顽固地存在，面对洋人的时候，主奴的情感方式照例深厚。传统的礼用于对外活动时，扭曲的神态依然不能保持人的尊严：

　　这"大国民的风度"非常之好，虽然那"总禁不住""同情的愤慨"，还嫌过激一点，但就大体而言，是极有益于敦睦邦交的。不过我们站在中国人的立场上，却还"希望"我们对于自己，也有这"大国民的风度"，不要把自国的人民的生命价值，估计得只值外侨的一半，以至于"罪加

---

①　　鲁迅：《从孩子的照相说起》，见《鲁迅全集》第6卷，人民文学出版社2005年版，第83～84页。

118

一等"。主杀奴无罪，奴杀主重办的刑律，自民国以来（呜呼，二十五年了！）不是早经废止了么？

真的要"救救孩子"。这"于我们民族前途的关系是极大的"！

而这也是关于我们的子孙。大朋友，我们既然生着人头，努力来讲人话罢！①

此时重复"救救孩子"的话，语境已经比先前有所拓展，人的尊严不独在民族内部秩序中适用，国与国之间的关系亦然。因为有中日关系、中俄关系、中美关系的对比，鲁迅发现，一些域外知识分子对强制性文化的抵抗，其实是保持人的独立，他们的反抗一定程度上缓解了弱小者的苦痛。而我们的读书人，还没有意识到在世界主义范围内，同样存在着反抗奴役的使命。世界主义者们也是反对主奴精神的，鲁迅从罗曼·罗兰、巴比塞、纪德那里意识到，各国知识分子面临着相似的精神挑战。

在生命最后的时候，鲁迅儿童般的纯真感觉与老到的认知语言，汇成精神的旋涡，散出无穷的内力。《狂人日记》的题旨与左翼精神交织起来，便有了旷远之气。可以发现，这时候他无数次谈及死亡问题，与《新青年》时期不同的是，由对他者的关顾，回到了自身。可是凝视幼小者的目光，依然穿过茫茫的黑夜，照出人间的谎言。以杂文《死》为例，此文对于生命的终结的思考，已溢出了一般的汉语语境。与《狂人日记》中关注"被死"不同，鲁迅谈的是病死与自然的

① 鲁迅：《"立此存照"（七）》，见《鲁迅全集》第6卷，人民文学出版社2005年版，第658～659页。

死。但通篇没有恐惧与消沉，他对于死亡是坦然、平静的。不过在遗嘱涉及孩子的部分，那些忠告与有岛武郎《与幼小者》有许多相似的地方。不依附于别人，走自己的路。不去求圣，而是普普通通地过活。鲁迅对儿子的叮嘱，与先前对青少年的态度，都含着一致的情思。作品《死》流动着几十年一以贯之的思路，在"吃人"的社会还没有消失的时候，对抗伪善，不宽恕怨敌，是精神界的战士不能没有的选择。

悲伤于幼者之死，而淡然于己身之亡，鲁迅有着佛一般的慈悲。他知道，惰性的国度，如果不从儿童开始启蒙，那必然陷在精神的轮回里。作为父亲与长者，没有别的选择，也还是如他早期所说："自己背着因袭的重担，肩住了黑暗的闸门，放他们到宽阔光明的地方去；此后幸福的度日，合理的做人。"①启蒙时期要这样，革命时期也未尝不该这样。

这是显然的：从新文化运动初始，再到左翼时期，贯穿鲁迅世界的是度己与度人的大德。他在漫漫世间奔走与呼号，多么像一个圣者。从《狂人日记》走来的鲁迅，在作品的内外之间，贯通着其世界一个持续的思想，即对黑暗不妥协的斗争和对幼小者的爱意。鲁迅以生命之旅，记载了不安于固定的内心寻找新生之路的觉态。这个"吃人"制度的破坏者，指示了"真的人"的路途。他自己留在了黑暗的过去，却把光热传递给了幼小者的未来。

①　　　鲁迅：《我们现在怎样做父亲》，见《鲁迅全集》第1卷，人民文学出版社2005年版，第145页。

6

凝视生存的隐秘

一

无疑，鲁迅的野性的、血色的、带有爱意的文字，用传统的概念难以解释。他的所有关于艺术问题的思考，都有复杂的社会语境的投射，也基于对自我的拷问。对前者来说，要与不断变化的人和事对话，思想纠葛着生存的现状。对后者而言，往往是在怀疑自我的过程中开启认识世界的道路的。真实的情况是，这些对话从来都是混杂的，有时候甚至并不明晰。我们在其爱好和趣味里看到了不断摆脱士大夫气的抗争的一面，可是他一生不还是残留着士大夫所带来的黑暗吗？在他攻击现实的最严厉的文字里，我们似乎也可以感到中国旧文人的积习。这个对传统攻击得最厉害的人，却得到了最有东方意识的知识阶级的普遍认可。他那些批评传统的檄文，无不具有杀伤力，而美丽动人的文字，也恰是从这里涌动出来的。主观与客观，实在与虚无，都那么深切地纠葛着。五四时期的作家很少有人像鲁迅那样有身体的痛感。那些由内心升腾的黑白相间的意象，有着一种精神的温度。那是远离儒家理念的现代哲学的辐射，也是与现代哲学相近的审美的跨越。中国现代文学因为这样的存在，把东西方的隔阂打开了。

理解鲁迅或许要注意到他是从旧营垒出来的身份。他一直清醒于这个身份。他说自己差不多读过十三经，中过庄周、韩非子的毒。士大夫的写作方式也是熟悉的,自己也背着古文的幽魂。它给内心带来的是一种潜在的制约。因为憎恶这个身份,摆脱的渴望一直伴随其身。比如他说自己身上有鬼气,内心是黑暗的;比如自讽是有闲的文人,与大众还有隔膜;等等。他一方面用非理性主义哲学颠覆已有的儒家的旧习,另一方面用现代新的文艺美学疗治只信进化论的偏颇。鲁迅在思考、创作中有一种撕毁自己的渴望,他相信经过血与火可以解放自己。文章的不安的语气里也有决然的部分。每一次写作,他都竭力敞开自己,把西洋的个性的话语和古中国有生气的存在融为一体,以此避开与周围话语的联系。以最陌生的语言去贴近最熟知的生活,这造成了一种张力。通过对自己身体的揉碎过程,诸多鲜见的艺术感觉便悄然诞生了。

鲁迅的许多文字留下了刻骨的痕迹,读者在其间感到了惊异。那些死灭的气息甚至在曹雪芹的小说里也是罕见的。恰是这样撕毁旧我的冲动,诞生了现代小说的魔方般的景观。那个世界容下了许多西方现代的艺术元素。迦尔洵、安特莱夫的艺术被改造而成为他精神世界的一部分。撕毁的过程,也有极端自戕的过程,比如残酷、充满血色,比如嘲笑自我和他人。在许多文章里,他以暗夜比喻存在的方式。那些凄苦的镜头,除了对旧世界的控诉,也有"抉心自食"的痉挛。绝不放过自己内心的黑暗,袒露着胸怀,这结果是把自己的亮色也遮蔽了。

也由于此,我们看到了他的文本里的忧郁、自重、痛苦与无畏精神。那些都是矛盾的纠结,有无数死灭和渴念的东西。早期思想中尼采的特征支撑着他对世界的看法,晚年又多了果戈理式的严峻、幽默。《死魂灵》对心灵的拷问和对自身的嘲笑,赢得了他的尊敬。我们也可以从此看出他内心的元素。俄罗斯精神与六朝意识如此有趣地结合在一起。不附会他人，顽强地对着苦难。重要的在于，他在小说、散文、杂文中呈现出与传统完全有别的世界。他一共翻译了近百位作家的作品，那些风格不同的文本多是他喜欢的，由此也可以看出其审美意识的原色。我们要理解其精神的特点，不能不去感受这些译文。其实他的许多表达的风格，恰是从这里借鉴来的。

整体来说，审美观在他的创作里变为生命哲学的一部分。古中国静谧、安详、天人合一的图景消失了，一个个被压抑的欲求在喷血的悸动里得以蠕活。那是死火的重燃，内在宇宙膨胀着，却不是非理性的自我伸张。你会感到站在地狱边缘的大爱者普度众生的慈悲。外面的世界太寒冷了，而鲁迅的心是热的。

二

谈到鲁迅的文学观，如果以西洋的现代文学理论附会之，会带来一些认知的困惑。比如说他是个人主义者，可是他寄希望于大众的革命；晚年的他加入左联，而那时期他力荐"达达主义""表现主义"等艺术家的作品。20世纪30年代他强调大众文化的重要性，而在翻译文学理论和小说的时候，文本却难以卒读，佶屈聱牙，与大众的欣赏口味相距甚远。这些矛盾的、多色调的审美路向，也隐含着精神的复杂性。鲁迅时代流行的理论，与他的精神重叠者稀少。实际的情况是，他所翻译介绍的理论与其关系只是"接近"，却"并不属于"哪个存在。

这个特点在早期就出现了。他在留日时期的文学活动，就有了复杂的多向度的意味。他一会儿驻足于科幻小说，一会儿喜爱尼采学说，不局限在一个思维里打量问题，这大概是因为他觉得每个存在都有可摄取的因子吧。他在域外接触的文字，气象上大异于中土，似乎触动了生命的内觉。而给他冲击最大者，是那些斗士者流的文字。在中国文本里，斗士的话语方式，是向来不发达的。他在《摩罗诗力说》里感慨道："今则举一切诗人中，凡立意在反抗，指归在动作，而为世所不甚愉悦者悉入之，为传其言行思维，流别影响，始宗主裴伦，终以摩迦（匈加利）文士。凡是群人，外状至异，各禀自国之特色，发为光华；而要其大归，则趣于一：大都不为顺世和乐之音，动吭一呼，闻者兴起，争天抗俗，而精神复深感后世人心，绵延至于无已。"[①]抗俗的意识，乃来自摩罗诗人的启示，在哲学界的尼采亦属此类。他们的诗与思的气韵，为晚清一代人所关注。不独鲁迅如此，那时候的苏曼殊、章士钊、陈独秀都这样。

西洋的富有想象力的作品，给他以诸多的感怀。恰是这样的文字，把他从沉闷的传统里解脱出来。但他并没有停留在简单的外来思想的层面考虑问题。他赞美摩罗诗人，不都是沉浸在幻想里，而是欣赏他们对人间隐秘的发现。五四后，他不是讲浪漫的情调，而是强调个人自觉的精神。比如对易卜生的敬佩，那是缘于睁着眼睛看世界的渴望吧。用个人主义开启自己的想象力，根底在精神的自立，这就使其作品有了多样的氛围。始于尼采式的高蹈，终于对现实的凝视，和果戈理、屠格涅夫的许多精神叠合着。

①　　鲁迅：《摩罗诗力说》，见《鲁迅全集》第1卷，人民文学出版社2005年版，第68页。

考察二三十年代他的翻译和创作，气韵里有尼采的冲动是无疑的，而吸引他的是革命时期俄国知识分子与现实的联系。他所译的《竖琴》乃俄国同路人的作品，在灰色的凌乱里，旧式知识分子的疾苦因现实的残酷而越发强烈。只有经历流血才能走出苦境。能否渡过现实的关口，是新生的关键。文学如果离开对这些矛盾的关注，是无力的。他对东欧作家的关注，也是基于这样的考虑。在他看来，那些作品的穿透力，都值得今人的借鉴。

在鲁迅那里，写实的理念与现代主义的感受交替其间。写实乃对生活的判断依据，而变形的艺术体验则有创造的愉悦在，所以他既强调洞察力，也主张表达的超越性。他批评中国的艺术家陷入了"瞒"和"骗"的大泽。《论睁了眼看》说："中国的文人，对于人生，——至少是对于社会现象，向来就没有正视的勇气。……万事闭眼睛，聊以自欺，而且欺人，那方法是：瞒和骗。"[①]鲁迅觉得艺术不是遁迹山林的，应该有自己的发现和体验。中国的台阁里的诗和士大夫诗歌，许多都回避了民间的存在。倒是杜甫这样的诗人写出了真的好的作品。而那些被人们喜爱的作品，在带有浓烈的生命意味的同时，其审美的愉悦非庸人可及。现实的隐秘只有智者的目光才能捕捉到，体验中的神异感对作家来说是不可或缺的。

早期的新文学作家是相信理论的神灵的，但那些理论并未都带来创作的实绩。除了周作人、郁达夫、废名等人的创作，好的作品不多。所以，理论还不是主要的问题，对生命体验的深浅才影响文学的质量。好的理论未必有好的艺术，关键在于生命的状态。那时候人们以为抓

---

① 　　鲁迅：《论睁了眼看》，见《鲁迅全集》第1卷，人民文学出版社1981年版，第251～252页。

住了理论，一切都可以解决了。30年代初的情形使知识分子分化成几个营垒，鲁迅看到创造社的诗人转向革命而只会口号的叫喊的时候，便意识到知识阶层出现了审美的偏差。那些革命的口号与现实的状况是相左的。他讥刺创造社成员，其实就是因为看到了远离现实的空头理论家苗头的可怕。革命者简化理论的弊端在于，把现实的基本问题遗漏了。这是一个必须面对的问题。理论乃实在的写真，当它建立和流行的时候，现实已在时光的流逝里变化了。理论只是参照，却不是一切。只有面对，和对象世界磨合，才能跨越认知的鸿沟。30年代的许多作家还没有深切地意识到这一点。敏感的鲁迅以自己的细微的观察和体味，提升了写实理念的高度。

了解鲁迅文本的人都会发现，在小说里他多么注重主观世界的表达。故事多为内心的活动所支配，内面世界与外面世界的界限消失了。这是中国旧小说里从没有出现的境界，也是他把这扇通往精神世界的隐秘之门打开了。我们由此可以见到陀思妥耶夫斯基的影子，也依稀体味到尼采的思想的张力。人作为一个有欲求和自由冲动的存在，他的无限的精神诉求在此升腾起来。

所以，他的许多文字都是失败或抗拒失败的内心的外露。历史的场景也是内心不安的心绪的排列。这是现实主义的，还是现代主义的呢？人们看法不一。这也证明了他在多个语境里游走的苦涩。在人们沉浸在对无限希望的憧憬里的时候，他却表达了惨烈的存在；当灰色的情绪占据知识阶级的世界的时候，他竟然向世人展示乐观的进击意识。从黑暗里不断释放光明的神思，把苦楚里的解放的探索变成文章的底色，那就把艺术从虚假的谎言里解放出来了。

三

依照鲁迅的理解，中国历史的许多叙述是伪饰的，不真实的。汉语所覆盖的现实在单色调里，生存的不可理喻性被描述得甚少。我们从他在1919年前后的写作里可以看到一个特点，那就是对环境的入木三分的刻画，及对内心的多维的描述。仅以《呐喊》为例，其表达的深切和格式的逆俗性，都超出常俗。《呐喊》让人想起夏目漱石及安特莱夫等作家，彼此是相似的。比如安特莱夫写小说，多不是宏大叙事，写的就是那么一点点故事，却把人引向了精神圣殿。小说的背后，是有神秘的气息的。他们都注重学识，对文学之外的人文学科多有兴趣，在有的领域甚至颇有创见。但他们不喜欢正襟危坐的学院化表达，却爱用文学的意象、诗化的语言表达自己。当一个人在形而上的层面走得很远，但又放弃了纯粹的思辨文体，去求救于文学时，内心大概是有种解脱感的。我们在小说中，就可以看见他的自虐与放松。他在调笑与自讽里，流露了冷酷与温情。这冷酷与温情，差不多是他审美中重要的元素。

《呐喊》呈现了精神的多义性，那里有鲁迅与生活之间的诸种抵牾，可是叙述者又不像尼采走得那么远，对人生有浓浓的眷恋。寒冷与暖意就那么深地纠结在一起。《狂人日记》的阴冷还有几分存在主义式的无奈，"吃人"的语境森然可怖。那简直是地狱的惊恐。鲁迅把人放在没有光的地方进行着拷问。但是你阅读时又有一种脱离它的渴念。最后"救救孩子"的呼喊声仿佛把人突然从黑夜拉到光明的渴望的路口，读者会感到一丝解放的冲动，那些冷气也随之消失了。《狂人日记》《阿Q正传》《故乡》等篇章，为我们了解他的审美意识提供了蓝本。最重要的是他脱离了旧文人的积习，所谓恩德、事功、道学气都在此引退，生活的实质在此颠倒过来。鲁迅的写作不是台阁体的，他的文字弥漫的是冲荡的野气，人怎样受压，怎样屈辱，都被点染出来。尤为重要的是，这种点染是明暗交错、晦明不定的。他在文字里涂抹的就是人身上的鬼气，以及对鬼气的挣脱。

《呐喊》《彷徨》《野草》写了人无所不在的囚牢感。像《彷徨》里对无路可走的知识分子的刻画，《野草》里没有路的行走中的独语，将思想引向了深切的领域。神秘、惨烈、灰暗缭绕着一切。这些叙述手段撕毁了旧文人那些酸腐气和奴才气的面罩，向着陌生的心灵领地挺进。这些作品的特点是直面矛盾。只有矛盾的地方，才是思想起飞和艺术起飞之所。鲁迅在创作里的选择，也许是无意识的成分居多。但其思想所指的方向，把社会与人心最难堪和无奈的部分呈现出来。于是一切都变了。不仅读者感到惊异，连同代的文人们也颇感不适。所有的现代作家在面对他的文本时，都发现了流行的理念中缺失的存在。

《野草》的篇章，确乎是他审美理念的极致式的表达。色调是黑的，温度是冷的，没有一条可走的路，而梦境都是死后的对白。"绝望之为虚妄，正与希望相同。"①这句译诗写出了他的心境。重要的是作者在此表现了"彷徨于无地"的独然：

　　有我所不乐意的在天堂里，我不愿去；有我所不乐意的在地狱里，我不愿去；有我所乐意的在你们将来的黄金世界里，我不愿去。

① 　　鲁迅：《希望》，见《鲁迅全集》第2卷，人民文学出版社2005年版，第182页。

130

然而你就是我所不乐意的。

朋友，我不想跟随你了，我不愿住。

我不愿意！

呜呼呜呼，我不愿意，我不如彷徨于无地。[①]

有人形容这样的句式是尼采的翻版，也许是对的。但也有人从这样缠绕着悖谬的作品，看到了佛教理念的成分。作者充分利用自己的想象，就像忠实于现实的考察一样，留住了自己的内在感觉。当旧的、流行的表达陷入无力的死地，新的表达又不能切合实际的时候，他的言语便在没有逻辑的世界启程了。在作者自己看来，一切都非自己的故作惊人，而是对内心诚实的诗意摹写。人间一切秩序都是人为的涂抹，当直面现实的时候，就会发现，先前的语言早经污染，只有非逻辑的描述，才更接近现实。

四

或许，鲁迅的这种超俗的表达，与唯美主义和个人主义是有接近的可能的。有学者在他的美术藏品里读出了颓废的审美意识。但恰恰相反，他以为唯美主义的独语是危险的。在他看来，离开实际的空想多为自恋。先锋的艺术如果没有现实隐秘关怀的支撑，那么灵魂也就消失了。

[①] 鲁迅：《影的告别》，见《鲁迅全集》第2卷，人民文学出版社2005年版，第169页。

问题的要点是能否贴近生存的隐秘。注重这些隐秘，那就对超然的理论不以为然。历史早已被统治者和他们的奴才改写，而新文人们如果不改变旧的思维，大约也要落入圈套中。

在那些看似变形、灰暗的文字里，鲁迅呈现的是对现象界的内在性的穿射。既然现实被假象覆盖了，那么表达现实的手段也该隐曲无疑。鲁迅在夸张、绝望和呐喊里，展示着隐藏在现象界背后的存在。"吃人""阿Q相""奴隶总管"等意象，都是在这样的变形的笔法里呈现出来的。

即便是在杂文世界里，这样的表述依然得以延续，只是更有理性的辩驳力罢了。鲁迅在杂文里，往往直指存在的要害，是对虚妄的颠覆。而这些主要是针对知识群落的。比如有学者大为赞佩清代的学术，而他以为这是以无数人做了奴才为代价的。《算账》就说："大家十足做了二百五十年奴隶，却换得这几页光荣的学术史，这买卖，究竟是赚了利，还是折了本呢？"①知识阶层不去揭穿这些问题，而沉浸在本学科的"伟业"中，往往遗漏了人间世的本质。鲁迅认为，这大概是奴隶思维所致。此外，还有一种，就是世故的思维。他在《世故三昧》中慨叹中国的世故之深，也说看历史时的不通世故，一方面圆滑，一方面对存在视而不见：

> 然而倘说中国现在正如唐虞盛世，却又未免是"世故"之谈。耳闻目睹的不算，单是看看报章，也就可以知道社会上有多少不平，人们有多少冤抑。但对于这些事，除了有时

① 鲁迅：《算账》，见《鲁迅全集》第5卷，人民文学出版社2005年版，第542页。

或有同业，同乡，同族的人们来说几句呼吁的话之外，利害无关的人的义愤的声音，我们是很少听到的。这很分明，是大家不开口；或者以为和自己不相干；或者连"和自己不相干"的意思也全没有。"世故"深到不自觉其"深于世故"，这才真是"深于世故"的了。这是中国处世法的精义中的精义。①

此话可以看成他对中国人思维的一个概括。而他写作的本质就是与此相对。历史上优秀的作家，其实都多少偏离这样的世故，才有了一种动人的力量。有的以佯狂为文，李白如此；有的扮隐士吟赋，陶潜这样；到了鲁迅这里，则以直面惨淡黑夜的姿态为之。狂人的独白，以及过客的"走"的精神，是看清了世界后的自由表达，而这样的表达，是对母语作诸多改造后才完成的。

在许多文章里，鲁迅一再强调对身边存在的干预，也许那些关注现实的文字稍嫌浅薄，但它与我们的生死相关。在这样一个有专制传统的社会，文人的表达向来受限，那些隐曲表现里也含有无奈的心音，可是后来的学者不去讨论这里背后的存在，反而将历史的真实遗漏了。他说："据我的意思，即使是从前的人，那诗文完全超于政治的所谓'田园诗人'，'山林诗人'，是没有的。完全超出于人世间的，也是没有的。"②当新月派大讲超功利的平静的文学的时候，鲁迅对他们是一种冷嘲的态度。在专制主义横行、表达不自由的时候，能够潇洒地脱离泥土自由自在吗？文人的表达难以脱离倾向性，骑墙是不能的。

① 　鲁迅：《世故三昧》，见《鲁迅全集》第4卷，人民文学出版社2005年版，第607~608页。
② 　鲁迅：《魏晋风度及文章与药及酒之关系》，见《鲁迅全集》第3卷，人民文学出版社2005年版，第538页。

基于这样的经验，他对同代的许多批评家都提出了批评。与其说是对文本的挑剔，不如说是对旧式思维的挑战。典型的是对朱光潜的美学理论的质疑，显示出与自由派学者巨大的差异。朱光潜谈诗的文章一直被一些人认可，但在鲁迅看来是有漏洞的。朱光潜喜欢六朝的文字，对陶渊明的评价很高。可是他只是从自己的爱好出发讨论文本，倒是将文化的复杂性忘却了。艺术乃现实的折射，离开人间苦乐的文本乃一种假象。在鲁迅看来，社会问题多的时候，空喊象牙塔的快慰，是一种欺人之举。所以他说，陶渊明未必都悠然见南山，也有金刚怒目的一面，在一个昏暗的时代，哪有什么真的静穆呢？

　　鲁迅的人间烟火气与执着于当下的偏向，给他带来一种认知的力量和思想的情怀。因为这些，他渐渐放弃了小说的写作，不断以杂文展示自己的世界。马克思主义文艺美学给他的冲击是，要从现实的状况考虑文化的趋向，警惕在古典的情调里忘记自我的责任。在他看来，西方的大文豪和中国古代的优秀诗人，都是关心现实的。可惜一被文士们所描述，就雅了起来，被供奉在文庙里，似乎不食人间烟火了。这是一个怪圈，也是现在的文人没出息的原因之一。艺术如果被单一地学术化处理或雅化处理，离真和美就远了。

　　逃离生活隐秘的文本，固然也有不平和怨怼，最终难脱奴才的思想印记。中国的奴性的由来，大抵和远离生存实境有关。阿Q的精神胜利法，实际就有逃逸当下的自欺与欺人。小说《明天》的反讽，不能够从中看到对奴性的失望吗？在他眼里，中国人讲过去与未来，都夸夸其谈，颇有气势，唯对当下交了白卷。他晚年对进化论的修正，其实就是觉得未来的一切须建立在当下的实践里。没有了现在，也就没有了未来，他深悟此道。

五

1921年，在译了菊池宽的《三浦右卫门的最后》之后，鲁迅写道：

> 菊池氏的创作，是竭力的要掘出人间性的真实来。一得
> 真实，他却又怅然的发了感叹，所以他的思想是近于厌世
> 的，但又时时凝视着遥远的黎明，于是又不失为奋斗者。①

这两句话，像似鲁迅那时候的内心写真，他自己何尝不是这样？
恰因为对世界读得深，便有了诸多荒谬的感叹，思想也与士大夫者流
不一致了。阅世深者，有的取川端康成式的自杀，觉得无望地活着是
一种大苦；还有的像陶渊明那样隐居山林，平静地看云看月。这些都
不是鲁迅所需要的选择。

　　作家的任务之一，是对存在的勾勒。世象的表层可以录制，但写
出所以然则难矣哉。在看穿了世间的种种假象后，鲁迅嘲笑地演绎着
自己和世界的距离。他永远忠实于自己的第一感觉，不放弃对实在的
鲜活的把握。民国间的杀戮很多，那时候用自己的笔记录这些的殊少。
国民党暗杀青年的时候，胡适、周作人都没有什么描述，倒是鲁迅
一一记载在文章里。台静农、李霁野早期是有左倾倾向的人，白色恐
怖到来之际，就沉默在书斋里，不复有当年的激情了。鲁迅一直到死，
都注意现实最敏感的话题，不放过那些异常的存在。这也是"不失为
奋斗者"的选择。看清楚了世象后固然可以在文字里表达它们，而鲁

① 　鲁迅：《〈三浦右卫门的最后〉译者附记》，见《鲁迅全集》第10卷，人民文学
　　出版社2005年版，第253页。

鲁迅忧思录

迅却进入苦难的旋涡，不惜牺牲自己。这种对世间的情怀，给他的文字和人格都带来了亮度。

中国人对世间感受的表达多非第一感觉，而是第二、第三感觉。鲁迅永远保持着第一感觉，毫不温暾，直指问题的核心所在。他曾说人们之间见面，多择善言为之，这固然有人之常情，但直言者则被蔑视，于是人们的选择便变得言不由衷。而他自己，恰是那个不被人喜欢的人。他形容自己的话是枭鸣，并非夸张。在无声的中国叫出人间的真相，那才符合他的价值选择的标尺。

这也就使我们看到他欣赏匪气十足的人的原因。陈独秀、萧军在他看来都有可爱的地方，那原因是感觉里有真实的存在，不掩饰精神的自由。世故者是不能看到人间真相的，而文人者流恰是世故者颇多。冲破世故的人，才可能在眼里展示世间的本原。

我们在他的文章里总能感到对假象的警惕，他说："幻灭之来，多不在假中见真，而在真中见假。"① 他在写作中对自己能否真的还原世间的本色也持有怀疑态度。1936年他在《我要骗人》里就感触到无所不在的假象。为了欣然的心境，不惜骗人，在常人是可解之事，在鲁迅就有一种罪感在。"一面写着漫无条理的文章，一面又觉得对不起热心的读者了。"② 这种对无奈的无奈的表现，其实也昭示了存在的本意。

他在晚年译介果戈理的《死魂灵》，也折射出他的情怀。因为果戈理的世界解释了存在的荒谬，在看似可笑的选择里，却有世界的真相，那是中国的作家很少有的技能。鲁迅不仅欣赏其现实感觉，更喜

---

① 　鲁迅：《怎么写（夜记之一）》，见《鲁迅全集》第4卷，人民文学出版社2005年版，第24页。
② 　鲁迅：《我要骗人》，见《鲁迅全集》第6卷，人民文学出版社2005年版，第507页。

爱其表现的特别性。从鲁迅在翻译中所体现的认可与释然，能窥见其审美的一种偏爱。我们看鲁迅同时期的文章，在敏锐性上直追果戈理，他知道作家应做的事情是什么，应拒绝的是什么。

果戈理的遗产，是有怀疑精神的。鲁迅在其文本里受到的刺激，也深化到血液里。所以，从他的写作里可以看出，他有着对流行话语的怀疑，也有着对自我的怀疑。那背后所延伸的话题，就有了异样的景深。这其实是一种追问。鲁迅一生没有停止对存在的这种追问。追问的过程，也是对存在的隐含的解释过程，无论翻译还是写作，他对认识世间真相的渴望，一直持续着。

六

阅读他的文本，你不能不感到他和话语温暾的旧文人的不同，也与新文学的作家多有区别，细细分析，和那些左翼文人亦有距离。他的神态不都属于读书人的样子，有一种底层人的体验后的峻急，以及通世故而又远离世故的纯然的目光。这主要显示在他的杂文里。除了显而易见的爱意，他对世故的洞悉，是读书人里所见不到的。他曾在致友人的信里写道："假如一定要做，就得存学者的良心，有市侩的手段。"[1]鲁迅通市侩而又厌恶市侩。在"通"与"厌"之间，世间的隐秘便还原出来了。

比如他论述学界三魂，对官魂、匪魂颇为痛恨，而民魂是重要的。

①　　　鲁迅:《通讯》，见《鲁迅全集》第3卷，人民文学出版社2005年版，第25～26页。

中国文化里的官气，乃等级制的产物，读书人的思想于此中毒深矣。他说民魂可贵，乃指没有受官魂污染者，精神是另类的。不过他又说，要区分官魂、匪魂与民魂很难，认识它们需要有辨别的眼光。他写道：

> 在乌烟瘴气之中，有官之所谓"匪"和民之所谓匪；有官之所谓"民"与民之所谓民；有官以为"匪"而其实是真的国民，有官以为"民"而其实是衙役和马弁。所以貌似"民魂"的，有时仍不免为"官魂"，这是鉴别魂灵者所应该十分注意的。①

在谈论流氓的变迁的时候，他对儒道文化的解析，也一针见血。所谓神圣的存在如何一步步变得荒唐，变得无聊，其解析都如漫画般引人内省。几分笑意之后，是冰凉的寒意，接着乃精神的拷问，我们便为这拷问所惊异。生活原来如此，我们还能如何呢？

面对流氓政治的时候，他毫不掩饰对刽子手的痛恨。三一八惨案，左联五烈士案，他快速的反应和沉痛的歌吟，悲愤里的憎恶，如此激越而深远。在中国，对手无寸铁的青年的杀戮，许多文人视而无声。鲁迅的喷血的文字，照出了刽子手的丑相，也把人性美丽的一面那么生动地呈现出来。《记念刘和珍君》《为了忘却的记念》，写的都是美丽生命的陨落。那些可爱的人都死于枪下，却很快被笑意的笔墨抹杀了。鲁迅却抹去那些笔墨，苍凉里的画面有自己的泪水。那时候的文

---

① 　　鲁迅：《学界的三魂》，见《鲁迅全集》第3卷，人民文学出版社2005年版，第222页。

人雅士们都沉默着，不说或不敢说，唯有鲁迅站出来。在那样的中国，那样的世界，士大夫者流谁能做到此点呢？

他敏感的神经绝不放过对那些帮忙和帮闲的人之丑态的打捞，现出他们灵魂的黑暗，于他是一种快意。而对愚民的哀叹，则是另一番笔触，自己的心战栗着。这很像托尔斯泰对官僚和农奴的态度，那些不安里的度苦的哲思，燃烧着迷人的圣火。无穷的苦难者，无穷的庸众，都和自己有关。他敏感于每一个细节，常常从突发事件里看到不幸的群落，并义无反顾地站到他们身边。

传统的文人一旦深味世道的隐秘，多是进入其间，成为同道者，或是绕过暗礁，走自清的路。到了民国，这样的现象依旧。鲁迅对此是一种彻底的反动。比如对对手的一个也不宽恕，对谄媚者的颠覆性描述，对所谓自由主义者的悖谬的奚落，其实就是尼采和果戈理精神的延续。

这个时候，我们可以感到他的"刻毒"，描绘人物的神态入木三分。他关于官场的文字极为老到，那是唯有在官场有过经验的人才有的目光。对市民与游民的看法，也非士大夫者流可以比肩。因为有时候他也是大众的敌人。他对多数人的专制给有思想的个人的扼杀带来的悲剧一直存一种警惕。可是他又以站在多数人的立场来解决这样的难题。这本身也给他带来了新的矛盾。不过他似乎知道，只有在矛盾中才能处理矛盾。这就是鲁迅的复杂性。

现代以来的作家多是悲哀的咏叹者，或是躲在象牙塔里的自吟者。那些华丽的文字和优雅的学识，都写着读书人的智慧。但那是常人的智慧，尚不能进入精神的内核，在哲学的深切和审美的超然方面，唯有像鲁迅那样的得天地之魂者方可进入那个世界。

鲁迅忧思录

6　凝视生存的隐秘

或者不妨说，鲁迅在小说世界描述的是个体人的命运的怪诞和不幸，而在杂文里，则把世相种种还原出来了。那里有着小说的画面、诗的篇什，还带着漫画的线条。有人说那里有着中国人的众生相，细细想来，是对的。

七

郁达夫对鲁迅的评价意味深长，以为他在文字上是有奇气的。鲁迅的思想，都是在与敌对的力量对比和抗衡的时候显示出来的。有趣的是他在阐述自己思想的时候，不都是简单地布道，而是一直用形象的语言为之，显得很特别。我们注意到，他在和学者们争论理论的问题时，表述方式是诗化的，得庄子与尼采、普列汉诺夫的妙意，将复杂的问题表述出来，显示了一种高度。一些研究鲁迅的文章，不太注意鲁迅的表达方式，鲁迅有趣的一面经由人们的叙述反而乏味得很。或者不妨说，我们可能在用先生最厌恶的方式纪念他，比如八股调，比如伪道学等。漠视鲁迅审美的特点和精神哲学的特点而谈论鲁迅，是很有问题的。

写实其实是很难做到的一种精神劳作。在鲁迅看来，现实的复杂，有时候不都是能用日常语表达出来的。写实不意味着复写，而是要看到表象后的存在。除了批判理念、智性之光，鲁迅一生对事物判断的那种诗意的表达，后人一直没能很好地继承下来。现代汉语越来越粗鄙，单意性代替了繁复性，文艺腔置换了诗意。其中的问题是丧失了汉语表达的维度。把语言仅当成工具，而非精神攀缘的载体，不仅古意寥寥，连衔接域外艺术的冲动也失去了。我们和五四文人的距离，在表达的向路上就已经问题多多。

自然，每个时代都有自己的语言方式，今人不应再返回过去。鲁迅的语言是不同于古人，也不同于同代人的。古代的语言在他看来被士大夫气污染了。那些事功的书写和颂圣的文字，殊乏创意。而同代的语言则有江湖气和党派气，缺少的恰是个人的意志。那个意志不仅含有智慧，还有人性的暖意。我们现在却把那些幽夐的温润的文体放弃了。先生跳出众多的表述空间，在寂寞里独辟蹊径，置身于时代又不属于时代，那就既有了当下意义，又有了纯粹的静观的伟岸。

鲁迅的表达很少重复，每一个话题都有特别的语境。他对生活的把握不是机械地描摹，而是着重复杂的不可理喻的存在。即使最愤怒的时候，也依然能以美丽的句式呈现出来。

在言说里，人们很容易进入精神的幻象。他的表达过程一直避免进入这样的一种幻象里。旧的士大夫的一个问题就是常常自欺，而且欺人，人生的真相就被遮蔽了。新月社主张爱的文学，不满意左翼作家的理论。鲁迅就说，新月社不满意的是世界上还有不满意现状的人。这样的看法含着哲学的意味，实则是表达的悖谬的一种展示。鲁迅在《文艺与政治的歧途》中写道："从生活窘迫过来的人，一到了有钱，容易变成两种情形：一种是理想世界，替处同一境遇的人着想，便成为人道主义；一种是什么都是自己挣起来，从前的遭遇，便使他觉得什么都是冷酷，便流为个人主义。"[1]这样的语境，令人想起海德格尔在《存在与时间》里的话，对存在发问的时候，也必须对发问者进行

---

①　　鲁迅:《文艺与政治的歧途》，见《鲁迅全集》第7卷，人民文学出版社2005年版，第117页。

发问。鲁迅对言说的有限性的警觉，在提倡白话文的时候一直没有消失，从中能够看出语言的维度的开放性。

人一表达就会落入俗套，这是他一直强调的看法。他用诗意的语言表达思想，其实就是颠覆这种尴尬。比如，讲思想与艺术之间的关系，他就说："从喷泉里出来的都是水，从血管里出来的都是血。"[①]把左翼的话题说清楚了。在论述宣传和艺术的关系的时候，他说："但我以为一切文艺固是宣传，而一切宣传却并非全是文艺，这正如一切花皆有色（我将白也算作色），而凡颜色未必都是花一样。"[②]这样的比喻很有跨度，也避免了理论阐释的单一性。他的杂文里这样的笔法同样是多的。

语言也是一种幻象，而且是导致人进入悖论的载体。拆解这种怪圈，对语言的限制和反诘，对于他是一种超越极限的快慰。鲁迅的语言造成了与背景隔离的效应，一方面进入市井，一方面不属于市井，于是存在的面孔便清晰了。张爱玲在分析郁达夫的文学观时，说道："中国人与文化背景的融洽，也许较任何别的民族为甚，所以个人常被文化图案所掩。应当的色彩太重。反映在文艺上，往往道德观念太突出，一切情感顺理成章，沿着现成的沟渠流去，不触及人性深处不可测的地方。实生活里其实很少黑白分明，但也不一定是灰色，大都是椒盐式。"[③]人间的隐秘，便是对椒盐式的存在的展示。鲁迅自己的选择，有这样的成分在。他对中国社会的描摹，何曾是简单的图式

[①]　　鲁迅：《革命文学》，见《鲁迅全集》第3卷，人民文学出版社2005年版，第568页。

[②]　　鲁迅：《文艺与革命》，见《鲁迅全集》第4卷，人民文学出版社2005年版，第85页。

[③]　　张爱玲：《重访边城》，北京十月文艺出版社2009年版，第53页。

呢？那种复杂里的凝视，有着精神的伟力。旧式话语方式在此已失去力量。而他对新语境的营造，给我们以久远的感念。

无论从哪个角度看，鲁迅洞悉人间的眼力是超常的。他无疑是一个忠实于存在、历史和自我的人。其一生的劳作，继承了中国几近消失的文化之光，又把现代性与反现代性的因素引入新文学。他不是建立一个固定的秩序，而是建立了确立自我而又不断否定自我的开放的艺术空间。这个选择避免了对旧话语的复归，也避免了自我的封闭的单值价值判断。一股鲜活的智慧之流在现代史上开始涌动了，我们终于在他的文本里，看到了自己的本来面目。

鲁迅忧思录

6 凝视生存的隐秘

7

『新民间』的歧途

一

按社会学的观点，传统民间社会与组织，一般指诗社、会馆、会堂、善堂、庙会等。它们与旧伦理、旧道德有关。那不妨叫"旧民间"的形态。晚清以后，各种社会组织出现，有了新的思想和理念，这些形态不一的群落，我们姑且谓之"新民间"。那时许多新风气的形成，是通过社团的运作实现的。《民报》《甲寅》《新青年》开一新的风气，反清运动与思想运动，就是在这些园地的鼓动下有了不小的气象。这期间以杂志、报纸为核心的知识群落，各行其道，风貌不一，而各臻其妙。明代以来，读书人结社，不算新奇之事，清末社会动荡，改变世风之举，就是在新的团体间出现的。比如政界的同盟会，戏剧界的春柳社，报界的爱国社都是。如果没有这些民间团体的出现，晚清的格局就不会有什么变化，这是一定的。

这个风气在民国第一个十年愈演愈烈。民国初期，从教育部系统的活动里，能够看到一个现象，那就是社团活动增多。读书人喜欢雅聚，沙龙在许多角落出现。1912年五族国民合进会、社会改良会成立，1915年出现了世界社、互助社，1916年诞生了华法教育会，1918年则有北京大学画法研究会出世，1919年国语研究会、新教育工进社、北京青年会等开始活动，对文化的演进都有作用。这些组织多是教育部和北京大学的人员组建，意在移风易俗，或昌明新知。不过其间的道德气较浓，新文化人大多都没有加入。细细查看，那些组织都比较分散，并不严密，但对普及新思想作用很大，也是新文化运动出现前的一种前奏。后来的新型知识分子推广自己的学说，也喜欢以这样的方式建设自己的平台，这成了那时候的一种风尚。

1912年"社会改良会"的宣言说：

> 我国素以道德为教义，故风俗之厚，轶于殊域，而数千年君权，神权之影响，迄今未沫，其与共和思想抵触者颇多。同人以此建设兹会，以人道主义去君权之专制，以科学知识去神权之迷信。条举若干事，互相策励，期以保持共和国民之人格，而力求进步，以渐达于大道为公之盛，则斯会其嚆矢矣。①

这个社团的章程很有新道德的意味，比如不狎妓，不置婢妾，废跪拜之礼，废缠足，提倡公坟制度等。这些思路，都是新文化的先声，其精神境界被后来的胡适、陈独秀等人接受。

社团的出现，是补政府功能之不足，也有对知识阶级作用的另一种渴望。后来李大钊在《由纵的组织向横的组织》一文里，解释了社团与同人组织出现的原因，那就是改变社会的机构，将新思想与新精神灌输其间，培育精神的绿苗。他说：

> 从前的社会组织是纵的组织，现在所要求的社会组织是

---

① 　　蔡元培：《社会改良会宣言》，见《蔡元培全集》第2卷，浙江教育出版社1997年版，第20页。

横的组织。从前的社会组织是分上下阶级竖立系统的组织，
现在所要求的社会组织是打破上下阶级为平等联合的组织。
从前的社会组织是以力统属的组织，现在所要求的社会组织
是以爱结合的组织。①

按照李大钊的理解，新生活是与新的组织的涌现分不开的。只有
这些纯情的、充满爱的新团体的出现，才可以涌现新的民间。后来中
国共产党的诞生，与这个理念不无关系。民国初期知识阶层的活跃氛
围，对新的艺术的产生，不无影响。新文化运动的基础，就是在这个
土壤里培育出来的。

不过那些新的团体和民间组织，不免带有旧文人的气息，或者不
妨说，是新旧参半吧。鲁迅、胡适、陈独秀迟迟不愿意和那些组织发
生关系，大概是气质上颇有差异的缘故。以鲁迅为例，辛亥革命前后，
他只是和故乡的社团略有关系，也许是乡愿的牵扯，到北京工作后，
和一些社团的关系也是断断续续。不过，在知识界讨论新问题的时候，
他注意到了社团所起的作用。在教育部工作之余，他还关注和支持了
一些民间组织的活动，那些活动与他自己的审美期待，也不无联系。
他的有价值的文字，是通过这些渠道为人所熟知的。而他与这些民间
团体的关系，也就变得意味深长了。

真正推动"新民间"文化团体的建设，还是陈独秀、胡适在文坛
携手登场之后。他们的精神已经完全不同于康有为、梁启超、章太炎
诸人。此后，鲁迅、周作人、钱玄同等人介入，格局为之一变。这些

① 李大钊：《由纵的组织向横的组织》，见《李大钊选集》，人民出版社1959年版，
第303页。

人被后人誉为新文化运动的先驱，自觉地设计着民间文化的路线，精英意识与民间感受杂糅，催促出不同于过去的"新民间"团体，而胡适与鲁迅在此间的恩恩怨怨，也改写了现代中国的人文地图。

二

胡适留学美国的时候，已经注意到西方社会民间组织的价值。美国各种流派的出现，与大学教育的独立及民间社团关系很大。他在《留学日记》中记载了他参加的各种文学社团活动，对美国民间社团的各类运动也颇关心。日记里记载了女性活动的组织机构、世界学生总会的特点等。他对社会公共设施的建立亦存梦想。1915年3月8日的日记云：

> 吾归国后，每至一地，必提倡一公共藏书楼。在里则将建绩溪阅书社，在外则将建皖南藏书楼、安徽藏书楼。然后推而广之，乃提倡一中华民国国立藏书楼……①

在胡适写下此话的前两年，鲁迅在教育部任职时期，早有了类似的言论。1913年，在《儗播布美术意见书》里，鲁迅就提倡建立民间的博物馆和美术馆。他认为，要活跃中国文化，要有剧场、奏乐堂、文艺等。关于文艺会，他说：

①　　胡适：《藏晖室札记》，见《胡适全集》第28卷，安徽教育出版社2003年版，第76页。

当招致文人学士，设立集会，审国人所为文艺，择其优者加以奖励，并助之流布。且决定域外著名图籍若干，译为华文，布之国内。[①]

这是很有眼光的思路，也是民初社会急需的存在。在给许寿裳的信里，他说自己所审图书，大多思想荒谬，不过毒害学生思想的文本。他那时候意识到，没有新的知识阶级出现，文化要进步，是很难的。公益文化机构的建立，大概可以改变社会陈腐之风，对国民精神不无影响。社会进化，与此都有关系。鲁迅的出发点是美育基础上的情怀，胡适的则是人文知识传播的渴望。他们对新文明建设的思路，基本是从域外的经验来的。

胡适与陈独秀结识后，命运发生变化。他参与《新青年》杂志的活动，意识到那园地的价值。从那时候他与陈独秀、鲁迅诸人的互动里，可看见彼此的梦想。胡适的文章处处显示了一种"新民间"建立的策略，鲁迅则坦露着真情，走的是独异的路。他们都知道，在中国建造新文化，尊个性的基石是不可动的。而"新民间"的建立，就是尊个性的产物无疑。

《新青年》因了彼此知识结构的不同，价值追求往往相左。陈独秀摧枯拉朽的狂劲不免有点独断；胡适则彬彬君子式地独白，说的是西洋的常识；鲁迅有过客式的决然与幽深，灰暗里毕竟还有一种暖色；周作人在博雅里不免趣味的流盼了。可惜他们的合作时间过短，内部有着诸多争议，后来因为政治的原因各自东西了。这促使他们独

---

① 　　鲁迅：《儗播布美术意见书》，见《鲁迅全集》第8卷，人民文学出版社2005年版，第53页。

立地建立自己的园地。《新青年》分裂后，鲁迅、周作人参加了《语丝》社，胡适则策划了《努力周报》，延续的还是他们的旧梦。只是前者更趋于野性，自称是"学匪"，不那么正襟危坐，越发有绿林之风。后者则带有儒雅的绅士气，读书人的长袍不肯脱下，肃穆的调子是有的。陈独秀则把自己的刊物变成政党的杂志。这看出他们不同的价值取向。胡适在1923年10月9日致高一涵等人的信中说：

> 二十五年来，只有三个杂志可代表三个时代，可以说是创造了三个新时代。一是《时务报》，一是《新民丛报》，一是《新青年》。而《民报》与《甲寅》还算不上。
>
> 《新青年》的使命在于文学革命与思想革命。这个使命不幸中断了，直到今日。倘使《新青年》继续至今，六年不断的作文学思想革命的事业，影响定然不小了。
>
> 我想，我们今后的事业，在于扩充《努力》使他直接《新青年》三年前未竟的使命，再下二十年不绝的努力，在思想文艺上给中国政治建筑一个可靠的基础。[1]

胡适的思想是，从启蒙开始，慢慢积累经验，不必急于进入政党文化的层面。政党的组建会有集团的利益，而知识阶层是要超越政党文化的层面而工作的。这是很严肃的工作，其实背后难免有儒家治国平天下的情怀。而周氏兄弟则放浪于江湖，谈天，看云，思故，讥世，骂人，草根的力量和狂士的风骨均在。鲁迅扶植《狂飙》《莽原》《语

---

[1] 胡适：《与一涵等四位的信》，见《胡适全集》第2卷，安徽教育出版社2003年版，第513页。

152

丝》，艺术的调子很重，超人的微茫和度苦的行者之姿都有。民国初年的不同色调的民间组织，就思想的深度和表达的丰富性而言，是超出前人的。

三

可以说，胡适的民间理念，是精英文人的理念，有一点俯视众生的意味。鲁迅的民间之梦，含有狂傲之音，部分来自乡土和现代民俗学的启示，部分乃近代哲学的遗绪。胡适周围的人多少有点教授腔，欧美派居多。比如陈源、梁实秋、徐志摩、邵洵美，思想处于自由主义与古典人文主义之间，象牙塔的一面是有的。鲁迅则真的有泥土气和古风，他身上的叛逆之气，交织着狂飙之意，冲荡之间，神思妙想俱在，是另一番风景。

在中国，到底还有多少民间艺术的群落，胡适、鲁迅那时候并不清楚，偶然遇到那些民间的存在，则欢欣鼓舞。在教育部工作的时候，鲁迅就很重视民间艺术团体的存在，有意建立一些社团组织，提倡民间的美术活动。这基于他对历史的一种认识。与胡适不同的是，他对旧民间的形态下过研究的功夫。旧的民间，有许多被遗忘的存在。鲁迅和周作人在回国初期，就开始对乡邦文献、野史杂记产生兴趣。《会稽郡故书襍集》《南方草木状》等都有诸多诱人之处。周氏兄弟对此是有大的情怀的。从王羲之的兰亭雅集后，绍兴文人的结社不再是怪事。明清以来诗人画家留下的旧迹，至今还在人们的记忆里。

从鲁迅那时候的日记可以感受到，他在教育部任职时的思想，是切实而活跃的。那时候他阅读大量的西方文学资料和文化资料，形成了诸多文化教育思路。对中国的未来，还是依稀抱有希望的。在给许寿裳的信里，他就说：

> 历观国内无一佳象，而仆则思想颇变迁，毫不悲观。盖国之观念，其愚亦与省界相类。若以人类为着眼点，……大约将来人道主义终当胜利，中国虽不改进，欲为奴隶，而他人更不欲用奴隶；则虽渴想请安，亦是不得主顾，止能侘傺而死。如是数代，则请安磕头之瘾渐淡，终必难免于进步矣。此仆之所为乐也。①

但新的变革，应在哪里呢？他知道，在中国，文化的进化，总该要有躬行的人。西安之行，曾给他带来了不小的收益。1924年，他到西安，发现"易俗社"的活动，颇为兴奋，对其有过帮助和扶持。鲁迅和易俗社的故事，在文坛是一段佳话，其间可以看出他对中国民间的新的尝试的认可。他为该社所题"古调新谈"，就有渴望的因素在。研究旧剧，意在革新。民初的许多人对旧剧不满，蔡元培、钱玄同、周作人都说过旧剧的坏话。他们不满意旧的戏剧，主要是厌倦其间的道学的存在，而注入新鲜血液，才是救活旧剧的出路。在鲁迅看来，易俗社的存在，的确是颇有象征意义的。

关于那时候鲁迅的活动，可谈的还有与一些青年团体的关系。尤其是外省的一些民间群落的涌现，让他颇感有趣。1925年，他看到河

---

① 　　鲁迅：《180820 致许寿裳》，见《鲁迅全集》第11卷，人民文学出版社2005年版，第366页。

南的青年编辑的《豫报》副刊，一时兴奋起来。在给编辑的信中，他写道：

> 昨天收到两份《豫报》，使我非常快活，尤其是见了那《副刊》。因为它那蓬勃的朝气，实在是在我先前的预想以上。你想：从有着很古的历史的中州，传来了青年的声音，仿佛在豫告这古国将要复活，这是一件如何可喜的事呢？①

那些社团给鲁迅带来的欢喜，从其文字里都可以感受到。他由此感到新的民间团体的出现必将改变文化的生态。而不久他就和沉钟社、未名社等团体有了更为密切的联系。他在给许广平的信中说，自己参加莽原社，不过是为了文明批评和社会批评，用意是撕毁旧社会的假面。这里，他内心最柔美、用世的精神，完全呈现出来。和周作人、钱玄同这些安于教授生活的人比，他的在荒原里拓路的勇气，是明显的。那时候只有青年才这样大胆地走路，而他内心清楚的是，荒凉里的绿色才是有价值的。

深味历史的鲁迅，在义无反顾里开始了自己的新途，一面绝望着，一面选择着，背后是长长的历史之影。而胡适周身一片朗然，历史于他不过是知识的坐标，似乎没有彻骨体验下的拷问。同样是乌托邦的新梦，他显得更为纯然，没有暗影，可爱与浅显俱在，未来的图景被想象得似乎更为美好。

---

① 　　　鲁迅:《北京通信》，见《鲁迅全集》第3卷，人民文学出版社2005年版，第54页。

鲁迅忧思录

7 "新民间"的歧途

四

造一个阵线，组成新的民间团体，并非易事。鲁迅对此的看法，要比胡适复杂。谈到"新民间"的团体，鲁迅在肯定它的价值的同时，还存有一种警觉。几十年的经历，所得者多为苦果，比如对创造社的独断主义的失望，对左联的关门主义的批评，都是教训之后的猛醒。他在左联成立大会上的讲演中，就谈到这个新生组织的发展面临的考验，如不和实际结合，可能会走到左翼的反面。所以新的民间组织，很可能沦入旧的行帮之穴。胡适对一些民间组织也是持批评态度的，但很少自审，或者说不能把自己对象化。从这个差异能够看出鲁迅是一个怀疑主义者，胡适是有自己信仰的太阳的。

从精神气质上看，鲁迅和胡适的差异也显而易见。鲁迅不仅有现代意识，还有古风，无数乡间记忆也夹杂其间。他还保留了江湖里的硬朗之风。胡适身上的旧式文人气里，没有乡野的激越精神，儒家的中正精神和杜威的实验主义理念和谐地统一在他的世界里。不过我们分析胡适的思路，他的民间，终还是一种过渡，最终要到台阁间的。从民间出发，旨在改变政府的思路，让权力者接受中正之思想，和平之意愿。这种鲜明的目的性，为他日后的选择，作了理论的铺垫。他与国民党若即若离的关系，隐含的话题也一言难尽。

胡适对民间社团的设想，是从大学的实验开始的。他觉得大学是社会精神之源，是思想之库。不过他的尴尬在于，大学社团后来多少有政治的因素，且都与社会运动有关。社团成了学潮的大本营。这引起了胡适的焦虑。在《我们对于学生的希望》中，他说，学生要有学问的生活、团体的生活和社会服务的生活。他认为：

学生运动现在四面都受攻击，"五四"的后援也没有了，"六三"的后援也没有了。我们对学生的忠告是："单靠用罢课作武器是下策。可一而再再而三的么？学生运动如果要想保存'五四'和'六三'的荣誉，只有一个法子，就是改变活动的方向，把'五四'和'六三'的精神用到学校内外有益有用的学生活动上去。"①

这里，他明显与青年学子的观念存有差异。温和的思想未必都能被青年学子理解。鲁迅等左翼作家后来对胡适的不满与误解，都与此相关。那时候大学青年对鲁迅的喜爱，基于一种自我解放的内心的呼应。从二三十年代留下的文献资料可以看到，社团的救国理念和济世冲动，在本质上更趋向鲁迅而不是胡适。留在胡适周围的青年，多少还带有书斋意味及绅士形影。

胡适不是不知道自己的尴尬。他自信地以为，中国人易感情用事，少的恰是科学理念。与陈独秀、鲁迅、周作人、钱玄同不同的是，他的民间理念建立在实验主义哲学的基础上，同时渴望在平民主义的基点上建立新的社会秩序。它的特点是，"（一）一个社会的利益须由这个社会的分子共同享受；（二）个人与个人，团体与团体之间，须有圆满的，自由的交互影响"②。实验的过程，只能靠社团与民间组织。他从英美近二三十年来的各种社团活动，看到实验的价值。比如"贫民区域居留地运动""妇女选举权运动""慈善运动"等，都丰富了社会生活。

① 胡适：《我们对于学生的希望》，见《胡适全集》第21卷，安徽教育出版社2003年版，第227页。
② 胡适：《杜威的教育哲学》，见《胡适全集》第1卷，安徽教育出版社2003年版，第322页。

而且这些运动都系改良主义的，没有非理性的冲动，既利己，也利他。他将此总结为"非个人主义的新生活"。从哲学的层面看，这种平静的改良，是民间社会得以健康发展的基础。而他认为，这样的民间组织，中国一时不能出现，大学生们，其实可以肩负起这样的使命。

鲁迅则以为，大学未必都是"新民间"的摇篮。中国的大学有许多是脱离社会的象牙塔，人间的情怀稀薄。在给台静农的信中，他批评了北京大学失去五四精神的弊病，觉得好的青年似乎不在象牙塔里了。他和流浪诗人与漂泊的文人的密切关系，都隐含着对新的知识群落的期待。后来他说，中国好的青年，都去前线了。那些流血的知识分子，大约才是知识分子的脊梁。

胡适对高校的过于依赖，对知识精英过多的梦想，那结果是贵族气的缠绕。陈独秀、鲁迅、周作人的新民间理念与其颇有差异。他们可能更注重思想的流布和个性的张扬，精神有孤独的和向上的冲动。胡适的精神可能在社会秩序安定的层面居多。陈独秀等则陷在自己的语境里，与儒家的传统相隔甚远了。周作人的个人趣味的高扬，把智慧引入生命的机体里，独少了社会关怀的热度。这种不同的喧哗之声，构成五四前后文化的一道景观。他们所信赖和期待的存在，在不同的色调里，都丰富了历史的话题。

五

1923年，与周作人失和以后，鲁迅一时陷入孤苦的境地。这不仅使他对生存的环境产生怀疑，甚至对自己也怀疑起来。让他蠕活起来的，不是自己熟悉的知识群落，却是那些乳臭未干的青年。

未名社、狂飙社、沉钟社、语丝社，都使他感到兴奋。在鲁迅看来，那些青年无畏的姿态，是先前的绅士阶级所未有者。他对高长虹、韦素园、李霁野等人的热情，似乎都是一个例证。川岛回忆道：

> 此时，先生支持着一切青年们的运动，国民党筹办《国民新闻》，先生介绍素园去编副刊。吕蕴儒在河南办《民报》，先生拉人为他写文章。徐志摩放下他的灵感的笔，另外提起政治的笔，写那有名的：《政治生活与王家三阿嫂》。鲁迅先生也给予了好评。丁玲女士曾写信给先生，要求先生代她找工作，先生也曾要我去找《京报》的邵飘萍。胡也频在烟台不能生活，寄一篇文章给我，先生也曾代他找李小峰办过稿费的交涉。①

这里可以看出鲁迅对青年的热忱。北大教授喜爱青年的很多。胡适每周都有青年接待日，但限于在校学生。鲁迅不同，他对社会漂泊的青年也是关注的，且喜爱那些有创作潜能的人。1924年9月24日，他在给李秉中的信里说：

> 我这里的客并不多，我喜欢寂寞，又憎恶寂寞，所以有青年肯来访问我，很使我喜欢。但我说一句真话罢，这大

---

① 荆有麟：《鲁迅回忆断片》，见孙伏园、许钦文等《鲁迅先生二三事——前期弟子忆鲁迅》，河北教育出版社2002年版，第255页。

鲁迅忧思录

7 "新民间"的歧途

约你未曾觉得的，就是这人如果以我为是，我便发生一种悲哀，怕他要陷入我一类的命运；倘若一见之后，觉得我非其族类，不复再来，我便知道他较我更有希望，十分放心了。①

上述的话，是内心深处的感言，因为他真的认为自己这代人过去了，希望在那些比自己小的人群。他们毕竟没有深染凡俗，纯粹的东西还在，庶几可以做出新的选择。这是他对新青年的梦想。他也觉得这样的青年可以有新的风貌，中国的希望大概就在这里吧。

较之于周作人，鲁迅不是从乡下发现民俗，以及从书本里找观点。鲁迅渴望的是那些在没有路的地方走路的人们。比如高长虹办《狂飙》，几期后被鲁迅关注，以为是好的，那里有野性的存在，毫无迂腐的士大夫气。新的民间意味，大概在这里是无疑的。最初鲁迅对那些青年的感觉，单纯得很。因为失望于大学教授和士大夫者流，他对青年的期望便高了起来。这里未免不是新的乌托邦，只是到了南方后，他才发现自己的看法不免浪漫了几分。

那些漂流在北京的青年，对他自己也并非没有影响。他从韦素园的译文里，就学到了许多东西。连他的作品集的名字也是受到青年的影响而形成的。许多年后，当韦素园去世的时候，他悲伤地写下自己的感受，那凄婉的文字，读了使人心动。

从一些资料可以看出，鲁迅与青年的接触，乃怀有一个梦想：中国如果有新的知识阶级，就应该在这些人中间出现。他身边的一些青年，是吸引他的眼光的。但他也一直关注青年身上的问题，比如一些

① 　鲁迅：《240924 致李秉中》，见《鲁迅全集》第11卷，人民文学出版社2005年版，第452页。

人仅仅在书斋里思考问题，与社会接触不多，似乎是个问题。一旦进入象牙塔里，大概就带有暮气了。冯至回忆鲁迅与沉钟社的关系时，讲到了彼时的风气，颇多感人的地方。他谈到鲁迅对青年的批评，透露出诸多信息。社会团体的建立，如果不和现实对话，大概就有问题了。他回忆道：

> 在1926年5月到7月间，我们到鲁迅家中去拜访的次数多了，鲁迅除了谈论文学与时事外，对我们也提出批评，他说："你们为什么总是搞翻译、写诗？为什么不发议论？对些问题不说话？为什么不参加实际斗争？"①

在鲁迅的内心深处，新的民间，不应是自恋的小文人团体，而应是社会关怀和现实批判精神的堡垒。可是那时候没有几个人能够理解鲁迅的心情。1927年，他到南方后不久，就想和创造社的作家一起结成一个战线，做自己想做的事情。这也是北京的经验的延续，在最现实的眼光里，却也存有最梦幻的情怀，这看起来有很大的反差。鲁迅的复杂在于，他深切地感受到自己的命运的灰色和残缺，可是偏偏在不可能中建立了一个可能性。他渴望在时光的跨越里成为另一个自我，青年的存在便是伴随自己的推动力。他厌恶自己的许多同龄者，在他看来，自己的另一半，已经或者应该是死去了。

---

① 　　　冯至：《白发生黑丝》，中央编译出版社2005年版，第223页。

鲁迅忧思录

7 "新民间"的歧途

六

有个时期，鲁迅很重视翻译文艺思潮的著作。在那些作品里，他发现艺术家对社会产生影响者，多是一个流派和一个团体的作用。这给他的刺激一定是大的。比如在译介坂垣鹰穗的《近代美术史潮》时，他就发现法国大革命是深切地影响了艺术的生产的，而俄国革命也给艺术诸多的刺激。在德国，那些不同的社会团体都在左右艺术思潮。坂垣鹰穗写道：

> 其次，一查新运动的直接的机因和结果，则以1906年成立于特来式甸的画会（桥梁）会员的出品为主的"分离落选画展会"，1910年在柏林开会了。桥梁派是1920年顷起，以赫克勒，吉锡纳尔，暑密特罗德路夫等为中心，新倾向的作家渐渐聚集，因而成立的画界；1905年诺勒台加入，翌年丕锡斯坦因加入了。是以制作为本位，极其切实地进行的，但到1912年，终于解散了。这绘画，是成为表现主义运动的中心分子的。[1]

如果不是这些美术团体的刺激，德国美术的发展是不可思议的。我一直觉得这些文字对鲁迅后来组织版画运动都有影响。

在翻译鹤见祐辅的作品时，他选择了《纽约的美术村》一文，看到了大都会艺术家的活动情景。那大概可以说是艺术家的小民间。格

---

[1]　［日］板垣鹰穗：《近代美术史潮论》，见王世家、止庵编《鲁迅著译编年全集》第9卷，人民出版社2009年版，第95页。

林维治村不同流派艺术家的聚集，给纽约带来了精神的多维的色彩。鲁迅注意到那些青年的趣味，用鹤见祐辅的话说，是"在厌倦了亚美利加生活的人的寻求一种野趣生活之处，是有趣的"①。

在所接触的大量的西方文艺运动的资料里，民间的各种组织给鲁迅留下的印象一定是深刻的。他大约也意识到，仅仅靠尼采式的个人主义情怀，不易改变文坛的面貌，新生的民间运动，倒是可以辐射到许多领域里。就改造社会这个环节说，团体的形成事关重大。而那时候大规模的革命运动对他的吸引也变得越发强烈了。

鲁迅对民间团体的热情，使他先前的那种个人主义理念发生了变化。早先的审美观也有了一定的倾斜。社会变革，离开群体的力量，是不可思议的，从个人的精神到集体主义，大概才能改变空想的窘境。

他那时候那么欣赏苏俄的文学，是有一种内心期待的。十二月党人，同路人作家，都有迷人之处。在他看来，俄国的巨变，和有一批新兴的知识阶级的存在有关。中国要进化，不能不注意这样的参照。一盘散沙的中国文坛，倘若有一种凝聚的力量，发出一种声音，局面一定会有所变化。

七

这可以看出他的乌托邦的色调。在复杂的心智里还不失自己的幻想，那是其精神最动人的地方。只有理解了这一点，才能够明白他何

---

① ［日］鹤见祐辅:《纽约的美术村》，见王世家、止庵编《鲁迅著译编年全集》第9卷，人民出版社2009年版，第186页。

以成为左联的一员。造就新的知识阶级，要走的路，就必然是联合他人，独体的人是不行的。左联时期的鲁迅，集体精神超过了个人主义的幻想，社会实践的理念起到了相当重要的作用。

北京的白色恐怖的经验已经使他感到，仅仅是个人无法担当起摆脱苦运的任务。唯有与他人结合起来，才能够克服自己的孤独和灰暗，以至走向光明之地。因为意识到个人的无力，他不久便有了对政治的兴趣。但这种兴趣不是革命家的，而是文学家的一种审美的调整。或者说，他借着这样的调整把自己先前以为正确的东西放弃了。在巨变的年代，文学家的吟哦，实在算不得什么。他的内心是对实践中的斗士抱有敬意的。他那时候很喜欢"前线"这个词。他以为大学和文坛的优秀者，多到前线了，而后方的人不过思想的巨人，实践是不行的。在还没有加入左联之前，他就对远离炮火的人提出告诫，"革命的后方便成为懒人享福的地方"[1]，希望大家"虽坐着工作而永远记得前线"[2]。知识阶级在象牙塔里喊喊叫叫可以，走出来却是大难的。他在翻译苏俄文学的时候，就发现诗人的问题多多，他们欢迎革命，可革命到来后，他们却在自己见到的现实前碰死了。

1928年，他受到了左翼作家的猛烈抨击，他们批判鲁迅思想与审美中的诸多问题。那些文章说他老朽，是唱着挽歌的旧式文人，这些还是击准了他的要害。他其实早就厌恶自己的阶级，可是并不认同那些革命青年的观点。在他看来，革命是让人更合理地存在，而非变为非人。而创造社的样子是要把非革命者都扔到垃圾堆里的。鲁迅觉

---

[1]　鲁迅：《中山大学开学致语》，见《鲁迅全集》第8卷，人民文学出版社2005年版，第194页。

[2]　鲁迅：《中山大学开学致语》，见《鲁迅全集》第8卷，人民文学出版社2005年版，第195页。

得此与人生的暖意距离殊远，那大概不是马克思主义要求的东西。

而真的马克思主义应是什么样子呢？他开始苦苦翻译普列汉诺夫、卢那察尔斯基等人的著作，对比中国激进青年的言论，才恍然悟出一个道理：革命的新的阶级，不是从天上掉下来的东西。只有口号，没有实绩的叫嚷，离真理的路是遥远的。他加入左联，做的主要工作是译介马克思主义的作品，而非自己的小说写作。他翻印木刻作品，推介俄国小说，办各种杂志，那背后无疑有一种希望，就是建立新的阶级的文化土壤。这个土壤不是小民间的自得其乐的精神之所，而是广大的工农的世界。左联的工作，应该是从文化入手，普及新的价值理念和审美意识，为建立更广大的精神园地作铺垫。

鲁迅加入左联的关键点是，他那时候已是阶级论者了。他觉得社会开始进入新的主奴关系中。而摆脱这样的关系的办法，就是阶级斗争。左联虽说是一个文艺团体，真的价值却是可以为新的阶级说话。但这种说话不是拿大众为自己的理论说事，而是自己就该是大众的一员。

其实那时的左翼作家，在许多方面都与鲁迅很隔膜。鲁迅是要在改变自己的同时，去改变世界的。这里，对自己心灵的洗刷，占了很大成分。而那时的青年作家，多是以为自己掌握了真理，殉道感是存在的，而对自己的警惕殊少。所以他在左联成立大会上的讲话，真的语重心长，那意思是，左翼作家如果不去和现实结合，是有可能变为右翼作家的。

左翼文人在当时遇到了许多问题。他们对中国社会的变革，充满浪漫的想象，并未有切实的生命体验。或者说，他们的团体意识有党同伐异的一面，甚至行帮的色彩。这与鲁迅的理解颇有差异。青年们的冲动里，考虑文化积累的因素不多。而在鲁迅看来，最为重要的是，

鲁迅忧思录

将艺术活动和革命实践结合起来。精神层面变革的价值，是自己可以和众人一起来完成的。

有几个青年给了他新气味。柔石、萧红、萧军、胡风、冯雪峰身上都有诸多可爱的东西。那些野性的因素，他是喜爱的。这些人给寂寞的鲁迅以些许快慰。周作人看到鲁迅与青年密切的关系，以为是堕落之举，在《老人的胡闹》里大加攻击。周作人其实不知道，鲁迅从绝望于民众到希望于民众，是改变世界的一种充满爱意的选择。他在50岁后，依然不停地走着，到陌生的阵营去，这不是人人可以做到的。鲁迅同代人晚年不能在思想上有亮度，与不敢吸收新阶层的养分大有关系。

无疑，那些活泼的青年也是启发了他的。瞿秋白、冯雪峰对他的思想都有影响。这些共产党人身上，有着一般读书人没有的朝气。他接受左联的邀请，其实是对这个团体抱有期盼，说他有乌托邦的色彩，也并非不对。

可是不久他就受到了新的刺激。他以为新的阶级是可以有新气象的，可是他在他们身上看到的是旧的阶级的遗存。那些善于喊口号的左翼作家让他十分欣赏的不多，周扬、夏衍、田汉等人，与他的距离甚远，不时还有些冲突。不久鲁迅就卷入党团内部的纠葛中。他本来应该团结在他们周围，却不幸产生了决裂的冲动。而那些纠葛的结果，是激起了个人主义的思想。使他在团体中保持自己信念的，不是马克思主义的因素，恰是先前所坚持的个性主义。在与周扬等人冲突时，早年的凌厉之气不是少了，而是更具有了一种浓度。

鲁迅晚年对新的社团及新民间的寻找，显得异样的苦。在经历了种种磨难后，他才发现，中国的左翼作家身上小布尔乔亚式的东西多，和生活总有点隔膜。他对新的社会团体里灰色的存在不禁有些悲凉感。新的思想群落的形成，谈何容易，大家不过还在新的主奴的关系网上罢了。这是鲁迅先前没有预料到的苦运。真正的知识阶级的形成，在他看来，还是遥远的事情。在行进的路上，他知道这是一次没有终点的跋涉。

八

让我们再回到1919年。

那一年，周作人介绍了日本的新村，他那么兴奋地谈论着日本的"新民间"。在他看来，这是改变社会生态的一种新的存在。关于"新村"，他写道：

> 新村的人不满足于现今的社会组织，想从根本上改革他，终极的目的与别派改革的主张虽是差不多，但在方法上有点不同。第一，他们不赞成暴力，希望平和的造成新秩序来。第二，他们相信人类，信托人间的理性，等他醒觉。[①]

新村的出现，在日本不过是无数民间组织中的一种。周作人看重它，一个重要原因是存在方式的纯粹性。这也是"新民间"，因为其实验的姿态，或许能够改写社会的思想与存在方式。

[①] 周作人：《新村的理想与实际》，见钟叔河编《周作人文类编》第1卷，湖南文艺出版社1998年版，第151页。

新村是一个新的实验体，一群人在乡下组成互助的团体，真的有些乌托邦的影子。日本国民性的清净无为的美质，适合类似的选择。这样的组织还有许多，他们多样的生活的确是让周作人这样的人所羡慕的。

鲁迅当时对此没有表态，是沉默的。胡适倒对此有些微词，以为是有隐逸的成分。鲁迅与胡适不同的态度，其实是对不同精神群落的不同的判断。鲁迅眼里有自己的"民间"。京剧里的世界大概没有民间的因素，早被皇权化和士大夫化了。倒是绍剧里保留了先前百姓的精神，那个民间已经消失了大半。鲁迅之所以对周作人倡导的新村一言不发，大概也是以为与国情殊不相符。他觉得新的民间，应和新精神同现实的对话有关。离开这些，无疑是一种田园的梦话。

胡适对周作人的批评，主要基于下列几点考虑：其一是"独善主义"的余音，可能让人疏离社会；其二是新村的"泛劳动主义"与现代生活不符，或者说是一种倒退；其三，改造社会不能像新村那样与改造个人分开，应该是一体的。所以他说：

> 新村的运动如果真是建筑在"改造社会要从改造个人做起"一个观念上，我觉得那就是根本错误了。改造个人也是要一点一滴的改造那些造成个人的种种社会势力。不站在这个社会里来做这种一点一滴的社会改造，却跳出这个社会去"完全发展自己个性"，这便是放弃现社会，认为不能改造；这便是独善的个人主义。①

① 　　　胡适：《非个人主义的新生活》，见《胡适全集》第1卷，安徽教育出版社2003年版，第714页。

胡适既不赞扬周作人身上的隐逸气，也警惕激进的精神。他虽然主张积极用世，却不是陈独秀式的蛮干。我们从胡适与陈独秀的冲突里，能够看到其价值态度与激进主义的不同。1925年，北京群众火烧《晨报》馆，陈独秀持赞赏的态度，这引起了胡适的警觉，以为是把民间运动引向错误的方向。在给陈独秀的信中，他很痛心地说：

> 几十个暴动分子围烧一个报馆，这并不奇怪。但你是一个政党的负责领袖，对于此事不以为非，而以为"该"，这是使我很诧怪的态度。
>
> 你我不是曾同发表一个"争自由"的宣言吗？那天北京的群众不是宣言"人民有集会结社言论出版的自由"吗？《晨报》近年的主张，无论在你我眼睛里为是为非，决没有"该"被自命争自由的民众烧毁的罪状；因为争自由的唯一原理是："异乎我者未必即非，而同乎我者未必即是；今日众人之所是未必即是，而众人之所非未必真非"。争自由的唯一理由，换句话说，就是期望大家能容忍异己的意见与信仰。凡不承认异己者的自由的人，就不配争自由，就不配谈自由。[1]

胡适对共产党、左翼作家的疏远，其原因在于那些团体对公理和中正思想的偏离。不过，他对左翼文人的个性化写作，不都是排斥，对鲁迅依然有敬意。但他担心民间的非理性运动会导致一种倒退。这

---

[1] 中国社会科学院近代史研究所中华民国史组编：《胡适往来书信选》上册，中华书局1979年版，第356页。

个看法，与周作人很接近。1937年，周作人寄《思痛记》一册，胡适看后大为难过，以为一切民间运动，到后来就演变成非理性的杀戮，是一种罪过。他回信说：

> 嗜杀性似是兽性的一部分，生活进步之国乃有不忍杀一无辜人之说，更进步则并罪人亦不忍杀了。今日所谓禁烟新法令，吸毒者枪毙，正可反映此人命不值钱的文化。西洋人可以实行"禁止虐待禽兽"的运动，我们现时还够不上谈"禁止虐待同胞"的运动，奈何！①

胡适的感叹，还是一种学究的理念。鲁迅则认为制止那种恐怖的存在，只能走到十字街头抗争去了。从那时候的文化生态看，鲁迅到了民间野性的队伍里，是艺术家的自我放逐。胡适的精神还在大学，他更适宜在学校表现自己的思想。周作人则完全退到自己的园地，圈子越来越小，只是葆有性灵而已。人性的尊严可以在大学的讲堂上高筑着，也可在诗意的文本里流露出来，更重要的，也该在反抗的途中建立起来。这是那时候三种民间姿态的基本色调。

考察胡适在二三十年代的文化活动，主要在大学与社会的社团之间。他参与编辑或支持的报刊很多，《新青年》《每周评论》《现代评论》《努力周报》《新月》《独立评论》等都有他的心血。在他看来，中国要有思想的多样性，大学、社团都是不可或缺的存在。不过，1927年以后，大学里开始渗入政党文化，社团面临打压，情况复杂

---

① 胡适：《致周作人》，见《胡适文集》第7卷，人民文学出版社1998年版，第157页。

了。政党开始介入大学与民间社团，五四时期的自由之风减弱。从他与北大、上海公学（后改名为"上海鲁迅中学"）、《新月》、《努力周报》之间的关系看，他一直在力求保持一种精神的中立。1930年，朱经农致胡适的信表达了一种忧虑：

> 大学中应有讲学之自由，不应为一党所把持，亦不应受一二人之操纵。①

胡适对此颇为赞同。他的基本底线是，只在民间的层面做事，从民间看台阁，只做旁观者。1931年，华北政务委员会来函，邀其入会。这是一个官方组织，胡适拒绝了。而他希望自己能以民间的立场，说一些民间人士的话，这就有自由的天地了。晚年回忆参与主办《独立评论》时，他说道：

> 回想我们办《独立评论》时，真是独立。那时销路很广，销到一万三千份。我们是十二个朋友组织一个小团体，预备办报，在几个月前开始捐款，按各人的固定收入百分之五捐款，这是指固定收入而言，临时的收入不计算，几个月收了四千多元，就拿来办报。我们工作的人不拿一个津贴，也没有一个广告，因为那时广告要找国家银行或国营机关去要，那么就等于接受了政府的津贴，等于贿赂，所以五年之中，我们除了登书刊的广告之外，没有收入。②

① 中国社会科学院近代史研究所中华民国史组编：《胡适往来书信选》中册，中华书局1979年版，第42页。
② 胡适：《新闻独立与言论自由》，见《胡适全集》第22卷，安徽教育出版社2003年版，第759页。

这个立场，是他受到后来自由主义文人普遍赞扬的原因之一。他从美国的民间社会与政治集团的关系中，看到独立办学与办报的重要性。在他看来，新的民间要建立，没有这样的立场是难以想象的。

九

胡适依靠专家学者所形成的文化氛围，乃治国之道的现代表述。鲁迅则从中国的所谓专家学者里看到其间的悖论。有人说他精神的深处是"反现代性的现代性"①，并非没有道理。鲁迅出离绝望的时候，给他精神缓解的往往是青年的社团。他在北京参与的几个社团都没有教授腔，没有迂腐的士大夫气。在他看来，教授腔和士大夫气是新的知识群落应拒绝的东西。这和胡适的圈子趣味大异。鲁迅与青年作家所译介的艺术品，既呼唤着现代的灵感，也多有对现代性的反叛。他和左翼青年看到了知识群落的问题，大家都在无形的网里，被压抑着。他们不仅要反叛社会，其实也要反叛自我。这样的氛围，就带有了表现主义的痕迹，也同诗与哲统一起来，是精神的冒险者。那个群落的人对胡适过于执着于美国文明的选择嗤之以鼻，也并非没有道理。他们觉得胡适先生还是太老实了。

不过，周作人表现得较为温和，他是介于鲁迅、胡适之间的。新文化运动开始后，周作人曾对几个民间组织抱有希望：一是文学研究会，二是《语丝》周刊。这两个团体，都有些切实的梦想，就是把知

①　　汪晖、代田智明都持这个观点，参见赵京华《周氏兄弟与日本》，人民文学出版社2011年版。

识、思想与现代的文化建设结合起来。它们是松散的，并无什么严格的组织。周作人以为这样无拘束的团体，是极为重要的。他在《文学研究会宣言》中说，发起这个组织，主要是联络感情：

> 中国向来有"文人相轻"的风气；因此现在不但新旧两派不能协和，便是治新文学的人里面，也恐因了国别派别的主张，难免将来不生界限。所以我们发起本会，希望大家时常聚会，交换意见，可以互相理解，结成一个文学中心的团体。①

周作人的观点，是那一代人的梦，但不久就在严酷的现实面前中断了。他不得不退到苦雨斋里耕耘自己的园地。鲁迅与他越来越远，变成了左翼作家。在胡适眼里，鲁迅与周作人后来的选择，都有些问题：一个进入共产主义的潮流里，破坏了民间的温情；一个过于隐逸，走到虚无的境地，不幸陷到日本人的魔窟里，实在有些可惜。胡适以为民间的组织，不要陷于排他主义之路，也非顾影自怜。中国民间的社团一旦卷入宗教式的狂热或利己主义之中，大概都有一点问题。这是"新民间"的歧途。在他看来，周作人那个圈子有点遁迹书斋的逍遥，于社会无补；陈独秀的政党情怀，带有杀气，乃以暴易暴的产物，殊不可取。而鲁迅后来加入左联，其实也是斗争哲学的结果，都与《新青年》办刊的初衷很有距离。胡适内心或许以为，这些激进或隐逸的文人，都是病态社会的产儿。中国所需要的应是朗照的存在。

① 周作人：《文学研究会宣言》，见钟叔河编《周作人文类编》第3卷，湖南文艺出版社1998年版，第50页。

鲁迅忧思录

但是这种脱离残酷现实语境的思想、建立在公理基础上的教条，多少漠视了底层人生存的痛感。他和鲁迅在30年代都参加了中国民权保障同盟，在对待人权的问题上，他有时候站在政府的层面考虑问题，遭到了许多人士的反对。鲁迅的视角不是这样，他后来不仅对胡适多有微词，甚至公开抨击他的立场。他其实是觉得，这位博士的所谓民间性和诤友身份，不过是想当国师，终于还是个儒者。在一个专制的社会，一味谈民主是一个空想，重要的是与统治者的斗争。他对《现代评论》的厌恶，对《新月》的批评，其实是对绅士文化不满的一种情绪发泄。你看鲁迅对民间青年的喜爱，都溢着野性的光彩。因为是艺术家的任性与自我放逐，就多浪漫与痛感的独语，比绅士阶层的矜持多了几许内在的紧张。

　　鲁迅对新生的青年作家的喜爱，绝无学院派的痕迹。豪放与温情都在那里，是人性的光泽的闪耀。不过，鲁迅的艺术性的眼光和独特的生命体验，使他和自己身边的朋友卷入反政治的政治旋涡，因反政治压迫而保持了纯粹性，胡适不介入政治的纯然的态度，却使他也成了复杂的政治的一部分。这两个结果都是他们先前所没有料到的。

　　在鲁迅与胡适之间，周作人是偏向后者的。在周作人眼里，社团与民间组织最好顺其自然，有固定的组织大概是个问题。他的所谓自由的群落，是能尽兴，但又不干涉别人的自由。新的知识民间的出现，是要靠个人主义的自由组合，那才能不为外物所累。

　　周作人以为鲁迅加入左联不过是"老人的胡闹"，而胡适做蒋介石的诤友也徒生苦恼。周作人自觉退到苦雨斋，避户读书，旨在保持自己的清静。他那个圈子的人，对鲁迅渐生隔膜，与胡适亦非亲近，不过多了肃穆与学术的静观罢了。作为一种精神生态，他们自信自己的价值要超过前二者。

《新青年》时期的同人友情维持得很短，可是他们后来都珍惜那些存在。晚年的鲁迅回忆那时候的生活，欣赏的是陈独秀，对胡适却有批评。至于周作人对彼此间的看法，则是另一番情思。不过，从他们的回忆文字可以看出，最有价值的还是五四传统，后来的路，大抵错了。胡适后来讲五四，以为是新精神的生长点，只有回到那时候的语境，才能开启新的路径。中国新的民间社会迟迟不得建立，确是那一代人的宿命。

抗战期间，对于国民党所谓的新生活运动，胡适不都是赞扬的。他认为把民间的建设的方向搞错了。"新民间"是自下而上的产物，不是政府的行为，自上而下，则问题重矣。他后来受到国民党的批判，原因还在于其价值立场的民间性。虽然这样的民间性还略带暧昧的因素，但即使这样，国民党依然意识到他的危险性。

虽然不喜欢左翼，不赞佩苦雨斋群落的读书人，但在国家机器面前，胡适知道陈独秀、鲁迅、周作人等人的价值，大于流行文化的价值。中国要有出路，还在于对独立的知识分子的保护。这也是为什么有人写信骂鲁迅、周作人，他还为他们辩护的原因。民间的博弈可忍，而政府对民间的压迫则罪不可赦矣。

从鲁迅、胡适、陈独秀、周作人等人对"新民间"态度的异同里，我们可以看出现代中国知识分子的价值取向的多样性。在他们看来，"新民间"不是封闭的概念，乃是"人各有己、自他两利"意识的载体。人人回到自身，而不是成为别人，这是民间性团体的基本点。鲁迅从个性的张扬走向对人的认知极限的挑战，可谓有英雄气；胡适则从科学理性的层面，呈现出知识精英的气象，乃儒者的新风。前者是智性与趣味的攀缘，后者是人间理性的辐射。鲁迅身边的青年更有汉语表达的独创性，而胡适为之努力的是一种健康的常识的普及。有趣的是，鲁迅对自己加入过的民间团体，多有遗憾的叹息，言外之意是自己是个失败的存在，而胡适对自己的故旧则唯有感怀了。其实，我们仔细来看，中国社会最缺少的是这两种精神形态，它们至今尚不够发达。五四那代人苦苦劳作，还是收获了各自的果实。可惜后来这样的新思想的因素均受破坏，我们至今面对那些远去的存在，也只能黯然神伤而已。

8

奴性的国度

一

还是在北京时期，《京报》副刊让读书人推荐必读书目的时候，鲁迅交了白卷。他说中国书要少读，应多读外国书。这招惹了不少怨言。周作人曾说鲁迅好唱反调，故意与人作对，也包括类似的事件在内。那时候能够理解他的，几乎没有几个。那骂声，现在还在一些人那里出现着。

我个人想，鲁迅的用意，大概是逃逸中国陈旧的语言。在他看来，中国的语言是被污染过了的，即我们都在使用一种奴性的语言。要改变它，一是回到汉唐时代的某些语境，恢复阳刚之美；二是取诸民间，采野风而用之；三是从外国那里得到参照，加进逻辑的因素。回到汉唐的秩序，自然是梦想，去往的路已经阻隔，不过神往一下而已。到民间去，那里早就被皇权化了，所获也是不多的。而读外国书，也许能够有种参照，或许有鲜活的感觉出来。据他的翻译经验，是可以改变母语的一些表达方式的。而那达成的路，则有古语言的因素，或者说古语言被激活了。鲁迅并没有深刻地意识到此点。这其中大概有他的叙述策略。

鲁迅对士大夫语言的厌恶，是从留日时开始的。自从接触了章太炎的观点，他便对清朝以来的流行文章有鄙视的态度。而那时候通过阅读日文，他才知道语言表达的丰富性应该是可以做到的。他苦苦翻译域外小说，乃是为了摆脱旧的文章之气，输进新鲜血液。而那时候给他语言快感的一是六朝文章，二是日语与德语里的俄国小说。日本文字儒雅的行文对他有一定的影响，那些朗然的文字，让他看到了精神自新的一种可能。

他回国后的文体，与晚清悠然的古风大相反对，完全没有那些套路。在他教育部的行文里，毫无官气，而书信中的词语有汉唐气魄。他自觉地与身边的语言保持着距离。比较一下他和许寿裳、蔡元培的文字，是可以感受到这些的。五四前后，白话文出现，鲁迅十分高兴，对这一新的语体寄予了诸多希望。胡适温文尔雅的笔触，周作人博学的谈吐，李大钊刚直的词语，在鲁迅看来，都是新的语言的诞生。倘说中国还会有什么希望，从一种新的表达式开始，才是重要的。他加入《新青年》的队伍，也有语言革命的一种呼应心理。虽然他内心对同人的观点并不都认可，而志向是有交叉的地方的。

鲁迅到《新青年》去凑热闹的作品，是《狂人日记》，在文风上是卓绝于文坛的。那完全是诡异的表述，文字幽玄而深邃，象征的句式背后乃一个颠覆旧俗的预言。那样的文辞里没有温暾的思绪，直来直去，而且以非奴态的直逼，向着本真挺进。后来他写下的《野草》，撕碎了士大夫伪饰的外衣，精神进入幽深之所。那些对认知极限的打量的文字，是被地火熔炼过的，晦气与阴暗的东西统统消失，诞生的却是心灵烛照的光泽，那么纯粹、幽远、神异，像晨曦般穿射在精神洞穴里。一切虚伪、自恋、奴态的词语都与其没有关系，那完全是新式的精神表达。新文化的业绩之一，其实就是出现了这样的个人主义的新文体。

而那时候，北京文坛新旧之间的较量从未停止过。旧式文人的存在，与那些复辟者的言行成了一种可怕的势力。他们主张尊孔，提倡读经，印制古书。在鲁迅看来，古书未必都坏，还有先人美妙的遗存在。但是在根本的层面，古书的逻辑，多是为主子溜须拍马，与今人的感受殊异。在一个专制的国度，表达方式要有个性，要摆脱的正是奴隶之心。

他后来看到林语堂、周作人、刘半农回到明清士大夫的小品文里，内心是失望的。京派文人的儒雅和自恋，把文辞的亮度减弱了，好像有了钱牧斋的沉闷。他觉得新文化人应在基本点上，保持一种与传统的距离。旧文体里是有毒素的，不是所有人都能看出这一点。这个看法，也许值得商榷。然而那背后的对未来的期待，我们都可以感受到一二。

在《二十四孝图》里，他谈到了对士大夫的文言文的反感：

> 我总要上下四方寻求，得到一种最黑，最黑，最黑的咒文，先来诅咒一切反对白话，妨碍白话者。即使人死了真有灵魂，因这最恶的心，应该堕入地狱，也将决不改悔，总要先来诅咒一切反对白话，妨害白话者。
>
> 自从所谓"文学革命"以来，供给孩子的书籍，和欧，美，日本的一比较，虽然很可怜，但总算有图有说，只要能读下去，就可以懂得的了。可是一班别有心肠的人们，便竭力来阻遏它，要使孩子的世界中，没有一丝乐趣。……妨害白话者的流毒却甚于洪水猛兽，非常广大，也非常长久，能使全中国化成一个麻胡，凡有孩子都死在他肚子里。①

① 　　鲁迅:《二十四孝图》，见《鲁迅全集》第2卷，人民文学出版社2005年版，第258页。

对文言文厌恶到这种程度，是刻骨的经验在起作用的。他说菲薄古书的，唯有读过古书者最有力。这是对的。那些旧的文选有许多乃信口雌黄，或者自欺与欺人。在他看来，那些古老的遗存，与今人的个性殊远，根底是，它们还是奴性的语言。

今天的青年不易理解鲁迅的这种想法。普遍的看法是，孔子的话，朱熹的话，康有为的话，不是很有人情味儿和哲理吗？可是现在谁能知道，那些被人借用过的语言，扼杀过多少青年的生命；那些溅血的遗存，以及低眉的战栗之语，早被儒雅的士大夫的历史叙述遮掩过了。

二

鲁迅对奴性语言的警惕，是从对旧道德的颠覆开始的。而铲除那些旧道德的办法，是必须具有一种牺牲自我的精神。他有一句话，曾感染过许多学者，那是讲到长者对青年的态度的时候，他有如下的独白：

> 自己背着因袭的重担，肩住了黑暗的闸门，放他们到宽阔光明的地方去；此后幸福的度日，合理的做人。①

这样的独白，倒让我想起释迦牟尼、耶稣的精神，他们身上普度众生的悲壮感，在鲁迅身上也有的吧。而这种牺牲了自己，去救别人的举动，在中国历史上的哲人身上不多，或者说是极为鲜见的。

① 　鲁迅：《我们现在怎样做父亲》，见《鲁迅全集》第1卷，人民文学出版社2005年版，第145页。

鲁迅和孔子的关系说起来意味深长。他们在根本点上，是那么的不同。鲁迅在许多层面的选择，恰是从告别孔老夫子开始的。

鲁迅那代人反对孔子的某些思想，是基于生命进化的考虑的。孔子学说到了后来最大的问题，乃与生命的自然发展相对，保护腐朽的，遏制幼小的生命。儒家的伦常本来是促进生命和谐的，可是在后来的演进中却被"存天理、灭人欲"的理念置换了。结果是以长者为本位，铲除了幼者的土壤。这个因素在宋明理学中，显得很突出，以致在晚清和民国，还有它的余荫。鲁迅的这个思路，和泰戈尔很像，即把学理和礼教制度区分开来。泰戈尔讲到宗教与宗教制度时，认为这是两个不同的概念：

> 宗教说，作为现实的人是值得尊重的，不论他出身在哪个家里。宗教制度说，出身在婆罗门家里的人，他是值得尊重的，不管他是多么大的蠢人。这即是说，宗教概念是解脱的真言，而宗教制度是奴役的真言。[①]

在中国，儒学与儒教间的复杂关系也是如此。道德的建立，在后来完全扭曲了。让鲁迅痛心的是，这些存在完全忽视了个体生命无限发展的可能。男尊女卑，老人政治与男权主导一切，在鲁迅看来是大有问题的。而我们的文化，就是建立在这样的秩序里的，似乎与人性的本然有倒置的关系。五四后，鲁迅在多篇文章里讲到儒教的错误，文章写起来显得很沉重。

① 转引自李文斌《泰戈尔美学思想研究》，华中师范大学出版社2010年版，第47~48页。

鲁迅忧思录

8 奴性的国度

他自己的婚姻，就是旧道德的结果。爱情是什么，很长时间，他自己也不知道。他在一篇文章里，写到了无爱婚姻的痛苦。因为有彻骨的痛，对道理里演化出的非人性的存在，便有深切的认识，所以他加入《新青年》队伍，也有认可新的道德观的冲动，自觉地把思想集中到炮轰孔家店的行动里。

在《我们现在怎样做父亲》一文里，他说：

> 生命以何必需继续呢？就是因为要发展，要进化。个体既然免不了死亡，进化又毫无止境，所以只能延续着，在这进化的路上走。走这路须有一种内的努力，有如单细胞动物有内的努力，积久才会繁复，无脊椎动物有内的努力，积久才会发生脊椎。所以后起的生命，总比以前的更有意义，更近完全，因此也更有价值，更可宝贵；前者的生命，应该牺牲于他。
>
> 但可惜的是中国的旧见解，又恰恰与这道理完全相反。本位应在幼者，却反在长者；置重应在将来，却反在过去。前者做了更前者的牺牲，自己无力生存，却苛责后者又来专做他的牺牲，毁灭了一切发展本身的能力。[①]

一个颠倒了的价值观，须用新的逻辑把它颠倒过来。这才能合乎近代以来的社会潮流。但做到此点，不是毁掉人情与人性的美，而是继续这种人情和人性美的精神。而那手段，则是文化的改变，以诚与美的精神为之。他认为要做到此点，首先是"爱"，"用无我的爱，自

① 鲁迅：《我们现在怎样做父亲》，见《鲁迅全集》第1卷，人民文学出版社2005年版，第136～137页。

己牺牲于后起新人"。"爱"与"牺牲",在鲁迅看来是建立新的道德伦理的条件。而实施这新道德,鲁迅谈到了以下三种看法:一是理解,二是指导,三是解放。这样才够把中国文化引向另一个天地。

鲁迅谈论这样的话题的时候,显得有些天真,乐观的预言压倒了先前的惆怅。这个语境里的思想,除了进化论的痕迹,大概还有易卜生主义的影子。进化的结果一定是后起的好于以前的,而易卜生的思想则无疑是人道的与个性的精神的盘诘。中国旧道德的结果是产生了奴性的人格,这是可惜的。王得后在《鲁迅与孔子》一书里,对此分析得很透彻,他说:

> 孔子讲"孝",有的内容是人之常情,合乎人性的。如:"父母唯其疾之忧。""父母在,不远游,游必有方。""父母之年,不可不知也。一则以喜,一则以惧。"这都是自然而然的"爱",自然而然的"亲情"。然而,孔子强化的"孝",根本特点在"敬",在"无违",在"父父子子"的服从,在"三年无改于父之道",乃至于"不改父之臣,与父之政",虽然,父母有错、有不妥的地方,可以劝谏,但父母倘若坚持己见,坚持自己的一套,不听劝谏,还必须"敬",必须"不违";而且要做到没有怨言怨气。即所谓"事父母几谏,见志不从,又敬不违,劳而不怨"。这样,子女完全没有"自己",没有"个性",没有"独立的人格",完全是父母的附属物;这是一种奴隶性的伦理道德。①

---

① 　　王得后:《鲁迅与孔子》,人民文学出版社2010年版,第171页。

王得后是看到了问题的根本的。鲁迅视野里的孔子遗产，在这样的层面上是远离现代人的需求的，个性潜能未得开掘，不能不说是一个缺陷。

而这个缺陷都集中表现在生存的状态，以及汉语言的体系里了。

三

儒家文化演进中出现的奴性，导致整个民族劣根性的产生。自然，近代中国的社会问题复杂，奴性的因素还残留在其他文化的形态里。奴性是统治者建立的文化辐射的结果，大众与士大夫，都在所难免。而且这一切都在日常文化里，似乎已经是视而不见的现象了。

鲁迅对奴性的敏感，是从自己的生命感受开始的。祖父的入狱和父亲的病且不说，仅自己在日本及回国后在教育部的经历，都有耻辱的记忆。《灯下漫笔》写道：他的存款贬值后，有些恐慌，后来听说钞票可以换回现银，虽折了大半，可是内心还是欢喜。于是他自嘲地叹道：

> 但我当一包现银塞在怀中，沉垫垫地觉得安心，喜欢的时候，却突然起了另一思想，就是：我们极容易变成奴隶，而且变了之后，还万分喜欢。①

---

① 　鲁迅:《灯下漫笔》，见《鲁迅全集》第1卷，人民文学出版社2005年版，第223页。

自己就是一个奴隶，这是他感悟到的。所以当他写到阿Q的时候，我们有时候也隐隐可以感受到他对自己的拷问，谁能说这里没有他的影子？鲁迅说他对自己的解剖，不亚于对别人的讥讽，都是对的。

他对中国人的生存状态的评估是：一，想做奴隶而不得的时代；二，暂时做稳了奴隶的时代。这个看法，缘于奴隶性的视角，不是社会历史分析的视角，所以有它自己鲜活的特点和感受。在这个基础上来理解他的思想，或许能够看到思想的一种逻辑过程。

我们可以把他的痛苦的抗争，看成摆脱奴隶性的选择。这是重要的。他对传统猛烈抨击的时候，症结就在人的飞翔的翅膀是折断的。孔乙己如此，阿Q如此，祥林嫂如此，魏连殳也如此。大家都在这样的秩序里。

奴性的要害，是没有自己的独立判断，万事自欺，又去欺人。或者不妨说，是没有直面现实的勇气。他在《论睁了眼看》中写道：

> 中国人的不敢正视各方面，用瞒和骗，造出奇妙的逃路来，而自以为正路。在这路上，就证明着国民性的怯弱，懒惰，而又巧滑。一天一天的满足着，即一天一天的堕落着，但却又觉得日见其光荣。[①]

这是从文人的角度得出的结论，或者说是批判文人的奴隶性。至于民众的奴隶性，则更为奇异，日常生活的一切，几乎都没有自娱的空间了。《随想录三十八》写道：

① 　　鲁迅：《论睁了眼看》，见《鲁迅全集》第1卷，人民文学出版社2005年版，第254页。

鲁迅忧思录

8 　奴性的国度

中国人向来有点自大。——只可惜没有"个人的自大"，都是"合群的爱国的自大"。这便是文化竞争失败之后，不能再见振拔改进的原因。

"个人的自大"，就是独异，是对庸众宣战。除精神病学上的夸大狂外，这种自大的人，大抵有几分天才，——照Nordau等说，也可说就是几分狂气。他们必定自己觉得思想见识高出庸众之上，又为庸众所不懂，所以愤世嫉俗，渐渐变成厌世家，或"国民之敌"。但一切新思想，多从他们出来，政治上宗教上道德上的改革，也从他们发端。所以多有这"个人的自大"的国民，真是多福气！多幸运！

"合群的自大"，"爱国的自大"，是党同伐异，是对少数的天才宣战；——至于对别国文明宣战，却尚在其次。他们自己毫无特别才能，可以夸示于人，所以把这国拿来做个影子；他们把国里的习惯制度抬得很高，赞美的了不得；他们的国粹，既然这样有荣光，他们自然也有荣光了！倘若遇见攻击，他们也不必自去应战，因为这种蹲在影子里张目摇舌的人，数目极多，只须用mob的长技，一阵乱躁，便可制胜。胜了，我是一群中的人，自然也胜了；若败了时，一群中有许多人，未必是我受亏：大凡聚众滋事时，多具这种心理，也就是他们的心理。他们举动，看似猛烈，其实却很卑怯。至于所生结果，则复古，尊王，扶清灭洋等等，已领教得多了。所以多有这"合群的爱国的自大"的国民，真是可哀，真是不幸！①

---

① 　　鲁迅：《随感录三十八》，见《鲁迅全集》第1卷，人民文学出版社2005年版，第327~328页。

188

民众的精神被污染之后，思想是无法起飞的。他在小说中刻画的形形色色的人物，几乎全是如此。比如看客的形象，游民的形象，都是这样。这样的国民，也就造就了这样的政权。他们互为因果，陷在大的轮回里。这种对奴性的反感似乎有无政府主义的痕迹。可是他是带着诚与爱面对等级文化的。个人的高蹈与昏睡的国民间的对立，在其文本里造成了很大的张力。只要细细品味那些语言，就都能够体会到这一点。

士大夫不行，民众也不行，那中国的文化真的万劫不复了。鲁迅后来意识到自己的思路存在问题，修正了一些看法。但这种修正隐含着对第三阶级的渴望。那就是既不属于士大夫者流，也非庸众者流，而是新兴的斗士。他和各种势力较量的时候，露出了中国人新的品性。一种全新的人格的力量，把旧文明里凄惨的存在颠覆了。

这里，尼采、托尔斯泰的选择，给了他很大启示。尼采是古文字学家，深知历史的隐含，对词语的敏感是强烈的。他故意以新的词采抗拒基督教文明，都有深的用意。至于托尔斯泰对宗教中礼仪派的偏离，也是寻找有生命热力的文章的渴望。鲁迅在接触他们的资料时，其实是意识到解放奴性语言的必要性的。那些也潜在地融入他的生命哲学之中。

四

我们仔细体味鲁迅的一些作品里的人物，那些对话里的神态都有奴态的一面。人的语气、神态含着木然和俗气。这些描绘惟妙惟肖。

鲁迅忧思录

8　奴性的国度

奴性的语言有各式各样的形态，大致说来，一是绵羊型的，二是残暴型的，三是流氓型的。而有的时候，这三种形态集于一人之身，可怜与可恶皆有。他描述的阿Q，集中了其中的大部分因素，读之让人久久难忘。

阿Q形象的复杂，乃因为他的内心融有中国人的品行的各类因素。比如在假洋鬼子的哭丧棒前，他就显得异常猥琐，是绵羊的样子，可是在小D、王胡面前，则又有霸道的神态。他欺辱尼姑，骚扰吴妈，在不同人面前表现不一，性格有狡猾和朴素的一面，也有残酷、无知的一面。比如革命那一场戏，则完全是流氓态，游民的狡诈和无知皆在，有很大的欺骗性。鲁迅最痛恨的是国民性里的这种流氓气。而阿Q那种无赖的狡诈，差不多把国人的劣根性统统呈现出来了。

在阿Q的语言系统里，昏暗、无聊、粗俗、愚昧等符号都有，有的完全是江湖里的浊气。"和尚动得，我动不得？""我们先前——比你阔的多啦！你算什么东西！""我要什么就是什么，我喜欢谁就是谁。"这些话语，都是底层无赖气与奴才气的混杂。鲁迅总结说，中国最可怕的是"奴才的破坏"和"寇盗式的破坏"。在阿Q身上，这些劣根性都不同程度地呈现着。

可以说，鲁迅在这样的时候，内心是绝望的，他被一种灰色的雾罩住了。那些奴性的语言，没有朗照，完全是黑暗里的产物。这是文化的产物还是制度的产物呢？

而在另一些作品里，他描述了大量庸众的生活。那些被欺辱和被宰割的人的生命语言，则让人心痛。木然、胆怯、忍气吞声有之，似是而非、阴阳两面有之。鲁迅在平庸的生活对话里对非人的生活的揭示，同样是彻骨的。

《风波》里妇女围绕辫子对话，都是按照社会行情来的，看上面的眼色决定是非。清朝覆灭，剪辫子不是罪过，但复辟潮出现的时候，女人们议论起辫子，就复杂了。因为怕权力者杀头，就对剪辫子的男人持抱怨或恐惧的态度。鲁迅描摹她们的口气和内心，笔触逼真，是活灵活现的样子。那些普通的百姓没有自己的主见，在世风里有的仅是被宰割的苦态。这样的画面，是弥散着沉重的情感的，人们消失在帝王的话语里，自己的一切都被无形的权力的影子裹挟。民间的百姓，哪有属于自己的话语场呢？

《故乡》的情节是有一种悲悯的情思在的。少年闰土与我的感情那么融洽，有着美好的交往。可是许多年见面后，他对我却叫着"老爷"。作者写到此时，笔触是节制的，内心的苦楚却那么强地流淌出来。他猛然感到，彼此间有一堵高墙隔绝着。当年美好的一切，却被现在的主奴关系左右着。全篇的文字不多，而引人深思者甚广。奴性的语言，是矮化自己、低头的语言，在闰土的寥寥数语里，中国农民的不幸历历在目矣。

《故乡》里人物的性格不同，杨二嫂的对白则有镇子里人的狡猾与世故。她与人的交谈完全是赤裸裸的私欲的流露，可怜的奴隶相在此变形地展示着。被苦日子缠绕的百姓，要么默默无闻地承受凄苦，要么有点匪气，这都是活的中国人的形态。而作者感到最难过的是，自己曾熟悉的那些存在，统统被尘垢覆盖了。他说：

> 我希望他们不再像我，又大家隔膜起来……然而我又
> 不愿意他们因为要一气，都如我的辛苦展转而生活，也不
> 愿意他们都如闰土的辛苦麻木而生活，也不愿意都如别人

的辛苦恣睢而生活。他们应该有新的生活，为我们所未经生活过的。[①]

他的浓浓爱意，都散落在这些文字里了。心境是那样的广袤，也许唯有教徒才有类似的心境吧。可是他不是教徒。他的心如常人一样跳动，而悲悯、自戕之音，在暗夜里弥散着，直到我们的心底。这是耶稣、释迦牟尼式的度苦的心，他以先觉者的眼光，俯瞰着世界，一切都需改变。在鲁迅看来，无论自己，还是他人，都在奴隶的国度里。这样的生活大有问题，也许，只有撕碎了这存在之网，在另一个时空里，才能够自由地呼吸吧。

五

曹雪芹在自己的时代里，就意识到奴性语言在中国的特殊作用，到了晚清，章太炎、严复、刘师培也深切感受到汉语的问题。他们之间不同的看法，对鲁迅那代人都有启示。中国的奴性语言真的五花八门，只要留心一看，历史留下的遗产，不过是那些主奴文化间的互证，难以找到健朗的存在。而奴隶之下的奴才，则更有甚矣，不仅无我，连无我的存在都可以当作立身的基础了。在这个现象面前，鲁迅比他的前辈看得更为清楚。

奴才语言的表现是形形色色的：有的是安于现状，在枷锁里却自

---

① 　　鲁迅：《故乡》，见《鲁迅全集》第1卷，人民文学出版社2005年版，第510页。

得其乐；有的迷恋于无我的打量，甚至赞美无我的生活。《我谈"堕民"》写了堕民的奴才心理：

> 每一家堕民所走的主人家是有一定的，不能随便走；婆婆死了，就使儿媳妇去，传给后代，恰如遗产的一般；必须非常贫穷，将走动的权利卖给了别人，这才和旧主人断绝了关系。假使你无端叫她不要来了，那就等于给她重大的侮辱。我还记得民国革命之后，我的母亲曾对一个堕民的女人说，"以后我们都一样了，你们可以不要来了。"不料她却勃然变色，愤愤的回答道："你说的是什么话？……我们是千年万代，要走下去的！"
>
> 就是为了一点点犒赏，不但安于做奴才，而且还要做更广泛的奴才，还得出钱去买做奴才的权利，这是堕民以外的自由人所万想不到的罢。①

绍兴历史的遗存里有如此深的主奴结构，一直让鲁迅刻骨难忘。中国文化内在结构里的这些问题，在他的写作中不断得到反映。奴隶固然可悲，但那些安于奴隶地位，且以此为美的人，则是奴才。这些比堕民还要可怕。《聪明人和傻子和奴才》写道：

> 奴才总不过是寻人诉苦。只要这样，也只能这样。有一日，他遇到一个聪明人。

① 鲁迅：《我谈"堕民"》，见《鲁迅全集》第5卷，人民文学出版社2005年版，第228页。

鲁迅忧思录

8 奴性的国度

"先生！"他悲哀地说，眼泪联成一线，就从眼角上直流下来。"你知道的。我所过的简直不是人的生活。吃的是一天未必有一餐，这一餐又不过是高粱皮，连猪狗都不要吃的，尚且只有一小碗……。"

"这实在令人同情。"聪明人也惨然说。

"可不是么！"他高兴了。"可是做工是昼夜无休息的：清早担水晚烧饭，上午跑街夜磨面，晴洗衣裳雨张伞，冬烧气炉夏打扇。半夜要煨银耳，侍候主人要钱；头钱从来没分，有时还挨皮鞭……。"

"唉唉……。"聪明人叹息着，眼圈有些发红，似乎要下泪。

"先生！我这样是敷衍不下去的。我总得另外想法子。可是什么法子呢？……"

"我想，你总会好起来……。"

"是么？但愿如此。可是我对先生诉了冤苦，又得你的同情和慰安，已经舒坦得不少了。可见天理没有灭绝……。"

但是，不几日，他又不平起来了，仍然寻人去诉苦。

"先生！"他流着泪说，"你知道的。我住的简直比猪窠还不如。主人并不将我当人；他对他的叭儿狗还要好到几万倍……。"

"混账！"那人大叫起来，使他吃惊了。那人是一个傻子。

"先生，我住的只是一间破小屋，又湿，又阴，满是臭虫，睡下去就咬得真可以。秽气冲着鼻子，四面又没有一个窗……。"

"你不会要你的主人开一个窗的么？"

"这怎么行？……"

"那么，你带我去看去！"

傻子跟奴才到他屋外，动手就砸那泥墙。

"先生！你干什么？"他大惊地说。

"我给你打开一个窗洞来。"

"这不行！主人要骂的！"

"管他呢！"他仍然砸。

"人来呀！强盗在毁咱们的屋子了！快来呀！迟一点可要打出窟窿来了！……"他哭嚷着，在地上团团地打滚。

一群奴才都出来了，将傻子赶走。

听到了喊声，慢慢地最后出来的是主人。

"有强盗要来毁咱们的屋子，我首先叫喊起来，大家一同把他赶走了。"他恭敬而得胜地说。

"你不错。"主人这样夸奖他。

这一天就来了许多慰问的人，聪明人也在内。

"先生。这回因为我有功，主人夸奖了我了。你先前说我总会好起来，实在是有先见之明……"他大有希望似的高兴地说。

"可不是么……。"聪明人也代为高兴似的回答他。[①]

这篇小文是鲁迅对中国人品行的一次高度浓缩。国民性的几种类型清晰可辨。他笔下的奴才的形象栩栩如生，让人感到无奈而可恨。

①　鲁迅：《聪明人和傻子和奴才》，见《鲁迅全集》第2卷，人民文学出版社2005年版，第221~223页。

鲁迅忧思录

8　奴性的国度

聪明人的嘴脸亦活灵活现，那是中国最无聊的一类存在，这在知识界与政界是司空见惯的。傻子的出现在文章中有很有趣的隐含。这个变革者，在世人看来不可思议。可是唯有他才可能使这个世界出现变化。在鲁迅作品中出现的傻子、疯子、狂人，都是反讽类型的人物。这些挑战奴性的人物，带着世俗意味的污垢，被蔑视与侮辱，可是与那些聪明人和奴才比，则立显出其分量来。

对人的等级与不幸地位的敏感，在鲁迅思想里生出的是破坏的力量。对主奴结构的颠覆性摧残，是吸引青年革命倾向的一种资源。正是抓住了这个点，他的思想和马克思主义的某些理论重合起来，有了社会的号召力。他后来加入左联，和共产党人有深切的关联，都不是偶然。这是他精神的逻辑起点。始之于反抗奴性，终之于对反奴性的苦运的挣脱，那是十分悲壮的。

傻子是一种对平庸的否定。鲁迅通过精神病患者的意象，暗喻人性的复杂景观。这种对世俗的挑战性的话语，来自非常态的人之口，文化的漏洞就出现了。鲁迅看到了奴性语言的欺骗性，言说与存在都处于一种荒诞之中。而颠覆它，也只能用荒诞的人物与荒诞的语言。他用俗语、翻译语、反语，置换着流行的逻辑，这个过程，就把人性被遮蔽的存在一点点释放出来了。

六

深味历史的鲁迅觉得，中国语言中奴性因素的出现，是专制文化的果实。文字狱、思想罪的利剑悬在头上，于是便有了诸多愚民的表达出现。而那些叛逆的人，在选择新路的时候，不幸也还是旧思维的俘虏，以为早已是新人，根底却是奴性的另一面。他对《清代文字狱档》的解析，就看到了奴性语言带来的更为奴性的后果。中国语言后来趋于枯燥、无趣，乃是权力震慑的缘故，有人性的表达，岂不是触怒龙庭？而奴才一旦得意喘息，其恶不亚于主子，那表达也就由低眉下气向恶气转化了。

赵园写明清之际的"奴变"，有诸多不寒而栗的画面。那些背叛自己主子的人，对人之凶残，绝不亚于他们的主子，而且更为无情，更为森然恐怖。奴隶的造反不是精神的洗礼，而是一种生存的位移，在基本点上，还是行走于老的路径，没有新意；在思维上，多是非此即彼的逻辑，不是你死，就是我活。这种思维一直延续到后来的社会变革思潮里。到了20世纪20年代，不革命的，一定是反革命的。不选择甲，就选择乙。固然，在阶级斗争残酷的时期，人要超越于此很难。精神的复杂性却被掩埋了。

1928年，创造社、太阳社一些人攻击鲁迅的时候，用的理论是马克思主义的，可是行文，则是旧文人骂人的套路。旧文人骂人，大多依傍在一个理论和主子下，别人都是奴才，唯自己得了真意。郭沫若（署名杜荃）在嘲骂鲁迅的时候这样写道：

> 他是资本主义以前的一个封建余孽。
> 资本主义对于社会主义是反革命，封建余孽对于社会主义是二重的反革命。
> 鲁迅是二重性的反革命的人物。
> 以前说鲁迅是新旧过渡时期的游移分子。说他是人道主义者，这完全错了。

他是一位不得志的Fascist（法西斯蒂）！ [①]

如此盛气凌人的教训人的语言，在此后的中国从未消失过。鲁迅认为这也是一种奴性语言的变种。他被激怒了。后来在革命文学论战中，他尽力克制，所使的语言和那些造反者的语言关系甚远，一方面是战斗的，一方面是智慧的、艺术的表达。那些温润而犀利的言辞，与奴性品格的路径迥异。他本以为新的知识阶级是应有新的话语系统的，不料依然在旧的窠臼里。30年代，他看到左联的刊物刊载骂人的文章，很是失望。在给周扬的信里，他说：

> 中国历来的文坛上，常见的是诬陷，造谣，恐吓，辱骂，翻一翻大部的历史，就往往可以遇见这样的文章，直到现在，还在应用，而且更加厉害。但我想，这一份遗产，还是都让给叭儿狗文艺家去承受罢，我们的作者倘不竭力的抛弃了它，是会和他们成为"一丘之貉"的。
>
> 不过，我并非主张要对敌人陪笑脸，三鞠躬。我只是说，战斗的作者应该注重于"论争"；倘在诗人，则因为情不可遏而愤怒，而笑骂，自然也无不可。但必须止于嘲笑，止于热骂，而且要"喜笑怒骂，皆成文章"，使敌人因此受伤或致死，而自己并无卑劣的行为，观者也不以为污秽，这才是战斗的作者的本领。 [②]

① 杜荃：《文艺战线上的封建余孽——批评鲁迅的〈我的态度气量和年纪〉》，见孙郁编，梁实秋等著《被亵渎的鲁迅》，贵州人民出版社2009年版，第87页。
② 鲁迅：《辱骂与恐吓决不是战斗》，见《鲁迅全集》第4卷，人民文学出版社2005年版，第466页。

鲁迅所希望的新的斗士的文体，乃没有杀气的、带有严明理性和趣味的、充满爱意的词语。后来他在柔石、萧红、白莽的诗文里，看到了这样的曙色。那些被压抑和摧残的青年，在反抗之余，还有无边的暖意在，也实在是感人的吧。他所喜欢的青年的文字，都没有旧文人气。在为白莽的《孩儿塔》作序的时候，鲁迅写道：

　　　　这《孩儿塔》的出世并非要和现在的一般的诗人争一日之长，是有别一种意义在。这是东方的微光，是林中的响箭，是冬末的萌芽，是进军的第一步，是对于前驱者的爱的大纛，也是对摧残者的憎的丰碑。一切所谓圆熟简练，静穆幽远之作，都无须来作比方，因为这诗属于别一世界。①

　　这"别一世界"，恰是鲁迅所神往的，因为它远离帝王气、士大夫气和奴才气。他一生苦苦追求的，就有这类存在，希望在汉文明里，出现先前所没有的精神的闪光。中国要有希望，自然需要这样的诗文增多。他自觉地与旧文明保持距离的选择，不是人人能够深解的。

　　其实，我们看他的文章，就是典型的从奴隶语言中解脱出来的新语文。在那里，模棱两可的温暾消失了，自以为是的霸气被真诚的爱意代替了。在激烈辩驳的文体里，我们有时也能感到他的无边的暖意在流淌。汉魏的风骨和浙东的神韵，都在此飘出，尼采、果戈理的文字中峻急的一面也被转化成硬朗的词句。有人骂鲁迅只会破坏不会建设，看看他在文体上的创新，就是在今天，谁还能做到呢？

　　①　　鲁迅：《白莽作〈孩儿塔〉序》，见《鲁迅全集》第6卷，人民文学出版社2005年版，第512页。

鲁迅忧思录

8　奴性的国度

对非奴性语言的建造，主要体现在他对青年的扶植之中。他欣赏萧军、萧红的主要原因，是那里没有萎缩的、欺骗的语言。他认为左翼作家该创造出新的、没有绵羊气的文体。这应当有汉代造像那样的气韵，也有司马迁式的朗健在。其实他在高尔基、巴别尔那些人的语言里感受到了新话语诞生的可能。在其培养的作家、画家那里，新的文风是使人心动的。

七

我有时候看到他的藏书，见到那些乡邦文献和野史笔记，就深感他的趣味里的隐含是那么丰富。那些不得志的士大夫的文字，都多少有一点闪亮的词语，在暗中眺望着地狱之门。有性情的古人，总能绕过陈旧的表达，进入幽微之所。正史里记载的一些文人，也有值得肯定之人。他赞佩庄子"其文则汪洋辟阖，仪态万方"[①]，欣赏屈原则是"其言甚长，其思甚幻，其文甚丽，其旨甚明，凭心而言，不遵矩度"[②]，对东方朔、司马相如也有中肯的评价。在他看来，文化如果能够调动人的潜力的开掘，则会有另外的亮度。

而支撑新的语言的，不仅是词语的改变，还有艺术的参考。鲁迅在古中国的艺术里，其实也感到了奇异的存在。只可惜这些奇异之处存在的时间过短，不久就消失了。鲁迅以为，要在表达上有新的精神，

---

①   鲁迅：《汉文学史纲要》，见《鲁迅全集》第9卷，人民文学出版社2005年版，第375页。

②   鲁迅：《汉文学史纲要》，见《鲁迅全集》第9卷，人民文学出版社2005年版，第382页。

那就得有天马行空的境界。他从俄国作家和日本作家的文字间，就感受到别样的存在。他喜欢阅读那些外文，乃其间没有奴态的缘故。

从其文本中可以看到，他喜欢夜枭的意象，愿意用坟的画面。至于地狱的鬼火、沙漠的风，都在其作品中呈现出美丽的模样。用粗粝的存在覆盖精细的言语，就把那些被修理的语言解放出来。他的文章不断和世故者捣乱，与柔媚的文人别扭，甚至与自己别扭，否定别人身上的奴态外，也否定自己的黑暗，剩下的也只有沙漠的存在了。[①]死亡、沙漠、黑夜的出现，是对抗灰暗的勇气之举。他以审丑的方式撞击着丑陋的存在，却于此诞生了一种诱人的美。这里拒绝了乌托邦，也拒绝了象牙塔。于是我们在他的笔下不断看到地狱的暗影。可是这不是魏晋以后文学作品阴曹地府的形影，在他那里，不断有岩浆的激流，在喷发着久久被压抑的洪流。1936年，他出版了亚历克舍夫《城与年》的插图，那个阴暗里射出的奇异的光，穿透了地狱般的门，引来的是不屈的亮色。这些唤起了鲁迅的快慰是一定的吧。冈察洛夫《伊凡诺夫短篇小说〈田野〉》的插图，也有类似的意象，都是脱了苦楚的坚毅的精神之河的流淌。希仁斯基《凯勒短篇小说》的插图，遒劲的光从暗处射来，死寂的世界便活动了身躯，不再是灰暗的样子。这些作品，都是挣脱奴性的伟岸之图，鲁迅期盼的新艺术，大概就有这样的因素。我们从他推荐的版画作品，其实也能找到其心灵的一种对应。他的语言的元素是有那种意味的。

鲁迅的整个艺术活动，几乎都显现出他对新艺术的期待，是走向自由之途的劳作。反抗奴性的艺术，才是摆脱苦楚的选择。在这个层

---

①　鲁迅：《〈华盖集〉题记》，见《鲁迅全集》第3卷，人民文学出版社2005年版，第4页。

面，我们才能够看清他的良苦用意。冯雪峰认为这是一种"傻子"的精神，恰因为是"傻子"，便有坚韧的战斗性，有和常人不同的地方。[1]传统文人被深深奴化的时候，一是毫不自知，二是染上毒气，自己也有戾气在，三是逃离，自造一个幻境。鲁迅在无所不在的黑暗中，却有着另一种精神，明快、放达的词语也能在忧患中自如地喷吐。钱理群说，在敌意中的人易处于"神"与"兽"的十字路口，鲁迅却因自己的战士的身份摆脱了奴役之径的苦运。[2]这是对的。鲁迅没有在受伤时退入兽的世界，他越是在受辱中越是表现出人性的纯净美。只有战士才可以从奴性的世界走出，因为他们不惧流血和牺牲。这也是"傻子"意象的一种放大。

只要理解了"傻子"的精神，也就能够理解他何以有时不近情理，何以有多疑的地方，何以对怨敌一个也不宽恕，何以在死亡面前有大的欢喜。这些都是与奴性思维相反的存在。鲁迅一生致力的恰是这样的选择。用郁达夫的话说，就是一种"刻薄"，"傻"而"刻薄"，是多么悖反的精神。而这些如此完美地体现在他的世界里，这两种存在背后，诞生的却是爱意的暖流。郁达夫写道：

> 鲁迅的性喜疑人——这是他自己说的话——所看到的都是社会成人性的黑暗而，故而语多刻薄，发出来的只是诛心之论：这与其说他的天性使然，还不如说是环境造成的来得恰对，因为他受青年受学者受社会的暗箭，实在受得太多

[1]　冯雪峰：《鲁迅论》，见《冯雪峰选集·论文编》，人民文学出版社2003年版，第52页。
[2]　钱理群：《我的精神自传》，广西师范大学出版社2007年版，第317页。

了，伤弓之鸟惊曲木，岂不是当然的事情么？在鲁迅的刻薄的表皮……下一层，在那里潮涌发酵的，却正是一腔沸血，一股热情；这一种弦外之音，可以在他的小说，尤其是《两地书》里面，看得出来。①

郁达夫的这一看法，其实也应对了他的另一段话：

> 没有伟大的人物出现的民族，是世界上最可怜的生物之群；有了伟大的人物，而不知拥护，爱戴，崇仰的国家，是没有希望的奴隶之邦。因鲁迅的一死，使人们自觉出了民族的尚可以有为，也因鲁迅之一死，使人家看出了中国还是奴隶性很浓厚的半绝望的国家。②

郁达夫的看法，是心灵深处流淌出来的真言，至今依然有鲜活的感觉。同代人对鲁迅的理解，后人未必有所超越。大凡欣赏鲁迅的人，对奴隶之苦都有所厌恶，鲁迅说出的恰是觉醒者的心音。巴金、胡风、丁玲内心对鲁迅的崇尚，延续的也恰是郁达夫式的感受。我们现在读王瑶、李何林、王富仁、钱理群等人讨论鲁迅的文章，也纠缠着相似的感觉。因了鲁迅的存在，觉醒者才穿越了那个精神黑洞，阳光终于因为这样的穿越而照在我们的世界上。说鲁迅是借来光的使者，也并非不对。他在奴隶的国度里，写出了别一世界的骇世的诗文。这些，谁还能做到呢？

① 郁达夫：《鲁迅与周作人的散文》，见《回忆鲁迅——郁达夫谈鲁迅全编》，上海文化出版社2006年版，第86页。
② 郁达夫：《怀鲁迅》，见陈子善、王自立编注《郁达夫忆鲁迅》，花城出版社1982年版，第15页。

鲁迅忧思录

8 奴性的国度

9

译介之魂

一

鲁迅的译文著作有31本，300多万字。数量比他的杂文集和小说集加起来还多。在短短56年的生命里，他为世人留下的译文实在是数量极多的。我曾经说鲁迅首先是翻译家，其次是作家，这是从他的译文和创作的比例而言的。实际上他一生的主要精力在翻译、编辑出版上，写作不过业余的偶得，他并没有把创作放在首位。可是现在人们对他的认识一直是颠倒的，原因是难以看到或知道他的译作，说起来真是一件憾事。

认识一个完全的鲁迅，不能不去读他的译文著作（当然古籍整理与绘画研究也包括在内）。只有和那些域外的文学和理论文字接触，才能明白他写作的一种底色，对他的知识结构与思想来源就可以领略一二。可惜长期以来无论学术界还是出版界，都漠视了此点。鲁迅的形象在大众那里一直是半个脸面。我们的媒体却说，看哪，鲁迅就是那个样子。

历史上大规模地出版鲁迅的译文集只有两次，一是1938年首版的《鲁迅全集》，二是1958年的十卷本《鲁迅译文集》。此后五十年间，没有专门再版过。一般读者很少关注译文在鲁迅世界的位置，鲁迅研究专家讨论译文者亦为数寥寥。北京鲁迅博物馆编的新版《鲁迅

鲁迅忧思录

9 译介之魂

207

译文全集》[①]，是目前收集最全的一个版本。一些作家和研究者开始留意起来。朱正、孙玉石、钱理群都以为此次大规模地出版译文著作，可以丰富学界对鲁迅的进一步认识，所以该作一出版，读书界的议论蜂起，相关的话题也凸显出来。

新版的译文全集主要体现了原版的面貌，增加了新发现的文字，也把50年代出版社删掉的作品增补进来。单行本和散篇分别按初次出版或发表时间顺序编排。校勘以译作首次发表或初版本为底本，译者的附记、出版广告都附在相关译作之后。除保留初版本插图外，适当地增加了相关的图片资料。鲁迅当年在书中附录的英文作品，此次也被翻译成汉语。总体能看清先生劳作的历程，满足读者和研究者的需求大概没有问题。

不妨说，鲁迅的译文集是个五光十色的所在。异域的风采和思想的深切，形成一种力量。这里的文字不像译者的杂文那么随心所欲，可是也有多种文化对撞时的快感。鲁迅在中文与日文、德文、英文里苦苦寻找对应物，于是形成一股新风，阅之有爽目之感。你于此可以感受到他运用语言的天赋，以及斟词酌句的良苦用心。有的似乎是他个人意识的表达，也仿佛借着别人的嘴在说些什么。

五十年间人们对他的翻译的漠视，想来有很复杂的原因。一是所译的作品多是隐曲的灰色之作，与社会主流文化隔膜。1958年《鲁迅译文集》的出版说明指出："这些文译文，现在看来，其中有一些已经失去了译者介绍它们时所具有的作用和意义；或者变成为有害的东西了。"[②]于是像托洛茨基那样的人物的文章就被抽掉了。尼采的文字

---

① 北京鲁迅博物馆编：《鲁迅译文全集》，福建教育出版社2008年版。
② 人民文学出版社：《出版说明》，见《鲁迅译文集》第1卷，人民文学出版社1958年版，第1页。

竟遭批判。有学者甚至说鲁迅思想里有虚无的东西，译作不乏小资产阶级的遗绪，言外那些不过是转瞬即逝的旧物。

鲁迅的译文不被看好的另一个原因是，译笔苦涩，难以卒读。从梁实秋到李敖都是这个看法。澳门有个学者还专门著述论述鲁迅句法的不通，直到现在微词不绝。[①]这是个翻译理念的问题，涉及严复以来翻译理念的诸多难点，直到钱锺书这一代依然看法不一，大家有各自的眼光也无可非议。但鲁迅的只"信"不"顺"的译笔伸展着另一个主题，只是不被世人明了罢了。他也因此成了少数派，但影响了大众的阅读是真的。那本《死魂灵》，后来就没有多少人看，引用这个版本的人也甚为寥寥。

不过鲁迅自己却有相反的看法。他倒觉得，自己写的小说与杂文，其实不及所译著作有意义。小说、杂文所写的不过是现实的黑色与内心的灰色，是速朽的东西，而他引介的小说、随笔乃至学术著作，却闪着别一世界的灵光，可以祛除内心的寒气，对国人的阅读殊为重要。1927年，有人推荐他作为诺贝尔文学奖的候选人，他却拒绝了。其中一个理由是自己的创作不行，与所译的作品《小约翰》那样的书比，有一定的距离。

这能够看出他重视翻译而不看好自己作品的真实内心。在他看来，要有新的文艺，没有别的路，只能拿来域外的艺术。汉语在主奴的关系里浸泡太久，现代理念下的个体化的文字或许可以置换这种病态之语。鲁迅甚至认为，废除汉字，走拉丁化的路，也不失为一个选择。[②]

[①] 李敖在凤凰卫视《李敖有话说》里，多次谈及此点。
[②] 鲁迅：《中国文坛上的鬼魅》，见《鲁迅全集》第6卷，人民文学出版社2005年版，第160页。

因此他把大量精力用到翻译之中，而且译作十分庞杂。理解鲁迅的所有译文不是容易的事。由于语境和时代背景的差异，我们要揣摩他的心需有诸多的耐力。他选择的对象有时也匪夷所思，三十几册的书，思想斑驳，艺术多样，文体各异。其译作的丰富性和他的杂文来比，毫不相差。

二

新版《鲁迅译文全集》为读者提供了一个广阔的精神画卷。鲁迅视野里的外国思想与艺术，在此折射了大半。译者涉猎的域外话题极其广泛，最初是科幻小说、科学史，后来是尼采与裴多菲的作品。不久被安特莱夫、迦尔洵所吸引，个性化的言说方式在他眼里占了很大的分量。从他的同代人的翻译经历里能看到，许多人选择大人物的作品为对象，莎士比亚、托尔斯泰、歌德颇受青睐。鲁迅不是这样，他所译介的都是小人物的作品，爱罗先珂、阿尔志跋绥夫、有岛武郎、片上伸、理定等，在文学史上的意义都有限。鲁迅译介他们的文字，更多的是为了自己的内心。他感到这些有趣，可以唤起一种内力的喷吐。而且这些作品多不是对一种目标的渴望，而是对自我更新的可能的思索。那些外来的作品多少是反省本民族痼疾的，无论日本的还是俄国的，许多他喜欢的作家，都是思想界的斗士，在精神的高度和艺术的水准上，确有不凡之笔。

大致看来，他译介的作品有以下几类：一是短篇小说（包括童话、科幻作品），二为随笔，三是美术史著作，四是美学专著，五为长篇小说，六为剧本。不过他藏的外国著作种类很多，像考古报告、哲学专著、电影评论、史学理论，都没来得及动手去译。但这些思想对他的暗示毋庸置疑。他一面翻译，一面结合中国的实际发表言论。比如他介绍日本人青野季吉的《关于知识阶级》《现代文学的十大缺陷》后，就发表过关于中国缺少真正的知识阶级的讲演，自然，这些言论比青野季吉更具体和深入，但看法大概是从这位日本人那里来的吧。他批评左翼作家的轻浮浅薄，也受益于对日本学者的体味。在译了《出了象牙之塔》后，他也说，作者对日本社会的攻击，简直也像在说我们，而可惜，那时的中国还没有厨川白村那样的作者。① 《小约翰》的推出，直接催生出《从百草园到三味书屋》，后者是借鉴了前者的意象的。我们不看这些译作，就不能了解全面的鲁迅。可以说，没有与外国艺术的碰撞，就没有鲁迅的诞生。

鲁迅的审美意识不是嫁接在西方艺术大师的躯体上的，而是来自普通的、无名的、很有个性的作家的暗示。他以为那些显赫的大师多是"完成时"的人物，中国需要的恰是"未完成时"的艺术，因为我们正处在"未完成时"的阶段。而"未完成时"就意味着有多样的可能。鲁迅的思想与艺术有时就蕴含着诸多可能性。你看他关注的迦尔洵、格罗斯、比亚兹莱、蒙克，都是颠覆"完成时"固定模式的艺术家。他们的思想流淌着，不断穿梭在意识的波光中，不像湖泊那样静凝着。只有奔走的艺术才是活的艺术，躺在象牙塔里的鸿篇巨制，在他看来是半死的存在。中国需要腾跃的文字，而非僵硬的死文章。他所译介的作品，不是这样的。

① 　　鲁迅：《〈出了象牙之塔〉后记》，见《鲁迅全集》第10卷，人民文学出版社2005年版，第266页。

鲁迅忧思录

9　译介之魂

纵观鲁迅的一生，他一直在和三种势力对话：一是和旧有的文明对话，整理汉画像和乡邦文献就是个证明；二是和当下的中国对话，这有那些杂文为例；三是和同代的洋人对话，300万字的译文能诠释些什么。在这些对话里，外来思想和诗情，给他的刺激尤大，因为那是中土没有的东西，它们能催生出新生的思想是无疑的。有时他能战胜环境的压迫，靠的就是洋人的外力。比如在教育部工作时，他有感于中国教育理念的陈旧，遂翻译了上野阳一的《艺术玩赏之教育》《社会教育与趣味》《儿童之好奇心》，对知识界是个不小的触动。革命文学论争的时候，他为了弄清俄国文学理论的根本点，便亲手去翻译普列汉诺夫的美学著作。当新文学进入困难的时期，他从捷克、爱尔兰等国的文学史里寻找参照，译过凯拉绥克的《近代捷克文学概观》和野口米次郎的《爱尔兰文学之回顾》。为了弄清法国左翼作家的环境，他亲自介绍纪德的《描写自己》。他浏览的作品很多。除了苏俄、日本，德国、法国、西班牙、奥地利、匈牙利、罗马尼亚、保加利亚、荷兰、美国的作品都曾涉猎并译介过来。

与这些作品相逢的时候，鲁迅其实在拷问着自己，用他的话说是盗来火种煮自己的肉。[①]中国的旧文学奴性过多，士大夫者流只会说着空洞的自慰的话，全与真的人生无关。鲁迅所介绍的作品，几乎都是心灵深处的喷吐，或直面现实，或拷问内心，显出精神的深。而且他绝不以士大夫的口吻叙述和转述对象世界的思想，一直试图转化出新的语序和新的逻辑表达方式。越到晚年，他越自觉地和自己旧的表达习惯相背离，译文也越发苦涩难懂。他试图创造出严明的语句，希

①　　鲁迅：《"硬译"与"文学的阶级性"》，见《鲁迅全集》第4卷，人民文学出版社2005年版，第214页。

望以此增添汉语表达的丰富性。这是他一生最悲壮的语言试验，梁实秋、李敖攻击他的语言不通，完全用的是常态人的逻辑。而鲁迅在思想和审美上，向来是反常态的，因为恰恰是非常态的存在，可以超越人的感觉阈限。鲁迅是个向极限挑战的人，创作如此，翻译也如此。他的这个特点世人多不理解，其译文寂寞于世，不知是先生的不幸呢，还是我们的不幸？

三

曾经看过一篇谈论鲁迅翻译的论文，关于鲁迅的译介活动差不多都记载其中了。但这也有让我略感遗憾的地方，那就是只就翻译谈翻译，未能与先生的文学活动结合起来，就显得单薄，只见树木，不见森林了。鲁迅研究中，这样的现象很多，谈小说的少讲杂文，说学术的鲜及美术，彼此隔膜着，整合之力似乎过于弱化了。

这是一个老问题了。正如编全集的人，只看重文学活动，却忽略翻译事业，一个血肉丰满的存在，就这样被肢解了。我以为在鲁迅的精神活动里，有几个领域的工作是互动的；学术研究与创作，也是一种交织；还有美术介绍与杂文写作，似乎也有彼此的暗示与渗透。他的精神来源与现实感受间的互动，以前很少被认真梳理。研究者与喜读鲁迅著作的人，不妨多留意一点这方面的问题。

对鲁迅而言，译洋人的书，有多重含义。在我看来，其一是搬来思想，让国人看看世上还有这样思考问题与表达问题的人。其二是输进新式文法，在表达上借取域外的智慧，以补中文表达欠周密的缺憾。

鲁迅忧思录

9 译介之魂

其三可说是回答现实的挑战，看看那些曾被人炫耀的理论的原色是什么，用以校正误用者的思路。其四，也是重要的一点，那就是换自己身上的血，将杂质剔出，引来鲜活的存在。这最后一点，在我看来尤为难得。只要对比一下严复、林纾、周作人、林语堂、梁实秋等人的译介思路，当可看出鲁迅的特别处。①

1932年，当鲁迅编定《三闲集》后，在结尾附有一篇《鲁迅译著书目》。那里能看到在他的文学活动里，翻译所占的比例是超过自身的创作的。鲁迅所译之书，都非"世上著名巨制"，用他的话说，只是不太知名者的作品。比如阿尔志跋绥夫的《工人绥惠略夫》，武者小路实笃的《一个青年的梦》，厨川白村的《苦闷的象征》，望·蔼覃的《小约翰》，果戈理的《死魂灵》等。我在读这些译著时有一个闪念，那时就想，与其说这是译给中国读者的，不如说是译给他自己的吧。这些作品都带着沉郁、灰色而又不甘沉沦的悸动，有汩汩的血流，能一下子冲击到读者心灵深处。而这些译文里的思想也转化到先生同期的随笔、小说中了。

就对文艺内在形态的认识而言，鲁迅的许多思想来自洋人，中国古书里给他的启示也只是那么一点点。1929年，他在《哈谟生的几句话》里，表述了对文学的几种观点。作者坦言，一些看法是从日文的著作里得到的。②他很看重洋人对一些文学家的批评，有一些思路简直让人惊异，因为那里是看不到中国士大夫和幼稚的左翼青年的浅见的。读外国人的好书，鲁迅每每有一种冲动，好似被打了兴奋剂，有

① 周作人在谈翻译的时候，言及鲁迅的特点，认为自己的翻译观，与鲁迅颇为相似。

② 鲁迅：《哈谟生的几句话》，见《鲁迅全集》第7卷，人民文学出版社2005年版，第345页。

了自审的勇气。他还愿意将此一点快感，传染给闭塞的中国人，让更多的人能分享。我看到他在一些译后记里表露的心绪，觉得很少有翻译家如此将对自我的批判列入文中。他高于同代翻译人的地方，在介绍域外文学的活动里，也可以清楚地看到。

四

鲁迅最初翻译的小说《月界旅行》《地底旅行》均是科幻作品。选择这样的文本对他而言有很深的用意。这连接了两个领域的东西：一是科学理念，二是艺术创作。他在那时是摇摆于二者之间的。原因自然简单，那就是前者弥散着新的、鲜活的精神，它或许可说是精神的先导，带来的都是兴奋与刺激。联想他在《科学史教篇》《人之历史》诸文中的心绪，科幻小说有同样的魅力。将新的精神理念以小说形式表达出来，也恰好可起到传播的作用，青年鲁迅是相信文学的这一功能的。他对《月界旅行》这类小说精神的欣赏，其实也是新形成的思想使然。旧中国的文学过于说教，趴在地下，为俗音所扰。中国人何曾有过科幻的概念呢？要想兴起新的艺术，必自这类小说的译介开始。他以为用此种新型艺术是可以唤起读者的心绪的。

现在无法知晓这两篇译文在当时的反响如何，据一些文献看，应者也许是寥寥的。我注意到这样一个问题，译文用的是白话，并非林纾那样的古文。而一些新起的概念、词汇，直到后来，他还是应用的。这里形成了他基本的语序，其精神表达式，应当说是在翻译此类书时形成的。《月界旅行》给鲁迅最大的启发，或许是天马行空式的独语，以及科学家的智慧。内中的人生哲学与社会理念在深深吸引着他。我猜想他初读尼采的作品时，有同样的冲动吧。小说里的许多陈述，不仅有情节性的东西，而且重要的在于，仿佛思想者的独语，这对中国人而言，是极为新鲜的。比如在第八回中，亚电先生有这样一段话：

> 诸君若闻余言，必以为不辨难易的大愚公，出现于世。然以余观之，则驾弹丸，作月界旅行的事业，征之理论实际，皆易成功。不见人事进化的法则么？其初为步行，继而以人力挽轻车，继而易之以马，遂有迅速的汽车，横行于世界；据此推之，当必有以弹为车之一日。[①]

我相信鲁迅当年写下此段文字时，是有一种期待的。这正如尼采的学说，新思必代旧语，陈腐者必将过去，真是诚哉斯言。《人之历史》的基本观点，亦如此言，可作参证。多年后，当他在北京写下《随感录》时，用的也是这小说人物的语气，进化的、科学理性的力量是深入其心的。

在鲁迅选择的译本中，大多是反平庸的，具有冒险的与刺激的因素。他和周作人在《域外小说集》里挑选的作品，在根本点上是反中国传统的。其中有一点内倾和苦涩，内中压抑的激流，在默默地淌着。我初次读俄国安特莱夫的小说《谩》《默》和迦尔洵的《四日》时，就惊叹于先生的眼光。他喜欢这些悲悯而幽玄的乐章，是不是为了驱赶身上的俗气？在这些译文里，看不到一点庸常的东西，有的倒是对

[①]　［法］儒勒·凡尔纳：《月界旅行》，见北京鲁迅博物馆编《鲁迅译文全集》第1卷，福建教育出版社2008年版，第37页。

人的精神极限的超越。对照鲁迅后来的小说创作，是能看到诸位外国作家的影子的。[1]说这些白话小说是俄国文人的某些摹本，也许言过其实。真实的情况是，鲁迅将那记忆与中国经验结合了起来，遂有了自己的声音。域外文学的投影成了《呐喊》《彷徨》的底色之一。熟读文本的人，大约不会否认此点。

一方面是对科幻小说的热衷，一方面又钟情于学理性的、灰色的文学，这在一般人看来是一个矛盾，可它们在鲁迅身上很和谐地统一起来了。前者大多融化到他的杂文思考里，后者流动在小说的旋律间。当他写那些短篇时，丝毫没有理性的演绎，不像茅盾等人那么机械。可是当他写那些社会批判的文章时，神经质的东西消失了，思想仿佛深深的井，理性的张力与个性的伟力都弥散其中。译文中的两种风格，也导致了创作上的两个鲁迅。你看《热风》《坟》里的意象和《呐喊》《彷徨》《野草》是多么的不同。科学理性与虚幻的非理性竟能同时在一个作家身上闪现，有时想想，是不可思议的。

就鲁迅自己而言，翻译显然重于创作。他曾说小说是无事可干时的产物，倘有条件，说不定会搞点翻译或是学术，小说不过是业余的偶得。我相信这是真话。在他看来，业余间写的那些文字，是受了域外小说的暗示的，《呐喊》就有安特莱夫式的阴冷，《彷徨》似乎也有迦尔洵的影子，言外是，这些习作是被催生出来的，并非人们所说的那么伟大。承认自己的这一点，也让人看出他的可爱。我们如果对照一下《域外小说集》《现代小说译丛》和他的小说的异同，就会发现彼此的关联。中国现代白话小说始自外来文学的催生，是确确实实的。

---

[1]　　　　鲁迅在《呐喊》序言里提及了此点。

鲁迅忧思录

五

　　丸山升在讲到《壁下译丛》中武者小路实笃、有岛武郎二人的作品时，专门论述了鲁迅与二人的关系。丸山升发现鲁迅译他们的作品时，连同一些问题意识也一同产生了。丸山升写道：

　　　　虽然竹内好等人坚持对鲁迅在1930年前后发生变化，大大接近"比共产主义者更共产主义者"的境界这一看法持保留意见，而我也认同这种意见，不过确实还是不可忽视这个变化。而且，那时开始，鲁迅的翻译中苏联的文章开始占据很大的比重，他的变化能从其翻译活动窥见端倪，这是谁也不得不承认的事实。但是，我并不认为日本文学和鲁迅的关系只存在于这个"变化"产生之前，并由这个"变化"而被否定。如果先说结论的话，那么我以为，从鲁迅的这些日本文学翻译中可以看出从内部促进这种"变化"的要因，或者发现在这种变化中有力地刻上鲁迅独特性的要因之一。对于留下的翻译数量堪比包括小说、杂感在内的创作的鲁迅来说，翻译恐怕和创作一样，在他内面作用巨大。[①]

　　鲁迅在着手翻译前，是怀着一种问题意识的。他在大量购买日文、德文书籍时，有一些著作只是随便翻翻，有一些则采取研究的态度。而这研究，是带有解决中国当时思想界的问题而来的。丸山升说得不

---

① 　　［日］丸山升：《鲁迅·革命·历史——丸山升现代中国文学论集》，王俊文译，北京大学出版社2005年版，第2页。

错，翻译之于鲁迅，意义不下于创作。比如介绍厨川白村的《苦闷的象征》《出了象牙之塔》时，并非在美学之中寻找呼应，感兴趣的是对日本国民性的解析，他以为这些同样适用于中国，甚至像是为中国读者而写的。他直面中国人的劣根性时，从日本人的自我批判中找到了一点共鸣，彼此的镜鉴意义非同小可。此前所译的《工人绥惠略夫》是一部恐怖色彩的小说，鲁迅未必都赞成作者的态度，却欣赏俄国作家身上"愤激"的与"无治的个人主义"。他向国人介绍此书，我想是借厌世主义作家之笔，表述对黑暗的态度。以前中国的小说家，每每面对残忍，就避开目光，陷入自欺的幻影里，以平淡与悠闲掩饰生活的本真。译介这些洋人的小说，就是让世人知道，思想还可以这样运行，精神是能够在历险里超越意识的大限的。对照鲁迅《野草》里的咏叹，细心之人也能看到与域外个人主义思潮的联系。在这些文本内外，鲁迅精神与所译之书是有逻辑上的关联的。不被人注意的地方是，他在以一个中国人探索的目光处理外来的思想，出发点和表达式与原文的距离加大，食洋不化的"西崽相"，是与他一直无缘的。

有意思的是，译著对他而言只是其问题意识的开始，凭着翻译时的刺激而思考的话题，他很快就进入对社会风潮的体味中，并沿着自己的思路转化成独立的表达语序。鲁迅从未停留在对象的意念里，并附和着它们。看看其杂文涉及的一些现象，思路有的从洋人那里得来，却又反转过去，以东方人的视角转换问题。比如对革命与文艺的关系，他采用了托洛茨基的一些看法，落脚点却是对中国假革命文人的讽刺。他译介普列汉诺夫、卢那察尔斯基的理论，一是寻找左派理论的源头，二是看中国的引进革命理论者的真相。对比之后，则见到庐山真面目，所谓"革命文学"不过如此，中国的新型理论购买者，在智商上难说比前人高明。[①]劣根性也渗入中国时髦文人的世界里。我们由此可见，翻译的过程，不也是对国民性审视的过程吗？那些译文的批判作用是隐性的，但谁说不是切中了中国思想界的要害？

在这个意义上，也许我们能够领会到翻译于鲁迅重于创作的深意。他曾说那些译文是针对中国人的一剂泻药，不是夸大之辞。中国那时的学者与作家写出的著作，能让他感兴趣的殊少。阅读外版书则成了他的精神交流的过程。而且那些外文的语序也直接影响了他自身的书写。现代白话文的成长，在某种程度上就是在这种翻译中进行的。

六

曾留学日本的鲁迅，对外部世界的了解，大多是通过日语这个渠道进行的。青年鲁迅的译介活动和晚年相比，表面上有很大的差异。他最初的翻译选择的是有灰色调子和反抗意志的小说，后来则倾向于左倾的理论和苏俄的艺术。但如果通读他的所有译文，则也能看到前后期相近的思想，那就是寻找一种批判和反省的对象，借此解决他自身的困顿与问题。从尼采到普列汉诺夫，彼此间的跨度很大，思想亦很有反差。我却觉得，这些在他那里得到了统一。30年代后他倾向于对苏联文化的关注，实则是精神运动的一种必然。或者可以说，早期摄取外来文学的动机里，也隐含着后来精神的萌芽。从唯意志论者到唯物史观的过渡，中间是有一条线索的。

① 　　鲁迅：《上海文艺之一瞥》，见《鲁迅全集》第4卷，人民文学出版社2005年版，第307页。

220

我们以厨川白村为例。我一直觉得这个日本学者的著作对于鲁迅意义重大。20年代中期鲁迅着手翻译厨川作品时，正是他精神最为困顿、最迷惘的时期。厨川的著作在许多方面满足了鲁迅内心的需求。一是厨川通过性心理学说解析了艺术起源的问题，即从生命欲求受到压抑的过程，看到文艺家不满现实的正当性。二是厨川提供了广阔的文化空间，从弗洛伊德到马克思，从个体的表现到社会主义意识，鲁迅感到了社会变革的重要。三是从世界冲动、激进文学的思潮里，鲁迅感到了苏俄文化的引力。无论托尔斯泰、陀思妥耶夫斯基还是新兴的无产者作家，他们可能将个体解放与社会进化的问题协调起来，使文人自命风雅的死路出现转机。鲁迅在厨川的著作里学到了许多东西，一些文化思路是从他那里得到启发而来的。比如鲁迅谈魏晋文人时用了"药""女人"的提纲，这实际是从《苦闷的象征》那里借来的。再比如"痛打落水狗"的观念，其实取自《出了象牙之塔》中一段讽刺"聪明人"的论述；鲁迅在讽刺陈源时，也用了类似的意象。厨川白村在介绍西洋学术时，不忘对日本的批评，有时言辞激烈。我猜想这是鲁迅最为欣赏的地方。我以为鲁迅在译了他的两本著作后，有两个基本问题明了了：一是知识阶级的目标及选择应是什么；二是在灵魂的审视和社会改造的方向上，倾向了俄国人的道路。俄国知识阶层的伟力，在日本知识人那里得到了认可，鲁迅其实对此也深有感触。无论厨川还是鲁迅，他们把思想的兴奋点，都指向了新生的苏联。

1925年对于鲁迅是重要的一年。他不仅译了厨川的书，同时开始接触苏联的文学与理论。此后他几乎将兴趣全部转向苏俄那片神奇的土地了。厨川和鲁迅一样，都不懂俄文。他们还有一个共同点，对苏联的消息来源充满探究欲。因为那些信息在价值判断上正好相反，

鲁迅忧思录

谩骂与礼赞共存。鲁迅就是在这种疑惑里，开始了对问题的研究。

首先进入他视野的是任国桢译的那本《苏俄的文艺论战》，鲁迅为该书写了前记。时间是1925年4月。一年之后，鲁迅趁着编印勃洛克的《十二个》，翻译了托洛茨基《文学与革命》的一个章节，附在《十二个》的中译本里。[①]新生的苏联文学对于那时的中国读者是陌生的，鲁迅关注它的动因是了解革命变故里的文化动态。无论勃洛克还是托洛茨基，鲁迅在他们那里感到了一种生气。在血色、死灭和新生活的创造里，知识分子受到了前所未有的洗礼。应当说，苏俄社会的真实情况，那时中国人了解得很少，仅能从一些文献里得到一些启示。大致的印象无非是，旧有的生活被粉碎了，一切都从头开始。先前有个性和具有人道情怀的作家们面临着全新的境况。鲁迅知道，从尼采开始，近代知识分子都只是在思考里进行变革，一切均止于象牙塔中。但唯有苏联，开始将民众拖入流血的变故里。个体的解放终于跨出了一步，开始了社会的变革。在这里，资本的压迫被颠覆了，奴役的现状被改变了，许多知识分子曾苦思的问题变成了实践中的话题。正是在这个层面上，鲁迅开始接触和动手翻译苏联的作品。从一开始，他就带着一种追问：知识阶层在社会革命的冲突里，究竟能做些什么？

在动手翻译普列汉诺夫、卢那察尔斯基诸人的著作时，鲁迅考虑更多的是像自己这一类从旧社会过来的人怎样看待新生的文化，新文化的可能性在什么地方。他所译之书都是带有探讨色调的。像《文艺政策》那本书，只是一些不同意见的交锋，并无定论。在布哈林、托洛茨基等人的论争中，鲁迅懂得了革命中的文学及理论尚未定型，它

---

① 　　　鲁迅：《〈十二个〉后记》，见《鲁迅全集》第7卷，人民文学出版社2005年版，第313页。

只是一种精神的开始，而不是思想的结束。关注这些问题的另一个原因是，那时中国的革命文人所提的口号，并非建立在本土的实际上，几乎还没有托洛茨基和普列汉诺夫式的人物。中国的革命文学提供的，是据外来理论的移用，显然有照搬的痕迹。而在着手译《文艺政策》时，鲁迅发现，其实苏俄思想界的交锋，是有一种文化的铺垫的，国内急剧变化的现实，导致学理的碰撞。而特别意味深长的是，当年预言和讴歌革命的作家，后来大多碰死在流血的现实中。较之于中国左翼青年，鲁迅理解的左翼文化是沉重的和具有无限挑战的存在。他后来译介的同路人小说集《竖琴》，我以为是回答了中国文坛的一个疑问的。创造社和太阳社的青年所提倡的革命文学不过是沙漠上的幻影。看看《竖琴》里的作品，你会感到新的艺术亦是有强大的挑战性的。

直到1936年，鲁迅大凡涉及左翼文学的论述，都有意无意地引用着苏联的经验，同时融入了明清以来中国史的体验。这两者那么深切地交织在一起。在诸如文艺与革命、阶级性与人性、宣传与做戏、"左"倾与右倾的问题上，一些话题是从译介时产生的。他借用了域外的理论，但讲的是中国的实际。或者说在急剧变动的社会面前，他以深切的生命体验，寻找到了一种独特的知识分子话语。我在阅读他的杂感时，感到了其身后的知识背景。异国思想与中国语境在他的文字里以复杂的方式排列着、组合着。

七

自然，翻译刺激了他的精神的深化。这深化不仅停留在意识形态的层面，也延伸到语言和心灵的层面。这是他异于同代人的另一个地方。

30年代的中国翻译界几乎没有人认可鲁迅的译风。他的译著因为生涩、直硬而受到非议。晚年所译之书几乎都无其杂感和小说那么流畅，仿佛有意与人捣乱。按当时的状态，他本可以写一些厚重之书，做自己心爱的事。一反常态的是，他似故意在文本上与思想上和旧有的习惯作对，文字趋于艰深，句子拗口，几乎处处可见反汉语的用意。梁实秋曾讽刺说这是一种硬译，结果便是走向死地，讽刺是苛刻的。连瞿秋白这样的人，也未必了解这种选择的深意，鲁迅在那时将自己置于译界的对立面。[①]我看先生的一些短文，感慨于他向自己过分挑战的勇气。应当说，译介苏联的文艺理论及小说，在他有多层用意，除了精神层面上的变革，我以为重要的还有语言学上的思考。鲁迅觉得中国人的国民性出了问题，与思维方式大有关系。思维是靠语言进行的，问题是汉语的叙述方式存在着弊病，比如无逻辑性，没有科学化的范畴，概念不精确，等等。在旧的语言中，大概只会产生诗化的散文，不会有科学理性的存在，至少没有数理逻辑一类的东西。鲁迅晚年在着手介绍域外文艺时，已不再满足于内容的传达，还着眼于表达的变化。不是从"信达雅"的方面考虑读者的阅读习惯，相反是逆着传统的秩序，原文照搬洋人的语式，使文句冗长、生涩，一些新奇难懂的句式不断出现。鲁迅相信，改造汉语，不能不借用外来的语法，否则精神的表述永远在一个封闭的系统里。他甚至以为，汉语在历史上就经历了外来文化的冲击。先秦的文章是一种模式，两汉魏晋大变，

[①] 鲁迅：《关于翻译的通信》，见《鲁迅全集》第4卷，人民文学出版社2005年版，第385页。

原因是汉译佛经冲击了汉语，那一次冲击使汉语有了一次转变。后来又被封闭起来，不能自我更新。欲救死状，唯有移来洋人语言，渐渐改良，庶几可以让古老的书写柳暗花明。

今人每每谈及翻译，对鲁迅多有微词，我却觉得先生的不凡之处，恰在于此。知其不可为而为之，做前人不做之事，硬要改变书写与表达的习惯，是要大的勇气的。夏目漱石当年介绍外来文学和自己进行创作时，亦一反日本人的旧俗，以逆向的思维创造另一类文体，结果大大丰富了日本现代语言。普希金也使用法语等格式，颠覆了古俄文的语序，遂有新生的俄罗斯诗文诞生。鲁迅在创作上，其实早就做到了此点。他的小说与杂文，多用日文的表达式，有时也掺入德文概念，本乎母语，转化成现代白话。比如反映现实，谓之"写真"，"纪念"用"记念"，"介绍"为"绍介"等。将日文的用语移来，其文章就有陌生的气息，焕然一新，信息与意象全不同于古人。30年代后，鲁迅意识到过去的尝试只是牛刀小试，应在语言上有深入的变革。他以普罗米修斯盗火来煮自己的肉自喻翻译的意图，道白中真意深深。鲁迅之后，大凡翻译西洋作品者，均不敢以此为径，以为是自毙之路，遂归于严复一派。钱锺书对此亦感叹连连，深味中西合璧之难。傅雷、穆旦的翻译，均本于汉文基调，寻找与洋人对应之物，取悦读者，加以创造性发挥，遂成新式美文。但傅雷、穆旦不能像鲁迅那样保持原文语法与内在逻辑，其中也失去诸多内蕴。顺乎读者，则与原文略悖；忠实原文，难若天书，却可打开陌生之门。这后者的艰难，百年间唯鲁迅一人斗胆为之，其中所含的文化胆略，至今未被深解。有时想想，也是无可奈何的。

10

在被围剿中

一

我在多年前，编辑了一册批评、围剿鲁迅的集子《被亵渎的鲁迅》。此书的缘起，不是别的，而在于想了却鲁迅先生的一个遗愿。鲁迅生前在文章和信件里，不止一次提起过，要把攻击他的文章汇成一册，供世人一阅。《三闲集·序言》云："我想另外搜集也是'杂感'一流的作品，编成一本，谓之《围剿集》。如果和我的这一本对比起来，不但可以增加读者的趣味，也更能明白别一面的，即阴面的战法的五花八门。"①1934 年 5 月 15 日，在致杨霁云的信中，鲁迅再次提起此事："集一部《围剿十年》，加以考证：一、作者的真姓名和变化史；二、其文章的策略和用意……等，大约于后来的读者，也许不无益处。"②然而鲁迅逝世大半个世纪了，这样的书一直未能问世。记得六七十年代，曾有一本内部发行的《围剿集》，但马上遭到禁止，且有许多遗漏之处，让人深感遗憾。现在，与鲁迅先生有过纠葛的人，大多已经作古，我们总算可以静下心来，爬梳历史的旧迹。有这样一本否定鲁迅的集子在，可以让后人更清楚地看到先生的价值。倘一味只读那些赞佩的书，青年或许不大会理解这些结论的由来。只要细心

① 鲁迅：《〈三闲集〉序言》，见《鲁迅全集》第4卷，人民文学出版社2005年版，第5页。

② 鲁迅：《340515 致杨霁云》，见《鲁迅全集》第13卷，人民文学出版社2005年版，第99～100页。

读过《被亵渎的鲁迅》一书和鲁迅的书的人，这结论就不言而喻了。

我一直觉得，鲁迅与中国现代文化名人的关系，是一个大题目，它的内在含义是深广的。五四后，中国重要的学人和作家，差不多都与鲁迅有过关联，而冲突者颇多。章士钊、陈西滢、徐志摩、周作人、林语堂、梁实秋、成仿吾、冯乃超、阿英、施蛰存等，与鲁迅均有过不快的历史。这里的情况十分复杂：有纯属个人恩怨的，如周作人、高长虹等；有的属于思想上的冲突，像陈西滢、梁实秋等。认识世界与审美层次的不同，使鲁迅一时陷入众人围攻的境地。平心而论，我搜集的文章，除了少数几篇在学术上可以略作讨论，大多数都不免幼稚，甚至谬误百出。这些人与鲁迅的冲突，实际上表现了20世纪上半叶中国新文化诸种思潮相撞的特点。有比较，才能见出真货色来，细品所收集的文章，会让人重温20世纪二三十年代文化风潮的影子。读了高长虹、阿英、郭沫若等人的文字，你会感到，60年代流行的文风，实在不是一个凭空的造物。偏激狂热的文化风潮，在20世纪初就已经不是什么新事物了。

这是个很有趣的文化现象。我有时想，鲁迅被众多的人误解和亵渎，不是个人性的问题，而是一个文化问题。巨人出世，开始往往是不被接受的。孔子、耶稣，生前受的辱真是不可胜数。阮籍、嵇康、李贽、曹雪芹等，也是世俗社会无法容忍的人物。与上述诸人比，鲁迅的境遇似乎没有好到哪里去。他的婚恋不幸、兄弟失和、被免职、被通缉等，实在也是不如意得很。鲁迅是一个被士大夫阶层拒绝的人，他少有传统人的中庸、柔弱。因为对人生与社会想得透彻，官方与民间都不接受他。越是被拒绝、被否定，在今天看来，越显示出他的价值来，他的独特的文化品格和人格力量，对被几千年旧文明浸泡的中国人的病体来说，真是一剂猛药。

鲁迅一生曲折复杂。他早年丧父，后又多受内外部厄运的刺激，是深味生命之苦的。1923年，由于家庭矛盾，他与弟弟周作人反目。这件事，对先生是个不小的刺激。虽然后来二人均缄口不语，但兄弟间的结怨，在鲁迅内心是一道永远难以抹去的阴影。鲁迅常常以真心待人，有时得来的却是相反的报答。高长虹事件，也是一个典型的例子。鲁迅曾帮他走向文坛，为编校高长虹《心的探险》一书，夜间竟吐了血，但后来有段时期，高长虹的个性变得极端不近人情。1926年，鲁迅赴厦门后，《莽原》半月刊杂志社内部出现摩擦，高长虹逼迫远在南国的鲁迅表态。由于鲁迅不明底细，一直沉默着，结果招致高氏的狂轰滥炸。他先后写出《走到出版界》《我走出了化石的世型》等文，猛烈攻击鲁迅，后又在文中暗示，鲁迅夺了他的爱，并以诗喻之。高长虹的单相思而惹出的对他人的人身攻击，大多为病态之语，其文没有什么文化价值。在这里，倒是可见出鲁迅的大度。后来鲁迅在作品中，多次指出那些忘恩负义者的可鄙。在小说和杂感中，偶尔以笔还击，《故事新编》中的某些细节，留下了那时的心绪。上述两件事，算是个人的恩怨。我们不妨说，这里有气质和人格上的差异。文化上的摩擦，虽然并不是直接导因，但此种亵渎所造成的内伤，是很重的。

我在读他对叛徒的愤慨的文字时，就时常为其苦衷所震动。爱而得仇、善而获怨，这是人生的不幸。对此，他的体悟，大概比常人都要深厚。但最使他不快的，或者说占去他一生许多精力的，是与自己的敌人或不同路者的论战。鲁迅的一生，一直未能摆脱此种纠缠。他的杂文，与别人争鸣而发的，数量很多。其中有赤膊上阵与他正面较量者，亦有躲在林中施放冷箭的。我觉得这里大致可分成三类：

一是面对现实事件的争论，如与章士钊、陈西滢等人的冲突；二是纯属文化论战方面的，如与创造社诸人，以及梁实秋、林语堂、施蛰存等人的不快事件；三是政治上的，如对北洋军阀、国民党政府，以及左联内部的抨击或批评。在与上述诸人、诸集团的论战中，双方都有失度的地方。但历史的事实是，鲁迅往往是被动地被人攻击甚多，他几乎从未先施以恶意。批评或围剿来了，当然要反抗，于是结仇，于是沸沸扬扬。对先生恶意损之者有之，造谣中伤者有之，有的干脆讲理不行，骂语相讥，很失儒生的雅态。而翻看鲁迅的文章，是很少有辱骂之句的。他在愤怒之极时，亦不过狠命挖苦对方一下，但绝不说里巷俗语。尖刻是有的，却多是庄重的思考，不去顾个人得失。相反，有些攻击鲁迅的人，则变态乃至偏至一极。不看这些反对的文章，真无法懂得，鲁迅何以疾恶如仇，何以有不屈不挠的精神。对抗者是一面镜子，在这镜子里，黑脸白脸，是人是妖，曲直忠邪，是清清楚楚的。

《被亵渎的鲁迅》搜集的文章，大多数是很有火药味的，绝不像士大夫文字的悠闲自得，那是动荡转型时代的骚动留下的痕迹，其中可见某些外来理论移植过程中的偏颇，亦可见旧文化的根深蒂固的惰性。鲁迅在文坛笔耕的几十年间，被围剿之事多而且杂。该书重点介绍了"现代评论派"、创造社、自由主义文人、国民党右翼学者的围剿文章。我以为这些文章，是有社会代表性的。中国社会的重要知识层次和社会团体，与鲁迅都处于对立状态。这种对立隐含着什么呢？是文化的交锋还是气质上的抵牾？我想，当代青年看了这些文字，稍有头脑，当会反省。批评家们大概也可以在此得出教训：武断是批评的大忌。从鲁迅时代到现在，我们的文学批评，究竟在什么地方有所进步了呢？一部围剿鲁迅的集子，是中国现代文学批评的一个侧影。它多少可以告诉我们，在中国文化人中，建立一种科学的批评精神，是多么重要的任务。

二

最初与鲁迅发生冲突的，是陈西滢、章士钊等人。1924 年底，北京女子师范大学爆发了学生运动。事情是校长杨荫榆开除三名学生引起的。次年5月，学校风潮又起，女师大出现打手，殴打学生，造成多人受伤，鲁迅和马裕藻等七人在《京报》上发表《对于北京女子师范大学风潮宣言》，公开支持学生运动。七人宣言发表后不久，陈西滢在《现代评论》上发表了《闲话》一文，含沙射影地说，这次学生运动是"在北京教育界占最大势力的某籍某系的人在暗中鼓动"，认为鲁迅等人站在学生一边，是对当局的一种不负责的表现，并且让章士钊等人"万不可再敷衍姑息下去"。陈西滢在文章中，似乎以"公允"的口吻为当局辩护，这种态度当然引起了鲁迅的反感。以此为导火线，鲁迅与陈西滢等"现代评论派"的人，进行了激烈的论战。

也许是被鲁迅的笔锋刺中了要害，陈氏不惜用大量笔墨对鲁迅进行人身攻击。他在致徐志摩的信中写道：

> 鲁迅先生一下笔就想构陷人家的罪状。他不是减，就是加，不是断章取义，便捏造些事实。他是中国"思想界的权威者"，轻易得罪不得的。……

鲁迅忧思录

他没有一篇文章里不放几枝冷箭，但是他自己又常常的说人"放冷箭"，并且说"放冷箭"就是卑劣的行为。

他常常"散布流言"和"捏造事实"，如上面举出的几个例，但是他自己又常常的骂人"散布流言""捏造事实"，并且承认那样是下流。①

接着陈西滢诬陷鲁迅抄袭别人的著作成果，他说：

他常常挖苦别人家抄袭。有一个学生抄了沫若的几句诗，他老先生骂得刻骨镂心的痛快。可是他自己的《中国小说史略》却就是根据日本人盐谷温的《支那文学概论讲话》里面的《小说》一部分。②

陈西滢加给鲁迅的这项罪名，不久就被人澄清，胡适等人后来就指出陈西滢的错处。由于陈西滢在论战中被对方激怒，因此行文中多讽刺之意。在另一篇文章中，他提到了鲁迅作品的成就："我不能因为我不尊敬鲁迅先生的人格，就不说他的小说好，我也不能因为佩服他的小说，就称赞他其余的文章。我觉得他的杂感，除了《热风》中二三篇外，实在没有一读的价值"③。陈西滢貌似公允，其实夹带了极不

---

①　西滢：《闲话的闲话之闲话引出来的几封信》，《晨报副刊》第1433号，1926年1月30日。

②　西滢：《闲话的闲话之闲话引出来的几封信》，《晨报副刊》第1433号，1926年1月30日。

③　陈源：《新文学运动以来的十部著作（上）》，见《西滢闲话》，河北教育出版社1994年版，第262页。

友好的态度。他对鲁迅的人身攻击，实际上露出了他狭隘的世俗意识。鲁迅与陈西滢的恩怨，是现代中国社会具有人道感的个性主义意识与绅士阶级交锋的一种典型。陈氏的许多思维方式和价值态度，在当时的中国知识阶层是有代表性的。鲁迅在这类人的举止言谈中，看到了上层知识界要害的东西。他觉得，在"正人君子"那里，蕴含着可怕的劣根性。绅士阶级的人生态度，以及维护"公理"的精神意志，是中国腐败政府赖以生存的精神土壤。他毫不客气地回敬了对方，《华盖集》《华盖集续编》的许多幽默、冷酷甚至不近人情的文字，显示了鲁迅孤傲伟岸的性格。这里所蕴含的深层的文化意绪，对当代研究者来说，确实是一个有趣的课题。女师大风潮之中，鲁迅不仅受到知识界某些人的攻击，而且受到了来自官方的压力。当时的教育总长章士钊，在得知鲁迅同情学生，并且通过舆论等方式声援学潮后，被激怒了。章士钊认为，作为教育部的官员，直接参与学生运动，是有悖于政府官员身份的。我们现在读章士钊将鲁迅免职的文字，感慨定会不小吧！鲁迅为保卫自己的合法权利，后来到平政院起诉章士钊的举措，是很有勇气的。这或许也是他屡遭厄运的一个原因。因此，当有人抱怨他缺少"费厄泼赖"精神的时候，鲁迅觉得，在一个没有民主的社会里，空洞地喊公允的口号，是可笑的。人们如果要维护自己的权利和尊严，除了反抗还有什么呢？在《我还不能"带住"》中，他写道：

> 我自己也知道，在中国，我的笔要算较为尖刻的，说话有时也不留情面。但我又知道人们怎样地用了公理正义的美名，正人君子的徽号，温良敦厚的假脸，流言公论的武器，吞吐曲折的文字，行私利己，使无刀无笔的弱者不得喘息。

鲁迅忧思录

10 在被围剿中

倘使我没有这笔，也就是被欺侮到赴诉无门的一个；我觉悟了，所以要常用，尤其是用于使麒麟皮下露出马脚。万一那些虚伪者居然觉得一点痛苦，有些省悟，知道技俩也有穷时，少装些假面目，则用了陈源教授的话来说，就是一个"教训"。只要谁露出真价值来，即使只值半文，我决不敢轻薄半句。但是，想用了串戏的方法来哄骗，那是不行的；我知道的，不和你们来敷衍。①

这种异于常规的反抗情绪，看似离经叛道，但仔细品味，你会发现，在鲁迅的深层意识中，爱的情感是深的。唯其懂得爱，恨的时候才不留情面。鲁迅的冷酷深刻，要么使对手服服帖帖，要么使之耍赖而恶态相报。这大概是一种不可避免的必然。

三

1926年8月，鲁迅离京南下，开始了新的生活。从这一年起，他不断卷入各种文化风潮及与某些个人的争论中。先是高长虹发难，后与顾颉刚有隙。在厦门和广州，不快之事未曾间断。1927年国民党的"清党"，对鲁迅的刺激是深重的，他曾形容自己被血的现实"吓得目瞪口呆"。他开始调整自己的思路和工作，想从此结束"自我流放"的生活，并专心致志地从事翻译工作。事情并不像他所设想的那么顺

① 鲁迅：《我还不能"带住"》，见《鲁迅全集》第3卷，人民文学出版社2005年版，第260页。

利。在后来定居上海的十年生活中，他一直未能摆脱被围剿与谩骂的环境。即使在他心境最佳的时期，也依然没有躲开各种势力的干扰。刚到上海时，鲁迅的确有一种寂寞之感，他渴望尽快找些新的朋友，同他们在文坛上认真做一些有益的事情。当创造社的朋友郑伯奇、段可情来访时，他的高兴之情是可想而知的。在广州的时候，他就曾想与创造社联合起来。他觉得，创造社、未名社、沉钟社，在文艺方面是用力的。鲁迅内心深处，隐隐地对创造社有一种期待。但是，万万没有料到，恰恰是创造社的一些"左"倾青年，最早向他发起了讨伐。在与鲁迅进行周旋的所有集团之中，创造社的声势最大，对鲁迅晚年心态的影响，亦不可忽视。

创造社是一个青年文艺团体，早期主张浪漫主义，注重对人的生命意志和自我情绪的表现。其代表人物郭沫若等人的文学创作，从理论到实践都具有明显的浪漫主义倾向。他们以自己真诚的情感，震动过许多读者的心。郭沫若等人的作品也曾引起鲁迅的注意，他对这些人的印象总的来说还是好的。但是，当时创造社的一些成员还带着青年特有的冲动和轻率的个性气质。他们在受到苏联革命理论的影响后，觉得有必要对中国旧的作家队伍进行一次彻底的清算。尤其是在成仿吾等人的眼里，旧有的文化人士已经衰老了，只有他们这些代表先进观点的青年，才能肩负起历史的使命。于是，从1927年起，成仿吾等人陆续发表了一些文章，开始对鲁迅等人进行批判。

1928年1月，上海出版的《文化批判》刊发了冯乃超的《艺术与社会生活》一文。文章写道：

鲁迅这位老生——若许我用文学的表现——是常从幽暗

的酒家的楼头，醉眼陶然地眺望窗外的人生。世人称许他的好处，只是圆熟的手法一点，然而，他不常追怀过去的昔日，追悼没落的封建情绪，结局他反映的只是社会变革期中的落伍者的悲哀，无聊赖地跟他弟弟说几句人道主义的美丽的说话，隐遁主义！好在他不效L. Tolstoy变作卑污的说教人。[1]

接着，李初梨发表了《怎样地建设革命文学》，成仿吾推出《从文学革命到革命文学》等文，对鲁迅等人进行理论上的发难。他们的理论给当时中国的文坛的确吹进了一缕新风。新的概念、新的认知范畴、新的认识视角，使许多人感到既新鲜又莫名其妙。成仿吾等人的理论的出现，大有除旧布新、席卷天下、包举宇内的气势，似乎旧的文学意识与表现方式已经过时了。

鲁迅也被这些人的理论"惊呆"了。对他来说，这是一个陌生的理念世界。这里满溢着火药味的观念，使他感到中国的意识形态领域已再也不那么单调了。可是，凭着直觉，他感到，这些气势逼人的理论似乎并没有射中中国社会的要害，除朦朦胧胧的概念之外，好像什么也没有。他无法接受这些远离尘世的理论演绎，何况这里充塞着过多的人身攻击和谩骂。他觉得有必要回应这些狂妄青年的挑战，他相信，自己并没有看错，这些轻浮的青年理论只是建在沙漠上的。

在这一年3月出版的《语丝》周刊上，他发表了《"醉眼"中的朦胧》一文。鲁迅以为，成仿吾等人的理论，其实还是远离现实的朦胧的东西。创造社过去还在"艺术之宫"里，现在突然转向革命。鲁

---

[1]　冯乃超:《艺术与社会生活》,《文化批判》第1号，1928年1月15日。

迅叹道，搞文艺的人是敏感的，而且生怕自己没落，于是不得不向四处拼命地抓攫。问题不在于他所抓到的理论是否系统、准确，而在于应用这种理论时是否切合对象的自身情况，倘若急功近利，那么这种理论未免有些教条。这时候鲁迅对马克思主义的理论还是较陌生的，但他以自己的理解和判断，认为"革命文学"的提倡者们，还没有真正走进现实之门。

《"醉眼"中的朦胧》发表以后，创造社的诸位大为恼火。成仿吾立即回文，在《毕竟是"醉眼陶然"罢了》中，他挖苦道：

> 听说堂鲁迅近来每天最关心的只是自己的毁誉；他注意到时下的报纸杂志，是因为要知道什么人怎样礼赞而什么人怎样失礼；而且一次触了他的眼膜，"竟像一板斧劈着了"他的"记忆中枢似的"，从此再也不会忘记，而且一有时机，那便真的睚眦必报了。
>
> ……
>
> 对于我们的堂鲁迅，我希望他快把自己虚构的神殿粉碎，把自己从朦胧与对于时代的无知解放出来，而早一点悔改，——他的悔改，同 Don Quixote 一样，是可能的。传闻他近来颇购读社会科学书籍，"但即刻又有一点不小问题"：他是真要做一个社会科学的忠实的学徒吗？还是只涂抹彩色粉饰自己的没落呢？这后一条路是掩耳盗铃式的行为，是更深更不可救药的没落。
>
> 回到这《"醉眼"中的朦胧》，我们的英勇的骑士纵然唱得起劲，但是，他究竟暴露了些什么呢？暴露了自己的朦

胧与无知，暴露了知识阶级的厚颜，暴露了人道主义的丑
恶罢。

　　毕竟是"醉眼陶然"罢了。[1]

　　成仿吾把鲁迅指为中国的堂吉诃德，是害了神经错乱与夸大妄想
的病态之人。他认为鲁迅不仅思想是陈腐的，人格也是卑污的；在无
产阶级革命的时代，像鲁迅这种人，已失去了自身的价值。成仿吾觉
得，中国的文化建设，必须推翻鲁迅式的思想模式，用苏联式的革命
武器去建设新的文化天地。一切必须重新开始，旧的不再具有存在的
意义了。

　　攻击鲁迅的文章逐渐多了起来，叶灵凤还在杂志上画了一幅讽刺
鲁迅的漫画，他在说明中写道："阴阳脸的老人，挂着他已往的战绩，
躲在酒缸后面，挥着他的'艺术的武器'，在抵御着纷然而来的外
侮"[2]。对这些人身攻击的文章，鲁迅已不觉得新奇了。他在致友人的
信中和公开发表的文章里，也毫不客气地加以反驳和回击。

　　在攻击鲁迅的文章里，郭沫若是最锋芒毕露的。他在这一年《创
造月刊》二卷一期上，以杜荃的笔名，发表了《文艺战线上的封建余
孽——批评鲁迅的〈我的态度气量和年纪〉》。这篇文风极不友好、笔
触相当刻薄的文章，对鲁迅的思想进行了全面的批判，并且试图以此
宣判鲁迅在中国文坛上的"死刑"。郭沫若在这篇文章里，把鲁迅看
成连资产阶级意识形态都不曾把握的封建遗老，他认为鲁迅对现代世

----

①　　石厚生：《毕竟是"醉眼陶然"罢了》，《创造月刊》第1卷第11期，1928年5月
　　　1日。
②　　叶灵凤：《鲁迅先生》，《戈壁》第1卷第2期，1928年5月15日。

240

界是隔膜的，鲁迅的思想、爱好、审美情趣无不与封建时代有着千丝万缕的联系。因此，连资产阶级意识形态都不了解的鲁迅，当然也不会了解无产阶级的观点。鲁迅对"革命文学"提倡者的回击，证明了他已完全成为中国文坛的落伍者，于是，郭沫若总结说：

> 他是资本主义以前的一个封建余孽。
>
> 资本主义对于社会主义是反革命，封建余孽对于社会主义是二重的反革命。
>
> 鲁迅是二重性的反革命的人物。
>
> 以前说鲁迅是新旧过渡期的游移分子。说他是人道主义者，这完全错了。
>
> 他是一位不得志的Fascist（法西斯蒂）！ ①

郭沫若以诗人的浪漫情绪代替了政治意识，他对鲁迅的著作所读甚少，仅凭一点印象，就信口开河，这完全是一种非科学的武断的批评态度。在政治生活中，支撑郭沫若的有时是某些非理性的情绪和直觉。他缺少理性的草率之作，客观地说，对后来中国文学批评的发展，产生了负面的影响。

在重重的围击中，鲁迅的心境确实是不好的。他一方面抓紧学习对他来说还很新奇的马克思主义理论书籍，另一方面又不断回击来自文坛的冷枪暗箭。但是争论并没有结束，理论上的纠纷日益明显，鲁迅陷入了更深的包围之中。在尖锐的对立中，对方有时不免意气用事。

① 杜荃：《文艺战线上的封建余孽——批评鲁迅的〈我的态度气量和年纪〉》，见孙郁编，梁实秋等著《被亵渎的鲁迅》，贵州人民出版社2009年版，第87页。

有人对鲁迅的态度、气量和年纪打起主意，批判者说鲁迅态度苛刻，心胸狭窄，缺少大将风度，甚至拿他的籍贯、家族当作奚落的资料。鲁迅被这种卑劣的手段激怒，一连在《文坛的掌故》《我的态度气量和年纪》等文章里回敬了对方。他的文章也夹杂着逼人的讽刺意味，对创造社、太阳社等人的思想、文艺观进行了反批评。鲁迅认为成仿吾等人的文风是个问题，更主要的是，他们的理论也难以立得住脚。例如，成仿吾在大谈革命文学时，把革命文学的宣传作用无边地夸大了。这种标语口号式的东西，在鲁迅看来，尚不配具有文学的资格。他一针见血地指出：

　　但我以为当先求内容的充实和技巧的上达，不必忙于挂招牌。"稻香村""陆稿荐"，已经不能打动人心了，"皇太后鞋店"的顾客，我看见也并不比"皇后鞋店"里的多。一说"技巧"，革命文学家是又要讨厌的。但我以为一切文艺固是宣传，而一切宣传却并非全是文艺，这正如一切花皆有色（我将白也算作色），而凡颜色未必都是花一样。革命之所以于口号，标语，布告，电报，教科书……之外，要用文艺者，就因为它是文艺。

　　但中国之所谓革命文学，似乎又作别论。招牌是挂了，却只在吹嘘同伙的文章，而对于目前的暴力和黑暗不敢正视。作品虽然也有些发表了，但往往是拙劣到连报章记事都不如；或则将剧本的动作辞句都推到演员的"昨日的文学家"身上去。那么，剩下来的思想的内容一定是很革命底了罢？我给你看两句冯乃超的剧本的结末的警句：

"野雉：我再不怕黑暗了。

偷儿：我们反抗去！"①

看得出，鲁迅的文章是带有辩证因素的。他在声势浩大的新文艺思潮的袭击中，没有被新奇的事物吓倒，反而以自己的机警、聪慧，道破了对手的矛盾。的确，在回击对手时，鲁迅也时常无情地嘲弄这些盛气凌人的青年，他那冷酷地解剖别人和解剖自己的个性，在这里表现得十分突出，他也意识到自己的不留面子的笔锋是招惹是非的缘由，但他始终认为，在现实面前，在真理面前，没有丝毫让步的可能，哪怕暂时受到更多的委屈。这一年，钱杏邨（阿英）发表了《死去了的阿Q时代》的长篇评论，对鲁迅的文学创作进行了全面的总结和批判。这是这一年双方争论之中，左翼青年最有分量的一篇论文。《死去了的阿Q时代》从鲁迅小说的时代背景、创作动因、个人气质及当代意识等方面，对鲁迅进行了较全面的分析。作者认为，鲁迅的小说除了《狂人日记》表现了一点对礼教的怀疑，除了《幸福的家庭》表现了一点青年的活性，除了《孤独者》《风波》表现了一点时间背景，大多数的创作没有一点现代意味。鲁迅属于遥远的过去，属于无光、无爱、无幸福的世界，而不属于激荡变化的现在。鲁迅所展示给人的，是绝望与痛苦、哀伤与苦闷，是麻木的、灰色的人生，而不是光明与希望。因此，尽管鲁迅创造了许多动人的艺术形象，但由于人物的悲观主义思想，他的作品没给人们留下一丝的快乐。鲁迅的这种看不见人生出路的思想情绪，一定程度上制约了他的发展。在革命形势轰轰

① 　　鲁迅：《文艺与革命》，见《鲁迅全集》第4卷，人民文学出版社2005年版，第85页。

鲁迅忧思录

10　在被围剿中

烈烈地前进的情况下，鲁迅只能被新的时代抛弃。这位青年学者甚至认为，鲁迅笔下的阿Q时代，已永远过去了：

阿Q正传虽有这么多的好处，在表现与意义两面虽值得我们称赞，然而究竟不能说是代表十年来的中国现代文坛的时代的力作；十年来的中国农民是早已不像那时的农村民众的幼稚了，所以根据文艺思潮的变迁的形式去看，阿Q是不能放在五四时代的，也不能放在五卅时代的，更不能放到现在的大革命的时代的。现在的中国农民第一是不像阿Q时代的幼稚，他们大都有了很严密的组织，而且对于政治也有了相当的认识；第二是中国农民的革命性已经充分的表现了出来，他们反抗地主，参加革命，近且表现了原始的Baudon的形式，自己实行革起命来，决没有像阿Q那样屈服于豪绅的精神；第三是中国的农民知识已不像阿Q时代农民的单弱，他们不是莫名其妙的阿Q式的蠢动，他们是有意义的，有目的的，不是泄愤的，而是一种政治的斗争了。……说到这里，我们是很明白的可以看到现在的农民不是辛亥革命时代的农民，现在的农民的趣味已经从个人的走上政治革命的一条路了！事实已经很明显的放在眼前，我们能不能说阿Q的时代是万古常新呢？我们愿意很坚决的说，阿Q正传着实有它的好处，有它本身的地位，然而它没有代表现代的可能，阿Q时代是早已死去了！阿Q时代是死得已经很遥远了！我们如果没有忘却时代，我们早就应该把阿Q埋葬起来！勇敢的农民为我们又已创造了许多可宝

贵的健全的光荣的创作的材料了，我们是永不需要阿Q时
代了！……①

　　《死去了的阿Q时代》是围剿鲁迅的文章中最有理论性的论文，
对鲁迅思想的复杂性也有一定的认识。这比郭沫若、成仿吾等人的观
点更系统。但是，仔细分析起来，人们就会发现，钱杏邨在写此文时，
完全是从政治革命的角度来演绎中国社会结构变化，而没有切入中国
社会的文化心理和社会心理之中。他仅仅从政治上热情地讴歌了农民
革命的行动，而没有仔细分析农民心理的内在结构，仅仅从苏联的理
论中套用几句公式，而忽略或抹杀中国的现实形态的实质内容。钱氏
在文中输入的只是苏联革命的概念，而不是对社会结构及人的心理结
构的关注。如果说，在当时这种观点能够起到使人们超越自我的鼓动
作用，还不失为一篇富有激情的文化上的宣言的话，那么，从中国革
命的发展和国民心理的状态来看，这种理论一开始就失去了其科学性
的价值。因为它是青年文人被异国的新理论吸引后的一种情感冲动的
产物，它既缺乏现实性的根据，又不具有深沉的情感体验后的理性总
结。在这里我们可以看出，鲁迅当时所面临的，是一群操持新鲜的理
论而又不谙熟中国国情的偏激青年。他们在理论上对鲁迅的狂轰滥炸，
除了在客观上促使鲁迅去探索新的理论模式，几乎没有给中国文坛带
来什么新的东西。
　　在被围剿的日子里，鲁迅抽暇购买了许多马克思列宁主义的理论
书籍。他想认真读读这些有影响的著作，以便弄清马克思主义理论在

① 　　钱杏邨：《死去了的阿Q时代》，《太阳月刊》3月号，1928年3月1日。

鲁迅忧思录

世界获得普遍注意的原因所在。鲁迅还挤出时间阅读来自苏联的理论著作，对过去争论中尚存在模糊的地方，有了新的认识。他后来说：

> 我有一件事要感谢创造社的，是他们"挤"我看了几种科学底文艺论，明白了先前的文学史家们说了一大堆，还是纠缠不清的疑问。并且因此译了一本蒲力汗诺夫的《艺术论》，以救正我——还因我而及于别人——的只信进化论的偏颇。①

鲁迅对这些新的理论产生了浓厚的兴趣，在接触了大量的马克思主义理论后，他确信，创造社和太阳社的一些青年们，并没认清中国现实的实质问题，他们只不过把这些舶来品生硬地套过来而已。这场持续多日的争辩使鲁迅进一步相信，任何外来的东西，倘不针对中国的现实特点，就不会给中国的改变带来丝毫益处。他后来在《上海文艺之一瞥》中，具体地分析了"左"倾主义文学观失之偏颇的根源，这些观点成为鲁迅实践精神的重要组成部分。

可以看出，鲁迅的思路一贯是从中国社会的具体实际出发来阐释问题的，实践性与现实性在他的思想中占有相当的地位。他相信客观存在的真实性远远超过相信来自先验理性的各种信条，他的思维方法在许多地方呈现辩证的因素，因而在他的观念中，所有远离现实的超时代的认识论，都不具有现实的价值。但是鲁迅并不因此而摈弃这些带有生气的外来思想体系，他总是认真思考这些理论与现实相联系的交汇点，并不断从中获得新的思路。

① 鲁迅：《〈三闲集〉序》，见《鲁迅全集》第4卷，人民文学出版社2005年版，第6页。

他的思想的变化，很快引起了人们的注意。1930年5月7日上海的《民国日报》上刊发了署名男儿的文章《文坛上的贰臣传》，文章说：

> 鲁迅先生在共产党诅骂到怕之后，一拉拢就屈服了，光华书局所出版之《萌芽》，名为鲁迅主编，实则是共党操纵而且更同流合污的署名于巴尔底山（Partisan）之共产党代的刊物，其自甘为傀儡有如此者，现据熟于文艺界消息表的朋友说，张资平也不堪其骂，近已输诚投降了。据说，他俩为了要维持文坛上和社会上的地位，不能不和他们要好，共同一致，于是共产文艺政策宣告成功，而文艺前途不知黯滤无光于何时了，啊！为什么不淫不移不屈之士，这么难见于今世？我在鲁迅先生没有醒觉时，深深为之惋惜，不能不痛心地写了一篇鲁迅被共产党屈服。①

"男儿"认为鲁迅的转向是他的人格的悲剧。"男儿"的这种观点，在文坛中有一定的代表性。

鲁迅思想的变化使许多中间人物和右派文人感到惊异。如果说鲁迅早期的偏激思想他们还能接受的话，那么他转向对马克思主义的研究，则使许多人认为这是投降的表现。他们觉得鲁迅误入了歧途，其思想与审美意识都出现了偏差，新月社的一些人都不同程度持这种观点。还是在1929年，梁实秋针对鲁迅所翻译的马克思主义的文艺理论作品及这些理论所表述的观点提出异议，他在《文学是有阶级性的

---

① 　　男儿：《文坛上的贰臣传·鲁迅》，《民国日报》1930年5月7日。

吗？》《论鲁迅先生的"硬译"》等文中，批评了鲁迅等人的观点和表现，一场关于文学的阶级性的问题的争论随之出现了。

梁实秋等人对马克思主义在中国的传播是持反对态度的。他早年在美国留学，受到了白璧德新人文主义理论的影响。白璧德的新人文主义是一种温和的古典的人道主义，它提倡人性的均衡，提倡个人克制及道德准则，对偏激的非理性情绪甚为不满，主张回到古典文艺的怀抱中去。梁实秋的审美思想植根于这一思想体系，因而他主张纯粹的人性的东西，而全力反对阶级斗争的学说。梁实秋的批评尺度完全来自西方，无论从哪个角度讲，都具有浓郁的书斋性，这些纯粹的理性的东西仅仅是一些温和的理想主义的幻象，它一旦与血的现实相结合，就显得格外苍白了。

鲁迅在《"硬译"与"文学的阶级性"》《"丧家的""资本家的乏走狗"》等文中，回答并反驳了梁实秋的人性论的观点。他不但认为文学是有阶级性的，而且认为在中国最黑暗、最惨无人道的时代，高唱人道主义的调子，其实质是充当了反动当局的走狗。鲁迅不相信纯粹的人道主义神话会给中国带来希望，对于在长夜里久经磨难的鲁迅来说，一切空泛的、超时空的精神价值都不过是海市蜃楼的幻影而已。从个性主义的反抗意识，到以阶级的观点来观察世界、认识世界，鲁迅的思想在许多方面，开始与马克思主义有些接近了。他在马克思主义的理论之中汲取了新的营养，其一贯的战斗精神，开始染上共产主义的色彩。

在各种文化势力的围剿中，鲁迅最后选择了与左派队伍联合起来的道路。这一戏剧性的变化给后人留下了说不完的话题，不管人们怎样猜疑他的动机，有一点人们是不能不承认的，孤独的鲁迅需要一种团体的力量，一支庞大的反抗旧势力的队伍。他不再计较以往的得失，与许多热血青年组成了联盟。1930 年，国内形势有了新的变化，在这种变化中，鲁迅与太阳社、创造社诸人团结起来。1930 年 3 月中国左翼作家联盟在上海成立时，鲁迅被推选为主要的领导人，从这时起，成了左联的核心人物之一。与无数青年在一起反抗政府当局的文化运动，占据了他生命的最后的时光。

四

20 世纪 30 年代，白色恐怖一直挥之不去，谣言、通缉令、暗杀充塞着上海滩。革命的与反革命的，维持现状的与反抗现实的，各种对立的局面在交织着、对峙着，到处布满了仇恨与反抗的气氛。一切有良知的热血知识分子，几乎都自觉地加入了与国民党当局斗争的行列。鲁迅在当时，自觉不自觉地成了青年作家和知识层的领袖。

只要我们翻开《鲁迅全集》，就会看到，在上海的十年中，他一直是在围剿与反围剿中生活的。在严峻的形势中，他始终毫不妥协地与当局者战，与右倾分子战，与极左的青年战。他的神经一直处在紧张的状态，以致来不及从容地进行纯艺术创作。在对现存社会的批判中，他的确显示了非凡的气魄和胆识，但有时也因过分敏感与多疑，不免与周围的许多人发生误解和冲突。他在许多方面对人是毫不留情面的，意识深层中带有浓烈的怀疑性特征，他对社会、对人生认识得越深刻，其个性就越表现出不妥协的、有时甚至令人无法接受的特点来。

但是，如果认为他是一个极端的非理性主义者和气量狭小的怀疑主义者，那显然是错的。鲁迅在生命的最后几年中，与许多青年结下了深厚的友谊，在与反动当局周旋的同时，他把大量心血倾注在扶植青年作者的劳动上。他与瞿秋白、冯雪峰、曹靖华、萧军、萧红等人的友谊，至今仍在文坛上广为传颂，他与老友许寿裳的友谊一直保持到去世。鲁迅为朋友和同志所付出的，远远地超过了别人给予他的。

当然，反对鲁迅的人不会看到这位文学家思想的另一面，他被文坛许多人看成个人主义欲念较强的、具有迫害狂心理的人。于是有人造谣说鲁迅的转向是因为拿了苏联政府的卢布，有人说鲁迅与日本特务勾勾搭搭，是汉奸文人……一直到死，鲁迅一直遭到各种谣言的攻击。他在致李秉中的信中感叹道："文人一摇笔，用力甚微，而于我之害则甚大。老母饮泣，挚友惊心。十日以来，几于日以发缄更正为事，亦可悲矣。今幸无事，可释远念。然三告投杼，贤母生疑。千夫所指，无疾而死。生于今世，正不知来日如何耳。"[①]鲁迅的这种心境，正是这种恶劣的环境的产物。可见当时文坛的情况是何等的复杂。有一种观点在反对鲁迅的人那里是带有普遍性的，即他们把鲁迅看成仅仅会骂人的作家，以为鲁迅除了会用笔痛击对方，没有什么永存的价值。如1933年9月上海《新时代》上刊发的《鲁迅的狂吠》，就是很具有代表性的一篇：

　　鲁迅先生是文坛上的"斗口"健将。你看他战了许多将——成仿吾、梁实秋……等等；虽则他每战不一定是胜

①　鲁迅：《310204 致李秉中》，见《鲁迅全集》第12卷，人民文学出版社2005年版，第255页。

仗，然而他至少是有"战术"的。

在他每次笔战的时候，他一定埋伏了许多小将，——他手下的喽罗——等到对方有了答复，他手下的小卒便狂叫起来帮骂起来。他们的谩骂是不顾理论的，他们似乎在多次的谩骂里已感到一种满足，如他们的"老将"一样。

不顾事理，来势凶猛，那个便是鲁迅先生的"战术"。

当鲁迅先生有兴趣谩骂人家的时候，他最喜欢派人家算是××主义——虽则人家绝对不是××主义——而加以重大的攻击，甚至把艺术家的"宣传品"当做"艺术品"，派人做××主义之后，再加以攻击，于是鲁迅先生自以为是胜利了。我似乎看到了一个露出黄牙的笑的影子。

但是，鲁迅先生的谩骂是有什么意识呢？读者们仅能感到一些滑稽罢！

然而，他的滑稽是狂暴的，我不得不说他是在狂吠！①

鲁迅被围攻和误解的原因是多方面的。其一，是他的见解之深刻超出了常人的视野，这必然引起许多人的异议。其二，由于他论辩的方式方法超越了中国人传统的温情主义和瞒与骗的虚伪主义，这也必然使卫道者和中庸之众感到难堪。鲁迅的奇特的精神气质在阶级斗争十分尖锐的环境里，是有鲜明的倾向性的。他同情被压迫的人们，仇视所有以各种方式有意或无意与旧势力进行合作的人们。他的不近人情的毫不留面子的战术，不仅使政府当局感到头痛，而且使左翼作家

① 邵冠华：《鲁迅的狂吠》，《新时代》第5卷第3期，1933年9月1日。

鲁迅忧思录

队伍里的一些同志深为不解。加上同营垒内部的宗派情绪和教条主义的滋长，他们与鲁迅的冲突就显得越来越尖锐了。"两个口号"的论争，是鲁迅与共产党内的文艺领导者之间思维方式和认识形式的一次重大的冲突，这也是带有强烈个性意识的鲁迅与左联领导人决裂的开始。在这场冲突里，鲁迅的政治意识和个人情感表现得十分强烈，左联内部的分歧公开化了。

1936年初，上海文艺界的领导人，在急剧变化的形势下，根据共产国际新的指示精神，自动地解散了左联，并且提出了"国防文学"的口号。周扬等人提出这个口号的目的，是为了最大限度地团结文艺界人士，一齐加入抗日救国的行列。他们认为，左联的旗帜太明显，应当打出新的旗帜，使更多的人聚集在一起，这样更有利于全民族的抗日斗争。由于解散左联一事没有和鲁迅很好地商量，加之左联内部宗派情绪和认识的不统一，鲁迅与周扬等人的矛盾开始激化。

周扬在1936年6月上海出版的《光明》杂志上发表了《现阶段的文学》，系统地阐述了"国防文学"的内在含义。他指出，"国防文学就是配合目前这个形势而提出的一个文学上的口号。它要号召一切站在民族战线上的作家，不问他们所属的阶层，他们的思想和流派，都来创造抗敌救国的艺术作品，把文学上反帝反封建的运动集中到抗敌反汉奸的总流"①。应当承认，在日本帝国主义侵略中国的危难关头，周扬等人提出的这一文学口号是具有重要意义的，它至少把共产党内左派作家的队伍由单一化向多元化推进了，它使全国各界人士都纷纷走到这个旗帜之下。不久，"国防戏剧""国防诗歌""国防音乐"等

①　　　周扬：《现阶段的文学》，《光明》第1卷第2号，1936年6月25日。

252

口号相继问世，"中国文艺家协会"随之诞生，许多作家都自觉地成为"国防文学"的支持者。文学艺术界的形势发生了新的变化。对于左联的仓促解散，以及对"国防文学"口号的某些含糊的解释，鲁迅是有意见的。他没有立即加入新成立的文艺家协会，对周扬等人的做法持保留的态度。但不久就有人批判鲁迅破坏统一战线和文艺家协会，对其进行攻击。批判鲁迅的人主要是针对鲁迅等人提出的"民族革命战争的大众文学"的口号。他们认为提出这个口号，无异于分裂中国的文坛。实际上，鲁迅之所以提出"民族革命战争的大众文学"的口号，是为了补救"国防文学"这个名词在思想意义上的不明确性，即在争取团结大多数作家的同时，不要忽略了自己思想的独立性。鲁迅的这个口号，最早由胡风《人民大众向文学要求什么？》一文公布出去。不久，鲁迅指出："'民族革命战争的大众文学'这名词，在本身上，比'国防文学'这名词，意义更明确，更深刻，更有内容。"[1]鲁迅认为两个口号可以并存，"民族革命战争的大众文学"主要是针对左翼作家提出来的，它体现了鲜明的党派特征。围绕这两个口号，文艺界展开了长时间的争论，各大报刊纷纷载文介绍争论的内容，各种小道消息迭起。鲁迅当时正在病中，他在《答徐懋庸并关于抗日统一战线问题》《答托洛斯基派的信》《论现在我们的文学运动》等文中，全面地表达了自己的观点。

1936年的中国文坛情况是十分复杂的，在民族危机的时刻，不同思想和个性的文人汇聚在一处，冲突是不可避免的。由于作家各自为战，使彼此成见加深，一些简单应办的事情有时要经过许多纠纷才

---

① 　　　鲁迅：《答徐懋庸并关于抗日统一战线问题》，见《鲁迅全集》第6卷，人民文学出版社2005年版，第553页。

鲁迅忧思录

能办到，一些人排斥异己的现象十分严重。例如，当周扬等人告诉鲁迅胡风是内奸时，鲁迅就十分反感，认为证据薄弱，不足为凭。鲁迅怀疑这些人的目的，在文章中按捺不住内心的火气。他觉得，在左翼作家队伍中，许多人没有改变旧时代的精神痼疾，其劣根性依然蒙在骨子里，这种人似乎更危险。显然，鲁迅把问题看得太复杂了，以致在争论中彼此都留下了不小的创伤。它的余波一直延续到新中国成立以后，成为文坛政治风云中久久不散的阴影。两个口号之争，不仅仅是文坛内部思想的冲突，而且是宗派主义情绪在作家队伍中的一种反射。它是复杂的社会环境与历史环境下的特殊产物，也是中国一些文人旧的积习的表现，鲁迅无论怎样超尘脱俗，也依然没有摆脱这种情感的困惑。不管双方如何固执己见，实际上，这里夹杂了许多私人成见，鲁迅在这场争论中也或多或少有一种武断的情绪，虽然他的观点在许多方面不无道理。

和平时代的青年也许无法理解鲁迅当时的这种情绪，人们大概难以接受他过于偏激的语言和火气十足的文章。但是，只要我们分析一下当时斗争的严峻性和社会的复杂性，其情感方式就不难理解了。在这种环境里，鲁迅只能也只会采取这样的方式对待现实的存在。他是一个出色的思想家、文学家，而不会成为出色的实际工作的组织者和领导者。他与左联的文艺工作领导人之间的冲突表明，他是一个不肯被专断者摆布的人，不愿意违心地迎合别人的理论，一旦认准了道路，不会改变自己的方向的。人们对他的误解、诽谤乃至围剿，一方面是两种思想的必然冲突的反映，另一方面与他的鲜明个性的超常性不易被人理解有着重要关系。这正是中国人最缺少的、最难以达到的精神品格。在专制制度还长久地窒息着中国人的命运的时候，在个体的人还没有获得最基本的人的价值的时候，鲁迅的这种反抗意识就变得十分难能可贵了。也许人们认为他不免过于冷傲、偏激，但在中国现代民主革命的进程里，他的这种思想，这种个性，这种既深刻得片面又冷静得逼人的精神状态，正是中国现代人自我意识成熟的标志。在前工业社会，在殖民地半殖民地的国度，当社会尚没有民主与法律保障人的生存权利的时候，鲁迅的情感方式的确代表了中国现代先觉者寻找自我、寻找民族新生的进步的精神品质。因此，我们可以说，鲁迅的反围剿、反压迫的精神个性，是具有诱人的精神价值的。

五

没有哪一个中国作家会像鲁迅那样，在生前遭到如此之多的亵渎，而在死后，依然招惹到无休止的谩骂。对鲁迅毁誉参半的议论，多年来一直充塞在海峡两岸。20世纪的中国文化，差不多在鲁迅研究中体现出最典型的特征来。

随着鲁迅地位在中国文化界的确立，保守主义、温和主义和反马克思主义的文人、学者们意识到了鲁迅在中国社会的破坏性作用，他们感到传统的秩序在鲁迅那里，已经被无情地践踏了，因而沦丧感和怨恨感都不同程度地表现出来。其间，非左翼的一些知识人当然没有放弃对鲁迅的挖苦乃至诋毁，反对鲁迅的文化风潮不时在文坛上刮起。

1936年，鲁迅逝世后，声势浩大的纪念鲁迅的活动和中国共产党人给鲁迅的崇高的荣誉，使一些右翼分子感到不适。他们认为，鲁迅被普遍认可，乃是社会的非理性情绪蔓延的象征。鲁迅地位的确立，无疑将使国民党政府处于更为尴尬的地位。苏雪林，就是这些学者中反对鲁迅最为坚决而持久的一位。

在1936年的11月，苏雪林就曾通过致胡适的信，大骂过鲁迅：

> 鲁迅的心理完全病态，人格的卑污，尤出人意料之外，简直连起码的"人"的资格还够不着。但他的羽党和左派文人竟将他夸张成为空前绝后的圣人，好像孔子、释迦、基督都比他不上。青年信以为真，读其书而慕其人，受他的病态心理的陶冶，卑污人格的感化，个个都变成鲁迅，那还了得？……但鲁迅虽死，鲁迅的偶像没有死，鲁迅给予青年的不良影响，正在增高继长。我以为应当有个人出来，给鲁迅一个正确的判断，剥去这偶像外面的金装，使青年看看里面是怎样一包粪土，免得他们再受欺骗。我不怕干犯鲁党之怒以及整个文坛的攻击，很想做个堂·吉诃德先生，首加鲁迅偶像以一矛。但几个我素所投稿的刊物的编辑人，一听我要反对鲁迅，人人摇手失色，好像鲁迅的灵魂会从地底下钻出来吃了他们似的。一连接洽三四处都遭婉谢。鲁迅在世时，盘踞上海文坛，气焰熏天，炙手可热，一般文人畏之如虎，死后淫威尚复如此，更使我愤愤难平了。[①]

在其《与蔡子民先生论鲁迅书》中，苏雪林重弹其老调：

---

① 　　　胡适、苏雪林：《关于当前文化动态的讨论（通信）》，《奔涛》第1卷第1期，1937年3月1日。

左派利用鲁迅为偶像，恣意宣传，将为党国之大患也。共产主义传播中国已十余年，根抵颇为深固。"九一八"后，强敌披猖，政府态度不明，青年失望，思想乃益激变，赤化宣传如火之乘风，乃更得势，今日之域中，亦几成为赤色文化之天下矣。近者全国统一成功，政府威权巩固，国人观感大有转移，左派已身大有没落之忧惧，故于鲁迅之死，极力铺张，务蕲此左翼巨头之印象，深入青年脑海，而刺激国人对共产主义之注意，司马昭之心，路人皆见。①

苏雪林的信件一问世，就受到了文坛进步文人的强烈抨击。上海、南京、北平、天津、西安、洛阳等地的报刊，纷纷登出反驳文章，苏雪林一时成为文坛上的新闻人物。

这是苏雪林向鲁迅发难的开始。从此，她与鲁迅结下了"不解之缘"，用她自己的话说："'反鲁'几乎成了我半生事业。"②60年代，她从海外到台湾定居后，写成《鲁迅传论》，此文曾在台湾《传记文学》杂志上连载，后收入了《我论鲁迅》一书之中。《我论鲁迅》一书由台湾爱眉文艺出版社出版，汇集了她三十余年以来反对鲁迅的文章，这在反对鲁迅的众多文章里，是最充满敌意的。

青年时代的苏雪林是崇拜鲁迅的。1919年她到北京女子师范大学读书时，正是新文化运动轰轰烈烈的时候，她的同学冯沅君、庐隐当时都是颇有名气的作家，这些青年作家对鲁迅都有极深刻的印象，周

① 苏雪林:《与蔡子民先生论鲁迅书》,《奔涛》第1卷第2期, 1937年3月16日。
② 孙郁编:《被亵渎的鲁迅》, 群言出版社1994年版, "序"第28页。本篇后文所引苏雪林言, 均出自此书, 不再一一出注。

鲁迅忧思录

围的空气对苏雪林是很有影响的。北京女师大的学潮发生之后，苏雪林对鲁迅的兴味开始变化。后来，她对鲁迅与陈源、徐志摩等人的摩擦、冲突表示出不满之情，认为鲁迅失去了理智，是个心地狭小的人。30年代后，文坛上左翼力量的崛起，更引起了她的不安，她对鲁迅的恶感日益增多。苏雪林在《关于我的荣与辱》中谈及了自己的思想变化过程。

说起来，她对鲁迅的仇视，现在看来完全是两种世界观与两种人格冲突的反映。苏雪林是一位颇具绅士气的女性，她从骨子里就讨厌非理性的冲动，即使身遭不幸，也不愿陷入绝望的困境中。比如她在北京上学的第二年，就曾与易君左、罗效伟两人打了一场笔墨官司，由于报刊上整日刊登"呜呼苏梅"事件，她只好逃避"精神上的压迫"，跑到了法国，到了晚年，她在台湾也不都是愉快的。她在《关于我的荣与辱》中说："因为有了点名气，使一般'啖名'之士，都想打我的主意，所求不遂，则变欢为怒，化友为仇，反令我招致无穷麻烦。……我只希望文艺界以后不随便恭维我，也不随便毁谤我，让我无荣无辱，翛然物外，尽此余年，那便是我所馨香祝祷以求的了。"可见，苏雪林是一位知难而退的人，但她偏偏和鲁迅过不去。尽管她主张理性主义，但批判起别人来，却大有非理性的一面。从苏雪林的人生态度里，人们多少可以看到她的某种贵族气和保守主义的精神特性。在武汉大学教书时，她对鲁迅小说的分析还算有些学者的态度。她的文学讲义，对鲁迅的许多作品还是称道的。但是一谈到鲁迅的人格，她就表现出异常的暴怒的情绪。

从1936年起，她骂了鲁迅几十年，连篇累牍的文章中，并没有翻出什么新花样。充斥她作品的，大多是嘲骂与挖苦。向来以平庸公正为荣的苏女士，在此陷入了"骂"的泥泽中。她在数落鲁迅是无情无义的恶魔的同时，自己也沦落到恶魔的精神自扰中。在许多文章里，苏雪林一直表示出对尼采、叔本华、陀思妥耶夫斯基的不满。她把共产主义理论与这些非理性的社会思潮联系在一起加以否定。从这个角度看，她又是一个古典化的保守主义者，一个安于现实而又不敢正视现实的高雅的封建贵族精神的膜拜者。在她看来，南京国民政府成立后，中国政治结构已经确立，无需再加以变革了。文人墨客应与党国保持绝对的一致与统一。所谓左翼文学与反抗文学，完全是造成社会毁灭的祸根。苏雪林的精神哲学的核心就在这里。她认为现实就是合理的，国民党是正宗，不能打倒，中国无需经历新的风雨。这种观念实际上是中国传统文人附和当权者的旧习的重演。她与国民党政府的亲近，不能不说是她这一传统思想的必然结果。因此，对苏雪林来说，她所面对的左翼作家队伍及鲁迅这位文化斗士，便不难说是完全陌生和不可思议的了。她永远无法理解鲁迅的精神个性与时代性的内在联系。她不懂得鲁迅作品和人格所表现出的文化价值与精神价值在中国思想史上特殊的地位。她对鲁迅的认识来自一种主观的情绪，因而缺少清醒的客观的分析。她的批评堕入了谩骂的嚷叫之中，令人难以卒读。

苏雪林的治学态度是罕见的。苏雪林把新文化的许多现象，看成文坛的病态，并把这些病态现象划分为"色情文化""刀笔文化""屠户文化"。在她看来，"色情文化"以郁达夫等人为代表，并说"这些满含花柳病菌的书籍，灌输到青年脑海里去，其害之大，真个胜于洪水猛兽"。所谓"刀笔文化"，以鲁迅为代表，她说鲁迅"不幸自女师大风潮之后，他幼年时代困厄环境所造成的迫害狂，与

鲁迅忧思录

地理环境所养成的绍兴师爷气质融合一处，心理失其常态，掉转他那抨击旧社会的笔锋，专以攻讦之数私人为事了。他的杂感文字，自华盖到准风月谈，约十四五种，内容百分之九十九，在痛骂他所怨恨的'正人君子'。散布流言、捏造事实、放冷箭、用软刀、深文罗织，任意周纳，一时也说不了许多"。苏雪林认为，与"刀笔文化"相互利用的是"屠户文化"。所谓"屠户文化"乃是左派文人提倡兴起的左翼文化，这使中国文坛陷入了更深的灾难之中。这三种文化都是中国文化的病态现象。她觉得，不清算这些文化现象，国无宁日，党无宁日。

苏雪林对鲁迅的攻击，在《鲁迅传论》中得到了最为系统、最淋漓尽致的表现。这在鲁迅研究史中，不能不说是最充满火药味的一页。她的批评方法是粗暴而非科学的，很难说有什么学术价值。苏雪林的偏颇情绪，一定程度上代表了中国文化界少数右翼分子病态的学术心理，因为在这些人眼中，鲁迅的出现并不仅仅是一种文化现象，更重要的是一种政治现象。所以，在洋洋几十万字的《鲁迅传论》中，苏雪林变得极为焦躁和神经质，以致形成一种骂术的文体。

《鲁迅传论》主要有五部分：一，鲁迅的传记；二，鲁迅的性格与思想；三，鲁迅的品行与作为；四，左派对鲁迅的招降；五，鲁迅盘踞文坛十年所积之罪恶。苏氏对鲁迅的身世和作品，并不完全熟悉，所写"鲁迅的传记"部分，个别地方也不太准确。但更重要的是，她对鲁迅的许多批判，往往望文生义，歪曲的地方多于事实。比如，她论述鲁迅的性格时说："鲁迅的性格是怎样呢？大家公认是阴贼、刻薄、气量偏狭、多疑善妒、复仇心坚韧强烈、领袖欲旺盛。"接着列举鲁迅在《朝花夕拾》中谈到少年"我"听到二十四孝里郭巨埋儿的故事时的心理活动。苏雪林认为少年鲁迅对二十四孝中的故事的反感是一种怪想。在她看来，这些故事一般孩子不过听听而已，而鲁迅竟然对自己的先辈产生疑虑，这是大逆不道的。苏雪林以此来论证鲁迅的多疑善妒是不能令人信服的。她没有看到，正是鲁迅的这种以生命的直觉来参与生活，以及用它对传统文化进行价值评判的自觉，才使他的批判意识本身获得了人道主义的价值。苏雪林不会懂得，鲁迅对生活的认识超越了常人的平庸的视觉，正是他的敏感而深沉的思想，使他达到了常人所无法企及的思想高度。把鲁迅的敏感与认识方式的奇特看成变态的表现，是令人啼笑皆非的。"虚无主义"是苏雪林冠在鲁迅头上的一顶帽子。她声称鲁迅"一切希望都没有，围绕他周围的既没有一个好人，对中国民族更认为病入膏肓，无从救药"。她认为《阿Q正传》传遍世界乃"中华民族的耻辱"。

这种思路是奇怪的，作者连艺术的真实与生活的真实的内在联系都不懂，怎么能使人信服呢？而且，她对鲁迅批判旧时代的精神表示反感，甚至恼火不已，可见国粹意识与正统观念在她那里是根深蒂固的。在苏氏看来，中国的传统文化是生机盎然的，仿佛田园般的幽静典雅，中国传统文人与统治者大都是充满善良意志的好人。按苏氏的逻辑，历史的进化就是反动，于是不需要什么民主革命，更不需要思想革命；恪守传统与中庸行事，才是中国赖以稳定、和谐的基础。因此，当鲁迅把几千年的中国历史看成"吃人"的历史的时候，她感到惶惶不安。鲁迅对旧文化的反思与对人的个体的存在的反省所表现出的野性的力量，在她看来是异端邪说的表演。她叹道："一个人的思想阴暗虚无到这种地步，也可谓叹观止矣。"这里不仅表现出她对鲁迅思想逻辑与认知结构的一窍不通，而且表现出她批评方式的平庸和情感上的变态。在中国现代文学批评史中，像这样以骂取荣的批评方式，大概仅仅为苏氏所独有吧？在对鲁迅加入左联一事的评价中，苏氏是颇费心计的。她认为这是共产党对鲁迅的招降。苏氏一直认为，鲁迅具有强烈的领袖欲，且他的思想偏激恰恰迎合了社会上不满现实的力量，尤其是青年的力量。由于苏氏对共产党充满敌意，她把鲁迅的转向看成中国现代文化的悲剧，也是鲁迅个性特征所决定的必然归宿。这成为她鞭挞鲁迅的重要原因之一。苏氏在《鲁迅传论》中很少分析鲁迅思想的内涵及美学观点，而只从政治态度入手，站在国民党的立场上，以一种先验的政治观念来罗织鲁迅的罪名。她把鲁迅对旧的社会思潮的批判及对共产主义文艺观的介绍，完全视为出于个人的私欲，并从各个角度来加以讨伐。苏氏笔下的鲁迅，简直成了恶贯满盈、霸气十足的小丑。鲁迅在上海文坛的十年生活，被描绘成一种堕落的历史。

到了80年代，苏雪林对鲁迅的谩骂也一直没有停止过。1988年第11期的《香港月刊》刊发了她的长文《大陆刮起反鲁风》，文章重弹老调，把那些陈腐的骂语当成名言加以渲染，文中攻击鲁迅的个人生活琐事，大多道听途说，望文生义。文风与过去没有什么区别。

严格地说，苏雪林的鲁迅观是缺少学术性和科学性的大杂烩。这里除了人身攻击和扣政治帽子，没有多少实事求是的态度。她既不能从社会思潮与文化渊源上来考察鲁迅现象的特异性，也不会从艺术和心理学等角度分析产生鲁迅现象的时代原因和个人原因。她甚至无法解释鲁迅何以具有如此巨大的魅力，成为中国现代文化思潮和社会发展中重要的精神力量。缺乏学者固有的素养和严肃的治学作风，这是苏氏评价鲁迅时所表露的令人难以接受的态度。除苏雪林外，对鲁迅抱有敌意的还有梅子、郑学稼等。

1942年，梅子编辑了一本论述鲁迅的论文集《关于鲁迅》，郑学稼在这一年出版了《鲁迅正传》。这两本小册子是最早系统反对鲁迅的书，特别是郑学稼的《鲁迅正传》，完全是苏雪林式的挖苦。用曹聚仁的话说，郑学稼的《鲁迅正传》"更是胡闹"。

梅子所编的《关于鲁迅》，于1942年10月在重庆胜利出版社出版，此书收入梁实秋的《鲁迅与我》、鲁觉悟的《关于鲁迅》、郑学稼的《鲁迅与民族主义文学》《鲁迅与阿Q》《评鲁迅的〈呐喊〉》、秋水的《鲁迅与王实味》、梅子的《鲁迅的再评价》七篇文章。梁实秋、鲁觉悟的文章虽对鲁迅有微词，但有的地方并不偏激。而郑学稼与梅子的文章，则带着浓厚的政治色彩和不切实际的推理。例如郑学稼的《鲁迅与阿Q》一文，把阿Q看成鲁迅自我的化身，并否认鲁迅是革命家、思想家。梅子的《鲁迅的再评价》则对鲁迅的政治观，特别是晚年思想大加否定。郑学稼与梅子在对鲁迅的总体评价上，有着相似的观点，他们都竭力抹杀鲁迅思想的社会意义。

梅子在文章中写道：

> 鲁迅死了已五年，鲁迅的评价却发生了二个绝对相反的结果，有的人把鲁迅"神化"了，誉之为"中国文化革命的主将"，"文化新军的最伟大与最英勇的旗手"，甚至说："鲁迅的方向，就是中华民族新文化的方向"，至于"鲁迅大师""青年导师"……等肉麻称谓，更不必说。盖起大洋楼开办什么"鲁迅艺术学院"，也已历有年所。这种政治性的捧死人，谁都明白是怎么一回事，不懂得内幕的人觉得鲁迅

交了死运，懂得这套把戏的感觉到太肉麻。如果站在一个严正的批评家的立场，那就感到这只是侮辱了死者，歪曲了真理。①

　　梅子对毛泽东与中国共产党人对鲁迅的高度赞扬表达了强烈的愤慨，认为左派力量无端地拔高鲁迅是一种对死者的亵渎。梅子既反对毛泽东的观点，也对全盘否定鲁迅表示不满。作者试图从公正的角度描绘鲁迅，例如，对前期鲁迅的创作是首肯的，但同时认为加入左联前的鲁迅也不配"旗手、主将、导师"之衔，前期的鲁迅不过是文人而已。这样，梅子就把鲁迅早期反封建、反帝的历史功绩一笔勾销了。这种仅从艺术上来品评鲁迅的观点，至少忽略了鲁迅作品的内在形态所包含的深邃的历史内容和社会价值。在梅子看来，鲁迅后来走向马克思主义阵营，完全是历史的误会："最偏袒鲁迅的说法，应该是鲁迅对政治本来没有多大兴趣和认识，十四年来鲁迅的小官僚生活，可以证明这句话的正确性。但鲁迅到了上海以后，竟担任了左联盟主，真实的原因，是为了稳定他那文坛上的地位……"②看来，作者对鲁迅的把握依然没有摆脱世俗的观点，把鲁迅加入左联看成是个人欲念所使然，这是无法透视事件全貌的。梅子甚至为鲁迅"误入政治之网"而叹息，在文章的结尾，作者写道：

　　　如果文学是应该和政治结婚的，那么一位天才的文学家

---

① 　　梅子：《鲁迅的再评价》，见孙郁编，梁实秋等著《围剿集》，河北教育出版社2001年版，第198页。
② 　　孙郁编：《被亵渎的鲁迅》，群言出版社1994年版，"序"第36页。

应该与正确的政治主张发生恋爱。如果一朵花插在粪土里，那么纵然是国色天香，也不会引人注意了。①

在这里，作者表示了对鲁迅的惋惜。在梅子看来，鲁迅的一生是一个悲剧，倘他不和政治接触，则可能成为更有成就的作家。总之，《鲁迅的再评价》一文的核心是，尽力否认鲁迅的后期思想。作者试图把鲁迅从"神化"中还原到原有的地位上去，但是并没有真正理解鲁迅的思想与艺术间的联系，没有理解现代中国文人的艺术劳动与政治意识之间的渊源，仅从一个方面来总结和概括鲁迅的一生似乎是欠妥的，何况在论述过程中有过多的政治偏见呢。

1942年3月，重庆胜利出版社出版了郑学稼的专著《鲁迅正传》。郑学稼原在上海复旦大学教书，因为对共产党充满敌意，曾引起周围人的不满，所以一直郁悒不得志。后来，郑学稼去了台湾，曾在台湾大学教书。到70年代末，他撰写、翻译出版了50部书，用他自己的话说，这些书中"销路最好的是《鲁迅正传》"。1942年《鲁迅正传》在重庆出版后，1953年香港亚洲出版社再版，1978年台湾时报文化出版事业有限公司出版了郑氏的增订版本。1942年版的《鲁迅正传》多有对鲁迅讽刺挖苦之处，许多地方颠倒黑白，不能使人信服。新版本尽管删去了许多刻薄之言，但反鲁精神一直充塞其间。在反鲁的言论中，这是一部较有代表的专著。郑学稼认为："鲁迅先生除了他的文学以外，别的什么也没有。如果说他是'革命者'，他却躲在战阵的后面；如果说他是'思想家'，他的脑子却没有思想的筋纹。"本着这

① 梅子：《鲁迅的再评价》，见孙郁编，梁实秋等著《围剿集》，河北教育出版社2001年版，第202页。

鲁迅忧思录

10 在被围剿中

个原则，他在专著中对鲁迅大加鞭挞。在谈到鲁迅的身世时，郑氏认为，鲁迅在北京的十四年中，一直做着小官吏，在袁世凯政府和黎元洪、段祺瑞政府部门做佥事，"如果不是抱着'同流合污'的决心，在那龌龊的世界中，神圣的革命者，是无法一日安居其位的"。接着，郑氏指出，鲁迅在北京的十四年生活中"只是一个宦途不利的'佥事'，只是一个具有成功条件的文学家。他既未曾为任何青年的'导师'，他也不是曾'革'了任何反动者的'命'的革命者。他的官僚生活，更不像流浪的高尔基。就是他的著作，也不是对什么无产阶级表同情或表现煽动的作用。目前若干人们，对他的过大恭维，和他的生命史有重大的偏差，只掀露着一个弱点，用死人吓活者。或且换句话说：利用死者达到自己政治上的阴谋"①。显然，郑学稼与梅子在这一点上是持同一种观点的，他们无非把鲁迅看成政治家手下的玩偶。郑氏尤其感到，鲁迅的人格并不伟大，不过是被左派捧出名来而已。

不过，郑氏对《呐喊》的许多篇章是推崇的，他在许多论述中不得不承认鲁迅小说的艺术魅力。他认为鲁迅笔下的许多人物，带有一定的典型性。鲁迅先生的天才郑氏是赏识的，无论鲁迅笔下的鲁镇，还是水乡的静谧的夜色，在郑氏看来都是不可多得的艺术情境。

尽管郑氏一方面沉浸在品尝艺术情境的氛围里，但是另一方面，他的认识时常自相抵牾。他既承认鲁迅的作品再现了过去的黑暗生活，又否认鲁迅作品的现实意义，认为这不过是作者记忆中的掠影而已，绝不是30年代生活固有的现状。例如对阿Q形象的评价，郑氏就是充满了这种矛盾的批评心理的。

---

① 　　　孙郁编：《被亵渎的鲁迅》，群言出版社1994年版，"序"第37页。

郑氏认为："一大批鲁迅的崇拜者说，阿Q并未'断子绝孙'，他还存在于每个中国人的灵魂里。我对于这一武断，提出抗议。因为这是对四十年代和五十年代初中国青年——不，全体国民的侮辱。谁敢说，正用血和肉记录近一个世纪以来所未有的伟大行动的我们，灵魂里尚有阿Q主义的成分？"[①]郑学稼的思维方式在这里与苏雪林巧遇了。他愿意看到鲁迅笔下对过去生活的描绘，而不愿看到这种艺术形象成为超时间的精神价值。他只希望鲁迅成为世纪末的批判者而不是现实生活的审视者。郑氏与阿英早期的观点一样，认为鲁迅属于过去而不属于现在与未来。也就是说，当人们看到鲁迅勇猛地批判旧时代的生活时，他是一个天才的艺术家；当人们试图把鲁迅批判的形式位移到现实生活时，这便成了对中国人的侮辱。

这里可以看出，郑氏是一个缺少清醒自我意识的人，抑或是一个对现实抱有好感的卫道者。他对鲁迅小说的艺术价值和历史意识的评估，完全陷入了狭隘的功利主义的偏见之中。如同普通的评论者一样，郑学稼也看到了鲁迅思想的矛盾性，但他对这种矛盾性的认识不是从思想的自身脉络出发，也不是从精神的深层领域出发，来考察鲁迅政治意识与审美意识的内在联系，而是以平庸的政治偏见，来论证鲁迅的矛盾性。他认为鲁迅有两重人格："当他被创造社们拒于'革命'大门之外时，他的态度，就是那两重人格的表现。周树人的幽灵，告诫鲁迅：你不要乱动，你要稳健；鲁迅却为他指出，由于革命'祖国'的存在等等，我不能不左倾。周树人当然看到鲁迅所指的事实，但却告诫对方：你忘却被北廷通缉的危险吗？鲁迅又为他指出，这险

---

① 　　　孙郁编：《被亵渎的鲁迅》，群言出版社1994年版，"序"第38页。

值得冒，因为他的报酬是非常之大，而且他已备了三窟。周树人满足鲁迅的估计，鲁迅也接受周树人的劝告。于是，两位一体地，走上'革命'的鲁迅。"①郑氏对鲁迅精神世界的矛盾性完全加以省略化，将鲁迅思想众多的不确切性简单地归结为私欲所致，这种论断完全是对鲁迅的嘲讽，同时表明，他根本就没有读懂鲁迅的著作。如果说在文学研究中不同的审美尺度所产生的歧义是可以理解的话，那么，在没有大量史实和没有细读《鲁迅全集》的情况下，凭主观臆断随心所欲地品评对象，不能不让人感到文风的轻浮。除了上述观点，郑氏还对鲁迅与国民党、与日本政府的关系发表了"新论"，暗示鲁迅有汉奸之嫌。

这种对鲁迅政治意识随心所欲的解释，是难以成立的。因为在郑氏那里，鲁迅完全成了一个投机的、具有极端私欲的人，而且这种结论来自作者想当然的臆造，丝毫没有半点事实的根据。和苏雪林相比，郑学稼的主观随意性并不逊色。在《鲁迅正传》的后面，附录有《两个高尔基不愉快的会见》一文，文章对鲁迅竭尽挖苦之能事。这让人想起了林纾当年写《荆生》《妖梦》时的笔法，除了近于疯狂的人身攻击，没有一丝价值。总之，郑学稼的结论是，鲁迅只是文学家，所谓思想家与革命家，是不成立的。

从郑学稼出版的《鲁迅正传》中我们可以看出，在40年代的中国社会，的确存在着一股反鲁的文化势力，鲁迅成了中国社会不同政治力量与不同文化势力争论的对象。亲国民党政府的知识分子虽然不得不承认鲁迅的文学创作在文化史中的地位，但都抹杀或否定鲁迅思

---

① 　　　孙郁编：《被亵渎的鲁迅》，群言出版社1994年版，"序"第39页。

想上的成就，试图把鲁迅从思想界分离出去，而只给一个作家的牌位。反对鲁迅的人几乎都没有摆脱政治上的偏见，许多文章没有一点客观的、科学的态度，不论从批评本体角度还是从社会学的角度来说，郑学稼等人还没有真正进入"批评"之门。从苏雪林到郑学稼等人，我们可以大略感受到反鲁者的精神个性和政治态度。严格地说，他们的评论还不是"鲁迅研究"，而是"鲁迅观"，不是科学性的，而是随意性的。鲁迅丰富的思想内涵与不朽的人格价值完全被曲解了。反鲁者的态度从本质上讲是一种政治的态度。那时，中国社会处于最黑暗的时候，鲁迅作为一种伟大的破坏性力量，不可能不受到落后势力的抨击，也不可能不受到传统力量拥护者的反对。从这个意义上讲，"鲁迅现象"不仅是一种"文学现象"，也是一种"政治现象"。鲁迅生前与死后受到的亵渎，都与中国社会的政治风云有着重要的联系。它从另一个角度告诉人们，鲁迅的世界不是一个单纯的精神实体，那里蕴含着丰富的思想内涵，真正理解鲁迅、懂得鲁迅，是十分困难的。

六

对鲁迅的贬损，在相当长的时间里，是一个现象。争论与商讨，属于学术层面的问题，而人身辱骂，则是一个十分复杂的社会心理和社会文化问题。大多数与鲁迅结下怨仇的人，他们的文章，流布很广。尤其是在香港和台湾地区，这种误导性的文字，曾长时期左右着知识界。记得一位前辈说过，鲁迅是一个不易被中国人接受的人物。我觉得此语甚对。在许多中国人的心灵深处，存在着一种对鲁迅的拒绝心理。这些人大致为：贵族、绅士、市民，以及无特操的民众。鲁迅的深层文化心理，作为一种研究对象，是一种"精英"文本。国民要么对他推崇备至，要么一脚踩倒的不同态度，恰恰证明了他的独特性。对习惯于在中庸王国和封建思想中生存的国民来说，鲁迅的精神，是罕有的异端。而民众心理，是向来可以扑灭异端的。阮籍、嵇康曾为一代叛逆之首，但魏晋以降，少有人再提起他们。明代的李贽，"其性褊急，其色矜高"，晚年却未逃厄运。中国文化自身本未有滋生异端的土壤，倒是外来思想促进了个性主义的生长。魏晋文人的孤傲，得之于佛经真义；李贽的好高而居、傲不能下，既得穆斯林之神，又受之于释氏之理。而鲁迅的"托尼学说、魏晋文章"则集尼采主义与佛学于一身，凛凛然于世俗之上，可称得上中国历史上异端者流的第一人。既为异端，则生存空间就小得可怜。鲁迅的一生，备尝误解围攻之苦。北洋军阀不容他，国民党不容他，左联领导人不容他。直到生命的最后一息，他仍为文坛的是非所牵制。翻看先生的文章，常可见其心境之苦，在被无物之阵的包围之中，他孑然地挣扎着。尤其是晚年，那种"独战的悲哀"，更是长久地驱而不散。

从异端者的孤立无援的苦状来理解鲁迅的世界，大概会为研究者提供理解鲁迅的新思路。既为异端，其言其状，当然会招致众多麻烦，独行者既有一往无前的大气魄，又有过于敏感的，甚至神经质的东西在。不可讳言，鲁迅与众多敌人的论战，有时确实带有偏激的因素，例如对顾颉刚、胡适、梁实秋等人的讽刺，就有偏执的一面。深刻中的失当，或许是不可避免的，但也从另一个角度证明了先生是个真性情的人。鲁迅早年曾有一篇《记"杨树达"君的袭来》，把一个疯子误认为捣鬼者，后来真相大白，于是又撰文更正之。可见他是一个很坦然的人。对林语堂、施蛰存、梁实秋等人的微词，既是文化观念不同所致，又是人生观上的差异。这种差异，导致先生在态度上迥于流俗的不可接受的辣味。看他与众多文化人的争辩，确实是常人难以接受的。然而，先生的深刻与真诚，亦表现在这里。倘以私情家语绳之于理，是不能见出先生的独特价值的。

我以为，鲁迅的价值，大约正体现在这里。我们民族的历史，太古老了。愈古老，历史积习造成的负担则愈重。我时常想，20世纪的中国，能够出现一位像鲁迅这样的人，实在是民族的幸事。他让我们时时反省，时时思索。他使中国人摆脱了旧有文化的束缚，并且孕育出一种新的人文精神模式。这个模式，对后世的中国人来说，肯定会像孔孟、老庄一样，长久地影响着某些知识分子的心灵世界。实际上，在一切具有民族忧患感和使命感的中国知识分子那里，鲁迅的模式，已经在起着潜在的作用了。一面是无休止的谩骂，一面是长久地震撼心灵的征服，这便是鲁迅生命力经久不衰的原因所在。今天，看看有争议性的文字，让人思考的东西，肯定是不少的吧？历史是一部人的不同精神价值交汇的记忆。一切闪烁过思绪的文字，都会对后人有某种启示。有的是一种智慧的提醒，有的则是一种教训的暗示。而教训的暗示，是一种灰色的、不会生叶的枯树。它曾生长过，但不结硕果，不催新枝。枯木自有枯木的意义，倘无此，人们也许永远不会懂得生机盎然的意味。对于那些终生诋毁鲁迅的人，亦可作如是观。

鲁迅忧思录

11

发现俄国

一

　　早期的鲁迅曾经想学俄语，但只坚持了几天就放弃了。他对俄国的好感溢于言表，自从与那个国度的文学相遇，几乎没有消失过真诚的敬意。原因可能有二：一是苏俄艺术水准之高，让他刮目相看；二是那里有群不甘于被压迫的新的知识阶层。这两点，在他看来恰是中国所缺少者，应作为参照对待。他和周作人在早期的文学活动里，对此都颇为看重。周作人在日本就译过《论俄国革命与虚无主义之别》，他还和鲁迅一起翻译了阿·托尔斯泰的《劲草》。鲁迅曾得益于陀思妥耶夫斯基的那个传统，对迦尔洵、安特莱夫情有独钟。周作人可能更喜欢列夫·托尔斯泰的遗绪，他所欣赏的白桦派作家，有许多也是受了托尔斯泰的熏陶，诸多情感的表达方式都渗透到其文本里了。不过，周作人对俄国的兴趣持续不长，后来几乎不太涉猎那个国度的文化了，一心沉浸在古希腊、日本的学术传统中。鲁迅却因思想的共鸣，与俄国有不解之缘。

　　他对俄国的发现有两部分。第一是对旧俄的精神的感受。《摩罗诗力说》最早披露了对普希金、莱蒙托夫的喜爱。他究竟读了多少他们的作品，还难以估计，但喜爱他们飞扬、灵动的神思是无疑的。第二是对新俄的发现，新兴苏维埃的艺术及知识群落的分化，对他都有冲击。那些尝试对于他是彻骨的。俄国的新与旧，有变革的轨迹。他自己觉得，中国也恰在新旧之间。有讽刺意味的是，辛亥革命后，中国的文坛，似乎并无新的面孔，还是旧的一面居多。何以不及俄国那样丰富多彩，内在的困惑怎样破解，于他都是值得深思问题。

日本在明治时期，俄国许多作品已经被译介过来。但那时候日本知识界对欧洲的兴趣可能更大，俄国的艺术似乎被低看了。鲁迅从那些日译本里，感到了与自己内心亲近的存在，不久就在《域外小说集》里把几位俄国作家介绍过来了。俄国人表达人的内在世界的目光，电一般击痛了鲁迅的肌肤，他发现了东方所没有的创造之光。俄国人是把尼采、叔本华的哲学融入身体的，日本的新艺术还流于表面。而这给他启开了一扇窗户，思想似乎更明快，意蕴也非同寻常。《呐喊》里的意蕴分明有启发过他的俄国人的影子。

中国旧文章的调子是白描与写意，小说不过是故事的演绎，很少以片段连缀精神的景观，自然就不能进入心灵的洞穴。但像安特莱夫的小说，就有主客观的融合，那是有深远韵致的。鲁迅后来在《〈黯澹的烟霭里〉译者附记》里说：

> 安特来夫的创作里，又都含着严肃的现实性以及深刻和纤细，使象征主义与写实主义相调和。俄国作家中，没有一个人能够如他的创作一般，消融了内面世界与外面表现之差，而现出灵肉一致的境地。他的著作是虽然很有象征气息，而仍然不失其现实性的。[①]

[①]　鲁迅：《〈黯澹的烟霭里〉译者附记》，见《鲁迅全集》第10卷，人民文学出版社2005年版，第201页。

这里谈到了俄国人的感情表达，是审美上的感受。鲁迅看到艺术具有无限可能，但根本上，还是那认知的特别，有一种奇气在。1925年9月30日，在给许钦文的信中，他再次谈及安特莱夫：

> 全然是一个绝望厌世的作家。他那思想的根柢是：一，人生是可怕的（对于人生的悲观）；二，理性是虚妄的（对于思想的悲哀）；三，黑暗是有大威力的（对于道德的悲观）。[1]

为什么对一个悲观的人有如此的兴趣？难道是有一种自虐的心理？可能不都是。鲁迅看重的大概是其中穿透现象界的力量，即对封闭的内心突围的快感。中国的文人和读者，是躲避这样的暗区的，于是只能自欺，或者欺人。而那种气质也未尝没有与鲁迅吻合的地方，他不仅被感染了，且重要的是，内心潜藏的存在也一点点被释放出来。

俄国文学的优长，不是吟风弄月，而是与活的人生的贴近。1932年，鲁迅在《南腔北调集·〈竖琴〉前记》说了最感慨的话：

> 俄国的文学，从尼古拉斯二世时候以来，就是"为人生"的，无论它的主意是在探究，或在解决，或者堕入神秘，沦于颓唐，而其主流还是一个：为人生。[2]

鲁迅所理解的为人生，不是指出道路和为自己服务，而是呈现人

---

① 　鲁迅：《250930 致许钦文》，见《鲁迅全集》第11卷，人民文学出版社2005年版，第517页。
② 　鲁迅：《〈竖琴〉前记》，见《鲁迅全集》第4卷，人民文学出版社2005年版，第443页。

的生命状况。沉寂的、死灭的、挣扎的，都在此列。这里包含着许多不确定的存在。哪怕是虚无的元素，也由人生而发，是精神的波光。人只有释放了这些元素，才可能反观到自己的原态。认识自己，如果不是敞开心胸，我们大约还在木然之中。

引起鲁迅兴趣的是那些明暗交错的文化之路。俄国文化有基督精神的影子，也有穆斯林的传统。东正教下的诗文、歌舞，把西洋的理趣和东方的冲淡的美都置于特有的旋律中，因此俄国文化与中土文化之间，不似西洋艺术与中土文化之间那样泾渭分明。比如莎士比亚固然伟大，但似乎不及俄国的托尔斯泰与陀思妥耶夫斯基那么让东方人有切肤之痛和内心的感动，那是由于彼此文化的相近性。鲁迅恰在这相近性里，找到自己可以默默对话的文人们。那些复杂里的充实，黑暗里的烛光，流转在文学的话语中时，和自己内心的需求都叠印在一个调色板里了。

二

他第一次接触的俄语世界的作家不是赫赫有名的大人物，竟是至今鲜被人提及的爱罗先珂。这个诗人让他触摸到了俄国人的形象。1921年，爱罗先珂来到北京，就住在鲁迅家里。二人的交往有过一段令人回味的经历。爱罗先珂是盲人，能以日语和俄文写作，这对鲁迅兄弟来说是个好奇的事情。他们相处得很好，彼此的交谈亦互有启发。爱罗先珂写童话，亦有寓言，他甚至还有社会批评和文明批评的文章。他在印度时，因为言论被驱逐；去日本，同样惹怒别人，又被撵出日本了。

这样一个偏激的人，鲁迅却没有觉得面目可憎，还有点喜欢。原因是从爱罗先珂的文字里能够看出其内在的美。毫无恶意的温情的抒发，在精神历险里的坚毅之光的普照，乃悲悯者的心绪的外化，是俄国式"大旷野"的精神。鲁迅看到了其文章不同于儒家文化的别致的景色，遂感叹道：

> 他于政治经济是没有兴趣的，也并不藏着什么危险思想的气味；他只有着一个幼稚的，然而优美的纯洁的心，人间的疆界也不能限制他的梦幻，所以对于日本常常发出身受一般的非常感愤的言辞来。他这俄国式的大旷野的精神，在日本是不合适的，当然要得到打骂的回赠，但他没有料到，这就足见他只有一个幼稚的然而纯洁的心。我掩卷之后，深感谢人类中有这样的不失赤子之心的人与著作。
>
> ……
>
> 广大哉诗人的眼泪，我爱这攻击别国的"撒提"之幼稚的俄国盲人爱罗先珂，实在远过于赞美本国的"撒提"受过诺贝尔奖金的印度诗圣泰戈尔；我诅咒美而有毒的曼陀罗华。[①]

对鲁迅而言，较之于其他作家，俄国人的分量显然是重的。在这个俄语作家身上，他看到了东方人所没有的一面，那恰是中国最缺少的。爱罗先珂的笔法是灵动的，想象的空间显然开阔于常人，又不附和时代，诗意地活着。在看不见光芒的世界，却以自己的生命之火照

---

① 　　鲁迅：《〈狭的笼〉译者附记》，见《鲁迅全集》第10卷，人民文学出版社2005年版，第217～218页。

着别人，不是一种美的体验吗？他的许多作品，充分调动了自己个性的潜能，在撕裂常态思维后，进入神妙的精神洞穴了。在另一篇文章里，鲁迅谈到了爱罗先珂表达的别致：

> 我觉得作者所要叫彻人间的是无所不爱，然而不得所爱的悲哀，而我所展开他来的童心的，美的，然而有真实性的梦。这梦，或者是作者的悲哀的面纱罢？那么，我也过于梦梦了，但是我愿意作者不要出离了这童心的美的梦，而且还要招呼人们进向这梦中，看定了真实的虹，我们不至于是梦游者。①

在鲁迅看来，爱罗先珂的童贞的心，才是可贵的存在。那些美丽的碎片镶嵌着智慧之果。而另一面，鲁迅没有去说，或者尚未意识到，那就是盲人思维的奇异性给人的审美带来的异样的力量。爱罗先珂的作品在俄语世界的地位并不显赫，但那么强烈地吸引着鲁迅的眼球，大概是盲人思维的别致与心性纯洁的结果。诗人敢于向没有人走过的地方出发，思维完全是野性和陌生化的。这对很多中国读者来说，都有未尝有过的快感。

文字里的俄国与俄国作家的气质，就这样在鲁迅面前立体地呈现着。鲁迅觉得，那个国度的文人，在格局上有日本人、印度人所没有的东西。所以，当听说自己的作品被译介到俄国的时候，他是异常高兴的。他自己当然清楚，俄国人的哀乐与我们国人的哀乐相近，国人却未能很好地表达，或不会表达。只有几百年文学史的俄国在短短时

① 　鲁迅：《〈爱罗先珂童话集〉序》，见《鲁迅全集》第10卷，人民文学出版社2005年版，第214页。

间内有了那么多耀眼的艺术家，使鲁迅有了探讨缘由的冲动。与其说是那些意象让他感怀，不如说乃俄国人的人生态度使其兴奋。文学背后的存在，才是他要寻觅的东西。

除了那些奇异的文本，俄国人的理论思维也引起鲁迅的兴趣。他看过托洛茨基、普列汉诺夫、卢那察尔斯基的文章，还翻译了他们的文章或著作。这些抽象的文字，是升腾在艺术文本间的智慧的凝结，一些先前不太明了的思想变得清晰了。一个社会的变革，仅有诗意的冲动还远远不够，思想的准备也是不可或缺的部分。俄国人如何看自己，域外的思想者又如何看俄国，这些都引起他的好奇。比如马克思主义者怎样理解托尔斯泰的传统，自由主义者如何面对挣扎的诗文，俄国人以何种方式设计文化的生态，在鲁迅看来都是忧虑深远的。那时候日本的文学不能够给他这样的冲击力，欧美的艺术也不及俄国与自己更近。在俄语世界里流动的明暗之波，可以冲刷中土的尘垢是无疑的。借着这些重新调整自我，作为镜子而照着自己的面孔，他才真的发现缺少了什么。

三

在鲁迅的藏书中，俄国的小说、理论著述、美术品数量可观。英、德译本137部，日译本103部，俄文本797部，其中版画和漫画作品很多，可看出作者对俄国作品的持续兴趣。至于他主编的出版物所含的俄国作品数量，更为可观。从不同译本里进入那个神秘的艺术王国，给其写作带来的路向的转变清晰可辨。

在鲁迅眼里，俄国文学在向人的陌生的地方挑战。这样的挑战，自然也有极端的例子，走到绝境中。比如阿尔志跋绥夫，写了被戕害的文人后来的复仇的路，惨烈而惊恐。鲁迅是认可那样的存在吗？也未必如此的。再比如迦尔洵，其小说对人的隔膜的描写，也是寂寞的，流着无声的幽怨。问题不在于那手法的别致，重要的是对灰暗生活的穿透，即如何以智慧之光照亮生活。他第一次读勃洛克的诗的时候，就惊异于那表达的别致。在《〈十二个〉后记》中，鲁迅写道：

> 从一九〇四年发表了最初的象征诗集《美的女人之歌》起，勃洛克便被称为现代都会诗人的第一人了。他之为都会诗人的特色，是在用空想，即诗底幻想的眼，照见都会中的日常生活，将那朦胧的印象，加以象征化。将精气吹入所描写的事象里，使它苏生；也就是在庸俗的生活，尘嚣的市街中，发见诗歌底要素。所以勃洛克所擅长者，是在取卑俗，热闹，杂沓的材料，造成一篇神秘底写实的诗歌。
>
> 中国没有这样的都会诗人。我们有馆阁诗人，山林诗人，花月诗人……；没有都会诗人。[1]

勃洛克的象征的手段，在词采和意象上，都颠覆了旧有的手段，是精神的诗意的变形。它委婉而生动地展示了生命与对象世界的关系。一个环境恶劣的国度，能够产生优秀的诗人和小说家，对于鲁迅是一种鼓舞。他似乎觉得，倘若能在精神深处照耀着自己的暗处，并将那

---

[1] 鲁迅：《〈十二个〉后记》，见《鲁迅全集》第7卷，人民文学出版社2005年版，第311页。

智慧召唤出来，一定是很有意思的吧。

鲁迅在许多地方模仿了俄国人。《狂人日记》对果戈理题目的借用不必说，《药》的结构和意念，就有安特莱夫的影子。他写《孤独者》，我们分明可以看出迦尔洵等人的痕迹。有时候，他在俄国文人的诗意里，发现了哲思的存在。比如速朽，比如写作乃自我的埋葬等。"坟"的意象，显然是从梭罗古勃那里来的。即便中间物的概念，在词语上取诸生物学，而意象则来自俄国作家自虐和反省的语境。那些他注意过的作家，一个个都逝去、消散、夭折了。人不过是一个过客，不朽怎么可能呢？他知道只能沾取一点微光，发出自己的热度。那些俄国作家，恰是这样做的。

在俄国作家里，他最喜欢的，大约是陀思妥耶夫斯基了。他的几个好友，都是这个俄国作家的小说迷，比如韦素园。鲁迅在文章里，多次讲到陀思妥耶夫斯基。《陀思妥夫斯基的事》说：

> 一读他二十四岁时所作的《穷人》，就已经吃惊于他那暮年似的孤寂。到后来，他竟作为罪孽深重的罪人，同时也是残酷的拷问官而出现了。他把小说中的男男女女，放到万难忍受的境遇里，来试炼它们，不但剥去了表面的洁白，拷问出藏在底下的罪恶，而且还要拷问出藏在那罪恶之下的真正的洁白来。而且还不肯爽利的处死，竭力要放它们活得长久。而这陀思妥夫斯基，则仿佛就在和罪人一同苦恼，和拷问官一同高兴似的。[①]

---

① 　　鲁迅：《陀思妥耶夫斯基的事》，见《鲁迅全集》第6卷，人民文学出版社2005年版，第425页。

这是心心相印的表白。因为那里的时空和中国旧小说不同，完全被颠倒了。精神不是在平面上，天空突然开阔起来，世界在倾斜中露出自己的面孔。不可思议变为可然的存在的时候，我们才知道思想的门有许多被锁着。和日本文学微温暧昧的样子比，鲁迅更欣赏的是这位俄国作家毫无节制的独舞带来的奇观。自从接触俄国的小说后，鲁迅对日本文学的兴趣显然降低了。

可是既然如此欣赏陀思妥耶夫斯基，那么何以在后来的翻译中很少注意他呢，或者不像对版画那样持久地推介呢？鲁迅显然有着比陀思妥耶夫斯基更为复杂的空间，他的兴趣也远胜于这位俄国作家。也许是这样的情形：他发现了可能组合艺术的另一个通道。按照他自己的兴趣，陀思妥耶夫斯基的现实触角，存在一种问题，而后起作家的价值，或许更大一些。

陀思妥耶夫斯基是一种完成的形态，鲁迅需要的是那些进行时的思想者和作家。俄国革命前后的作家在过渡期的选择，给人的启示可能超出前者。因为鲁迅自己就在大转变的时期里挣扎着。俄国人的选择正确与否是一个问题，重要的是选择后可以使自己新生于文化的撞击里吗？在革命的时代，保留什么，增加一些什么，对中国人来说还是未知之数，而俄国人的文字已经解释了内中的问题。

四

从他参与的几个杂志看，对俄国文学的关注一直是持续的。早期对那些略带虚无感的人感兴趣，晚期则对新俄的知识分子的命运颇为留意。《莽原》上的俄国作品，有一些是受到他的暗示而译成的。比如对托洛茨基的译介，就有鲁迅的心血在，革命之后的文学应当怎样，托洛茨基都有思索，鲁迅以为颇有参考价值。李霁野、韦素园、冯雪峰的关于俄国文学的译文，也是革命话题的一部分，在读者那里是有反响的。1928年，鲁迅与郁达夫一起主编了《奔流》。关于俄国文学理论、作品的介绍更丰富了。鲁迅在《奔流》上发表的译文，有许多和俄国艺术有关。他持续地关注契诃夫、高尔基、梭罗古勃，还组织了托尔斯泰纪念专号。对梭罗古勃，鲁迅有一种天然的亲切感。《莽原》就介绍过他。1929年，鲁迅在《奔流》上编辑了这位俄国人的作品，他在后记中写道：

> 这有名的《小鬼》的作者梭罗古勃，就于去年在列宁格勒去世了，活了六十五岁。十月革命时，许多文人都往外国跑，他却并不走，但也没有著作，那自然，他是出名的"死的赞美者"，在那样的时代和环境里，当然做不出东西来的，做了也无从发表。这回译载了他的一篇短篇——也许先前有人译过的——并非说这是他的代表作，不过借此作一点记念。那所描写，我想，凡是不知道集团主义的饥饿者，恐怕多数是这样的心情。①

俄国知识分子的形态过于复杂。他们有着辉煌的过去，而革命后的命运则大不相同。在1927年后，鲁迅尤其关注苏联的马克思主义

---

① 鲁迅：《〈奔流〉编校后记》，见《鲁迅全集》第7卷，人民文学出版社2005年版，第187页。

者们如何对待自己的遗产。《奔流》中的文章多涉猎到此。鲁迅翻译了《托尔斯泰与马克思》，才知道无论多么伟大的文学家，在马克思主义者看来，都需要批判地继承。在他先前以为对的地方，原来也有局限。革命使知识阶级面临新的选择，那就是要葬送自己。旧的存在要继续，则难矣哉。他说：

> 我因此知道凡有革命以前的幻想或理想的革命诗人，很可有碰死在自己所讴歌希望的现实上的运命；而现实的革命倘不粉碎了这类诗人的幻想或理想，则这革命也还是布告上的空谈。但叶遂宁和梭波里是未可厚非的，他们先后给自己唱了挽歌，他们有真实。他们以自己的沉没，证明着革命的前行。他们到底并不是旁观者。①

写这段话时，鲁迅对自杀的俄国作家多少还有点同情。待到1929年，已经阅读了诸多苏联资料的鲁迅，转而去歌颂那革命了。在鲁迅看来，旧文人的消失，则是大的欢喜：

> 十月革命开初，也曾有许多革命文学家非常惊喜，欢迎这暴风雨的袭来，愿受风雷的试炼。但后来，诗人叶遂宁，小说家索波里自杀了，近来还听说有名的小说家爱伦堡有些反动。这是什么缘故呢？就因为四面袭来的并不是暴风雨，来试炼的也并非风雷，却是老老实实的"革命"。空想被击

---

① 　　鲁迅：《在钟楼上》，见《鲁迅全集》第4卷，人民文学出版社2005年版，第36页。

286

碎了，人也就活不下去，这倒不如古时候相信死后灵魂上天，坐在上帝旁边吃点心的诗人们福气。因为在他们在达到目的之前，已经死掉了。[①]

这些思考，有矛盾和简单化的地方。革命也并非像他想象得那么容易。他在对苏俄文化的思考里，有想象的成分，也多复杂的内审。他在阅读那些革命的作品时，也发现了其间复杂的因素，人在明暗之间存活着，带着泥土与血迹走向圣洁。比如他歌颂过高尔基，自己也亲自翻译其作品。在他看来，高尔基的好处，恰是写了底层的百姓，是无产者的文学家。当高尔基热起来的时候，有人把他神圣化，鲁迅并不同意。把鲁迅比作高尔基，也言过其实了。鲁迅觉得俄国的文人与中国的作家有许多差异。在致友人的信中，他说：

> 其次，是关于高尔基。许多青年，也像你一样，从世界上各种名人的身上寻出各种美点来，想我来照样学。但这是难的，一个人那里能做得到这么好。况且你很明白，我和他是不一样的，就是你所举的他那些美点，虽然根据于记载，我也有些怀疑。[②]

学习俄国，不是完全像俄国人那样生活，而是基于自己的国度的情况进行深切的思考。俄国的作家就模仿过法国、德国的艺术，但那

① 鲁迅：《现今的新文学的概观》，见《鲁迅全集》第4卷，人民文学出版社2005年版，第138页。
② 鲁迅：《通信（复魏猛克）》，见《鲁迅全集》第8卷，人民文学出版社2005年版，第378页。

鲁迅忧思录

最终成了俄国文化的一部分，对此，鲁迅是心知肚明的。

<h1 style="text-align: center">五</h1>

　　自托尔斯泰开始，俄国知识分子一直在良心、道德与现实晦暗之间博弈着。英国的以赛亚·伯林在《俄国思想家》里，谈到托尔斯泰的悲苦之心，认为他的"现实感都太善于破坏，与他的智力将世界粉碎而后所建构的道德理想都无法并存"①。这种焦虑的背后，有一种改变社会的冲动。后来的俄国革命，与这样的传统不无关系。其实真正吸引鲁迅的是俄国革命与文人之间的关系，革命后知识分子如何生存，他一直以好奇的眼光视之。当十月革命出现的时候，中国的知识界了解甚少，只反映在李大钊等少数人那里。鲁迅起初对邻国的变化只是一般的印象。他隐隐知道这个世界正在变革之中，但那变革的步骤、途径、手段如何，他都茫然得很。他模糊地感到人类要有曙光，可是那光泽散落的轨迹是否带来巨创，也只能猜猜而已。

　　1920年，一位青年写信询问鲁迅对俄国革命的看法，意思是，中国会不会有俄国之乱。鲁迅回答：

　　　今之论者，又惧俄国思潮传染中国，足以肇乱，此亦似是而非之谈，乱则有之，传染思潮则未必。中国人无感染性，他国思潮，甚难移殖；将来之乱，亦仍是中国式之乱，

---

① 　［英］以赛亚·伯林：《俄国思想家》（第二版），彭怀栋译，译林出版社2011年版，第95页。

288

非俄国式之乱也。而中国式之乱，能否较善于他式，则非浅见之所能测矣。[①]

鲁迅之所以这样说，乃因为俄国革命的过程，有一种哲学的与艺术的创作精神同在的东西。而中国传统社会动荡，是没有美的精神召唤下的悸动的。鲁迅观照苏俄的一个重要原因，来自日本知识界的刺激。俄国文化在这个岛国引发的反应，有很深的问题意识。日本的知识分子在俄国的写作精神中，看到了对东亚人来说也许是最重要的参照体系。这些对鲁迅未尝没有影响。

片上伸《现代新兴文学的诸问题》《否定的文学》，有岛武郎《宣言一篇》，青野季吉《艺术的革命与革命的艺术》，昇曙梦《最近的戈理基》等，给鲁迅一种东亚视角的新的感受。他亲自把它们翻译过来，大有深意在。日本文人对俄国的态度，比中国文人的态度似乎更让他感动。因为前者有学理的成分，不像中国的批评家自以为高于别人的样子。他由此断定，俄国革命的价值，不像国内有人所云的拳匪式的内乱，那个世界的复杂的存在，可能对中国有益。

日本文人对俄国新艺术精神的总结，鲁迅都照样译介过来。比如，他们认为俄国文学的特点是否定性的。片上伸就肯定地说：

> 否定的路，本来是艰险的。有着当死的运命的俄国，为了死，不知经历了多多少少的苦恼，那自然不待言。但因此而否定之力更强，更深了。因了苦恼，而对于自己的要求更

[①] 鲁迅：《200504 致宋崇义》，见《鲁迅全集》第11卷，人民文学出版社2005年版，第383页。

鲁迅忧思录

高了。俄国的文学，是这否定之力和矜持之心的表白；是为了求生，而将趋死者的巡历地狱的记录。在那色调上，自然添上一种峻严苦涩之痕，原是不得已的事。虽在出自阴惨幽暗的深谷，走向无边际的旷野的时候，也在广远的欢喜中，北方的白日下，看见无影的小鬼的跳跃，听到风靡的万千草莽的无声的呻吟。这就无非为了求生，而死而又趋死，死而又趋死的无抵抗的抵抗的模样。俄国的求生之力，就这样地深，这样地壮，这样地丰饶。①

这种否定力量的结果，是革命的出现。苏维埃文化的诞生，是一种逻辑的必然或者别的原因也未可知。昇曙梦的《最近的戈理基》以契诃夫、高尔基为例，谈到苏俄文化演进的逻辑。鲁迅对高尔基的价值的理性认识，与此关系很大。这位日本学者写道：

在契诃夫的作品上，俄罗斯全部，是由"忧郁的人们"所构成的，在戈理基的作品上，则由独创的人们所构成。契诃夫是不对的；或者戈理基也不对，但总之他近于真实。戈理基当作一种独特的现象，和个人的接触，一面深邃地窥伺那内面底本质，竟能够将在那里的独特的东西发见了。契诃夫的世界，大抵是千八百八十年代至九十年代的有些混沌而无色彩的智识阶级的世界，但戈理基的世界，则是那时的昏暗的，不为文化之光所照的世界，然而是贫民的

① 　　　[日]片上伸：《"否定"的文学》，见王世家、止庵编《鲁迅著译编年全集》第10卷，人民出版社2009年版，第196页。

290

世界，富有色彩，更多血气的。^①

日本知识分子的看法，让鲁迅感到与自己的印象接近，或者说，他们说出了鲁迅没有说出的话。他相信，有着高尔基的存在的苏联，精神大约不会荒芜下去。那么他们的革命，真的是在除旧布新，改革自己的祖国吧。中国何时才有这样的革命呢？

六

革命到来了，知识分子是什么态度，艺术会怎样发展？较之于俄国，中国的社会不能前行，大概和没有一个知识阶级有关。俄国自十二月党人开始，就一直存在一个有趣的知识群落。他们后来发生变化，可是思想从没有停止过独立的运行。而新俄文学与美术的精华给他的惊奇，使他相信革命未必都会破坏文化。

这时候他注意到同路人的作家。他对绥拉比翁兄弟的介绍，对雅各武来夫的关顾，以及对理定、勃洛克的注意，都集中在一点上，即革命到来后，艺术家如何写作和思考。革命对艺术的影响究竟在什么层面呢？这些作家，在中国的左翼人士看来，可能有一点问题，甚或是反动分子，在鲁迅眼里却不可多得。他翻译俄国作品，不是注意红色作家的文本，而是注意那些从旧营垒走出的人。他在译完《竖琴》后说：

---

① 　［日］昇曙梦：《最近的戈理基》，见王世家、止庵编《鲁迅著译编年全集》第10卷，人民出版社2009年版，第224页。

这篇里的描写混乱，黑暗，可谓颇透了，虽然粉饰了许多诙谐，但刻划分明，恐怕虽从我们中国的"普罗塔列亚特苦理替开尔"看来，也要斥为"反革命"，——自然，也许因为是俄国作家，总还是值得"纪念"，和阿尔志跋绥夫一例待遇的。然而在他本国，为什么并不"没落"呢？我想，这是因为虽然有血，有污秽，而也有革命；因为有革命，所以对描出血和污秽——无论已经过去或未经过去——的作品，也没有畏惮了。这便是所谓"新的产生"。①

《竖琴》的韵致不是纯粹革命的话语，还有知识分子的忧伤与孤独，革命带来的忧郁与苦楚，历历在目，气质里有革命前的文人的个性。鲁迅想，这样的作品还能被允许存在，大概是宽容所致。而那时候中国的左翼文学领导者，对纯粹性极为追求，那么苛刻地对待文学家，在气量上是有问题的。俄国革命文学不都是纯粹的。鲁迅推介的《铁流》《静静的顿河》《士敏土》都含有野性的气浪，人性的斑点在闪亮里以特别的方式存在着。鲁迅知道，文人倘要革命，让其放弃自由是可怖的。以自己为例，在左联的队伍里，就不愿意放弃那些属于自己的东西。他借着俄国人的话，回答着中国革命者的一种难题。这是要看到的。

粗糙、混杂、血气里也不失美丽的存在，这是怎样的审美维度呢？那里残留着旧时代的气息，宗教、民俗、艺术。在混沌里也可以诞生新的精神表达式。在陌生里建筑精神之厦的可能性，被眼前的作品——证实。

① 　　鲁迅：《〈竖琴〉译者附记》，见《鲁迅全集》第10卷，人民文学出版社2005年版，第392页。

同路人的作品里，有许多和鲁迅的气质相近。他知道那个群落行将被新的知识队伍取代，可是，他们残存的人性的光泽，是掩不住的。即便是已经成为革命队伍的一员的作家，如伊萨克·巴别尔，也有诸多对黑暗揭示的文字，他都以为可以理解，不失世界性作家的价值。鲁迅大约是看过巴别尔的作品的。这位在革命队伍里写出革命的残酷和无情乃至罪恶的作家，在天才的笔墨里告诉了人们一种隐含。在最神圣的地方，血迹与死亡都是那存在的基地。有血腥里的悲壮，才有了后来的伟岸与光明。鲁迅对苏俄文学内部复杂情境的体味，也恰与那些仅会单纯地接受革命文学的人，有一个不同的对照。

七

　　而在内心深处，鲁迅是被知识群落的自我选择的痛感缠住的。他关注那个痛感的过程，远远超过对明快的存在的打量。因为那些已有结论的部分不甚可观，而唯有角斗的过程，才有人性的深。从托尔斯泰开始，俄国作家一直被道德、良知与生存选择间的冲突所折磨。因为头上有一个上帝，那冲突是异常的。直到革命胜利后，这种角斗都没有停止过。而那艺术的美妙、惊叹之处，或许都与此相关。

　　鲁迅对俄国的接受心理，与法国的安德烈·纪德很像。纪德认识俄国的文学时，是在批评法国文化的基点上开始的。比如在论述陀思妥耶夫斯基的时候，纪德就看到了巴尔扎克、福楼拜与这位俄国作家的差异。纪德认为陀思妥耶夫斯基是复杂的混合体：

鲁迅忧思录

是保守派，却不是传统主义者；是保皇派，同时又是民主派；是基督徒，却又不是罗马教廷的天主教派；是自由派，却又不是"进步分子"，陀思妥耶夫斯基始终是一个人们所不知道如何使用的人。人们在他的身上发现了让各个党派都不满意的东西。①

这种矛盾，催生了奇异的艺术。在后来的俄国，这样的矛盾一直持续着。而在矛盾里挣扎的文学，有着知识分子自我反省的参考。无论鲁迅还是纪德，都有这样的体验。

文学固然是对生活的描摹，不可避免的还有知识分子的话题。知识阶级如何切入生活，他们的矛盾的思想能否还原生活的本质，颇值得思量。鲁迅或许是从此考虑问题的。从其翻译的《竖琴》《毁灭》等著作里，能够看出其间的趣味趋向。那就是知识分子的自我蜕变。鲁迅憎恶旧读书人的酸腐气，对知识分子的蜕变抱有好奇心。比如《毁灭》是战争作品，而鲁迅译它，可能看重主人公在残酷里承受磨难的过程。在译过了《毁灭》之后，他写道：

解剖得最深刻的，恐怕要算对于外来的知识分子——首先自然是高中学生美谛克了。他反对毒死病人，而并无更好的计谋，反对劫粮，而仍吃劫来的猪肉（因为肚子饿）。他以为别人都办得不对，但自己也无办法，也觉得自己不行，而别人

① ［法］安德烈·纪德:《关于陀思妥耶夫斯基的六次讲座》，余中先译，广西师范大学出版社2006年版，第23页。

却更不行。于是这不行的他，也就成为高尚，成为孤独了。①

美谛克精神的角斗，和陀思妥耶夫斯基的主人公的角斗很像，只是强度不够，内涵略减，不过变成战争与革命的话题下的独白罢了。旧文人气在与新生活相遇的时候，要么引退，要么转换，那过程却非亭间的散步，有深渊，有泪水，自然也有死灭。《毁灭》里的一些场景是刺激的，感人的还有真实的内心剖白，乃一部分人内心的写真。鲁迅对法捷耶夫的看重，或许是集中在这一点的。他从《毁灭》里还读到了另外一种人物性格，那就是莱奋生。在他看来也颇有参照价值：

> 然而虽然同是人们，同无神力，却又非美谛克之所谓"都一样"的。例如美谛克，也常有希望，常想振作，而息息转变，忽而非常雄大，忽而非常颓唐，终至于无可奈何，只好躺在草地上看林中的暗夜，去赏鉴自己的孤独了。莱奋生却不这样，他恐怕偶然也有这样的心情，但立刻又加以克服，作者于莱奋生自己和美谛克相比较之际，曾漏出他极有意义的消息来——
>
> "但是，我有时也曾是这样，或者相像么？"
>
> "不，我是一个坚实的青年，比他坚实得多。我不但希望了许多事，也做到了许多事——这是全部的不同。"②

---

① 　鲁迅：《〈毁灭〉后记》，见《鲁迅全集》第10卷，人民文学出版社2005年版，第362页。

② 　鲁迅：《〈毁灭〉后记》，见《鲁迅全集》第10卷，人民文学出版社2005年版，第366～367页。

这句话大概交代了鲁迅欣赏《毁灭》的原因之一。那个惨烈的故事背后最迷人的，是知识分子告别个人狭窄的笼，进入现实。文人坐而论道者多，于实际无补，和人生渐远，都是旧习的外化。俄国革命出现，且出现了新的政权，那里就有了新的知识分子的天地。而实践理想的，恰是当年那些坐而论道的文人者流。读书人把思想与现实耕耘结合起来的时候，世界才可能有所变化。中国要改变，不也恰需要这样的知识分子吗？

可是在这里，知识分子的选择是自愿的，毫无外力的压迫。如何使美谛克式的人物莱奋生化，法捷耶夫没有说，鲁迅也沉默不语，那是后来延安的革命理论建立后才有的话题。鲁迅从俄国的变化里考虑到个人主义和集体精神的问题，考虑到挣扎后如何出现与旧我不同的新人的可能。既然俄国旧的知识阶级能够出现新的转化的可能，那么社会变迁的可能也一定会有。鲁迅的疑问，在俄国小说里都有解答。这个解释无论对错，在鲁迅看来都是难得的经验。

问题是中国那时候没有这样的经验，知识界普遍紧张，旧文人气夹杂着奴隶的语言，样子仿佛是革命的，其实不过是旧知识阶层劣根性的另一种表达式。俄国的色彩毕竟丰富，在对比中才感到，中国文人刚要上路，却已经开始恋旧了。左联让他失望的地方，也有这类因素。

晚年的时候，他不断接触来自苏联的信息，但渠道有些单一。因为苏联是被压迫者的参照，政府对苏联文学的禁止给鲁迅带来另一种反作用力，乃至对敌人的怀疑超过了对自己喜爱的对象的怀疑。他对艺术门类的成就颇为喜欢，收集整理出版的苏俄小说、版画，都是开创性的。起初关心文学与革命的话题，后来则是艺术与生活关系的话题，以及小说与版画间的美学走向的异同。那些在血色和苦难中凝成的反抗之光，如此开阔地打开了知识之窗和精神之窗。他自己的文字也染有其间的恢宏的色泽，潜在地呼应着那里的传统。

八

从艺术的角度去理解并概括一个国度的特色，自然有自己的盲区。鲁迅把对俄国艺术的喜爱，推及对俄国社会的欣赏，那就把社会的政治与文化间复杂的形态简单化了。美的艺术有时候是坏的生活的反射，那是变形的存在。希特勒残暴不已，可是专制下的诗人们不是照样有好的作品？正如清朝统治者压榨百姓，却也出现了《红楼梦》。鲁迅似乎将此忘记了。和陈独秀这样的深味政党政治的人比，他对政治的判断略显简单化，远没有像对艺术的理解那么丰富。

在鲁迅的藏品里，有些出色的漫画和版画。那些作品的创作者有许多被斯大林杀害了，包括他评论过的巴别尔等作家，这是另一种人的命运。因了资料的限制和时空的错位，鲁迅自然没有感受到那些可怕的存在。其实他与苏联文学理念的关系存在着一个时间差。比如他相信阶级斗争的学说，一部分来自俄国人思想的启发。可是，作为中国的读书人，鲁迅只看到了这面镜子的一面。

从俄国的经验里，鲁迅不自觉地受到了另一种影响，那就是相信在复杂纷乱之间，靠一种精神的自新，而把人领入新生的境地。而那精神在一定程度上是一元论的产物。鲁迅接近一元论的瞬间，又因为其对内心的伤害退缩到自己的世界里。于是他终于不是高尔基，而成了陀思妥耶夫斯基式的人物。在俄国文学与艺术间，那些精神角斗过程的快感，总比结论更吸引他的目光。

他运用俄国理论讨论艺术与现实之关系时，表现出罕有的才华。俄国艺术家与批评家的一些原理性的概念及生命启示，无疑有不可替代的功能。比如他从托洛茨基那里知道了革命者与艺术创作的关系，从普列汉诺夫那里感受到唯物主义视角的可贵，在高尔基那里明白非知识阶级的写作也有更大价值。鲁迅把这种功能切入生命的感觉里，就把浙东人的硬朗之气与俄罗斯广漠的苍凉幻化在一个画面里了。晚年他的《这也是生活》《女吊》《死》，就有俄国版画的幽暗、苍劲之美。他内心出离苦海的独行之旅，似乎流动着《铁流》的旋律。这是怎样的汇合呢？域外艺术给他的自我选择带来的看不见的线条与色彩，我们细细体察，都可以看得见。

有趣的是，当年攻击他最厉害的，除了梁实秋这样的自由主义人士，恰是那些受俄国理论影响的人们。阿英、周扬、郭沫若都是。后者对俄国的小说用力不多，体味也限于局部。俄国艺术是一剂苦药，对于病者或可医之，而于常人则是毒汁。这正像鲁迅自己，内心有黑暗的影，倘蔓延开来，自己也淹没了。鲁迅的重要性在于，他在黑暗和毒素之间存活争斗的时候，终于脱落了那黑暗与毒素，成为一个纯然的精神界的战士。他站在废墟上，周身是光的朗照。只有在黑暗里待得太久的人，才能感到他的重要吧。

12

话语的维度

梳理鲁迅话语方式的人，大约都注意到这样一个问题：在面对鲁迅文本的时候，他同时代的诸多理论显得有些简单，契合的地方殊少。鲁迅文本都很生动，但是要归纳出来，难矣哉。显然，我们可能有一个思维上的盲区，无法进入其精神的核心地带。他几乎没有为任何理论所左右，形成了一个属于自己的认知方式。每一种理论与他都是非重叠的。研究鲁迅，差不多都要遇到描述的困难。

爱因斯坦与维特根斯坦都强调思维比知识更重要，这是对的。"追求科学知识的人类则正在落入一个陷阱"①，鲁迅恰是在思维落入陷阱的时代开始了自己的孤苦之旅。知识可求，而获得奇异的思维则非易事。鲁迅的思维，挣脱谎言的幻象，非一般逻辑可以概括。横跨在现代科学与非理性哲学之间、旧学与新知之间，殊难爬梳。他的一些话，需要放在一定的语境中来理解，否则易被曲解。他的言说特点是一直警惕陷入迷津中，这就把现实性的语态引入话语之间，但又不是拘泥在现实性里。他总是在与历史和现实交流，与东方和西方对话，精神是飞腾的。这样复杂的交流，给我们许多别样的印象，与士大夫的语言和绅士阶级的语言就不同了。

---

① ［英］路德维希·维特根斯坦著，［芬］冯·赖特、［芬］海基·尼曼编：《维特根斯坦笔记》，许志强译，复旦大学出版社2008年版，第99页。

可以说，他既有启蒙主义的思想痕迹，又有一点"反本质主义的非本质性"意味。这出自对传统文化和近代文化的各种悖论的警惕：在坚持个性主义的同时，提防现代性给人带来的诸种刺激。这使他变得极为复杂。鲁迅很不幸，他死后，那些解释他的语言，都与他的精神相去甚远。我曾说，我们曾经用先生最厌恶的语言来解释他，这是他与后人奇怪的联系。

究竟从哪一方面来认识鲁迅的思维，有着视角的难度。鲁迅其实是个杂家。他样样都有点兴趣，样样都不太专业。最熟悉的，当是中国文学史吧。而他对文学史的把握，和其所赏析的文学理论，又多有不同。有创作经验的他，知道艺术乃精神不确切性的展示，理论却偏要纠缠于确切性中。一方面不断进入感性的幽微之地，一方面寻找认知的亮度，这给他的思维带来斑驳之色。由于这样的选择，精神的悖谬之处呈现出来了。

他一生翻译占了很大分量，译作比其创作的作品还要多，所以我说他首先是个翻译家，其次才是作家。因为翻译多，遂有诸多异端的思想，也因为总在关注现实，就把书斋的东西放弃了。鲁迅的翻译不系统，多按照兴趣而来。那些异样的文本都是认知的刺激。他的一部分思想也由此刺激而来。不系统，但趣味一以贯之，就有了色调的一致性。而在语法上，借用了日语、德语的词组，这也加大了其语言的回旋力度。

在日本的时候，鲁迅写过《科学史教编》《人之历史》那样学理性很强的文章，还有《文化偏至论》那样有尼采味道的檄文。这是两种思维，他都学到了一点。《科学史教编》《人之历史》偏于理性的确切性，《文化偏至论》则有否定思维的特点。一方面相信确切性的存在，一方面感到选择中存在着盲点，或许先生在一开始就把科学史看成否定之否定的历史吧。阅读了大量的书籍后，他不是增长了盲信，而是看到了人的残缺性。思考使其思维进入了审我的境地。

审我，不是审美与禅意的反视，而是追问自己的问题。这种追问，很像苏格拉底，是在与他人的对话中完成的。我觉得鲁迅是个很有自我批判意识的人。他攻击别人最厉害的时候，自己也非居高临下。不是把别人看成恶魔，自己呢，竟成了天使。不是这样的。他看到的不是美好的存在，而是自我的缺失。比如他说：

> 我的作品，太黑暗了，因为我常觉得惟"黑暗与虚无"乃为"实有"，却偏要向这些作绝望的抗战，所以很多着偏激的声音。[1]

这样的话，很坦率，没有一点做作的痕迹。他选择什么，是有意图的。可是他也有惶惑的时候。他的惶惑，不是把自己推向非理性的极端，而是在自讽中上升到精神盘诘的层面。比如他说：

> 我至今终于不明白我一向是在做什么。比方做土工的罢，做着做着，而不明白是去筑台呢还是在掘坑。所知道的是即使是筑台，也无非要将自己从那上面跌下来或者显示老死；倘是掘坑，那就当然不过是埋掉自己。总之：逝去，逝去，一切一切，和光阴一同早逝去，在逝去，要逝去

----

[1] 鲁迅：《两地书》，见《鲁迅全集》第11卷，人民文学出版社2005年版，第21页。

了。——不过如此，但也为我所十分甘愿的。[1]

先从自己开始，审视精神里的问题，把内心的毒汁清洗一过。在颠覆别人的时候，已经先将自己颠覆过了。他说：

> 我曾经说过：中国历来是排着吃人的筵宴，有吃的，有被吃的。被吃的也曾吃人，正吃的也会被吃。但我现在发现了，我自己也帮助着排筵宴。[2]

是的，他不自恋。因为他时时记得自己的有限性。外在的徽号在他看来颇为可笑，自己剩下的只是一颗平静的心。王乾坤在《鲁迅的生命哲学》中说：

> 鲁迅一生不愿意以"圣贤""善人""君子""师表"自塑，而宁可"化为泼皮"，宁可"寻野兽与恶鬼"，宁可残缺若"子与璧"，宁可做"速朽"之"野草"。在价值论上我们可以说这是个性主义，而从生命哲学上说，这里要突现的是人的有限性。他要以此打破无限性、普遍性的统治。[3]

鲁迅对有限性的揭示，是一个动人的发现。在他越丰富、越激越

---

[1] 鲁迅：《写在〈坟〉后面》，见《鲁迅全集》第1卷，人民文学出版社2005年版，第299页。

[2] 鲁迅：《答有恒先生》，见《鲁迅全集》第3卷，人民文学出版社2005年版，第474页。

[3] 王乾坤：《鲁迅的生命哲学》（增订版），人民文学出版社2010年版，第56页。

复杂的时候，空漠的孤寂却越多，印满了追问中的未果之憾。他的有哲学意味的表述，就把自己与知识群落剥离开了。当自己一无所有的时候，面对苍凉的世界，所有的存在都被赋予别样的色彩。世界被谎言占据了，只有自己的肌肤的感受才是真的。他忠实于这样的感受，同时穿越到陌生的时空。在别人以为没有意义的地方，他发现了意义。

二

他永远在走着，从不回到昨天的地方。熟悉其文本的人都承认，鲁迅是个很少重复自己思路的作家。他的小说都各自成篇，路向不同。杂文也是这样，变化很多，篇篇有趣。不愿意重复自己，是有很强创造欲的人才有的现象。有趣的是，鲁迅是个有好奇心的人。他曾译介过日本学者关于好奇心的文章。那是分析儿童的文章，可是在鲁迅看来，中国的成年人何尝不需要它？从他的藏书可以看到，各类科学的书很多，都是新兴学科的。直到他晚年，这样的儿童般的好奇心，一直保存着。

周作人在回忆中提到鲁迅对各类学问的兴趣。他在《关于鲁迅二》里谈到了鲁迅留日时期的翻译和阅读生活，内容很详细：如何欣赏俄国诗人与小说家，怎样细读日本的小说，这些都是对鲁迅知识结构的一种展示。从日本留学时期的一些资料可以看到，鲁迅对科幻小说、地质学、科学哲学都有兴趣，但域外小说给他的冲击可能最大。在初期创作中，域外文学的影子很重。学安特莱夫的阴郁，得其神，

鲁迅忧思录

12　话语的维度

灰暗与无奈都那么美地流溢着；仿夏目漱石的忧思，得其体，国民性的批判是毫不温暾的；而对果戈理的无事的悲剧的习用，得其意，黑色的惬意无声地流动着。从某种意义上说，是杂取种种、得意忘形的。

重要的在于，这种好奇心使他闯过了思维定式的魔力，将既定的感知问题的方法颠覆了。他喜欢撕碎旧有的语言，进入道德之外的话语领域。好奇心的结果，是多了一种怀疑主义的判断力。保罗·利科在《历史与真理》里讲道："语言也生产；语言不提出要求。只有怀疑能把语言变成问题，把提问变成对话，即变成了回答的问题和对问题的回答。"①鲁迅一向是把表达当为问题的。他意识到，那些不受奴隶语言和奴才话语方式诱惑的人，才可能说出真话。

只有忘掉旧话，使用新鲜的语言，才能获得表达的快慰。虽然他知道很难做到这一点。在新文化运动初期，他使用的不是胡适那一套语言，到了左翼时期，语言也很少有政治意味。在最偏激的时候，他保持了与政治话语的距离。在翻译卢那察尔斯基、普列汉诺夫的文本时，他喜欢的是文学批评的表述，而非政治的表述。以非革命的话语表述对革命的理解，恰是他老实的地方。而钱杏邨等人的翻译腔下的理论言说，倒是与革命距离很远了。

语言要新，必须输血。古语当然可用，而离我们毕竟远了。那么民间呢？自然可用，方言、口语都可入文。他的小说，就是一例。还有一个，那就是从翻译中来，从中可以得到许多启发吧。

鲁迅曾被人讥刺为世故老人，可是他一直对童话抱有热心。比如所译的童话多多，占了翻译中一定的比例。他译介爱罗先珂的童话，

① ［法］保罗·利科：《历史与真理》，姜志辉译，上海译文出版社2004年版，第207页。

306

津津有味。别人以为价值不大，他却自有心得。盲人写作，是有自己的想象力的，那种特殊的表达，给人的是思维的快乐。没有禁区，用语奇异，句子跳跃，都把既定的套路打破了。人们抱怨他翻译的都是小作家的作品，似乎没有眼光。而鲁迅大概觉得，小作家远离名家的话语方式，可能更有价值，莎士比亚、歌德自然伟大，伟大到人所熟知的程度。而二三流的作品也许整体看不行，但闪光点才是要摄取的。每个存在都有与众不同的地方，对这些异样的东西，要敏感地拿来。这很重要。

他采用的都是灵光碎片，表达的也是只言片语，没有体系方是自由的。同代人努力堆积的理论大厦，用钱锺书的话说，一个个都坍塌了。

三

许多现代文人都说过中国的坏话，雅一点叫国民性什么的。鲁迅也说过许多中国的坏话，但他说的时候，自己心动，我们也随之心动。

他批判旧时代的遗存时，总站在人本的立场。他认为，无论什么文化，如果阻碍人的生存，大概就会有点问题。在教育部工作的时候，他看到官僚体系的运作过程，深味其间的荒唐。世界被几个政客设计的时候，文化就变色了。而未曾变色的，却不在士大夫的视线里。回避和远离官的文化，才是本然。用这个眼光看以往的历史，问题显而易见。过往的遗存不过灰尘，谈到国粹问题，他讲道：

> 譬如一个人，脸上长了一个瘤，额上肿出一颗疮，的确

鲁迅忧思录

是与众不同，显出他特别的样子，可以算他的"粹"。然而据我看来，还不如将这粹割去了，同别人一样的好。

……

我有一位朋友说得好："要我们保存国粹，也须国粹能保存我们。"

保存我们，的确是第一义。只要问他有无保存我们的力量，不管他是否国粹。[①]

显然，讲这段话时，鲁迅是站在无权的弱者的立场的，和统治者是对立的。可惜，以往的文化，多是站在统治者的一边的。民之苦乐，有大的空间，可不在汉语书写的场域。文化自然是要寻找这样的场域。这也可以为他提供加入《新青年》活动的线索。平民文化和乡野文化的瞭望，庶几可以缓解我们文化的衰朽的步幅。

他讲许多话时，都是这样。

《祝福》这样的作品，是他精神的注脚。那立场，就完全是民间的。在传统文化的基础上，形成了一种无形的精神权力空间，民间信仰被完全污染，汉文明的信息作为一种符号充当了扼杀人的精神的武器。这种从对弱小者的爱里思考问题的姿态，是本然的反应，可是没有几个读书人意识到这些。由此也能够看出他的一种思想逻辑，其加入左联的内在动机也可以解释了。在他最"左"的时候，这个立场是强化的。中国知识分子向左转，乃不满于压迫人性的力量使然。晚年他的几篇文章的左倾化倾向，含着一种激愤。《中国无产阶级革命文

① 鲁迅：《随感录三十五》，见《鲁迅全集》第1卷，人民文学出版社2005年版，第321～322页。

学和前驱的血》说：

> 我们的劳苦大众历来只被最剧烈的压迫和榨取，连识字
> 教育的布施也得不到，惟有默默地身受着宰割和灭亡。繁难
> 的象形字，又使他们不能有自修的机会，智识的青年们意识
> 到自己的前驱的使命，便首先发出战叫。这战叫和劳苦大众
> 自己的反叛的叫声一样地使统治者恐怖，走狗的文人即群起
> 进攻，或者制造谣言，或者亲作侦探，然而都是暗做，都是
> 匿名，不过证明了他们自己是黑暗的动物。①

懂得了他的讲话的立场，就能够知道他为什么不喜欢胡适、梁实
秋、徐志摩这些人。因为那些人属于绅士阶级和有闲阶层。鲁迅的文
字，最厌恶的大概就是这些。他的写作的逻辑起点，是不是由此可以
找到？

一方面骂传统是吃人，另一方面骂绅士阶层的梁实秋是"丧家的
资本家的乏走狗"，都不是气话，而是一种文化选择的姿态。因为这
些存在，和民众的生存疾苦没有亲缘的联系，甚至只能是这个世界的
合谋者。这也可以解释他何以亲近苏联，何以译介马克思主义文献。
因为那些属于大众，属于中国的被压迫者。

可是被压迫者没有自己的表达空间，他们的书写是空白的。鲁迅
主动放弃那些士大夫的表达方式，开始寻找新的语言世界。

然而新的语言如何成立，他也并不知道。在参加大众语的讨论时，

---

① 　　　鲁迅：《中国无产阶级革命文学和前驱的血》，见《鲁迅全集》第4卷，人民文
学出版社2005年版，第289页。

不免有乌托邦的冲动。新的语言应从民间来，可书写的还是读书人。世界是知识阶层描述的。要颠覆文人的文本，实在是大难之事。因为难，才显出价值。精神的立足点就与人不同了。

之所以会感到他的文本的鲜活和流动的美，那恰是先生不断出走、贴近泥土的缘故。

四

读者在欣赏鲁迅的天马行空的一面的时候，也注意到了他用语的讲究，是节俭和小心的。遣词造句，都别有深意。从表达的背后，可以看出其思考的谨慎。一些语句的繁复，大概是为了修复表述的漏洞。在他的眼里，语言漏洞殊多，所以他的表达总是具体、细微而又跳过习惯用语的。

言语需要限定，在限定里表达自己的思想。而那时候人们多是空泛地谈论国家、民族等问题，即便讲身边的琐事，也似是而非，模棱两可。比如革命文学的理论描述，比如写实观念的达成，都非严谨的思路使然。

在日常谈吐里，能够看出他考虑问题的周到和深切。他的学生问他结婚的问题，意思是问是否可以结婚了，鲁迅的回信是这样：

> 结婚之事，难言之矣，此中利弊，忆数年前于函中亦曾为兄道及。爱与结婚，确亦天下大事，由此而定，但爱与结婚，则又有他种大事，由此开端，此种大事，则为结婚之

前，所未尝想到或遇见者，然此亦人生所必经（倘要结婚），无可如何者也。未婚之前，说亦不解，既解之后，——无可如何。①

大彻大悟之后，是无言的沉默，而要说出，则难以言之。这是典型的鲁迅的思维。人选择了什么，就会遇到什么问题。问题是随着选择而出现的。人必须选择，但又必须有选择中的警惕。这是存在的悖谬。只有从悖谬出发，才能体味人生。《野草·墓碣文》里也可以看出他的"一声多调，一影多形的特点"。他是在反语和内省里颠覆语言的秩序的。因为人生所经历的不都在语言中，语言的世界也多虚幻的一面，客体被虚幻的词语描述的时候，恰是被分解的时候，你不会走近真实的所在地：

于浩歌狂热之际中寒；于天上看见深渊。于一切眼中看见无所有；于无所希望中得救。②

鲁迅表达自己看法的时候，从不说"是"或"不是"。比如关于公平的讨论，他并不反对公平，但首先要看，对手是否讲公平，如果不是，那就不能一味说公平。民主是好的，可是对一个不讲民主的人，只能用革命的方式解决。具体问题具体分析，不是笼统地表述。

不笼统，具体化，是他言说的一个特点。早年，在讨论当下的问

① 鲁迅：《300503致李秉中》，见《鲁迅全集》第12卷，人民文学出版社2005年版，第233～234页。
② 鲁迅：《墓碣文》，见《鲁迅全集》第2卷，人民文学出版社2005年版，第207页。

题时，他说："一要生存，二要温饱，三要发展。"[①]但他接着又说："我之所谓生存，并不是苟活；所谓温饱，并不是奢侈；所谓发展，也不是放纵。"[②]所有的表述，都有限定，不限定，就会漫漶，无所根据。在使用语言的时候，他一直小心翼翼，因为语言也是陷阱。你不能不感到他的缜密、多虑，他对习惯用语的警惕，不亚于对外在的荒谬存在的警惕。鲁迅对文字的苛刻，超过了对人生的苛刻。

理解鲁迅，应当看到其思想的彼此限定。他发现中文的问题是难以限定，确切性就消失了。于是在翻译中，他不断以硬译的办法为之，但这硬译的结果，是不被人识别，成了天语，既不合严复的"信达雅"之规，也非钱锺书所谓的"化境"。鲁迅修改母语的实践，有点堂吉诃德的样子，那结果，自然是失败了。

译文的诸种经验，带来了其杂文的丰富性与表达的确切性。在很东方的思维方式的背后，其实他已经将白话文的路向改造了。

五

周作人说鲁迅受到了夏目漱石的影响，一般人并非能一眼看出。在阅读鲁迅的文本的时候，常常可以感到一种很强烈的荒谬感。这在夏目漱石和果戈理那里是时常出现的。不过真的情况是鲁迅自身的幽默感的强烈，也有现实刺激的超常性反应。荒诞的背后倘还存在真诚

[①]　鲁迅：《北京通信》，见《鲁迅全集》第3卷，人民文学出版社2005年版，第54页。

[②]　鲁迅：《北京通信》，见《鲁迅全集》第3卷，人民文学出版社2005年版，第54～55页。

的话，便是一种无语或者说失语的沉默。可是一旦表达起来，就感到空虚。也就是"当我沉默着的时候，我觉得充实；我将开口，同时感到空虚"[1]。这是典型的现代表达的悖谬。

德里达认为，符号作为一个有差异的结构，其一半始终"不在这儿"，另一半始终"不在那儿"。[2]德里达还认为，只有在一个整体的文本中才能赋予符号真正的意义，表达才是完整的，那些永远缺席的符号才能给在场的符号以意义。而言说是做不到这一点的。[3]用这个观点看鲁迅，似乎是有呼应的地方。1927年，国民党杀人如麻，鲁迅被吓得目瞪口呆。他叹道：

> 革命，反革命，不革命。
>
> 革命的被杀于反革命的。反革命的被杀于革命的。不革命的或当作革命而被杀于反革命的，或当作反革命的而被杀于革命的，或并不当作什么而被杀于革命的或反革命的。[4]

类似的感觉很多，文辞的盘绕其实是现实难以理喻的盘绕。语言永远在现实的后面，而要还原现实，则只能盘绕词语，使其陌生化。其杂文的不断改变形态，实在是现实刺激的结果。

无意间，他的诸多感叹更接近玄学的意味。人间的不可理喻性的

---

[1] 鲁迅：《野草·题辞》，见《鲁迅全集》第2卷，人民文学出版社2005年版，第163页。
[2] 乔瑞金：《非线性科学思维的后现代诠解》，山西科学技术出版社2003年版，第50页。
[3] 乔瑞金：《非线性科学思维的后现代诠解》，山西科学技术出版社2003年版，第54页。
[4] 鲁迅：《小杂感》，见《鲁迅全集》第3卷，人民文学出版社2005年版，第556页。

思索，其实就有玄学的一面。鲁迅的气质更合乎此点。在厦门的时候，他为《朝花夕拾》写下了这样的题记：

> 我有一时，曾经屡次忆起儿时在故乡所吃的蔬果：菱角，罗汉豆，茭白，香瓜。凡这些，都是极其鲜美可口的；都曾是使我思乡的蛊惑。后来，我在久别之后尝到了，也不过如此；惟独在记忆上，还有旧来的意味留存。他们也许要哄骗我一生，使我时时反顾。[①]

鲁迅发现了记忆的不可信性，那么语言就都可信吗？世间流行的信仰、期许是否都有陷阱也未可知。尼采在《苏鲁支语录》里写到了言语的无助，自己是自己的敌人，那么语言也是语言的敌人吧？智慧会欺骗自己，语言也难逃罗网。岂止如此，语言的虚幻也恰因了存在的虚幻。因为诸多的存在是无法用词语理喻的。鲁迅从许多域外的诗人与作家的文字里，看到了此点。那些作家经常使用悖反的语言讨论问题，鲁迅所译介的诗文里，有许多这样悖反的语言。比如裴多菲的诗歌：

> 希望是甚么？是娼妓：
> 她对谁都蛊惑，将一切都献给；
> 待你牺牲了极多的宝贝——
> 你的青春——她就弃掉你。[②]

[①]　鲁迅：《〈朝花夕拾〉小引》，见《鲁迅全集》第2卷，人民文学出版社2005年版，第236页。

[②]　鲁迅：《希望》，见《鲁迅全集》第2卷，人民文学出版社2005年版，第182页。

诗人的触角太鲜活了。在鲁迅所翻译的尼采、安特莱夫、迦尔洵、有岛武郎的作品里，这样的句式有很多。好的作家是撕裂流行语言的，他们的思想穿越了流行的空间，建立了自己的诗学宇宙。

他晚年的文字的荒谬感异常强烈。他写青年的死，看到了自己苟活的悲哀。语言有什么用呢？作家的文字不过如此罢了。在《我要骗人》里，他说出自己身份的尴尬，言说中的无定性，反而使表达更荒谬了。一面慢条斯理地写着文章，一面觉得对不起读者。这是怎样的心境？

好像所有的问题都可以写，而所写出来的不过是对原意的遗漏。鲁迅在作品中传达的是这样的空漠的感受。也因此，文章有了寒冷中的暖意。福柯觉得，欲求是可以超出语言表象的。①那么，鲁迅心绪的浩渺在语词里得到突围，则给研究者带来了谜语般的诱惑。

六

鲁迅在内心以为周围的思维语境坏掉了。这造成了他追问的心理，对思维定式的颠覆，在他的文字中比比皆是。中国人喜好圆满、团圆的结局，但鲁迅偏偏不是这样。他亵渎假的神灵，以为那不过是一个影，是不真实的。比如所有的县都有十景，不过数字上的附会，和真的现实无关。所有戏曲故事的结局都是皆大欢喜，空得了美名，与苦难的人生相去甚远。

---

① ［英］路易丝·麦克尼：《福柯》，贾湜译，黑龙江人民出版社1999年版，第56页。

在没有问题的地方，他提出了诸多问题，也由此遭到质疑、不满和攻击。20世纪30年代，正是梅兰芳走红的时候，鲁迅却写过多篇文章，对京剧提出批评。《略论梅兰芳及其他》说：

> 他未经士大夫帮忙时候所做的戏，自然是俗的，甚至于猥下，肮脏，但是泼剌，有生气。待到化为"天女"，高贵了，然而从此死板板，矜持得可怜。看一位不死不活的天女或林妹妹，我想，大多数人是倒不如看一个漂亮活动的村女的，她和我们相近。[①]

许多人对鲁迅的这一批评是不满的，以为是对民族遗产的不恭。而鲁迅以为，士大夫对社会的不断美化和涂饰，与百姓的经验殊远，非真正的艺术。问题在于中国的读书人，总要在虚幻中造一条路，把人引向迷途。不去掉士大夫气，文学总是有问题的。

旧式思维造成了人们的懒惰。一切新的棘手问题出现的时候，以奴性的语言怎么能够解释清楚？国家败亡的时候，鲁迅说文人、美女竟成了替罪羊，似乎和权力者无关。此系奴隶之思维；文人写了几句真话，被看成社会动乱的原因，却没有人敢说是现实的结果。这也是奴隶时代的话语方式。30年代，看到乡下百姓迷信的风气，鲁迅痛心地说出改变愚民教育的渴望，因为百姓的精神在囚牢里真的久矣。思维定式的结果，就是不思变革，精神还停留在过去的世界，对新来的一切都持拒绝的态度。于是便形成一个僵死的舆论环境，底层的市民

[①]　鲁迅：《略论梅兰芳及其他》，见《鲁迅全集》第5卷，人民文学出版社2005年版，第610页。

气与上层的官气，都呈现出一种气韵，那就是思想杀人。或以道德罪构陷，或因政治罪砍头，真的不像在真的人间。《论"人言可畏"》中对市民与小报的流言之毒的愤恨，就缘于他看到了国民劣根的本源。

鲁迅对国民的积习的失望，使他从艺术中找到对应的存在。思维定式总是在时间的限定里，在习惯的语言空间里。撕碎这样的空间，才能出离某种误区。于是他不断在与历史的对话里，看民族性凝固的一面带来的问题。要在让人们麻木的地方发现问题，在没有破绽的地方看见破绽，则要有一种穿透的力量。《名人和名言》揭示了"博识家的话多浅，专门家的话多悖"的窘境，那结论便是：把"名人的话"和"名言"分开，不可以为"名人"都有名言者也。

我们在鲁迅的作品里一再可看到出其不意的笔法。如在小说集《故事新编》中，他常常在历史叙述中加上现代的元素，黑色幽默的意味出现了。《铸剑》乃复仇的故事，而结局不是圆满的辉煌，却是同归于尽的悲壮，荒诞的画面，把一切所谓争议的美名都消解了。

在一些作品里，他一直希望挣脱文化史对人的限定，如在肯定民间戏剧的鬼魂意象的同时，他嘲笑宫廷御用的艺术。《补天》描述了女娲造人的辉煌场景，那么纯美、伟岸，没有丝毫的猥琐和阴暗。但后来作品中出现了道学气的小丈人，就把历史空间拉到了现在，有了另外的韵致。

在这里，士大夫的习惯用语和历史惯性遭到了颠覆。被抑制的时间之流流到了另一个地方。这种不限于有限的无限的可能性，是其书写惬意的地方。把现实的元素和历史的元素重新排列的时候，既成的历史思维定式就被摇撼了。果戈理在《死魂灵》中以荒诞的笔法写出了现存世界的不幸，那也是一种撕裂。陀思妥耶夫斯基《穷人》的笔意也有类似的意味。鲁迅在借用域外小说灵感的时候，找到了进入中国问题的入口。一个密封的时空系统就这样被撕破了。

七

在鲁迅那里，是存在着一个批判性的话语的。这个话语的逻辑结构是什么，也让人难以琢磨。鲁迅的语言有攻击性，但不是居高临下的攻击，那些带刺的文字，是智慧、趣味、忧愤、爱意的盘绕。

传统的文人批判世界的时候，只会在幽默和志怪文本里含蓄地影射，正面攻击则有失儒雅。问题是人们大多深味世故，而鲁迅喜欢的恰恰相反，是不通世故，或远离世故。30年代的青年喜欢他的文章，乃因为其内心的纯美的闪动，而中国那时候的文人的装腔作势何其之多。随波逐流易，而逆俗则大难。《世故三昧》描述了一种心态：

> 你最好是莫问是非曲直，一味附和着大家；但更好是不开口；而在更好之上的是连脸上也不显出心里的是非的模样来……①

他知道这样活着很好，可这是有问题的，他偏偏不去做这样的选择。他说：

① 　鲁迅:《世故三昧》，见《鲁迅全集》第4卷，人民文学出版社2005年版，第607页。

我自己也知道，在中国，我的笔要算较为尖刻的，说话有时也不留情面。但我又知道人们怎样地用了公理正义的美名，正人君子的徽号，温良敦厚的假脸，流言公论的武器，吞吐曲折的文字，行私利己，使无刀无笔的弱者不得喘息。倘使我没有这笔，也就是被欺侮到赴诉无门的一个；我觉悟了，所以要常用，尤其是用于使麒麟皮下露出马脚。①

这样的态度，就把自己放到了荒原里，一切都不顾及了。于是在他那里呈现出一种苍凉悲壮的画面：将思想从利害中剥离出，就只能在庸众之外的世界里独语。《〈华盖集〉题记》云：

　　也有人劝我不要做这样的短评。那好意，我是很感激的，而且也并非不知道创作之可贵。然而要做这样的东西的时候，恐怕也还要做这样的东西，我以为如果艺术之宫里有这么麻烦的禁令，倒不如不进去；还是站在沙漠上，看看飞沙走石，乐则大笑，悲则大叫，愤则大骂，即使被沙砾打得遍身粗糙，头破血流，而时时抚摩自己的凝血，觉得若有花纹，也未必不及跟着中国的文士们去陪莎士比亚吃黄油面包之有趣。②

这是鲁迅的个性。艺术之宫的既定套路早已朽矣，只有在陌生的

---

①　　鲁迅：《我还不能"带住"》，见《鲁迅全集》第3卷，人民文学出版社2005年版，第260页。
②　　鲁迅：《〈华盖集〉题记》，见《鲁迅全集》第3卷，人民文学出版社2005年版，第4页。

环境里直面世间才可能发现隐秘。雅斯贝尔斯在论述苏格拉底时说："苏格拉底不直接告诉人们什么是知识，而是让他们自己去发现。"①或许世间真正的思想者都是这样，鲁迅快意于在孤寂中的发现。一切既成的说教都不及自己体验得来的知识那么亲切。人的终点不过是坟，但是在通往死灭的路上，自我的反抗可能更接近真实之路。

而他从未以为自己是个英雄。如果是的话，也只是失败的英雄。

这样的决然和坚定，在儒家文化信条里不多，也有不通中庸之道的可敬。看似不近人情，实则真性情的流露。儒家讲人情最多，后来却以反人情的方式进入人情。鲁迅则把它完全颠倒过来。这也是他的极端的话语方式能赢得儒家文化场域最深处的人们的好感的原因。因为他保留了我们民族最纯粹的东西。真与善的话语在他极晦涩的逻辑里变得平常了。或者不妨说，他的不得不冒险的自我放逐，结果是回到人性的基本点。其惨烈、峻急背后的归宿乃一种温情，这似乎是可以理解其思维方式的视角。

善于冷嘲的鲁迅，在内心保存的这份柔情，乃精神迷人之所。所有的逆向选择，在非情理的背后，却有度己度人的暖意。中国六朝以前的文人的朗然之意，杂于其间：

> 所以中国一向就少有失败的英雄，少有韧性的反抗，少有敢单身鏖战的武人，少有敢抚哭叛徒的吊客；见胜兆则纷纷聚集，见败兆则纷纷逃亡。战具比我们精利的欧美人，战具未必比我们精利的匈奴蒙古满洲人，都如入无人之境。

① ［德］卡尔·雅斯贝尔斯：《大哲学家》，李雪涛主译，社会科学文献出版社2005年版，第68页。

"土崩瓦解"这四个字，真是形容得有自知之明。

多有"不耻最后"的人的民族，无论什么事，怕总不会一下子就"土崩瓦解"的，我每看运动会时，常常这样想：优胜者固然可敬，但那些虽然落后而仍非跑至终点不止的竞技者，和见了这样竞技者而肃然不笑的看客，乃正是中国将来的脊梁。[①]

这完全是与常人不同的思路。可以说，这是鲁迅苦心的所在。他孤独前行的一种内在动力也在此间。这种生命的选择，决定了其语言选择的奇异性。思想诞生于直面习惯势力的反诘之中，精神如果不进入初始的境地，将永远在幻象中盘绕。一切不是仅仅在于还原，还充满了创造。鲁迅在求真的同时，开始了一种创造的攀缘。他的句式是前无古人的，表达的空间亦异常敞亮。在人们安于铁屋子里的混沌时，鲁迅把一扇通往曙光的门打开了。

---

① 　　　鲁迅：《这个与那个·三　最先与最后》，见《鲁迅全集》第3卷，人民文学出版社2005年版，第152～153页。

13

鲁迅眼里的美

一

以前的评论家谈鲁迅，主要集中在文学层面，对其美术活动，只有少数画家和美术史研究者关注，深入者有限。鲁迅的成就，与他是个杂家有关。刘思源说那是"暗功夫"，这是知人之论。而这功夫之一，乃美术鉴赏与研究。其内在的因素给鲁迅文字的支撑力，是不可小视的。

有时候我们阅读鲁迅的文本，有种快意，那大概是美学所讲的神思吧。他对美的感受，是跨在文字与色彩间的。这个习惯在幼年就养成了。他对插图、碑帖、雕塑都有兴趣，在那些古旧的世界间找到精神的飞翔之所。图像的美与文字的美各得妙意，美的意蕴在此流溢着。早期的鲁迅对艺术有整体的看法，对文学与美术是一起讨论的。这个看似混沌的审美意象给他带来的好处，在后来越发明显了。

有趣的是，他对美术的兴趣是跨越中外的。他对现代美术品的注意，始自日本。西洋绘画与日本浮世绘对他的吸引力可以想见。也恰是与西洋绘画对比，他才知道故土的艺术的问题，优劣也一目了然矣。西洋与东洋的美术，让他反省故国的美术史的逻辑，而重塑美术图景的冲动，在他那里是从未消失的。

审美是复杂的心理活动，古人的经验给他的参照，无意中被应用到小说与诗文里了。其中楚文化的梦幻感对其颇有引力。郭沫若在

《鲁迅与庄子》中谈到了其中的承接点，那多是文字上的考察。鲁迅在绘画领域，亦有心得。他对南阳汉画像之感受，多有神笔。大量收藏中，妙品甚众。楚风浩大，"其来无迹，其往无涯"，林野间"汪洋辟阖，仪态万方"[①]，艺术贵于大气，于天地间见人心，在心怀中有日月。以诗与哲、诗与画入文，其境界就非一般儒生可比的。

古人的思维，混沌里藏着寓言。光线、音律诸因子散落着情思。诗文和绘画都保留了此一特点。鲁迅意识到了这些，其审美的律动就借助了其间的因素。或者可以说，他唤起了这些因素，成为自己生命的一部分。在受到了现代科学的沐浴后，其审美的路向有了变化。一是有确切性的思维，那里逻辑性强，是没有模棱两可的一面的。二是神识的思维，凭着直觉进入对象世界，幽微的存在纷至沓来，心灵广袤而辽远。这二者交织在一起，便有了奇异的伟力。两种不同的思维，在鲁迅那里是统一的。也因此，他唤起了冬眠的古老诗意，把旧的艺术形式激活了。

19世纪以后的世界美术，与哲学、文学共舞，出现了许多大人物。此后画家与作家间互往的故事多多，不胜枚举。作家谙熟美术者很多。劳伦斯、夏目漱石等都是。劳伦斯论画，能入肯綮；夏目漱石本身就有丹青之技，是诗画俱佳的人物。看鲁迅日记，他与陈师曾、司徒乔、陶元庆的交往，在画坛留下的足迹，都值得一思，和法国知识界那些大人物比毫不逊色。那里的故事，让我们这些后人总能够神往而钦佩。

像林风眠、刘海粟、吴冠中这样的画家，是很看重鲁迅的。他们

---

① 　　鲁迅:《汉文学史纲要》，见《鲁迅全集》第9卷，人民文学出版社2005年版，第375页。

在鲁迅那里，得到了美术那里没有的美感。文字中的美感，恰有画家求而不得的内蕴，意象通向更为辽远的世界。古代画家从诗文里获得的灵感何其之多，白话作家给丹青妙手的启示则十分有限。唯鲁迅有微末的幽思，让画家如进圣洁之所，可悟之境多矣。他把文字与绘画的优长演绎成篇，故有传神的笔意与灵思在。那是画家与诗人都想求得的神思。鲁迅尽揽于怀中，可谓大境界也。

鲁迅参与美术的活动，很少写成文字，译介的美术作品无数，却没写几篇美术研究的文章。而只言片语中有高论飘然而至，都是不可多得的箴言。其实那些言词都非天语，乃厚积薄发之心音。对美术的真心喜爱，又无功利之心，便有敬意涌动。他的生命，浸泡在此间，周身都是美丽的光环。也唯其如此，在丑恶的事物面前，他毫不畏缩，以圣洁对龌龊，便有凛然之气在。其美也柔柔，其思也悠悠，神乎其姿，妙乎其意矣。

二

大凡了解鲁迅著作的人，都能从其作品中感受到阳刚的力量。说他是中国真正的男子汉，不是夸大之言。他的作品有一种力之美，在昏睡的夜里忽然注入强烈的光泽，击退了丝丝寒意。他厌恶奴态的语言，有一种冲破阴暗的浩气。在散文随笔里，那些批判性的言论，都撼动着俗世的围墙，一道道伪道学的防线就被击退了。

这个特点在他留日时期的文字里就可见到了。那时期他所接触的近代哲学与艺术，给他冲击大的是摩罗诗人的恢宏、劲健之气，一洗杂尘，阅之如履晴空，四面是灿烂的光泽，这使他有了一种对强力意志的渴望。那是通过对尼采、克尔恺郭尔的阅读而得来的神思。《摩罗诗力说》在审美的路向上有一种冲荡之气，给人以不小的震撼力：

> 自尊至者，不平恒继之，忿世嫉俗，发为巨震，与对蹠之徒争衡。盖人既独尊，自无退让，自无调和，意力所如，非达不已，乃以是渐与社会生冲突，乃以是渐有所厌倦于人间。若裴伦者，即其一矣。①

摩罗诗人有如此的伟力，乃心胸开阔、心性放达之故。中国古代曾有类似的狂士与斗士，后来渐渐消失了。鲁迅原先以为只有西方有此刚健之士，后来整理远古的遗产，才知道那些古已有之，只是与洋人的背景不同罢了。他后来写小说和散文，保持了对力量感的坚守。比如《故事新编》《野草》，不乏气势恢宏之处，常有奇语出之。像《野草·复仇》写出惨烈的力，在灰暗中升腾着不屈的骨气：

> 然而他们俩对立着，在广漠的旷野之上，裸着全身，捏着利刃，然而也不拥抱，也不杀戮，而且也不见有拥抱或杀戮之意。
>
> 他们俩这样地至于永久，圆活的身体，已将干枯，然而毫不见有拥抱或杀戮之意。
>
> ……

---

① 　　鲁迅：《摩罗诗力说》，见《鲁迅全集》第1卷，人民文学出版社2005年版，第81页。

于是只剩下广漠的旷野，而他们俩在其间裸着全身，捏着利刃，干枯地立着；以死人似的眼光，赏鉴这路人们的干枯，无血的大戮，而永远沉浸于生命的飞扬的极致的大欢喜中。①

他对汉唐气魄的把握，亦有别人不及之处。比如他谈及汉代画像，认为其苍润淋漓，是大有风骨的。他喜欢汉代造像，所搜集的《东官苍龙星座》《象人斗虎》《象人戏兽》《白虎铺兽衔球》，都很大气，遒劲、奔放的韵律让人心动。关于汉代艺术与作家，鲁迅多有妙论，言及文学的话题甚多。他谈及枚乘时说：

其词随语成韵，随韵成趣，不假雕琢，而意志自深，风神或近楚《骚》，体式实为独造，诚所谓"畜神奇于温厚，寓感怆于和平，意愈浅愈深，词愈近愈远"者也。②

汉代文化，还没有泛道德的影子，思想还有空隙，民间并未都被污染。他后来钟情于汉画像的搜集，是有很大期待的，我们说那是一种复兴的梦，也未尝不可。他所欣赏的司马迁、枚乘都有伟岸的一面，天马行空的飘逸，向着神思之处聚拢，灿灿然如午日之光，普照苍穹。这些都暗自内化在他的世界里，文字洪钟般回旋在山野之间，历史与今天的对话的空间是异常广阔的。

他不止一次谈到汉唐气魄的问题，并说日本的浮世绘模仿了汉代

① 　鲁迅：《复仇》，见《鲁迅全集》第2卷，人民文学出版社2005年版，第176~177页。
② 　鲁迅：《汉文学史纲要》，见《鲁迅全集》第9卷，人民文学出版社2005年版，第413页。

造像。那里也有对祖先文明追忆的快慰。他所搜集的汉魏碑帖，大多是苍劲的，气韵绝无柔弱之态。他曾亲自摹写过罗振玉编辑的《秦汉瓦当》，感兴趣的恰是那天然晓畅的流线、神灵飞动的舞姿。这些后来都暗射到他的趣味里，行文无意间天风散落，爽然如秋意之缭绕。其文字有大荒原里的旷远，亦多暮色里的恢宏。和那些拘泥在小情调里的酸腐文人比，真的是巍巍乎壮哉了。

三

在他沉默的时候，我们也能够听到他忧郁的声音。不能不承认，对底层人的悲悯之情，以及自我的焦虑，给他的文字带来了一种沉静、痛楚的韵味。你能够在许多地方读出他孤独心境的流露，以及淡淡的悲伤。这是天性里的声音呢，还是后天修炼使然？我们常常被其叙述感染。在《故乡》《狂人日记》《孤独者》那里，绝望和反抗的东西俱在，读者会因之而心神俱动。《孤独者》写魏连殳死后"我"的感受：

> 敲钉的声音一响，哭声也同时迸出来。这哭声使我不能听完，只好退到院子里；顺脚一走，不觉出了大门了。潮湿的路极其分明，仰看太空，浓云已经散去，挂着一轮圆月，散出冷静的光辉。
>
> 我快步走着，仿佛要从一种沉重的东西中冲出，但是不能够。耳朵中有什么挣扎着，久之，久之，终于挣扎出来

了，隐约像是长嗥，像一匹受伤的狼，当深夜在旷野中嗥叫，惨伤里夹杂着愤怒和悲哀。[①]

《孤独者》由忧郁始，也以忧郁终。一点明火的烛照都没有了。同样忧郁的是《伤逝》，几乎没有暖色，一切都是灰暗的。那种忧郁里有对生命的叹惋，以及微末的期冀。能够在此感受到强烈的痛感，还有挥之不去的烦恼，都非关乎己身的独语，有的是抚摸同类的忧戚。这时候在其叙述里能够谛听到耶稣般的柔情。天太寒冷了，在那悸动里传来的叹息，仿佛一缕光线穿透了我们的心。

许多自语般的文字里，都有他难以排遣的焦虑。用他自己的话说，内心太黑暗了。古人的忧伤的词语也传染了他。杜甫、陆游的文字在此间都能够看到一二。在所译的迦尔洵、安特莱夫、阿尔志跋绥夫的文章中，都有挥之不去的哀愁。后来他自己的写作，也不自觉地染有这类感伤的调子，在他眼里，这也是内心不能去掉的存在。

但他不都是沉浸在忧郁里的，内心是厌恶这种忧郁的，当意识到这种忧郁有病态的因素的时候，便以自嘲的语气消解之。他常常从忧郁中走出，以对抗的姿态面对旧我，这时候就出离幽怨了，有了动感的辐射。这让人想起普希金的诗句，在惆怅的旋律里，奔腾的爱意和飞渡苦楚的激情，就把那些暗影驱走了。

他在介绍尼采、托洛茨基的文章时，感动于那种在绝望后的决然。不满于自己的狭窄化的时候，精神的角斗就出现了。不断和自己内心的暗影抗争，摆脱鬼气和萎靡之气，就有了异样的回旋的张力。许多

① 　鲁迅:《孤独者》，见《鲁迅全集》第2卷，人民文学出版社2005年版，第110页。

鲁迅忧思录

13　鲁迅眼里的美

研究者都看到了此点，一些专著对此有深入的思考。的确，忧郁背后的那个存在对于他十分重要，那是与其他感伤的作家不同的存在。《过客》借着主人翁的口说道：

> 那不行！我只得走。回到那里去，就没一处没有名目，没一处没有地主，没一处没有驱逐和牢笼，没一处没有皮面的笑容，没一处没有眶外的眼泪。我憎恶他们，我不回转去！[1]

一方面是纠结不已的惆怅，一方面又是从其间出走的冲动。沉浸在死灭的寂寞不久就被搏击的快慰代替了。那是一种新生的可能吗？抑或别的什么？一切都那么真实，又那么带有召唤的力量。忧郁产生于无奈和孤苦的环境，人都难以摆脱它的袭来。作者对此毫不保留，就一面那么真情地裸露着自己苦楚的心，可是一面又时时从这种绝望的地方位移，走向远离它的地方。

晚年他介绍珂勒惠支版画的时候，那些含着泪的画面，不能不说也都是一种呼应。他解释这些作品时，内心对画家是认可的。但珂勒惠支对他最重要的，是忧郁背后的冲动，于毁灭间不失的灵动之气。因为唯有大爱者，方可以见不幸而垂泪，临深渊而凛然。想起鲁迅黑白分明的个性，人们怎么能不感动呢？

---

[1] 鲁迅：《过客》，见《鲁迅全集》第2卷，人民文学出版社2005年版，第196页。

四

曾经说过古文很多坏话的鲁迅，其实很有古风。他身上旧文人的气韵，催生了诸多奇文。要不是与西洋文明相遇，鲁迅可能是另一个样子。他身上的古雅的意味，从未消失。可是在与尼采、契诃夫相逢后，精神变得浑厚了，但那种古朴的因子，顽强地保留下来。他那么喜爱晦涩的尼采、陀思妥耶夫斯基，而自己面对中国问题时，却退回到吴敬梓、蒲松龄的道路了。在小说中，他借鉴了古小说的理念，以白描的手法隐含深意，大有快意。那些对风情的描摹，犹如古画一样静穆有趣。他所译的作品，艰涩、幽玄者颇多，而自己动手写作时，则没有西洋的痕迹，完全中国化了。

《风波》的开首就说：

> 临河的土场上，太阳渐渐的收了他通黄的光线了。场边靠河的乌桕树叶，干巴巴的才喘过气来，几个花脚蚊子在下面哼着飞舞。面河的农家的烟突里，逐渐减少了炊烟，女人孩子们都在自己门口的土场上泼些水，放下小桌子和矮凳；人知道，这已经是晚饭的时候了。①

简直像一幅风俗图，静静地呈现着乡村的一角。有时他的笔端含有汉代的高远之气和六朝的苍冷，有时则见明清以来江南水乡的诗境。《阿Q正传》《孔乙己》都是白描，但旧街市与店铺间的人情世故，被

---

① 　　鲁迅：《风波》，见《鲁迅全集》第1卷，人民文学出版社2005年版，第491页。

传神地表现出来。那是宁静的画面，中国古老的乡镇凝固在一种死灭中。而当我们沉浸其间的时候，偶能见到古奥里的一缕新风。那些爽意的吹拂，荡去了雾气，显示了道路的深远。一个谣俗里的诗意就这样蠕活了。

《朝花夕拾》里多次出现乡村赛会的美和绍兴古剧里悠扬的情思。乡风里飘动着纯朴的青草的气息，那里无疑有着一种眷恋。《故事新编》里流动的是高远的精神遗响，庄子、老子、孔子时代的悖谬之歌，款款而来。中国古代的情思在其笔端是有的，从静穆里发现奔流的喧嚷也是有的。因为沉静，故可以抵挡流行色的诱惑。也因为古朴，文章与诗境就有了悠远的余韵。

鲁迅的古风还体现在小品里，开现代书话另一条路。他不太愿意像周作人那样沉浸在旧书的描摹上，害怕的是染上象牙塔气。可是他也偶尔涉足于此，不过不是赏玩其趣，而是和古代的幽魂纠缠，乃另一心境的闪现。借谈古人，实则写今世恩怨，还是与现实对话的。

如果放弃与现实的对话，只在象牙塔里看人看世，他一定会写出比周作人更古雅的作品。他偶尔涉足古书和艺术品题跋，亦有不凡之笔，比如《书的还魂和改造》《随便翻翻》的天然的丽质，《买〈小学大全〉记》的老到等。文字是白话的，背后却有古典的韵致，给汉语言发展带来了诸多启发。《买〈小学大全〉记》开篇说：

> 线装书真是买不起了。乾隆时候的刻本的价钱，几乎等于那时的宋本。明版小说，是五四运动以后飞涨的；从今年起，洪运怕要轮到小品文身上去了。至于清朝禁书，则民元革命后就是宝贝，即使并无足观的著作，也常要百余元至

数十元。我向来也走走旧书坊，但对于这类宝书，却从不敢作非分之想。端午节前，在四马路一带闲逛，竟在无意之间买到了一种，曰《小学大全》，共五本，价七角，看这名目，是不大有人会欢迎的，然而，却是清朝的禁书。[①]

文章娓娓道来，像是古人的书话。明代文人的文气里，就有这个东西。而读下去后，就会觉得不对劲了，看似赏玩之作，实则讲大的悲剧的生成，消失的恰是雅士的趣味。古而有今，以今人感受入古风之中，不是返古寻宝，而是考问我们文明里的灵魂，是否有鬼气和毒气。这时，能够看出他书写时的快意。士大夫文体就暗藏了颠覆之语。那些貌似古人口吻的存在，便一个个被现代知识分子的忧患感代替了。

不错，古书与古趣，剔除了毒素，便有了奇音，也就是古为今用之意。这个散淡古朴之美，对后来的小品文作家有颇多影响。黄裳、唐弢、文载道、舒芜都受此风所诱，即便是白话八股文四溢的时候，也没有去其古意，坚守了旧文人的品格。在文体上，鲁迅的丰富性是周作人、林语堂诸人均不及的。

如果说这种古风是一种美的话，那么与明清的文人是不一样的，和民国的学人也是有别的。同样是运用古文，鲁迅已经把它过滤了，那里被外文的语言洗刷过，也受到了民间话语的沐浴。于是那些文字获得了一种新意，如此明亮，如此丰饶，又如此不事雕琢。古朴是一种境界，新文学的作家解此意者，真的寥寥无几。

①　　鲁迅：《买〈小学大全〉记》，见《鲁迅全集》第6卷，人民文学出版社2005年版，第55页。

鲁迅忧思录

13　鲁迅眼里的美

五

年轻时候我第一次读《故乡》《补天》《社戏》，被那缥缈而神异的画面打动，觉得其凄楚的背后，还有迷人的幽秘之所，内心便有了好奇。在鲁迅作品里，总能够看到一些民俗的神秘和神话般的神异。这些都让人有肃然起敬之感。这样的作品数量不多，却让人流连忘返。《补天》开篇颇为宏伟：

> 女娲忽然醒来了。
>
> 伊似乎是从梦中惊醒的，然而已经记不清楚做了什么梦；只是很懊恼，觉得有什么不足，又觉得有什么太多了。煽动的和风，暖暾的将伊的气力吹得弥漫在宇宙里。
>
> 伊揉一揉自己的眼睛。
>
> 粉红的天空中，曲曲折折的漂着许多条石绿色的浮云，星便在那后面忽明忽灭的映眼。天边的血红的云彩里有一个光芒四射的太阳，如流动的金球包在荒古的熔岩中；那一边，却是一个生铁一般的冷而且白的月亮。然而伊并不理会谁是下去，和谁是上来。[①]

这是油画般的高远古奥的画面。没有绘画感的人断不能有这样神奇的笔法。鲁迅内心有着古典美学的因子，偶一表达，便有奇气袭来，飘荡中有罕见的神韵在。我们在欣赏塞尚、凡·高的作品时，曾有类

---

① 　　鲁迅：《补天》，见《鲁迅全集》第2卷，人民文学出版社2005年版，第357页。

336

似的感受，他们的色彩的奇异诞生了缈如云烟的精神幻象。而在鲁迅，是靠汉字完成了这一幻象的构造的。

在《社戏》里，作者对水乡夜色的描摹，完全像一幅童话，那么静谧而幽远，仿佛从梦里飘来的神曲，在月光下荡起涟漪。作者很少如此精心地沉浸在一种民间的图景里，我们看到了他内心久久被压抑了的美的感受：

> 两岸的豆麦和河底的水草所发散出来的清香，夹杂在水气中扑面的吹来；月色便朦胧在这水气里。淡黑的起伏的连山，仿佛是踊跃的铁的兽脊似的，都远远地向船尾跑去了，但我却还以为船慢。他们换了四回手，渐望见依稀的赵庄，而且似乎听到歌吹了，还有几点火，料想便是戏台，但或者也许是渔火。
>
> 那声音大概是横笛，宛转，悠扬，使我的心也沉静，然而又自失起来，觉得要和他弥散在含着豆麦蕴藻之香的夜气里。①

这样的笔法，鲁迅很少运用，对此颇为节制，却通往着无限深远的天地，能够看出神思的远大。许多时候我们都能够发现这样的飘忽不定的、又扑面而来的美丽图景。《野草·秋夜》那个高而远的天空，不可思议的苍穹里的隐秘，被哲思般地描述着。这类笔法在他的许多文章中都可看到。《女吊》对绍兴鬼戏惨烈之声的刻画，是有民间的血色的。那背后的图腾般的韵律，指示着灵魂的深邃。这时候我们会

---

① 　　　鲁迅：《社戏》，见《鲁迅全集》第1卷，人民文学出版社2005年版，第592页。

鲁迅忧思录

13　鲁迅眼里的美

感到一种夜曲般的神奇、委婉与曼妙。心灵随之而悸动。里面忧愁不快的存在一点点散去，心被洗刷了一般。在没有意思的地方，看到的是无限深广的心灵图景，荒凉之所就泛出绿色了。

这个意象在他译介的作品里常常可以感受到。说他受到域外小说与绘画的影响也是对的。比亚兹莱的绘画，就有死灭与妖艳之趣，鲁迅介绍他的作品，用意深深。不是所有的艺术都可以进入灵魂的深度，比亚兹莱却打通了进入灵魂幽微之处的入口。法复尔斯基、克拉普琴科的版画也辽远而苍劲，在天地之间，灵魂获得洗刷。与那些画面相遇的时候，心被拽向无穷的夜空里，精神随之而飞动着。

从他喜欢的西方版画里，能够看出审美的一种路向。艺术不是庸常者的记忆，而是怪异神思的舞蹈，偏向着感受的围墙之外挺进，驶入看不见的神秘精神之所。这在洋人可能与神学有关，而鲁迅则把类似的意象叠加到心灵的幽秘之所。那里是深不可见的辽远，也是净化精神的形而上的世界。在杂文和小说里，其实也印着这样的痕迹。

我常常想，如果他只会嘲笑与对骂，那就不是鲁迅了。在四面是论敌、陷阱、死亡的地方，他保留了一个通往上苍的窗口。即便表述自己在大病中的苦态，无味琐事的罗列，也会使你感到他远走的灵魂。《"这也是生活"……》写到夜里病得失眠的事情，就有感人的神秘之笔：

街灯的光穿窗而入，屋子里显出微明，我大略一看，熟识的墙壁，壁端的棱线，熟识的书堆，堆边的未订的画集，外面的进行着的夜，无穷的远方，无数的人们，都和我有关。我存在着，我在生活，我将生活下去，我开始觉得自己更切实了，我有动作的欲望——但不久我又坠入了睡眠。①

短短的几句，从中我们看到了内心的神奇的美。那不是刻意的流露，而是一种自然的写真。这是"心事浩茫连广宇"的大境界，那些凡夫俗子怎么能理解他呢？如果艺术家没有一丝柔软的、隐秘的体验，那作品也许是苍白的。

鲁迅越到晚年，其作品中越可以看到他苦涩心绪的流露。暖意的存在那么深地环绕着他自己的世界。一个精神界的斗士，每每不忘情于苍生，怀有舐犊之情，还能带着青年一同在荆棘的路上走，我们是要为之感动的吧。你看他描写左联五烈士的文章，何等的沉郁而激越。夜色下的孤独残影里的独语，对远去的魂灵的寻找，从中可看出那心绪的广大。那些文字是对残酷的世界的见证。可是他又不满足于这种见证，常常是把内心最深邃的灵思诗意地表达出来。只有内心美丽的人，在与丑陋对峙的时候才显出力量。鲁迅的力量不都是来自知识与道德，从根本上来说，是来自他内心的美。托尔斯泰对着灾难的俄罗斯追问的时候，恰保持了圣徒般的美。泰戈尔的世界也是这样，在其文字里，破败的印度有了异样的微光。那么我们对鲁迅，也当作如是观。

六

有位作家回忆鲁迅谈天时幽默的样子，真的有趣。鲁迅说笑话的

①　　　鲁迅：《"这也是生活"……》，见《鲁迅全集》第6卷，人民文学出版社2005年版，第624页。

鲁迅忧思录

时候，自己并不笑。他嘲笑别人的同时，嘲笑自己。这是一些研究者也看到的。一个忧郁的作家，一般不会幽默。苏曼殊、郁达夫、丁玲都是。林语堂大谈幽默，可是在鲁迅看来，就缺少幽默的因素。懂幽默的人是不太谈幽默的。正像会游泳的人鲜谈游泳规律一样。鲁迅常常是这样的：在冷冷地看人看世后，不都把自己依偎在对象世界里，而是竦身一摇，跳到外旁，看自己的可笑。这种审视的转身，就有了距离感，一种幽默的美也出来了。可是在他看来，这是一种人生态度，一旦炫耀这种态度，就有自恋的一面了。

他其实是有一点戏仿的本领的，要不不会去译介果戈理、夏目漱石这样幽默感强的作家的作品。在悲慨之气的背后，幽默反讽的意味使其有了一种精神的狂欢。他在面对敌手时，有刀笔吏的峻急，也多果戈理式的反诘。下笔有种归谬意味，读者在忍俊不禁中有了顿悟。

比如笔法的幽默。他激愤的时候很多，一般很少说笑话。只是在清闲的时候，有一点闲笔，偶尔开一点玩笑。晚年他回忆自己的写作生活和人生态度时，就有一点轻松的嬉戏。《〈集外集〉序言》云：

> 我佩服会用拖刀计的老将黄汉升，但我爱莽撞的不顾利害而终于被部下偷了头去的张翼德；我却又憎恶张翼德型的不问青红皂白，抡板斧"排头砍去"的李逵，我因此喜欢张顺德将他诱进水里去，淹得他两眼翻白。[①]

能如此轻松地谈这样的话题的中国作家，我们实在找不出几个。

① 　　　鲁迅：《〈集外集〉序言》，见《鲁迅全集》第7卷，人民文学出版社2005年版，第5页。

340

搞笑，却不粗俗和无趣，其间多的是智慧，那才是艺术。这是民间的本领，在戏曲和小说中常可以见到。他讽刺徐志摩的时候，就用一种开玩笑的方式，既不说教，也非发泄私怨，而是嘲笑其痴呆的一面，以不正经的口吻，画出了其不正经的脸孔。还有和梁实秋的论战，也是如此，以漫画的笔触为之，类比的手法是可笑的，但内力伤人。所谓"刀笔吏"的意味一看即明。《"丧家的""资本家的乏走狗"》篇幅不长，却句句见刺，甚至有点恶意了：

> 凡走狗，虽或为一个资本家所豢养，其实是属于所有的资本家的，所以它遇见所有的阔人都驯良，遇见所有的穷人都狂吠。不知道谁是它的主子，正是它遇见所有阔人都驯良的原因，也就是属于所有资本家的证据。即使无人豢养，饿的精瘦，变成野狗了，但还是遇见所有的阔人都驯良，遇见所有的穷人都狂吠的，不过这时它就愈不明白谁是主子了。[①]

这完全是文学的玩笑，似乎是不经意之间的谈天，而分量却重。鲁迅不屑于用理论和对手论战，却使用画家的笔触，形象里有隐喻的跳动。形象总是要大于理论的。他读西方的小说，深味此点。俄国的理论家多矣，但托尔斯泰、陀思妥耶夫斯基的文本要比普列汉诺夫、卢那察尔斯基的论著丰富无疑，那是艺术的内在本性在起作用。所以，即便在最热衷于理论翻译的上海时期，鲁迅也没有去建立自己的理论腔。那原因可能是觉得以形象说话更有力度吧。

[①]　鲁迅：《"丧家的""资本家的乏走狗"》，见《鲁迅全集》第4卷，人民文学出版社2005年版，第251～252页。

鲁迅忧思录

13　鲁迅眼里的美

在上海的岁月，文坛的乱象刺激他开始考虑现代文化与现代文人的问题，得到的也不过荒唐的印象。他不喜欢这些，有时甚至厌恶。可是在复述那些遗存的时候，竟显得那么轻松，也看出他精神里的某些自信。对于无聊的文人，以严明的用力的笔法，实在是气力的浪费。只是轻轻一摇，不费功夫，就把群像描摹出来，让我们看后每每发笑。如《上海文艺之一瞥》：

> 才子原是多愁多病，要闻鸡生气，见月伤心的。一到上海，又遇见了婊子。去嫖的时候，可以叫十个二十个的年青姑娘家聚集在一处，样子很有些像《红楼梦》，于是他就觉得自己好像贾宝玉；自己是才子，那么婊子当然是佳人，于是才子佳人的书就产生了。内容多半是，惟才子能怜这些风尘沦落的佳人，惟佳人能识坎坷不遇的才子，受尽千辛万苦之后，终于成了佳偶，或者是都成了神仙。[①]

在无聊的时候，以看似无聊的笔法捕捉某类人的形象，在无意间看出生命的本色。只有思考者将问题沉淀下来的时候，才能如此潇洒地处理它们。这就有了玄思的力量。中国的作家往往要么只会愤恨，要么仅仅能伤感，在与灰暗周旋的时候，一个个都显得呆傻，或者智商不及恶势力那么强大。鲁迅的幽默，显示了他的强大——在知识、慧能、情感上覆盖了眼前的黑暗，那些可笑的存在几乎都成了手下的玩偶，任其嬉笑，随意东西，那背后便有其阔大的背影。而这样的时

① 　　　鲁迅：《上海文艺之一瞥》，见《鲁迅全集》第4卷，人民文学出版社2005年版，第298～299页。

342

候，我们就想起拉伯雷、吴敬梓那样的人物。这在《故事新编》里显得格外突出。有时候那种黑色幽默的场面，是可以和西方诸多杰出作家媲美的。

鲁迅的幽默，在于常常从文人不屑写的话题入手，从反雅的地方看世间的荒谬。那些在我们看来不可以入文的话题，竟在那里获得精神的亮度。在审美的层面，他开创了许多新视角。《马上日记》几乎是真实、琐事的罗列。但题旨一般人怎可小看？从己身的日常起居，写到广大的世间，都水到渠成，不必雕饰。那些不正经的词语有时让读者发笑，后来却引入严肃的话题，让我们在笑中恍然大悟，原来我们是这样可笑的一族。《论"他妈的！"》这样写道：

> "下等人"还未爆发之先，自然大抵有许多"他妈的"在嘴上，但一遇机会，偶窃一位，略识几字，便即文雅起来：雅号也有了；身分也高了；家谱也修了，还要寻一个始祖，不是名儒便是名臣。从此化为"上等人"，也如上等前辈一样，言行都很温文尔雅。然而愚民究竟也有聪明的，早已看穿了这鬼把戏，所以又有俗谚，说："口上仁义礼智，心里男盗女娼！"他们是很明白的。
>
> 于是他们反抗了，曰："他妈的！"
>
> 但人们不能蔑弃扫荡人我的余泽和旧荫，而硬要去做别人的祖宗，无论如何，总是卑劣的事。有时，也或加暴力于所谓"他妈的"生命上，但大概是乘机，而不是造运会，所以无论如何，也还是卑劣的事。
>
> 中国人至今还有无数"等"，还是依赖门第，还是倚仗

祖宗。倘不改造，即永远有无声的或有声的"国骂"，就是"他妈的"，围绕在上下和四旁，而且这还须在太平的时候。

但偶尔也有例外的用法：或表惊异，或表感服。我曾在家乡看见乡农父子一同午饭，儿子指一碗饭菜向他父亲说："这不坏，妈的你尝尝看！"那父亲回答道："我不要吃。妈的你吃去罢！"则简直已经醇化为现在时行的"我的亲爱的"的意思了。①

你自然可以说这是笑话，可是沉静下来，便觉得悲哀，觉得可怜，似乎都被他刺痛了。是呵，我们何尝没有这样的劣根呢？他在介绍《死魂灵百图》时，就看到了反讽的力量，并把这些新的审美理念输进中国。含泪的笑，幽怨的笑，催促出反叛的文学。其间的经验，后人并没有很好地总结。

现在，对他眼中的美可以有这样的基本结论了：鲁迅是一个带着奇妙的美意进入汉语世界的人。他远采汉唐之韵，近得民间之梦，旁及域外之魂。以写实而通幽玄，因战斗而获柔情，于喧嚷中有静谧，在无望中得自由。因为有了鲁迅，中国的审美地图被改写了。此后，我们才拥有了能与世界真正对话的真人，有了可以炫耀的新文艺的传统。我私以为，一卷鲁迅书在手，乃天地间最大之快活。与之为伴，方能随其吟之舞之，方能入诗意之境。在无趣、无智奚落着大众的智商的时代，有了这样的诗意，我们的世界还不至于荒凉起来。

① 　　鲁迅：《论"他妈的！"》，见《鲁迅全集》第1卷，人民文学出版社2005年版，第247～248页。

14

在『思』与『诗』之间

谁都知道，今天流行的文学研究话语基本是从域外传来的。我们在使用外来概念的时候，因受制于翻译语言，遗漏了原文的信息，书写时不太易对应文本的真意。当表述被知识的单一语境覆盖的时候，无论怎样言说都难以抵达审美深处。于是就出现了这样的局面：以简易的词语叙述对象世界时，所得仅仅是一角，许多丰富的意象被模糊掉了。

　　世人对于这种翻译体的写作早有微词。批评者的主要观点是，某些学术词语在简化人的创造性的表达。我注意到陈平原的新著《现代中国的述学文体》，一定程度上是对于学界日趋枯燥的表达的不满，内中的思考也有针对性。陈氏重点关注学人文章的隐秘，牵扯出一个值得深入关注的话题，探究起来不乏难点。将学术语言作为研究对象，源自其身的审美性，一旦进入内中的核心点，则无疑会刺激我们已经木然的神经。驻足那些有原创意味的文体家的著作，会发现世人对于母语表达的差异。不过在今天，有弹性的辞章越发稀少，陈陈相因的语言已经融化在我们的血液里。钱锺书晚年拒绝用通用的语言为文，实则寻觅自由的语态，旨在保持审美的自由。这是五四后一种学术文脉的延续，民国时期的学者，有许多也是作家，他们的文字其实也是诗。我们看王国维、鲁迅、废名的著作，知识向度中有诗的闪光，汉语在他们那里不是干瘪的存在，精神所指非单向度的，而是呈放射之状。这样的传统在今天渐渐地被外在的力量抑制住了。

　　文体是书写中形成的气脉、韵致和修辞智慧，也是表达感知世界

鲁迅忧思录

的词语微澜。因了主体世界的丰富性与对象世界的无限绵延性，每一次凝视与表述，都非固定的，语言在现象界前是有限的，只有不断调整其结构才能对应万千世界。就汉语本身而言，它有着自己特殊的意象空间，掌握了其特点方能有所变化。古代文学研究者，很早就注意到辞章变化的神秘轨迹。程千帆在面对杜甫文体时，认为其语言表达之所以高明，以下三点颇为重要：其一是"贵乎变通"，呼应各类传统，古今笔意悉入文中；其二是"才足以严律令"，经营惨淡，文字跳跃自如，有着没有规律的规律；其三是"学足以达标准"，知识与见识高于他人，精神是高远的。①程千帆对古人作品的领略，是贴近文本的顿悟，指出了优秀的汉语书写的审美特征。文体之事，其实是学识的表现，精神的高度决定了审美的高度。他自己的述学文字，也染有古代文章的气息，读之味道醇厚。与程千帆相近，启功也是很在意辞章与文体的。在言及学者之文时，启功很推崇陈垣的文字，以为考据与逻辑性皆强，还不乏诗学修养。启功觉得大凡有创见者，文章都有逾矩之处。他研究唐宋文学，注释《红楼梦》，常有会心之语，对于超俗之韵颇为喜欢，而自己的文字也在反雅化中达到雅言的很高境界。启功对于文言与白话有许多研究，在律诗与骈文句中苦苦摸索规律。他自称自己"从句式、篇式作过解剖和归纳，发现了四言、五言、七言这些基本句式的律调与非律调的区别所在"②。一般说来，大凡对此类话题敏感的人，都有一点文体家的气质。

与古代人的辞章比，现代人的写作并非无规可循。一些新文学研究者，也从文本里发现了审美亮点。唐弢浸润于白话文学甚久，一生

---

① 　　程千帆：《闲堂诗学》，辽海出版社2011年版，第281～284页。
② 　　启功：《启功学艺录》，中国对外翻译出版公司2000年版，第25页。

所得，许多都很值得珍视。他一贯讲究词语之境，对于文体洞悉入微。其现代文学研究文字，温润而有质感。吸收了白话文内在的美质，古代小品与题跋深深地感染了他。唐弢不喜欢宏大叙事，论文也不乏书话体的意味。他说书话这一文体是从题跋中发展过来的，短小的语录向来便于自由的表达，故有一种学识和诗意在。唐弢的现代文学研究，没有学院派的凝固感，总是能够进入时代语境和作家文本深处，给人一种入乎其里、出乎其外的感觉。这种研究角度与运笔方法，现在很少有人为之，学界对辞章之学的疏离，就把汉语书写变得过于窄化了。陈平原在研究述学文体的时候，无意中也呼应了唐弢的观点。他一直强调"文"与"学"的统一①，不妨说也是在避免治学的无趣化和单一化。新文学研究要超越的，其实是翻译体中概念的简单演绎。在现代文学研究中带有复合意味的书写，也是保持母语活力的选择。

　　学术能够影响写作风气，同样，作家的书写也会刺激学术的生长点。千百年来的文脉，一直存在这样的对应。比如现代文学的发生与学术思想的演进关系很大，学者最先提出文学改良主张，是观念在前，实践跟后的。最早参与新文化运动的人，学术与创作兼顾者很多，故他们的文章从今天的学科理念看是跨界的。汉语的表述有对应性，也有意象性，前者是对存在物之影像的捕捉，后者乃心绪对世界的鉴赏式的凝视。故词语的表述有写实的功能，亦有审美的效应。木心说古代人即便写实用文，亦带诗意，想起来是有道理的。梁启超主张语体文的解放，并非放弃古文，只是于桐城派之外获得自如的空间，目的在保持辞章的活力。这个传统是被后来的一些新文学作者继承下来的。

① 　　陈平原：《掬水集》，百花文艺出版社2001年版，第69页。

鲁迅忧思录

而另一类学者如马一浮、陈寅恪的学术文章，背后都有古文的背景，要么取自先秦诸子，要么来自六朝文脉。他们于诗文写作上流出的才情，是不亚于同光体的诗人的。但也因为厚古薄今，影响了思想的传播力。今人对于他们的隔膜，也是自然的了。

新文化运动之后，有学问的作家不是走马一浮、陈寅恪的路，而是寻找与今人对话的途径，摸索出一种语体文。这种语体文既保留了六朝精神，也带有与现实对话的功能，思维是敞开的。其实与述学文体相关的还有批评文体，这是由述学文体转变过来的鉴赏式的辞章，因受西方批评文章的影响，渐渐脱离了古代文论形影，格式不同于晚清一般新式文章。这类文章以周氏兄弟为代表，对于后来的文风转变都有影响。关于此点，近来学界有不少论述，可以说是文章学研究的深化。讨论述学文体，除了对学者之文的审美特质的凝视，不能不留意知识论神秘的载体性，西方学者对此的关注由来已久，流派纷呈。而批评文体，与诗学的本源更为接近，从尼采到博尔赫斯，积累的经验甚多。我国的朱光潜、李健吾的文章实验，都有值得借鉴的地方。

我自己因为选择了现代文学作为研究对象，最初的感觉是，面对的文本与自己身边的语境颇为不同。这种差异让我开始寻找失落的文脉。文体诞生于文脉之中，不是简单模仿可以成之。以文学批评文本为例，民国最好的批评文章，多为作家写就。茅盾评论鲁迅、徐志摩、冰心的文字，都有温度，词语在他笔下是有智性的。王佐良评论穆旦的诗作，本身就是一篇美文。胡风与冯雪峰的批评文字好，可能与他们的诗人经验有关。那时候的批评家多受鲁迅影响，编辑、翻译、创作与批评彼此不分，文字背后是扯不尽的观念纠葛与审美纠葛。知识、学养、虚构与写实在一个空间里流动着。叶圣陶、朱自清曾研究这一现象，对于新文人写作出现的问题提出过自己的意见。他们对于文章学的现代性转化的理解，如今看来，依然有新鲜之感。

在今天，学者之文与批评家之文是很难交叉的。学科的堡垒将思维固化在狭小的路上，不能在表述上穿越认知屏障，我们的眼界也被限定了。80年代的时候，能够较好运用这两套笔墨的是李泽厚和刘再复，他们往来于思想史与文学史之间，一些观念至今亦有价值。不过无论李泽厚还是刘再复，与晚清学人的言说方式已经有了很大不同，民国初期的学术语态在他们那里已经差不多淡化了。这个转折意味着学界整体地面向单一性语境，且不再易回到民国学人的语态中，除了少数学者，表述的空间是狭小的。

解决这个问题的思路有多条，重回晚清与五四的学术形态与辞章形态，寻找现代学术与现代文学的逻辑点，成了一部分人努力的方向。这个时候我注意到了陈平原与赵园，他们不仅在思想趣味上努力衔接晚清与民国遗风，甚至上溯到明清之际。像陈平原的目光，很少投射在30年代后，他的姿态与其说来自章太炎，毋宁说取自胡适。而赵园的笔意，多沿袭了鲁迅之路，以鲁迅作为参照，照亮了晚明与五四文化的暗区。他们的经验说明，移动审美的坐标，以批判的笔触进入历史，可能发现被遗漏的存在。在梁启超、章太炎、蔡元培、鲁迅、胡适的经验里讨论思想表达的空间，会意识到我们与前人的距离，而时时回到晚清与五四，一些原点性的话题会自然浮动出来。

这是值得注意的：晚清之后，王国维、章太炎、刘师培的写作风格，何以对学术转型造成影响，隐含着文章学的内在规律。这些前人对于旧学有自己的心解，知识与审美在辞章里都有恰当的位置，在得到学问亮点的同时，也有诗意的快慰。像《訄书》这样的著作，见识之光中，感受的美亦深藏其间。王国维《观堂集林》可以说是考据里的诗，学识之乐也含于辞章之乐中，后人每每读之，都惊叹不已。关注汉语自身的审美特质不始于五四，民国前已经有许多人有过自己的尝试，他们在接受新学的时候，依然保持着辞章之学的余韵。

章太炎弟子后来分化为两部分：一部分浸于音韵训诂之中，对于字形、语音研究很深，校勘功底不凡，以黄侃、钱玄同、吴承仕等为代表；一部分对文章之道理有所推进，成就最大的是周氏兄弟。就后者而言，他们坚守了古代诗文的精神，又衔接了域外辞章的智慧，可谓一种难得的创造。后来的学术演进与文学书写，多少受到了周氏兄弟的影响。只是取意者多，取象者少，辞章渐渐弱化了。

周氏兄弟无论在学术研究还是文章表述方面，都是得到章太炎真髓的。这表现在两个方面，一是唤醒了沉眠的非主流的话语传统，辞章没有韩愈以来的道学的痕迹；二是在开放的视野里，通过翻译、创作重觅汉语写作的路径。章太炎在《国故论衡》中提出的理念都被二人落到了实处。鲁迅对于魏晋文献的梳理研究，方法上亦有章太炎的痕迹，在对奇崛之风的赞佩里，重塑了文人风骨。周作人以明代文士的清丽之风译介域外文章，自己又多了陶渊明遗绪，在辞章上丰富了现代人的智慧。今人的写作，要么沿着鲁迅传统滑行，要么承接周作人的文风，形成不同流派。但一个奇怪的现象是，无论鲁迅的追随者还是周作人的学生，他们辞章的特质没有都延伸下来，多得之于皮毛，丰富性与复杂性都受到不同程度的遏制。激进青年学会战斗精神，却难见学识，京派文人得到周作人的闲适之趣，贯通中外的博雅风采却流失了。

在《现代中国的述学文体》一书里，陈平原对作家的学术感觉倍加关注。小说家的学术写作其实有着一般学者所没有的美感。在对鲁迅的述学文体的研究中，对于其学术话语有体贴的把握。比如对文言与白话、翻译语言等的归纳，看到了与文学语言相关的别样格式。这种格式让人想起司马迁、苏轼、曹雪芹以来的传统。我们在古代文章家的叙述里，可以发现学理与诗情是一体化的。鲁迅何以在研究古代文学时应用文言写作，在杂文里有赋体痕迹，都耐人寻味。陈平原对于鲁迅述学文体的描述，有诸多可赞之处，比如"古书与口语的纠葛""直译的主张与以文言述学"，是耐人寻味的。再比如他说鲁迅"文类意识"与"文体感"二者密不可分[①]，可谓卓见。在写作中，鲁迅是四面出击，对于各式文体都有尝试，当代作家几乎已经丧失了这样的本领，难怪莫言、阎连科自叹与鲁夫子的距离。汉语具有无限的可能性，而今人几乎已经失去了跨学科的能力。

新文化运动后来演变成政治运动和社会革命，实出胡适、蔡元培的意外，他们心目中的文化，与激进主义有很大的差异。就汉语书写的理念而言，胡适推崇文艺复兴，蔡元培则以古希腊与古中国文明史对比彼此的意义，把五四以来的新文化与古典学并列来谈，就跳出时代语境，境界是阔大的。[②]民国期间的学人对于再造文明是有一种渴望的，马一浮对于六艺之学的提倡，胡适整理国故之主张，都是在非革命的话语里的沉思，但社会动荡里的话语撕裂了他们的梦想，另一种话语撞开了语言围墙，超功利之梦被置换了。在学界，最吸引人的不是远古的遗产，而是新知识与新理念。而新知识最后被简化为自由

---

① 　陈平原：《现代中国的述学文体》，北京大学出版社2020年版，第252页。
② 　蔡元培：《〈中国新文学大系〉总序》，见《中国新文学大系》，上海良友图书公司1935年版，第3～11页。

鲁迅忧思录

主义与左翼精神，整体性地面对文明的历史的学术语言，被搁置了。

自从西学进入中国，人们对于知识的重视超过对于审美的凝视。这样的结果是，学者钟情于知识论，作家只顾审美。这与学科设置有关，也是职业分工过细的结果。到了后来，就出现了学者之文无趣、作家之书无学的局面。20世纪80年代，渴望新知的学子们，在翻译体里找到表达自我意识的方法，论文的西化特点出现，以至演化为今天通行的叙述模式。

汪曾祺曾讥笑同代学人的述学文体与批评文体的弱化，他对赵元任的学术文章与李健吾的批评文字十分推崇，乃因为里面有着智性与诗意的缠绕。汪曾祺作为一位文章家，他自己的文字是有学者之文的优雅和批评家的鉴赏眼光的。这其实把问题引入文章学的层面，意识到了母语的潜质。汪曾祺从周氏兄弟那里获得启示，白话文照例可以像文言文那样灵光闪闪，具有无限的可能性。我们在汪曾祺的文本里，看到了士大夫辞章与现代诗人话语的融合，这避免了写作者的无识与无趣。能够以这类文体写作的还有一些，以现代文学研究者而言，赵园与陈平原的文字就二者兼有。我们在他们的叙述语态里，感受了周氏兄弟的某些遗风。这种语态显示，他们退可以与古人对话，进能立于现实的土壤，文章涉及当下文化的时候，背后有长长的历史之影。

陈平原从文体学的角度讨论晚清以来思想表述的意义，其实在暗示这样的话题，他或许是厌恶了流行的八股，才恪守着自己的园地。当然，这种研究中的叙述语态，可能因偏于胡适、周作人的传统，而失去与现实针锋相对的直面。钱理群的写作与陈平原不同的地方在于此，他的文字更带有斗士风采。这是鲁迅传统的重要部分。钱理群的研究一直注意现实问题，他的不妥协的批判意识就是从鲁迅那里来的。

不过钱理群不像陈平原那样注重学术史里的知识人，遗漏了一些问题是显然的。同样，倘陈平原能够多一些钱理群式的堂吉诃德的精神，其思想的厚度自然能够增加。鲁迅之后的知识人各自为战，因了专业化的分工，要立体地呈现世界风貌已经很难了。

据说在西方世界，也有类似的问题。我因为接触的资料有限，难以深谈。但在阅读西方文论时，会发现思想者与批评家使用的概念和文体，并非都是单语境的。伍尔夫的批评，在有锋芒的笔触里，也有激情意味。苏珊·桑塔格的文章也有诗意。我猜想她们的创作经验是影响了批评语言的，对于文学世界的思考有着很大感觉的笼罩。或许，中外学者讨论文学时，心态有诸多相似性，无论是述学文体还是批评文体，核心点是处理哲学界所说的"思"与"诗"的问题。中国古代的文论，讲究顿悟之语，"思"与"诗"混搭交错，《文心雕龙》里的格式，将汉语的沉思方式表达得颇为通透。后来的《诗品》《诗式》延续了类似的一些韵致，对历代诗话与文话都有影响。这与欧洲以逻各斯为中心的言说方式是不同的，但也缺少了表述的确切性。欧洲的某些文论是注重思想的逻辑性的，但过于知识化的演绎其实也遗漏了直觉里的领悟力。海德格尔在讨论存在意义的时候，对技术化的词语不以为然，倒是对荷尔德林的文本颇多赞赏，因为荷尔德林较好地处理了"思"与"诗"的位置。显然，古典学里的精神表达，更有意义。《荷尔德林文集》的译者戴晖写道：

> 这个与迄今的人和世界不同的另一种人的另一世界，其结构的规定性在于大地与天空、凡人与神圣的亲近。海德格尔只在荷尔德林的诗当中听到这种亲近的惠临，诗与思共同

在吟唱的元素中运作。在"诗思"关系中须加注意的是诗的先行性，这里的"先行"也是在将来的意义上加以理解。而思分为两种，所谓第一开端的思是指形而上学；另一开端的思一方面要与形而上学之思告别，另一方面等待着将来——简单地说，这正是海德格尔倾听荷尔德林的原因。[①]

现在的大学语境多的是知识论的逻辑，"思"与"诗"对岸相望。当这种现状持续于学界的时候，我们要问："思"与"诗"之互渗何以可能？我个人认为，文体不是单一的审美概念，它存在于文脉之中，且是一个不可规训的存在。从章太炎到钱锺书，都不在流行的话语里思考问题，他们心目中有着别一世界。鲁迅关注六朝，周作人欣赏晚明，都是对身边语境的反抗。有学者在研究域外诗人的作品时，也注意到这个现象，如策兰的德语是外国化的德语，而卡夫卡使用的是非母语化的母语，"语言只借给活着的人一段不确定的时间"[②]。在这个意义上说，文体家乃庸常思维的挑战者，不能将文体简单看成思想的载体，它本身就具有思想性，或者不妨说，文体即思想的外化。

遥想章太炎对六朝辞章的借用，其实是对桐城派的蔑视，他的古奥之语乃对奴性语言的暴力。鲁迅《野草》的缠绕式的语调，不能不说也是对本质主义思想的解构。徐梵澄《老子臆说》有先秦诸子语态，但也融入梵语与古希腊语的元素，乃澄明之境的闪光。穆旦在诗歌写作里，撕裂了母语的格式，以此抗拒古老的儒风，实则是自由思想的

---

① 　戴晖：《〈荷尔德林文集〉译者前言》，见［德］荷尔德林《荷尔德林文集》，戴晖译，商务印书馆1999年版，第3页。
② 　曾艳兵：《卡夫卡研究》，商务印书馆2009年版，第111页。

涌动。可以说，文体流露出的姿态，带出了思想的形影。我们在不同作家与学者的书写里，嗅出精神内部紧张的气味。

近百年间，对于汉语写作贡献最大的无疑是鲁迅。他的杂文文体、小说文体、述学文体，都有着过去所没有的气象，在已经封闭的辞章间，注入新鲜的血液。鲁迅善于创造新词、新句式，叙述逻辑也带有反逻辑的一面。重要的是，他将思想家的忧思和诗人的生命体悟十分自然地融为一体。这里，借用了先秦词语的简洁之气，也带有六朝诗文的回旋往复之风，尼采的顿悟与刘勰的感念彼此互渗，遂有了一股奇气。在鲁迅眼里，汉语的进化，必须从形式主义中走出，不然会导致新的八股。在《作文秘诀》一文中，他指出旧式文人的故作高雅，手段不过"一要蒙眬，二要难懂"。这不是真的文学。他认为白话文要避免这些，"有真意，去粉饰，少做作，勿卖弄而已"①。而要做到此点，非向域外的文学与理论学习不可。

汉语的表达是有自己的缺点的，鲁迅觉得新文学也有创造新的文体的任务。他翻译的作品和收藏的作品，有许多是有文体感的，在翻译过程中，他就被那种别样的格式所感动。我们看他晚年所写的评论文章，诗意的与思想的元素那么自如地闪动着，读起来有精神攀缘的快感。短短的句子里，就曾有不同审美元素的叠加，而某些段落则有多种思想的合唱，细细品味时，会发现那文体里闪动着诸种别样的精神。在《〈中国新文学大系〉小说二集序》谈及狂飙社的时候，其句法与感情都是过去难见的，他写道：

---

① 　　鲁迅：《作文秘诀》，见《鲁迅全集》第4卷，人民文学出版社2005年版，第629、631页。

鲁迅忧思录

在这里听到了尼采声，正是狂飙社的进军的鼓角。尼采教人们准备着"超人"的出现，倘不出现，那准备便是空虚。但尼采却自有其下场之法的：发狂和死。否则，就不免安于空虚，或者反抗这空虚，即使在孤独中毫无"末人"的希求温暖之心，也不过蔑视一切权威，收缩而为虚无主义者（Nihilist）。巴札罗夫（Bazarov）是相信科学的；他为医术而死，一到所蔑视的并非科学的权威而是科学本身，那就成为沙宁（Sanin）之徒，只好以一无所信为名，无所不为为实了。但狂飙社却似乎仅止于"虚无的反抗"，不久就散了队，现在所遗留的，就只有向培良的这响亮的战叫，说明着半绥惠略夫（Sheveriov）式的"憎恶"的前途。①

这是对于新文学群落的一种描述，欧化的句子也对应了新式的文学的内蕴。但面对古代遗产时，他的表述则有所调整，比如关于古代文学的描写，是另一种风貌，古代文论的悟语流水般卷出精神之浪。比如《汉文学史纲要》，就有一种与王国维、谢无量述学文体不同的气象，一些片段颇多神思。《文心雕龙》的辞章被发扬光大，比如谈及屈原则说：

战国之世，言道术既有庄周之蔑诗礼，贵虚无，尤以文辞，陵轹诸子。在韵言则有屈原起于楚，被谗放逐，乃作《离骚》。逸响伟辞，卓绝一世。后人惊其文采，相率仿效，

①　　鲁迅：《〈中国新文学大系〉小说二集序》，见《鲁迅全集》第6卷，人民文学出版社2005年版，第262～263页。

以原楚产，故称"楚辞"。较之于《诗》，则其言甚长，其思甚幻，其文甚丽，其旨甚明，凭心而言，不遵矩度。故后儒之服膺诗教者，或訾而绌之，然其影响于后来之文章，乃甚或在三百篇以上。①

就述学文体而言，鲁迅无论在文言中还是白话文中，都创造了一种思与诗彼此互映的格式。从上述文字可看出《史记》的笔法，刘勰的影子也是有的。从某种意义上说，写作者找到了一种思想方式的时候，文体就随之诞生了。同样的结果是，一种文体规定了一种思想的颜色。文体家是不屑于重复以往的歌调的，他们来自传统，又出离了传统。有学者在总结鲁迅之文体变化时，注意到如下的特点："杂糅的旧白话文体""杂糅的文言语体""先秦语体及其正当性"②等。这主要指鲁迅的翻译，其实在述学文体和杂文文体里，也有这个特点的，在这个过程中，他形成的风格创造了表达的奇迹，汉语的内蕴也得以意外地生长。

鲁迅的实践，对后人的影响很大，汪曾祺就从中体悟到了文体的隐秘。他虽然不属于鲁迅传统中人，但从其文字中可见，他是领略了鲁迅妙意的人。汪曾祺的写作有陶渊明的影子，《容斋随笔》《梦溪笔谈》的话语方式也随处可见。这些散淡的、举重若轻的行文，其实是对宏大叙事的消解，其辞章与笔法，乃对极左话语的揶揄。这种例子在国外哲学家里比比皆是。海德格尔就厌倦德国流行的语

① 鲁迅：《汉文学史纲要》，见《鲁迅全集》第9卷，人民文学出版社2005年版，第382页。
② 李寄：《鲁迅传统汉语翻译文体论》，上海译文出版社2008年版，第79、90、133页。

言，他一直强调的是思想的独特性与书写的独特性。威廉·巴雷特在《非理性的人——存在主义哲学研究》一书中谈及海德格尔的精神表达时写道：

> 海德格尔告诉我们，只有当我们自己开始思（thinking）的时候，我们才能听到尼采的呼号。他唯恐我们把思想象为一种简单而又轻而易举的事情去做，又补充说："只有在我们认识到，几个世纪以来一直受到颂扬的理性是思最为顽固的敌人的地方，思才会开始。"①

"思"开始的时候，以往的路径未必能抵达未来，在前人未去的地方才有新选择的可能。这些独行者的文体有时是在我们意料之外的，它提供了陌生化的表达方式，在被人遗忘的地方发现属于自己的存在。无论学者还是作家，当他们脱离流行语境走进前所未有之径时，既能吸收同代的精神营养，又能在传统中找到词语的启迪。美国学者沃伦·贝克在《威廉·福克纳的文体》一文中指出：福克纳的突出特点是"把现代叙述技巧的精妙之处，与应用于传统的诗意或解释性风格中的丰富语言结合起来了"②。这个经验也让我们想起汪曾祺、孙犁的词语表述，他们也是能够调适古今写作经验的人。因为都发现了当下书写的问题，下笔的时候竭力避免了时代的平庸。不是每个人都能够做到此点，回想我们这代人多年间的写作，与这些超俗的人有太大的

① ［美］威廉·巴雷特：《非理性的人——存在主义哲学研究》，杨照明、艾平译，商务印书馆1995年版，第203页。
② ［美］沃伦·贝克：《威廉·福克纳的文体》，见李文俊编选《福克纳评论集》，中国社会科学出版社1980年版，第97页。

距离。曾国藩谈韩愈之文时说，"语经百炼"，"不复可攀跻"，便是这种往者难追的感慨。

今之学者谈文体问题，多在文字间绕来绕去，谈到核心处也并不容易。张中行在研究文言与白话的时候，发现自古以来的语言一直在变化中，他总结了三点：一是佛经的翻译，本意是要通俗的，但译者不自觉加入了旧辞章的积习，文本就远离译本的辞章惯性了；二是文言是古老的、稳定的形态，而常常汇入白话文中，就有了文白相间的跳跃；三是时代风气使然，不同地域方言流入，市井里的表达日趋丰富，文体自然也有闪光之处。[①] 木心称许兰波的译文 "卓荦通灵，崇高的博识，语言的炼金术"。他在对比马拉美与兰波的文本时说："马拉美重句法，兰波重词汇，亦有说马拉美是夏娃，兰波是亚当，他以虐待文字为乐，他以碎块来炫耀他可能拥有的形体"[②]。这是深味写作甘苦与辞章隐秘的人的心得。而无论张中行还是木心，都可称得上文体家。中国的作家甚多，著述丰富，但在张中行与木心的只言片语面前，多显得苍白无力。文字不必多，能够在短小篇幅中给母语注入活力者，对文学的贡献都不能说小。这也是像鲁迅、博尔赫斯、巴别尔这类作家何以被人不忘的原因之一。有没有长篇巨著并不重要，重要的是他们将母语的潜能扩大了。

---

① 　　　张中行：《文白的界限》，见范锦荣选编《张中行选集》，内蒙古教育出版社 1995年版，第471页。

② 　　　木心：《即兴判断》，广西师范大学出版社2006年版，第158页。

鲁迅忧思录

理解鲁迅的方式

一个作家成为经典而被反复凝视的时候，走进他的世界，自然有不同的方式。证之于鲁迅研究史，就有不少方法论的经验。如今与鲁迅对话者多是自愿的选择，阅读文本的过程越来越带有个体生命的印记。在许多时候，一些走红的理论家是不太愿意谈论鲁迅的，他们以为这个人物已经被过度阐释，变得不可亲近。这自然与流行语境有关，实则是我们的语言方式与五四那代人隔膜过久。虽说那代人已经被谈论得很多，但在一些研究者看来，还有许多尚未敲开的精神之门，关于文本和时代的认识，依然存在盲区。近些年来的研究也在说明，面对一个有难度的存在，不断凝视与反观并非都是重复的劳作。

　　鲁迅生前不太喜欢学院派的一些话语方式，但在今天，描述他最多的恰是学院派里的人，阐释文本的知识人一直与其存在着语境的差异。进入21世纪，鲁迅研究的显学地位因了大学学科的固化越发明显，这也导致象牙塔化的倾向。这既推动了思考的细化，也相对弱化了与时代对话的功能。不过象牙塔之外的鲁迅研究，一直以野性的力量显示着自己的意义，非学院派的声音，也为经典的传播作了不小的贡献。鲁迅研究在今天被分化为多种形态散落在不同领域，细细考量，都非书斋中人可以简单想象的。

　　作为一种学术形态，今天的鲁迅研究格局是在20世纪80年代被重新建构起来的。在唐弢、王瑶、李何林、陈涌之后，学术言说汇入诸多时代语境。其中康德主义、西方马克思主义等思潮都进入学界的思考。我们在许多著述里，看到了那时候的风气。林非、刘再复、孙玉石、张恩和、王得后、袁良骏、钱理群、王富仁、汪晖、王晓明、王乾坤等人的学术研究曾引领了新的路径，其特点是在大的文化背景里思考五四以来的文学传统，探讨中国新文学的基本问题。90年代后，钱理群、王富仁、王得后的研究持续关注知识分子的话语方式，以及现代与传统间的难题，汪晖则从鲁迅那里借用了反现代性的现代性的资源，转入思想史研究的领域。80年代形成的探索方式在他们那里虽然有所调整，但在对这一经典的基本认知上，还在大致相近的逻辑链条里，这些一直辐射到近年的学术形态里。对此，张梦阳的《新世纪中国鲁迅学的进展与特点》[①]、张福贵的《鲁迅研究的三种范式与当下的价值选择》[②]、刘增人等主编的《鲁迅研究年鉴》都有过认真的描述。

在随后的时光里，一批新人的研究开始引起学界的注意。高远东、郜元宝、王彬彬等人的思考已经与八九十年代的重要学者有了一定区别，他们在沉思里带有较为丰富的知识结构，而赵京华、董炳月、李冬木、黄乔生翻译域外学术著作的经验，也促进了他们自己的写作，格局大不相同了。高远东在《现代如何"拿来"——鲁迅的思想与文学论集》[③]中对于鲁迅现代性的理解和古今之变的认识，已经有了深入的体味。他后来提出的"互为主体"的观念，在思维方式上告别了上一代人的单值价值判断。郜元宝《鲁迅六讲》[④]在思想的沉思里，

①　张梦阳：《新世纪中国鲁迅学的进展与特点》，《山东师范大学学报（人文社会科学版）》2019年第2期。
②　张福贵：《鲁迅研究的三种范式与当下的价值选择》，《中国社会科学》2013年第11期。
③　高远东：《现代如何"拿来"——鲁迅的思想与文学论集》，复旦大学出版社2009年版。
④　郜元宝：《鲁迅六讲》，北京大学出版社2007年版。

带出海德格尔式的某些意蕴，目光所及，见出锐气。王彬彬《鲁迅内外》①之述学文体里有杂文的智慧，激活了沉静的遗迹。活跃的中青年学者们长于对历史个案的发现，理论的笔触与严明的史料勾勒相映，词语之间难掩锋芒。

上述诸人的论著无疑属于"有思想的学问"，他们从知识谱系的复杂性和问题的多样性中理出了线索，为深入思考文学史提供了参照。与他们同时活跃的研究者，也不同程度参与了相关话题的讨论，一些论著较之过去的书写有所深化。据我的浅见，可以从如下五个方面来看大致的情形。

一是新旧文明观研究。21世纪以来国学大热，质疑鲁迅与五四的思潮常常可见。梳理鲁迅与传统文化的关系，问题意识里有对国学热的回应。王得后《鲁迅与孔子》②一书，笔锋纵横，辞章毫不温暾，回答了新儒家对五四精神的某些诘问。王富仁的《中国文化的守夜人——鲁迅》③，点染出新文化对旧文明的超越的意义，酣畅淋漓的表述，直指精神的暗区。这些与王元化对五四的反省不在一个维度上，众人一直恪守着《新青年》同人当年的基本底线，他们认为反思五四固然重要，但鲁迅精神在民国残酷的环境里是有特定指向的，离开时代性批评鲁迅可能存在问题。在一些学者看来，从大的文化生态里反观五四新文人的存在，可能避免一种倾向掩盖另一种倾向。陈平原在书写现代学术史的时候，虽然从章太炎、胡适出发建立自己的认知模式，但依然借用着鲁迅的资源。鲁迅与传统的关系，并非像新儒家和

---

① 王彬彬：《鲁迅内外》，南京大学出版社2013年版。
② 王得后：《鲁迅与孔子》，人民文学出版社2010年版。
③ 王富仁：《中国文化的守夜人——鲁迅》，人民文学出版社2002年版。

新派知识人想象得那么简单，他的超越性的思维是不能以流行的观点简单归纳的。人们在思考这一现象时，都注意到鲁迅言说的特定语境，离开这些语境，不能见到全貌。年轻一代学者更注意具体的话题，田刚《鲁迅与中国士人传统》[1]、郑家建《被照亮的世界——〈故事新编〉诗学研究》[2]，以及鲍国华《鲁迅小说史学研究》[3]，聚焦于对古代文明的认识和对现代性的感悟，讨论的对象更为微观，为重新打量文本注入鲜活之气。不过这种新旧研究，在现在学科体制里可能存在局限。杨义等人早就看到了这一缺陷，曾提出大的文学研究理念，但目前人们的思考多还是在现当代文学二级学科内进行的，与鲁迅驳杂的知识结构比，还略显单一。能够像徐梵澄那样以古典学的眼光审视新旧文明的学者，还很少见到。

二是中外对比研究。五六十年代的鲁迅研究曾受到苏俄文学理论的影响，本质主义的模式流行。21世纪，日本的左翼思想对国内学者的参照性凸显出来。丸山升、木山英雄、伊藤虎丸与孙玉石、王得后、高远东的互动，也催生了关于中国左翼文化的反省的文章。留日归来的董炳月的《鲁迅形影》[4]、赵京华的《周氏兄弟与日本》[5]具有前沿的意识，二人把东亚视角引入文本，新的研究风气由此暗生。李冬木《鲁迅精神史探源》[6]，靳丛林、李明晖等著《日本鲁迅研究史

① 田刚：《鲁迅与中国士人传统》，中国社会科学出版社2005年版。
② 郑家建：《被照亮的世界——〈故事新编〉诗学研究》，福建教育出版社2001年版。
③ 鲍国华：《鲁迅小说史学研究》，天津社会科学出版社2008年版。
④ 董炳月：《鲁迅形影》，生活·读书·新知三联书店2015年版。
⑤ 赵京华：《周氏兄弟与日本》，人民文学出版社2011年版。
⑥ 李冬木：《鲁迅精神史探源》，秀威资讯科技股份有限公司2019年版。

论》①，看得出其思维的活跃。欧美思潮下的鲁迅审美世界，也是许多人关注的一隅，魏绍华《"林中路"上的精神相遇——鲁迅与克尔凯郭尔比较研究》②和刘青汉《跨文化鲁迅论略》③，有了与先前论者不同的背景；梁展《颠覆与生存——德国思想与鲁迅前期的自我观念（1906—1927）》④的叙述打开了另一个空间。此外，我们还看到了张铁荣《比较文化研究中的鲁迅》⑤、崔云伟《鲁迅与西方表现主义美术》⑥等著作，不同背景下的沉思摆脱了学科的一些惯性，这些恰是人们感兴趣的地方。彭小燕讨论存在主义视角下的作家写作，深化了该题目的思考；范国富在中俄文学比较里，发现了晚清重要资料，对鲁迅与托尔斯泰的关系作了有深度的解释；王家平那本关于鲁迅翻译思想的著作《〈鲁迅译文全集〉翻译状况与文本研究》⑦，多了思考的系统性，鲁迅思想的敏感部分被一一聚焦在笔下。

鲁迅与苏俄的关系，也是有难度的话题，近年对于其中的审美与价值取向的研究有所深化。李今等人关于翻译的历史考辨文章，发现鲁迅思考的问题焦点多在列宁时期之前的艺术，所译介普列汉诺夫、卢那察尔斯基的著作与后来流行的波格丹诺夫的思想是不同的。张直心《晚钟集》⑧对于苏俄文学如何进入左翼作家的视野，有精致的论

---

① 靳丛林、李明晖等：《日本鲁迅研究史论》，社会科学文献出版社2019年版。
② 魏绍华：《"林中路"上的精神相遇——鲁迅与克尔凯郭尔比较研究》，中国社会科学出版社2004年版。
③ 刘青汉：《跨文化鲁迅论略》，人民出版社2008年版。
④ 梁展：《颠覆与生存——德国思想与鲁迅前期的自我观念（1906—1927）》，上海锦绣文章出版社2007年版。
⑤ 张铁荣：《比较文化研究中的鲁迅》，南开大学出版社2003年版。
⑥ 崔云伟：《鲁迅与西方表现主义美术》，人民文学出版社2020年版。
⑦ 王家平：《〈鲁迅译文全集〉翻译状况与文本研究》，社会科学文献出版社2018年版。
⑧ 张直心：《晚钟集》，广西师范大学出版社2016年版。

述。李春林继《鲁迅与陀思妥耶夫斯基》之后，推出《鲁迅与外国文学关系研究》①一书。顾钧《鲁迅翻译研究》②、杨姿《"同路人"之上——鲁迅后期思想、文学与托洛茨基研究》③等，都回答了对那个时代的诸种追问。

　　三是鲁迅传统研究。在史料、传记的延长线上，鲁迅遗风成为许多人思考的对象。人们从身后的历史反观鲁迅，看到了现当代文学的走向。周海婴《鲁迅与我七十年》④透露出40年代后的知识群落的行迹，引起争议的同时，拽出历史深处的悖论。姚锡佩《风定花落——品三代文化人》⑤，所述聂绀弩、楼适夷、徐梵澄，鲁迅之影历历在目，儒雅里不乏忧思。周燕芬笔下的胡风，张业松眼里的路翎，姬学友描绘的李何林，散着"鲁迅学"的热度。鲁迅传统在当代文化里的折射，是重要的现象，许多人走进其间，因了个体生命的经验，或是时代的因缘。相关的书籍无意中也解释了其间的疑问。值得一提的是周令飞主编《鲁迅社会影响调查报告》⑥、袁盛勇《当代鲁迅现象研究》⑦、徐妍《新时期以来鲁迅形象的重构》⑧在传播史思考方面各有会心之语。李新宇《愧对鲁迅》⑨是带有强烈的自我追问意识的，王学谦、李继凯考察鲁迅对莫言等人的影响，陈国恩、李林荣思考当代文学背后的

①　李春林主编：《鲁迅与外国文学关系研究》，吉林人民出版社2003年版。
②　顾钧：《鲁迅翻译研究》，福建教育出版社2009年版。
③　杨姿：《"同路人"之上——鲁迅后期思想、文学与托洛茨基研究》，上海三联书店2019年版。
④　周海婴：《鲁迅与我七十年》，海南出版公司2001年版。
⑤　姚锡佩：《风定落花——品三代文化人》，生活·读书·新知三联书店2020年版。
⑥　周令飞主编：《鲁迅社会影响调查报告》，人民日报出版社2011年版。
⑦　袁盛勇：《当代鲁迅现象研究》，人民出版社2018年版。
⑧　徐妍：《新时期以来鲁迅形象的重构》，安徽教育出版社2008年版。
⑨　李新宇：《愧对鲁迅》，上海三联书店2004年版。

历史基因，是打开审美空间的一次努力。从一个重要的存在的背影里，看文化起落间的思想生成，也矫正着某些流行的思想。五四之后的文化史，增长了什么，遗失了什么，都刺激着人们将目光投向时光的深处。

但这种思考多还在专业的圈子里，与时代对话的空间其实很广，人们尚未都跨出象牙塔的大门。近年来，一些人对鲁迅传统是否有新的价值是持怀疑态度的，有的认为鲁迅已经过时，现在进入了胡适时代。谢泳主编《胡适还是鲁迅》①便含着一种价值取舍，以为相比于鲁迅，胡适的意义更大。高远东则认为，这种非此即彼的认识还是旧式的专断的思维，他将鲁迅比作"药"，形容胡适是"饭"②，就是一种综合性的判断，也是其"互为主体"观念的现实运用。但许多研究者面对新思潮的挑战，不都能有类似的回应能力，鲁迅当年的论辩精神，在当下学者那里普遍是弱化的。

四是文本细读。21世纪以来，学界对于鲁迅作品的解析，有颇可夸耀的成绩。严家炎、吴晓东发现了《呐喊》《彷徨》的复调性，王风在文本里读出文章之道，张丽华从《呐喊》里觅出现代小说起源之径；李国华讨论《在酒楼上》，孟庆澍解析《阿金》，对文本后的指涉的发掘让人豁然开朗；刘彬对于《朝花夕拾》的解析，在幽微处闪动着暖意之光；邓小燕对于博物学中的鲁迅思考，是跨学科的介入；张全之那篇论述《阿Q正传》的文章，有文章学的背景，在词语间觅出叙述策略的踪迹；同样是面对《阿Q正传》，汪晖有另一番笔触，于

①　　　谢泳编：《胡适还是鲁迅》，中国工人出版社2003年版。
②　　　高远东：《记念丸山昇先生——关于他及当代中国思想》，《鲁迅研究月刊》2007年第2期。

鲁迅忧思录

人物的瞬间读出幽暗里的灵思……这些人的笔触在知识论的层面有着丰富的弹性，鲁迅作品自身的经典意义不仅仅在精神哲学的层面启示着后人，也带有知识谱系上难尽的话题。比如对于《野草》的研究，汪卫东《探寻"诗心"：〈野草〉整体研究》[①]、张洁宇《独醒者与他的灯：鲁迅〈野草〉细读与研究》[②]、朱崇科《〈野草〉文本心诠》[③]各自角度不同，却拓展了话语的表述空间。

五是史料研究。在各类叙述文本里，博物馆系统的研究方式别具一格。与学院派不同的是，博物馆系统的研究更为注重历史细节与基本问题。北京鲁迅博物馆与上海鲁迅纪念馆、绍兴鲁迅纪念馆都有一批扎实的成果问世。叶淑穗、王得后、陈漱渝、李允经、姚锡佩、张杰、周楠本、黄乔生、姜异新、王锡荣、李浩、乐融、乔丽华、裘士雄等从独特的角度出发还原历史的场景。黄乔生《八道湾十一号》[④]对周氏兄弟日常生活进行勾勒，一些罕见的资料指示了历史幽微的一页。张杰《鲁迅杂考》[⑤]、周楠本《我注鲁迅》[⑥]关于历史细节的陈述，是沉浸在时光深处的独语。王锡荣《鲁迅生平疑案》[⑦]、乔丽华《我也是鲁迅遗物——朱安传》[⑧]，都有先前不被人注意的文献，有的是前人未做的工作。这些学者从前辈那里得到暗示，延伸了旧学的治学遗风，勤于考辨，敏乎辞章，林辰、唐弢的笔法隐约可见。《鲁迅研究月刊》

① 汪卫东：《探寻"诗心"：〈野草〉整体研究》，北京大学出版社2014年版。
② 张洁宇：《独醒者与他的灯：鲁迅〈野草〉细读与研究》，北京大学出版社2013年版。
③ 朱崇科：《〈野草〉文本心诠》，人民出版社2016年版。
④ 黄乔生：《八道湾十一号》，生活·读书·新知三联书店2015年版。
⑤ 张杰：《鲁迅杂考》，福建教育出版社2006年版。
⑥ 周楠本：《我注鲁迅》，福建教育出版社2010年版。
⑦ 王锡荣：《鲁迅生平疑案》，上海辞书出版社2002年版。
⑧ 乔丽华：《我也是鲁迅的遗物——朱安传》，上海社会科学院出版社2009年版。

对研究的推动不可忽略，史料钩沉与学术争鸣，在当代学术史上是有痕迹的。博物馆推出的系列资料集，一直为人们所关注，其中《鲁迅藏拓本全集》①《鲁迅藏编印版画全集》②等都拓展了人们的阅读视野。

国内的史料研究早就形成了传统，我们时常还是能够从一些学者笔下见到新的文献。概括起来不过两点。一是解决了一些悬案，比如早期鲁迅知识背景的形成，日本学者曾有过考证，宋声泉从大量日文文献阅读中，发现了《科学史教篇》的来源，其《〈科学史教篇〉蓝本考略》③一文解决了多年模糊不清的难题。倪墨炎、陈子善、陈福康、刘运峰、符杰祥、侯桂新在文本研究中都有一些新的发现，于书籍的丛林里觅出进入历史的新径，他们的笔下，偶见古风。现代文学文献学与古代文学文献学之间，有了逻辑上的连接。二是回应了对鲁迅思想的某些质疑，当不同思想对峙的时候，是事实的梳理，解决了某些争论的难点。比如有学者认为鲁迅在日本侵略中国的时候，有亲日的倾向，但王锡荣等人组织的鲁迅与抗战的展览，就以丰富的史料回击了种种谬论，王彬彬《鲁迅有关抗日问题的若干言论诠释》④的详尽陈述也使质疑者变得理屈词穷。陈漱渝在《鲁迅为何未去苏联考察疗养？》⑤中以细致的笔调澄清了关于30年代历史的某些表述，为理解鲁迅的晚年提供了可信的资料。

与史料钩沉相呼应的是传记的写作。2004年，王世家编辑出版了

① 　北京鲁迅博物馆编：《鲁迅藏拓本全集》，西泠印社2016年版。
② 　北京鲁迅博物馆编：《鲁迅编印版画全集》，译林出版社2019年版。
③ 　宋声泉：《〈科学史教篇〉蓝本考略》，《中国现代文学研究丛刊》2019年第1期。
④ 　王彬彬：《鲁迅有关抗日问题的若干言论诠释》，《西北大学学报（哲学社会科学版）》2019年第1期。
⑤ 　陈漱渝：《鲁迅为何未去苏联考察疗养？》，《新文学史料》2020年第4期。

林辰的《鲁迅传》①，扎实的史家之笔，让我们读出老一代人的学识与见识。不久朱正的《鲁迅传》②问世，较之先前的传记多了新的视角。陈漱渝《搏击暗夜——鲁迅传》③有纷纭复杂里的清晰，依然以史料梳理取胜。张梦阳《鲁迅全传》④则显示了深沉的爱意，内容丰赡而驳杂。鲁迅去世后，关于他的生平的描述已经构成一道风景，从王士菁、曹聚仁、唐弢、林非几代人的书写里看出，如何叙述这个非凡的人物，并非易事。传记写作涉及诗与史的平衡和思与识的锋芒，人们虽不满意先前的各种记录，但大凡作此尝试者，也多少带有对旧我的一种突围的努力。

上述五个方面，仅仅是20世纪"鲁迅学"发展的掠影，可注意的学者甚多，我们从朱寿桐、高旭东、黄健、王本朝、何锡章、杨剑龙、杨联芬、吕周聚、田建民、李怡、邵宁宁、许祖华、王晓初、陈力君、迟蕊、于小植等人的言说方式里，都或多或少感到一代人的心结。许多人的成果尚未进入我的阅读视线，故不能一一言之。

对于如此丰富的成果如何评价，学界有不同的声音。张全之就认为，从整体来看，还缺乏有深度的著述："新世纪以来的鲁迅研究虽不乏创新成果，但突破性成果却难得一见。"⑤王彬彬对于研究方式的八股化提出过警告，他是业内最有批评勇气的学者，显示了学人自省的力量。郜元宝就指出鲁迅研究界画地为牢的现象，希望人们能够在

---

① 　林辰：《鲁迅传》，福建人民出版社2004年版。
② 　朱正：《鲁迅传》（修订本），人民文学出版社2018年版。
③ 　陈漱渝：《搏击暗夜——鲁迅传》，作家出版社2016年版。
④ 　张梦阳：《鲁迅全传》，华文出版社2016年版。
⑤ 　张全之：《新世纪以来鲁迅研究的困境与"政治鲁迅"的突围——对近年来鲁迅研究一种新动向的考察》，《东岳论丛》2020年第7期。

丰富的视域中与经典对话。张旭东在更开阔的马克思主义背景下梳理文学现象，对批判精神的提倡都有针对性。谭桂林与汪晖商榷的文字，是学界内部争论的一部分，学人间的分歧也推动了某些话题的深入思考。这种不满与提示，也激励着更多的青年人保持研究中的个性。毕竟，没有对话、交锋的学术场域，色调是贫乏的。

伴随着各种批评，学术界也悄悄发生着变化。不断有新的面孔走进学界，比如，70年代出生的学者基本是博士出身，他们对文学史与作家文本的描述更为专业。2014年，《70后鲁迅研究学人论文集》①问世，内收鲍国华、邱焕星、姜异新、刘春勇、齐宏伟、梁展、曹清华、贾振勇、袁盛勇、符杰祥、李林荣、朱崇科、张洁宇、程桂婷、崔云伟、程振兴、潘磊、古大勇、陈洁、张克20位青年的论文。一代人的审美方式与思维方式得以集中亮相，精神是开放的。青年学者试图在更新的层面思考文学史与现代史，也提出了诸多新的思路。姜异新关于启蒙的探索，陈洁对于北京时期鲁迅的知识分子身份的打量，刘春勇"多疑鲁迅"的阐释，钟诚"政治鲁迅"的观念的提出，都是引入不同知识谱系后的一种心得。邱焕星在讨论钟诚、李玮的新作时，也透露出这一代研究者希望另辟蹊径的心音。②

二十年间，国内的鲁迅著作出版与研究丛书出版，都刺激了鲁迅学的发展。2005年，新版《鲁迅全集》问世，这是一个标志性的成果，几代人的注释、思考，都映现在这套全集中，这为人们的研究提供了权威的版本。2008年，《鲁迅译文全集》问世，此套著作纠正了20世

---

① 　张克、崔云伟主编：《70后鲁迅研究学人论文集》，上海三联书店2014年版。
② 　邱焕星：《从"革命鲁迅"到"政治鲁迅"——评李玮〈鲁迅与20世纪中国政治文化〉》，《中国现代文学研究丛刊》2020年第8期。

鲁迅忧思录

15　理解鲁迅的方式

纪50年代版本的错误，填补了多年出版的空白。国内各大出版社关于鲁迅的书籍，有很多不同的版本，对于思想的普及都功不可没。与此相对应的是研究著作与丛书的出版。2004年，青岛大学推出了姜振昌等主编的"中国新文学研究书系"①，其中关于鲁迅研究的著作就有6本；2009年，黄旭、肖振鸣策划了"而已丛书"，推出了11本新著②；2013年，葛涛主编的"中国鲁迅研究名家精选集"丛书③问世，这些多被译介到了韩国；2019年，谭桂林主编的"鲁迅与20世纪中国研究丛书"亮相④，对于鲁迅遗产作了全景的审视。此外，我们还看到了《韩国鲁迅研究精选集》《日本鲁迅研究精选集》⑤等域外研究者的论集，来自不同国家和地区的学者的互动，在今天都值得深深回味。

从不同群落的知识人对于经典的思考，也可以看出文化传播的丰富性。与各种专业研究对应的是，民间鲁迅研究一直是活跃的。自80年代始，非专业化的鲁迅书写一直散落在不同的地方。典型的例子是陈丹青、林贤治、房向东等，他们以灵动的笔触表达自己的认识，没有学科边界的禁锢，笔触溢出野性的审美之维。2005年，陈丹青在鲁迅博物馆作了《笑谈大先生》的演讲，⑥全无以往鲁迅研究的腔调，以画家的眼光发现了鲁迅审美的底色和思想的调式。陈氏的鲁迅观，有着一般知识人少有的介入文本的感受，将阅读的内觉和个体生命的

①   "中国新文学研究书系"由姜振昌主编，中国社会科学出版社2004年版。
②   "而已丛书"由黄旭、肖振鸣策划，福建教育出版社2006年版。
③   "中国鲁迅研究名家精选集"丛书由葛涛主编，安徽大学出版社2013年版。
④   "鲁迅与20世纪中国研究丛书"由谭桂林主编，百花洲文艺出版社2018年版。
⑤   《韩国鲁迅研究精选集》《日本鲁迅研究精选集》，分别由［韩］朴宰雨、［日］藤井省三主编，该丛书由葛涛策划主编，中央编译出版社2016年版。
⑥   陈丹青：《笑谈大先生》，广西师范大学出版社2011年版。

呼应以诗意的方式呈现出来。钱理群将此看成当年鲁迅研究的重要收获，也嗅出了另外一种气息。对于民间的各种研究，钱理群给予了大力支持，他为一些漂泊在都市里的鲁迅迷的著述写的推荐语与序跋，都看出象牙塔内外的互动。

鲁迅研究日趋专业化的时候，学科内部的研究出现了某些自闭性。倒是一些作家的介入，将话题的凝固性消解了。朱正、邵燕祥《重读鲁迅》①，有着忧思的涌动，毫无流行的八股气；莫言讨论鲁迅《故事新编》的方式，在发散的思维里带出生猛的意象；②毕飞宇解读《故乡》则道出一般学者没有的体验③；残雪阅读《铸剑》④带出的哲思，有着丰富内觉的涌动，其间与卡夫卡的审美呼应，有着作家独特的发现；张炜与余华关于鲁迅的描述，也说出学界少见的体味，他们以自己的写作经验对应《呐喊》《彷徨》时的感叹，许多也隐含着可以深做的学术话题。

细说起来，国内学风的变化，也得益于国际学者间的互动。海外鲁迅研究者们一直与国内同行有着频繁的交往，对话打破了隔膜。这二十年来国际交往增加，许多国家和地区举行过与鲁迅相关的会议。继1981年在美国召开第一次鲁迅研讨会后，2009年2月，刘禾在哥伦比亚大学主持了"多媒体鲁迅：现代中国研究的过去与未来"国际学术研讨会，许多有分量的题目在会议上亮相。2013年4月，在哈佛大学召开了"鲁迅与东亚"国际学术研讨会，王德威、藤井省三、朴宰雨、寇志明、张旭东等人的发言都有新的维度，来自世界各地的学者

① 　朱正、邵燕祥编著：《重读鲁迅》，东方出版社2006年版。
② 　孙郁：《与莫言谈鲁迅》，见《鲁迅遗风录》（修订版），高等教育出版社2023年版。
③ 　毕飞宇：《什么是故乡？》，见《小说课》（增订版），人民文学出版社2017年版。
④ 　残雪：《艺术复仇——读鲁迅〈铸剑〉》，《书屋》1999年第1期。

鲁迅忧思录

15　理解鲁迅的方式

377

聚集在一起，一时碰撞出诸多火花，许多论文也给人留下很深的印象。此后，在韩国、印度、尼泊尔、法国、德国、印度尼西亚等地也多次举行研讨会，每一次题旨都有较丰富的内涵，学者的队伍也日趋壮大。

中国从来没有一个作家的遗产在今天辐射到如此广泛的领域。民国期间的鲁迅受到读者的喜爱，引起研究者的注意，与新文化建设和反抗压迫关系甚深，这也是中国现代史的一道风景。新中国成立之后，特别是进入21世纪，关于鲁迅遗产的阐释，依然纠缠着知识分子、民族性与世界主义的话题，只是这样的讨论渐渐已经不再有强烈的意识形态的冲突，而是一种文化现象与学术现象。不过，仅仅看专业内的文字，自然存在一些弱点，主要是限于主题的重复和思路的重复。这里，有两位学者值得注意：一是批评家黄子平的许多批评文本，是以鲁迅为方法的，他在《鲁迅的文化研究》[①]中显示的视野与情怀，比许多同代的鲁迅研究者更为深切，在福柯、德里达的不同背景里，鲁迅的意义变得更为非同寻常了。另一位学者尤西林是知识分子研究的专家，他的学术研究与康德学术关系甚深，《阐释并守护世界意义的人——人文知识分子的起源及其使命》[②]在面对中国问题时，鲁迅的参照对于其有很深的价值，从不同精神资源回到鲁迅，就有了一般中文专业的学者所没有的另类气象。

显然，对于鲁迅言说的不同方式，源于对其文本的一种必要的呼应。那些本于心性的言说，流露的是读书人的阅读觉态，更带有精神的原色。木心叙述鲁迅的文本，灵光闪动中，有诗化哲学之影，阅之

---

① 　　黄子平：《鲁迅的文化研究》，见黄子平《文本及其不满》，译林出版社2019年版。
② 　　尤西林：《阐释并守护世界意义的人——人文知识分子的起源及其使命》，华东师范大学出版社2017年版。

余味回旋。阎晶明的著作《鲁迅还在》①和《箭正离弦：〈野草〉全景观》②，是一种批评与散文式的表达，直接、明快，就消解了学院派的枯涩。李静《大先生》③借着剧本的对答，直指一个幽深之所。郑欣淼《鲁迅是一种力量》④一书，告诉世人鲁迅资源如何成为文物研究工作者的参照。有些学者虽然并不在学界，但他们以鲁迅为方法所作的学术思考，显示了丰富的内力。王培元关于延安鲁迅艺术学院和人民文学出版社历史的描述，就常常有《且介亭杂文》式的情思在。这些与学院派形成了一种有差异的表达，但未尝没有学问的深度。

在人类历史的长河中，二十年仅为一瞬，但人们续写了精神史的长卷。翻检那些熟悉与不熟悉的学者与作家的文字，会发现几代人的背影里，延续着精神自新的梦。看到那些从心灵里流出的文字，便觉得，虽然有着一种视野的限定，有时不能从容往来于那个阔大的精神时空，但不断求索的心，是热的。或许，钱理群以下的话，说出了几代研究者的心音：

> 我们今天所面临的，是一个矛盾重重、问题重重、空前复杂的中国与世界。我自己就多次发出感慨：我们已经失去了认识和把握外在世界的能力，而当下中国思想文化界又依然坚持处处要求"站队"的传统，这就使我这样的知识分子陷入了难以言说的困境，同时也就产生了要从根本上跳出"二元对立"模式的内在要求。我以为，正是在这样的思想

① 　阎晶明：《鲁迅还在》，江苏文艺出版社2017年版。
② 　阎晶明：《箭正离弦：〈野草〉全景观》，人民文学出版社2020年版。
③ 　李静：《大先生》，中国文史出版社2015年版。
④ 　郑欣淼：《鲁迅是一种力量》，商务印书馆2018年版。

鲁迅忧思录

15　理解鲁迅的方式

文化背景下，鲁迅的既"在"又"不在"，既"是"又"不是"的"毫无立场"的立场，对一切问题都采取更为复杂的、缠绕的分析态度，就具有了一种特殊的意义。而鲁迅的思想与文学的独立自主性，无以归类性，由此决定的他的思想与文学的超时代性，也就使得我们今天面对我们自己时代的问题，并试图寻求新的解决时，鲁迅的思想与文学或许是一个特别值得注意和重视的精神资源。①

今天，一些象牙塔里的学人越来越脱离这样的传统，生存状态的变化与表达的变化，将有血有肉的精神存在凝成了冷冷的数据。但那些不安于固定的人依然行走着，他们面对鲁迅，不仅仅因了那曾带痛感的躯体流出的爱意，还有创造新生活的渴念。这是鲁迅与别的作家不同的地方，也是"鲁迅学"持续存在的魅力所在。鲁迅研究，其实是不断自省的民族精神的寻路。那些"外之既不后于世界之思潮，内之仍弗失固有之血脉"②的学者，那些参与到社会改革中的忘我的知识人，可能对鲁迅的理解更为深切。而他们留下的思考性的文字，都值得珍视、感念。

---

① 　　　钱理群：《鲁迅九讲》，福建教育出版社2007年版，第215页。
② 　　　鲁迅：《文化偏至论》，见《鲁迅全集》第1卷，人民文学出版社2005年版，第57页。

主要参考文献

中文著作

1. 鲍国华:《鲁迅小说史学研究》,天津社会科学出版社 2008 年版。

2. 北京鲁迅博物馆编:《鲁迅编印版画全集》,译林出版社 2019 年版。

3. 北京鲁迅博物馆编:《鲁迅藏拓本全集》,西泠印社 2016 年版。

4. 北京鲁迅博物馆编:《鲁迅译文全集》,福建教育出版社 2008 年版。

5. 毕飞宇:《小说课》(增订版),人民文学出版社 2017 年版。

6. 蔡元培著,中国蔡元培研究会编:《蔡元培全集》,浙江教育出版社 1997 年版。

7. 残雪:《残雪文学观》,广西师范大学出版社 2007 年版。

8. 陈丹青:《笑谈大先生》,广西师范大学出版社 2011 年版。

9. 陈平原:《掬水集》,百花文艺出版社 2001 年版。

10. 陈漱渝:《搏击暗夜——鲁迅传》,作家出版社 2016 年版。

11. 陈子善、王自立编注:《郁达夫忆鲁迅》,花城出版社 1982 年版。

12. 程千帆:《闲堂诗学》,辽海出版社 2011 年版。

13. 崔云伟:《鲁迅与西方表现主义美术》,人民文学出版社 2020 年版。

14. 董炳月:《鲁迅形影》,生活·读书·新知三联书店 2015 年版。

15. 范锦荣选编:《张中行选集》,内蒙古教育出版社 1995 年版。

16. 冯至:《白发生黑丝——冯至散文随笔选集》,中央编译出版社 2005 年版。

17. 高远东:《现代如何"拿来"——鲁迅的思想与文学论集》,复旦大学出版社 2009 年版。

18. 郜元宝:《鲁迅六讲》,北京大学出版社 2007 年版。

19. 顾钧:《鲁迅翻译研究》,福建教育出版社 2009 年版。

20. 胡适:《胡适全集》,安徽教育出版社 2003 年版。

21. 黄晖:《论衡校释(附刘盼遂集解)》,中华书局

1990 年版。

22. 黄乔生:《八道湾十一号》,生活·读书·新知三联书店 2015 年版。

23. 姜德明编:《北京乎》,生活·新知·读书三联书店 1992 年版。

24. 靳丛林、李明晖等:《日本鲁迅研究史论》,社会科学文献出版社 2019 年版。

25. 李长之、艾芜等著,孙郁、张梦阳编:《吃人与礼教——论鲁迅(一)》,河北教育出版社 2001 年版。

26. 李春林主编:《鲁迅与外国文学关系研究》,吉林人民出版社 2003 年版。

27. 李大钊:《李大钊选集》,人民出版社 1959 年版。

28. 李冬木:《鲁迅精神史探源》,秀威资讯科技出版社 2019 年版。

29. 李寄:《鲁迅传统汉语翻译文体论》,上海译文出版社 2008 年版。

30. 李文斌:《泰戈尔美学思想研究》,华中师范大学出版社 2010 年版。

31. 李文俊编选:《福克纳评

论集》，中国社会科学出版社 1980 年版。

32. 李新宇：《愧对鲁迅》，上海三联书店 2004 年版。

33. 梁展：《颠覆与生存——德国思想与鲁迅前期的自我观念（1906—1927）》，上海文艺出版社 2007 年版。

34. 林辰：《鲁迅传》，福建人民出版社 2004 年版。

35. 刘青汉：《跨文化鲁迅论略》，人民出版社 2008 年版。

36. 鲁迅：《鲁迅全集》，人民文学出版社 2005 年版。

37. 牟宗三：《才性与玄理》，广西师范大学出版社 2006 年版。

38. 木心：《即兴判断》，广西师范大学出版社 2006 年版。

39. 倪墨炎、陈九英编：《许寿裳文集》，百家出版社 2003 年版。

40. 聂绀弩：《聂绀弩全集》，武汉出版社 2004 年版。

41. 启功：《启功学艺录》，中国对外翻译出版公司 2000 年版。

42. 钱理群：《鲁迅九讲》，福建教育出版社 2007 年版。

43. 钱理群：《鲁迅与当代中国》，北京大学出版社 2017 年版。

44. 钱理群：《我的精神自传》，

广西师范大学出版社 2007 年版。

45. 乔丽华：《我也是鲁迅的遗物——朱安传》，上海社会科学院出版社 2009 年版。

46. 乔瑞金：《非线性科学思维的后现代诠解》，山西科学技术出版社 2003 年版。

47. 邵毅平：《论衡研究》，复旦大学出版社 2009 年版。

48. 沈从文：《沈从文全集》，北岳文艺出版社 2002 年版。

49. 孙伏园、许钦文等：《鲁迅先生二三事——前期弟子忆鲁迅》，河北教育出版社 2002 年版。

50. 孙郁：《鲁迅藏画录》，花城出版社 2008 年版。

51. 孙郁：《鲁迅遗风录》（修订版），高等教育出版社 2023 年版。

52. 孙郁编：《围剿集》，河北教育出版社 2001 年版。

53. 孙郁编、梁实秋等著：《被亵渎的鲁迅》，贵州人民出版社 2009 年版。

54. 田刚：《鲁迅与中国士人传统》，中国社会科学出版社 2005 年版。

55. 汪荣祖：《康有为论》，中华书局 2006 年版。

56. 汪卫东：《探寻"诗心"：

〈野草〉整体研究》，北京大学出版社 2015 年版。

57. 王彬彬：《鲁迅内外》，南京大学出版社 2013 年版。

58. 王得后：《鲁迅与孔子》，人民文学出版社 2010 年版。

59. 王富仁：《中国文化的守夜人——鲁迅》，人民文学出版社 2002 年版。

60. 王家平：《〈鲁迅译文全集〉翻译状况与文本研究》，社会科学文献出版社 2018 年版。

61. 王乾坤：《鲁迅的生命哲学》，人民文学出版社 2010 年版。

62. 王世家、止庵编：《鲁迅著译编年全集》，人民出版社 2009 年版。

63. 王锡荣：《鲁迅生平疑案》，上海辞书出版社 2002 年版。

64. 魏绍华：《"林中路"上的精神相遇——鲁迅与克尔凯郭尔比较研究》，中国社会科学出版社 2004 年版。

65. 夏明钊：《嵇康集译注》，黑龙江人民出版社 1987 年版。

66. 谢泳编：《胡适还是鲁迅》，中国工人出版社 2003 年版。

67. 徐妍：《新时期以来鲁迅形象的重构》，安徽教育出版社 2008 年版。

68. 严家炎：《论鲁迅的复调

小说》，上海教育出版社 2002 年版。

69. 阎晶明:《箭正离弦:〈野草〉全景观》，人民文学出版社 2020 年版。

70. 阎晶明:《鲁迅还在》，江苏文艺出版社 2017 年版。

71. 杨姿:《"同路人"之上——鲁迅后期思想、文学与托洛茨基研究》，上海三联书店 2019 年版。

72. 姚锡佩:《风定落花——品三代文化人》，生活·读书·新知三联书店 2020 年版。

73. 尤西林:《阐释并守护世界意义的人——人文知识分子的起源及其使命》，华东师范大学出版社 2017 年版。

74. 郁达夫:《回忆鲁迅——郁达夫谈鲁迅全编》，上海文化出版社 2006 年版。

75. 袁盛勇:《当代鲁迅现象研究》，人民出版社 2018 年版。

76. 曾艳兵:《卡夫卡研究》，商务印书馆 2009 年版。

77. 张爱玲:《重访边城》，北京十月文艺出版社 2009 年版。

78. 张杰:《鲁迅杂考》，福建教育出版社 2006 年版。

79. 张洁宇:《独醒者与他的灯:鲁迅〈野草〉细读与研究》，北京大学出版社 2013 年版。

80. 张克、崔云伟主编:《70 后鲁迅研究学人论文集》，上海三联书店 2014 年版。

81. 张梦阳:《鲁迅全传》，华文出版社 2016 年版。

82. 张铁荣:《比较文化研究中的鲁迅》，南开大学出版社 2003 年版。

83. 张直心:《晚钟集》，广西师范大学出版社 2016 年版。

84. 章太炎:《章太炎全集》，上海人民出版社 1985 年版。

85. 章太炎:《章太炎书信集》，河北人民出版社 2003 年版。

86. 赵京华:《周氏兄弟与日本》，人民文学出版社 2011 年版。

87. 郑家建:《被照亮的世界——〈故事新编〉诗学研究》，福建教育出版社 2001 年版。

88. 郑欣淼:《鲁迅是一种力量》，商务印书馆 2018 年版。

89. 止庵编:《废名文集》，东方出版社 2000 年版。

90. 中国社会科学院近代史研究所中华民国组编:《胡适往来书信选》，中华书局 1979 年版。

91. 钟叔河编订:《周作人散文全集》，广西师范大学出版社 2009 年版。

92. 钟叔河编:《周作人文类编》，湖南文艺出版社 1998 年版。

93. 周海婴:《鲁迅与我七十年》，海南出版公司 2001 年版。

94. 周令飞主编:《鲁迅社会影响调查报告》，人民日报出版社 2011 年版。

95. 周楠本:《我注鲁迅》，福建教育出版社 2010 年版。

96. 周作人:《瓜豆集》，河北教育出版社 2002 年版。

97. 周作人:《鲁迅的故家》，河北教育出版社 2002 年版。

98. 朱崇科:《〈野草〉文本心诠》，人民出版社 2016 年版。

99. 朱正、邵燕祥编著:《重读鲁迅》，东方出版社 2006 年版。

鲁迅忧思录

主要参考文献

译著

1. ［法］保罗·利科:《历史与真理》,姜志辉译,上海译文出版社 2004 年版。

2. ［奥］弗兰茨·卡夫卡:《卡夫卡全集》,叶廷芳主编,河北教育出版社 1996 年版。

3. ［日］福田亚细男:《日本民俗学方法序说——柳田国男与民俗学》,於芳、王京、彭伟文译,学苑出版社 2010 年版。

4. ［德］荷尔德林:《荷尔德林文集》,戴晖译,商务印书馆 1999 年版。

5. ［意］卡尔维诺:《美国讲稿》,萧天佑译,译林出版社 2012 年版。

6. ［德］卡尔·雅斯贝尔斯:《大哲学家》,李雪涛主译,社会科学文献出版社 2005 年版。

7. ［英］路易丝·麦克尼:《福柯》,贾湜译,黑龙江人民出版社 1999 年版。

8. ［德］尼采:《苏鲁支语录》,徐梵澄译,商务印书馆 1997 年版。

9. ［美］威廉·巴雷特:《非理性的人——存在主义哲学研究》,杨照明、艾平译,商务印书馆 1995 年版。

10. ［英］路德维希·维特根斯坦著,［芬］冯·赖特、［芬］海基·尼曼编:《维特根斯坦笔记》,许志强译,复旦大学出版社 2008 年版。

11. ［日］伊藤虎丸:《鲁迅与日本人——亚洲的近代与"个"的思想》,李冬木译,河北教育出版社 2001 年版。

12. ［日］竹内好:《近代的超克》,孙歌编,李冬木、赵京华、孙歌译,生活·读书·新知三联书店 2005 年版。

人名索引

259, 285, 340

Z

后记

这本书初版后，一直没有修订。这次修订增加了数篇文章，所涉内容略有扩充，以补先前的不足。鲁迅博矣，深矣。吾辈只是识之一角，乃瀚海中的点滴。每代人面对的问题不一，但滴水折射的光泽相近，此为变中之不变。而人文研究总要在重返经典中拓出新径，这么说来亦为不变中之变吧。循环与进化，就这样陪伴着我们。

每每读鲁迅的书，内心总被潮水冲刷着，此外，只有看杜甫的诗时才有这感觉。大众之苦与天下之哀集于先生一身，有无量悲悯弥漫在文中，阅之心神俱动，也有着被那浩渺之思冲洗的快意。这时候便意识到自己安于固定的生活，是有罪感的。鲁迅所说的那些痼疾与问题，我自己身上也有，面对他，获益中也有检讨。所以，进入这个世界，与其说是寻其脉络、解其心意，不如说也是交流与对照，我这些年和年轻人讲鲁迅，要传达的，也有这个意思。

自 20 世纪 80 年代到北京鲁迅博物馆工作后，我的一切，就与鲁迅的遗产纠缠在了一起。其间虽换了几次工作，但所思所想，一直没有离开五四那代人。许多研究思路，都受了前辈的影响。前些日子去北郊看望钱理群与王得后先生，还谈及学界的一些话题。钱先生说，他们这一代的鲁迅研究，是有特定的精神指向的。其中他与王得后、王富仁有一个相似的认识和选择，即认为鲁迅研究要有一种批判精神和独立精神。不久我看到他为王得后的《鲁迅研究笔记》写的前言，其中也强调了此点。他们的研究，影响到了后人。有时候我感到，自己的表述还过于感性化，缺失的便是这些前辈的勇气。与他们比，我未必就真的了解了鲁迅的真意，这也是我常感惭愧的地方。

鲁迅生于忧患之年，也死于忧患之中。他的思想的形成，与时代的关系很深。先生年轻时受到很好的学术训练，但不去做象牙塔中人，后来他以文耀世，可是又偏偏警惕做空头文学家，以孤独之躯肉搏着暗夜，与各类黑暗的存在斗争。这一切都是反士大夫化、反象牙塔化的。然而，今天他更多被安置在学院的话语体系里，被不谙现实的文人们拆解着、透视着。王得后、钱理群、王富仁都排斥这样的状态，他们的研究所以显得颇多力度，是因为他们与鲁迅一样有着不安于固定的心。我觉得鲁迅研究最有魅力的地方，可能也在这里。

熟悉鲁迅及其文本的人都知道，他学识渊博，对于历史、哲学、科学史、金石学、考古学、生物学、博物学都有涉猎，但他自己很少有专门文章论及这些。那些学问都隐在文字的背后。他更为关心的是主奴问题和民族自新问题。那些学识都在论及现实时流露出来，文本有着厚重之感。他在意的不是学者头衔和名士风采，而是民间之苦与精神自由。所以，理解先生，当从其丰富的学识里看到驳杂的现实意识。自古以来，像他那样的精神界的战士，我们见到的不多。

年轻的时候读先生的书，常常有一些疑惑。比如，纪念章太炎的文字，为何不太提及其学术上的成就？其实他自己从太炎先生那里所得的学识很多，一些重要的学术理念，是受惠于老师的。但他更看重太炎先生的革命精神，认为那种与各种倒退势力搏斗的精神才弥足珍贵。现在，我也过了耳顺之年，忽然对于鲁迅的这一心境有所领略。在大变化的年代，知识人更应做的是改造社会的工作。这样，社会的进化，才真的可以给人世以文明之光。知识人仅仅有学识远远不够，参与现实的改造，且将学识转化为一种拓展新路的热能，那是该注意的选择。

是的，学术研究不是仅仅享受知识与诗趣，重要的是直面存在的难题。后人不及鲁迅的地方，是顺着其思路阐释微言大义，不能与其平等对话，或是难有比其更广阔的思维。我们现在看百年间的鲁迅研究的文字，有许多已经睡在时光的深处，不能让人有重读的冲动，这是研究者的悲哀。我自知所识浅薄，细想一下，多年所写的文字何尝不是如此呢，所不同者是因为未忘前辈之忧思，知道一些过往的烟云，庶几不为杂音所扰。然而迈出的步伐，一直不大，自己所能做的，仅此而已。

本书编辑中，得到张朕同学的许多帮助，他对文本的校对和资料的整理，使我免去了诸多劳苦，在此深表谢意。

孙郁

2022 年 3 月 18 日

鲁迅忧思录

后记

出版说明

　　高等教育出版社"稷下文库"丛书以"荟萃当代优秀成果，彰显盛世学术繁荣"为宗旨，注重历史与现实、理论与实践相结合，遴选中国当代人文社科各领域知名学者的代表作。这些著作，均是改革开放以来经过学界、读者和市场检验的高水平研究成果，是了解中国当代学术发展的必读经典。

　　丛书中的部分作品写作和初版时间较早，反映出作者当时的学术思考，其观点和表述或带有时代的印痕，与当下的习惯、认识有一定差异。随着时代发展，学术进步乃是必然。正因为学术的健康发展需要传承有绪、守正创新，学术经典的价值并不会因为时代变迁而消减，故而，我社本着充分尊重原著的原则，在保留原著观点、风貌的基础上，协同作者梳理修订文字，补充校订注释和引文，并增加了参考文献和索引，以期带给读者更好的阅读体验，让学术经典在新时代继续创造价值。

高等教育出版社

2022年10月

"稷下文库"
文学类丛第一辑书目

陈思和

《中国新文学整体观》(修订版)

《新文学整体观续编》(修订版)

《献芹录》(新编本)

孙郁

《鲁迅忧思录》(修订版)

《鲁迅遗风录》(修订版)

《当代作家别论》

张柠

《土地的黄昏——中国乡村经验的微观权力分析》(第三版)

《现代作家的观念与艺术》

《中国当代文学的开端(1949—1965)》

《文学与快乐·文化的诗学》

图书在版编目（CIP）数据

鲁迅忧思录 / 孙郁著 . -- 修订版 . -- 北京 : 高等
教育出版社, 2023.8
ISBN 978-7-04-060484-9

Ⅰ.①鲁… Ⅱ.①孙… Ⅲ.①鲁迅研究－文集 Ⅳ.
①I210-53

中国国家版本馆 CIP 数据核字 (2023) 第 085778 号

策划编辑	龙　杰　孙　璐
责任编辑	张　岩
封面设计	张志奇
版式设计	张志奇
责任校对	胡美萍
责任印制	耿　轩
出版发行	高等教育出版社
社　　址	北京市西城区德外大街4号
邮政编码	100120
购书热线	010-58581118
咨询电话	400-810-0598
网　　址	http://www.hep.edu.cn
	http://www.hep.com.cn
网上订购	http://www.hepmall.com.cn
	http://www.hepmall.com
	http://www.hepmall.cn
印　　刷	河北信瑞彩印刷有限公司
开　　本	787 mm × 1092 mm　1/16
印　　张	25.75
字　　数	320 千字
插　　页	1
版　　次	2023 年 8 月第 1 版
印　　次	2023 年 8 月第 1 次印刷
定　　价	98.00 元

鲁迅忧思录
（修订版）

LUXUN YOUSI LU
（XIUDING BAN）

内容简介

本书为现代文学研究专著，列十五个专题，勾画了现代中国大背景下鲁迅的不同侧面：迷惘的青年，激愤的斗士，孤傲的文人，冷酷的批评家，幽默的旁观者，改造汉语的翻译匠，自我流放的精神导师，等等。述及鲁迅的人生经历、思想变化、文学创作、翻译活动、审美取向，以及对鲁迅的研究近况等多个方面，以具体的文献资料、历史细节及文本分析，在现代中国独特的社会历史背景下呈现鲁迅的精神形象和情怀担当，将中国百年风云凝结于一个人的命运苦旅，又围绕着鲁迅，折射出中国思想界一个世纪的变迁进程。

与初版相较，本书在原来的基础上进一步修订、增补，增加了《与幼小者之真言》《在被围剿中》《在"思"与"诗"之间》《理解鲁迅的方式》等篇，使得内容更加全面深入，对鲁迅精神肖像的塑造更加丰满。